● **后现代小说研究丛书**

2014 年度中国人民大学"双一流建设"经费资助

# 英美
# 后现代主义小说中的
## 历史 与 现实

陈世丹　王桃花　王祖友　李金云　张丽秀 ◎ 著

本书写作分工如下：

陈世丹：绪论、第一章、第二章、第五章、第六章

王桃花：第三章

张丽秀：第四章

王祖友：第七章

李金云：第八章

厦门大学出版社　国家一级出版社
XIAMEN UNIVERSITY PRESS　全国百佳图书出版单位

## 图书在版编目（CIP）数据

英美后现代主义小说中的历史与现实 / 陈世丹等著
. -- 厦门：厦门大学出版社，2023.10
（后现代小说研究丛书）
ISBN 978-7-5615-9008-9

Ⅰ．①英… Ⅱ．①陈… Ⅲ．①后现代主义-小说研究
-英国②后现代主义-小说研究-美国 Ⅳ.
①I561.074②I712.074

中国版本图书馆CIP数据核字(2023)第103519号

| | | |
|---|---|---|
| 出 版 人 | 郑文礼 | |
| 责任编辑 | 高奕欢　苏颖萍 | |
| 美术编辑 | 张雨秋 | |
| 技术编辑 | 许克华 | |

出版发行　厦门大学出版社
社　　　址　厦门市软件园二期望海路39号
邮政编码　361008
总　　　机　0592-2181111　0592-2181406(传真)
营销中心　0592-2184458　0592-2181365
网　　　址　http://www.xmupress.com
邮　　　箱　xmup@xmupress.com
印　　　刷　厦门市金凯龙包装科技有限公司

开本　720 mm×1 020 mm　1/16
印张　17.75
插页　1
字数　348 千字
版次　2023 年 10 月第 1 版
印次　2023 年 10 月第 1 次印刷
定价　66.00 元

厦门大学出版社
微信二维码

厦门大学出版社
微博二维码

# 目　录
## CONTENTS

# 绪 论

后现代主义思潮是后现代社会(后工业社会、信息社会、晚期资本主义社会等)的产物,它孕育于20世纪30年代现代主义的母胎,并在二战之后与母胎撕裂,成为一个毁誉交加的文化幽灵,徘徊在整个西方文化领域。后现代主义的正式出现是在20世纪50年代末到60年代前期,在70年代和80年代形成夺人之势,并震慑了思想界。在今天的世界里,人们越来越清晰地认识到各种各样不确定、不稳定、非连续、无序、断裂和突变现象的重要性。一种新的看待世界的观念开始深入人们的意识:它反对用固定不变的、单一的逻辑、公式和原则以及普适的规律来解释和统治世界,主张变革和创新,强调开放性和多元性,承认并容忍差异。这种观念即后现代主义,它摒弃了制定统一的、普适的模式的努力,而采纳了开放性、多义性、无把握性、可能性、不可预见性等新的范畴,进入了后现代语言的境地。

在后现代社会,彻底的多元化已经成为普遍的基本观念。后现代的多元性贯穿于各个知识领域和社会生活的方方面面,成为其本质特征。后现代多元性的基本经验是完全不同的知识形态、生活设计、思维方式和行为方式都具有不可剥夺的权利。一切围绕一个太阳旋转的古老模式已不再有效,即使真理、正义、人性、理性也是多元的。这种多元性原则的直接结论是:反对任何统一化的企图;积极维护事物的多样性和丰富性,坚决反对将自己的选择强加于别人,使异己的事物屈服于自己意志的霸权野心;尊重并承认各种关于社会构想、生活方式以及文化形态的选择。

后现代的"基本内容在二十世纪上半期作为科学和艺术的宗旨便已经存在,只不过当初它们大多停留在一种主张、宣言或构想之上,或仅仅是某一领域的特殊现象,而今天它已开始全面而深入地成为我们的生活现实"[1]。从时间上

---

[1] 沃·威尔什:《我们的后现代的现代》,载赵一凡等译:《后现代主义》,北京:社会科学文献出版社,1999年,第48页。

来看,后现代主义似可理解为现代主义的继续和发展,但在一些议题上,后现代主义与现代主义存在着根本的分歧:"后现代主义反对任何一体化的梦想,否定普遍适用的、万古不变的原则、公式和规律,放弃一切统一化的模式。从这个意义上看,后现代思维又是对现代主义的批判和超越。"①

后现代主义是一股同自启蒙运动以来的现代化运动全然不同的社会思潮。后现代主义思潮的出现"标志着一种标新立异的学术范式的诞生。更确切地说,一场崭新的全然不同的文化运动正以席卷一切的气势改变着我们对于周围世界的原有经验和解释。从其最为极端的阐述来看,后现代主义是革命性的,它深入社会科学之构成要素的核心,并从根本上摧毁了那个核心。从其比较温和的声明来看,后现代主义提倡实质性的重新界定和革新。后现代主义想要在现代范式之外确立自身,不是根据自身的标准来评判现代性,而是从根本上揭示它和解构它"②。

现代性强调理性、民主和自由,推崇近现代科学技术的进步,以及平等和博爱的价值观。但是现代性实际造就的一切却使人们对原有信念产生了怀疑。后现代主义者断定,现代性已经不再是一股解放力量;相反,它是压抑、压迫和奴役的根源。后现代主义对所有的现代性理论都采取拒斥的态度,一视同仁地对待各种现代性的观念,把它们作为逻各斯中心主义的、基础主义的、本质主义的、包罗万象的和元叙事叙述的东西统统摧毁。后现代主义在把现代思想体系同前现代的东西进行比较后认为,正如古人创造了神话、巫术、炼金术和原始崇拜一样,现代性是现代人自己杜撰出来的一个新的神话。

后现代主义者抛弃了关于现代性的各种"权威""中心""基础""本质","消解了所有法典的合法性"。③现代主义的哲学基础是一种在场的形而上学、一种永恒不变的真理和终极价值的本体论和认识论。而后现代主义"既反对人具有先天的镜式本质,又反对世界具有同一性、一致性、整体性和中心性的话语;既反对在不同学科之间进行等级划分,又反对对于某一个第一学科的寻求"④。后现代主义消解了现代性所确立的此岸与彼岸、短暂与永恒、中心与边缘、深刻与表面、现象与本质、主体与客体等等之间的对立和差距,实际上抹去了基础、中心、本质、本体这一知识维度。它要冲破现代性所营造的条理分明、

① 沃·威尔什:《我们的后现代的现代》,载赵一凡等译:《后现代主义》,北京:社会科学文献出版社,1999年,第48页。
② Pauline Marie Rosenau, *Post-Modernism and the Social Science*, 转引自张国清:《中心与边缘》,北京:中国社会科学出版社,1998年,第44页。
③ Ihab Hassan, *The Postmodern Turn: Essays in Postmodern Theory and Culture*, Columbus, OH: The Ohio State University Press, 1987, p. 169.
④ 张国清:《中心与边缘》,北京:中国社会科学出版社,1998年,第45页。

井然有序的世界，使整个世界进入多元的、表面化的、短暂的、散乱的、无政府主义的、模棱两可的、不确定的维度之中。

小说作为一种文学创作形式，在19世纪中后期的批判现实主义时期达到了"顶峰"，形成了一种人人可以效仿的模式：一部小说必须叙述一个生动而有趣的故事，塑造一个或几个性格鲜明的人物形象，这些人物陷入某种心理的或社会的矛盾与冲突之中，随着情节的发展，这些矛盾和冲突最终获得某种解决。① 这种小说的写作方法是以人物为核心，故事情节只能围绕人物展开。人物，尤其是主人公，必须具备与众不同的外貌、性格、举止、行为甚至语言，必须生活在特定的环境中。

在叙事上，现实主义小说以模仿或再现客观现实为基本原则，情节的展开和事件的发展是按照现实的时间顺序安排的，体现为线性叙事、因果逻辑，人物所处的环境及其活动的描写局限在常规的几何空间之内。这种时空结构把读者紧紧地束缚在日常现实之中，读者只能看到生活的表面现象，却无法领悟到隐藏在这种现象之后的生存的深刻意义。现实主义小说具有明确的创作意图和主题，它所叙述的故事旨在宣示某种确定的、具体的价值观念、道德原则或人生真理，试图引导读者得出明确的道德结论，达到教化的目的。其语义是单一的、明晰的。

像人文社会科学的其他领域不断有新思潮出现一样，文学艺术作为人类社会在特定历史时期的产物，也在不断发展和创新。现实主义的文学价值观和审美观从19世纪末起就受到了象征主义、表现主义、超现实主义、意识流等现代主义文学的有力挑战。现代主义的出现带来了小说在观念、创作手法、思想内容、表现形式、艺术技巧与艺术风格上的根本变革。现代主义小说家认为，现实不仅是表面的、客观世界的人和事，而是涵盖了人的内心世界。他们认为人的潜意识和无意识活动比外部世界的真实更重要、更本质。因此，小说的根本任务在于表现日常生活表象下人的内心活动。

于是，在现代主义小说中，对外部环境以及发生于其中的事件的描写缩减到了最低限度，大部分篇幅被用于表现人对混乱荒诞的外在现实的体验、感受和反思，深入人的潜意识和无意识，探索人的内心隐秘，揭示人的绝望和危机感、世界的荒诞和人生的无意义等。因为人的内心世界不受现实时空的束缚，所以想象、回忆、联想、幻觉、梦境便可以在现代主义小说中纵横驰骋，打乱、颠倒现实事件的顺序，使过去、现在和未来任意交错。这样，现代主义小说就推翻了现实主义小说的表现原则（模仿现实）和方式（叙述故事），在小说的结构、技

---

① 章国锋：《从"现代"到"后现代"》，载柳鸣九主编：《从现代主义到后现代主义》，北京：中国社会科学出版社，1994年，第6页。

巧和语言方面进行了内部革新。

　　然而，现代主义小说并未触动小说这一文学形式的整体性、封闭性、单一性，依然保留着它与其他文学形式和体裁区分的外部边界，仍然注重"类的纯洁性"，竭力保持文学语言和艺术技巧的纯粹和高雅。现代主义小说努力表现某种形而上意义或提供这种意义的暗示。现代主义小说原来被视为"创新"的技巧与形式一旦被广泛模仿和运用，很快就变成了新的规范和僵死的模式，再也玩不出新花样，于是有了"小说已死"的断言："小说这一文学体裁，如果尚未不可挽救地枯竭，肯定进入了它的最后阶段。可用题材的严重贫乏迫使作家们不得不用构成小说本体其他成分的精美质量来弥补。"[①]

　　后现代主义小说通过其创新的形式和技巧为"枯竭文学"重新注入了活力，深刻表现了后现代现实与历史的真实性。后现代世界充斥着形象、摄影的机械性复制和商品的大规模生产。那些没有原物而不能帮助人们获得现实感的摹本都是类象，其特点在于其表现不出任何劳动或生产的痕迹。所以，后现代世界"起码从文化上来说是没有任何现实感的，因为我们无法确定现实从哪里开始，在哪里结束。正是在这里，有着后现代主义理论中最核心的道德、心理和政治的批判力量。这一理论探讨的不仅是艺术作品的非真实化、事物的非真实化，而且还包括可复制的形象对社会和世界的非真实化，最终，这一理论必须讨论类象的巨大作用力"[②]。类象的巨大作用导致一种现实主义和现代主义都不能表现的不确定的现实。

　　后现代主义的理论是唯物主义的，因为后现代主义者只承认文字，只承认文本。没有只是想象的世界，现象后也无隐藏的本质。整个世界就是一堆作品、文本，时髦风尚和服装也是一种文本，人体和人体行动也是文本。因此，后现代的社会科学认为社会是一种文本，因为社会包含了一系列的行为，这些行为就像一种语言。在后现代主义中，"我们只存在于现时，没有历史；历史只是一堆文本、档案，记录的是一个确已不存在的事件或时代，留下来的只是一些纸、文件袋"[③]。我们必须首先将对历史的认识看作一种语言结构，用这种语言结构才能把握历史的真实本质。历史是一大堆素材，对这些素材的理解和结合给历史文本提供了一种叙事话语结构。这一结构的深层内容是语言学的，人们在语言学词语的帮助下能够真正认识被独特解释的历史真实。符号化了的历史与

①　Jose Ortega Y. Gasset, *The Dehumanization of Art and Other Essays on Art, Culture, and Literature*, Princeton: Princeton University Press, 1948, p. 56.

②　Jose Ortega Y. Gasset, *The Dehumanization of Art and Other Essays on Art, Culture, and Literature*, Princeton: Princeton University Press, 1948, p. 56.

③　弗雷德里克·詹姆逊：《后现代主义与文化理论》，唐小兵译，北京：北京大学出版社，1997年，第205页。

现实既不能被现实主义模仿与再现，也不能被现代主义形而上的想象所反映，只能通过符号构筑的文本来揭示。

作为后工业大众社会的艺术，后现代主义小说"摧毁了现代主义艺术的形而上常规，打破了它封闭的、自满自足的美学形式，主张思维方式、表现方法、艺术体裁和语言游戏的彻底多元化"①。后现代主义认为："现实是用语言造就的，用虚假的语言造就了虚假的现实。传统小说（包括现实主义和现代主义小说）的叙述方式便是虚假现实的造就者之一：它虚构出一个虚假的故事去'反映'本身就是虚假的现实，因而把读者引入双重虚假之中。小说的任务是揭穿这种欺骗，把现实的虚假和虚构故事的虚假展现在读者面前，从而促使他们去思考。"②

后现代主义元小说（或称超小说）是对小说这一形式和叙述本身的反思、解构和颠覆。它虽保留了小说的外表和轮廓，但它是一边"叙述"故事，一边告诉读者这篇故事是如何虚构的，是一种关于小说的小说。它推翻了"纯小说"的概念，破坏了传统小说的叙述常规（线性叙事、因果逻辑），模糊了它与各种文学体裁的分野，大量采用其他文学体裁的表现技巧，时间跨越过去、现在和未来，人物的名字和身份都是不确定的。为了探索小说与现实的关系，元小说有意识、系统地注重其作为人工制品的地位。这种小说根据它们自身的结构和方法提供了批评。它们在叙述故事的同时，不仅检视叙述作品本身的基本结构，而且还探索文学作品外部世界（指现实世界）可能存在的虚构性，从而折射出现实的真实。

在后现代主义小说中，没有什么客观的、先验的意义，所谓的意义只产生于人造的语言符号的差异，即符号排列组合所产生的效果。因此，虚构文本的写作仅仅是一种语言游戏。任何文本都是开放的、未完成的，它依存于别的文本（与它们的区别和联系），特别依赖读者的解读，是读者的解读使这种符号组合获得了某种意义。后现代主义小说超越纯文学与大众文学、高雅文学与通俗文学的界限，把作为"有教养的知识分子的特权"的文学变成了"读者大众的文学"③，表现出通俗化的倾向。另外，在后现代主义小说中，现代主义小说的艺术技巧，如意识流的内心独白、象征主义、自由联想、时空错位等，虽未被全盘抛弃，但已退居次要地位；更为常用的表现形式则是元小说、反体裁、语言游戏、通俗化倾向、戏仿、拼贴、蒙太奇、迷宫、黑色幽默，表现出语言主体、叙事零散、

---

① F. 基特勒：《后现代艺术存在》，转引自柳鸣九主编：《从现代主义到后现代主义》，北京：中国社会科学出版社，1994年，第13页。

② 章国锋：《从"现代"到"后现代"》，载柳鸣九主编：《从现代主义到后现代主义》，北京：中国社会科学出版社，1994年，第16-17页。

③ 莱斯利·菲德勒：《越过界限，填平鸿沟》，转引自章国锋：《从"现代"到"后现代"》，载柳鸣九主编：《从现代主义到后现代主义》，北京：中国社会科学出版社，1994年，第16-17页。

能指滑动、零度写作、不确定性和内在性等主要特征。后现代主义小说以新的方式表现扑朔迷离、变幻莫测的外部世界，丰富了读者对现实真实性的认识。

后现代主义小说用真实与虚构交织的文本，有效表现了后现代人类经验，揭示了现实与历史的真实：现代性并没有像它所许诺的那样，给人们带来一个理想的、美好的世界。后现代的现实被描绘为一个虚构的、荒诞的、非理性的、人类自我毁灭的危险世界。对后现代人类社会的人道主义思考促使作家在小说中重建一个适于人类生存的生态社会环境。他们的小说表明，虚构的现实和历史是主张一体化梦想的产物，他们依赖于普遍适用的、万古不变的原则、公式和规律以及统一化模式的现代性元叙事，因此主张在小说创作中锐意创新，在解构、颠覆这一虚构世界的同时，重建一个真实的世界，一个承认他者、容忍差异、互相尊重、相互依存、没有阶级、没有等级、没有压迫、没有剥削的民主和谐、可持续发展的生态社会。

英国小说家约翰·福尔斯被认为是英语世界最伟大的当代作家、第一位后现代作家。福尔斯认为文学一半是想象，一半是游戏。他用揶揄、多层的小说探究自由意志与社会约束之间的紧张关系，嘲弄传统小说的叙述常规，让读者对他的作品做出自己的解释。无选择性和机遇性的观念使后现代主义文本在句法规则上摒弃连续性，从而出现以下几种手法：间断、累赘、加倍、增殖、排比。这些手法的应用具有很大的任意性，即不以人的意志为转移。

福尔斯的小说《法国中尉的女人》用排比构成了一个颠覆所有传统叙事的特殊的文本结构。排比（或并置）是一种"离开中心"的后现代主义表现手法。它包括文本各部分的互换性、文本与社会语境的排比、语义单位的排比、故事结尾的多重排比等。首先，《法国中尉的女人》将文本与社会语境并置，即将维多利亚历史、政治现实以及社会意识形态重构在叙事中。小说实际上与它原本打算质疑、反驳和挑战的维多利亚文化与社会纠缠在一起，形成了文学与历史，即小说文本与历史现实文化语境的排比，揭示了事实与虚构的无区别。其次，小说将语义单位并置，形成多个主题的排比：存在、社会、叙事的各种自由，关于人类解放的思想，后现代叙事的进化等，以意义的多元性揭示后现代思维，反对中心性、整体性、体系性的主要思维向度，积极维护事物的多样性和丰富性。最后，小说提供了多个结局的排比：（1）查尔斯按照维多利亚传统，与欧内丝蒂娜结婚，跟随岳父经商，继承遗产，成为生活的受害者之一；（2）查尔斯与可爱的谜原型莎拉结婚，进入完全符合维多利亚标准的生活中；（3）莎拉拒绝与查尔斯结婚，成为一种新的具有或然性、不确定性和渴望的人物类型。然而任何一个结局都不是真正的结局，这表现了世界的不确定性。福尔斯用排比构成了一个真实与虚构交织的文本，揭示了历史与现实的不确定性和虚构性。

戴维·洛奇是英国当代著名的学者型作家，他在小说创作和学术批评两大领域都取得了丰硕的成果，是当代世界最具影响力的小说家兼文学评论家之一。洛奇以其著名的"校园三部曲"闻名世界。"校园三部曲"由《换位》、《小世界》和《好工作》三部小说构成。《换位》自我指涉，其中有一段话宣称有三种类型的故事：结局圆满的故事，结局不圆满的故事，结局既不圆满也不是不圆满，换句话说，根本就没有结局的故事。在《换位》的续集《小世界》里，洛奇继续并扩展了用小说来讨论小说创作理论的实践，将批评理论转变为叙事艺术，使《小世界》完全成为一部学术小说，即一部元小说——关于小说的小说。

戴维·洛奇的《小世界》在形式上精心设计，在技巧上大胆变革。《小世界》以"圣杯"传说为叙事框架，多条线索齐头并进，以关于这部小说如何成为小说的小说和类文本元小说的叙事形式，建构了一部关于浪漫传奇的浪漫传奇；用仿作、戏仿、引用、拼贴和将关于文学理论专业知识的讨论与紧张离奇的通俗故事情节融合，以及用使高雅与通俗、严肃与戏谑、传奇与现实相交织的平行结构等互文手法，讽刺了当代学者以参加世界各地学术研讨会为名、行追逐名利和享乐之实的"朝圣"之旅。

英国当代著名女作家玛格丽特·德拉布尔的创作，经历了一个从现实主义、现代主义到后现代主义的转变过程。随着后工业、全球化时代的到来，德拉布尔逐渐发现现实不可模仿和再现，也不存在形而上的意义，现实主义和现代主义手法都不能有效地表现后现代支离破碎的社会现实。

德拉布尔的第五部小说《瀑布》是一部实验性很强的后现代主义小说，发表于 1969 年。该小说运用后现代主义的元小说叙事策略，在内容上对小说传统进行颠覆，不断变换叙事视角，运用元小说叙事框架，设置多个并置开放的结局，玩弄语言游戏，从而折射出英国知识女性非理性的生活现实，表达了作家对知识女性的深切关怀。

德拉布尔的第十部小说《金光大道》糅合了西方神话传统中的蛇发女妖戈耳工·美杜莎、鸡头蛇怪、替罪羊、狼人等神话意象，展示了 20 世纪 80 年代英国光怪陆离的社会现实，这是现实主义的直接言说所不能实现的。这些意象不仅将小说主要人物相互联系起来，而且与小说的中心旨趣联系起来，深化了作品的死亡主题，扩大了文本的社会维度，突显出英国当时畸形的社会形象，同时也表达了作者对所处时代的尖锐批判。

德拉布尔在其第十二部小说《象牙门》中，运用受伤的身体、断裂的心理等意象，以及不连贯的叙事方式来表现 20 世纪不可理喻的人类经验。德拉布尔的碎片化意象影射了这个混乱不堪的社会现状。德拉布尔的不连贯的碎片叙事方式表明，后现代现实世界是非理性的、不可理喻的。

德拉布尔的第十六部小说《红王妃》风格奇特，以其独特的跨越时空的叙事结构、东西方异文化的书写，探讨全球化理解是否能实现这一主题。《红王妃》分为三部分。第一部分"古代"描述18世纪朝鲜王妃的宫廷生活，勾画出一幅异国女性在漫长一生中忍辱负重的全景图。第二部分"现代"将焦点转移到了当代英国知识女性芭芭拉·霍利威尔的日常生活。尽管时间已经过了两个世纪，空间也从东方转移到了西方，芭芭拉的生活却与朝鲜王妃的人生经历表现出惊人的相似：都经历了丧子之痛，丈夫都因父子冲突而发疯或出现其他精神疾病，等等。通过比较，作者意欲表明：尽管人类在永不停息地向前发展，不同时代、不同地域的人却面临一些共同的问题，这些问题需要人们携手面对，共同解决。在第三部分"后现代"中，德拉布尔本人成为作品中的一个角色，她打算将红王妃的故事继续下去，并把霍利威尔与维维卡的共同养女陈建依——一个中国女孩引入小说，暗示着陈建依将代表东西方之间相互沟通、相互理解的希望与未来。这充分展示了不同国度的人，只要彼此理解，就能和睦相处，共同致力于世界的未来。这部作品表现出后现代作家德拉布尔的全球视野及其对时代的强烈责任感。

英国当代女小说家费·维尔登的小说创作深受女性主义思想的影响。维尔登通过其后现代女性主义的书写，关注着女性的生存状况，描述女性主体意识和性在父权社会中的迷失与压抑，以及当代女性受压迫的处境，塑造了无数个寻求生存与身份的女主角，展现了女性实现自我的心路历程。

维尔登的小说《总统的孩子》体现出女性争夺话语权力，重塑女性言说主体，摒弃宏大叙事，反叛女性的家庭角色，消解逻各斯中心主义，打破浪漫爱情写作的后现代女性主义创作特色。小说《绝望的主妇》以"女恶魔"形象来颠覆二元思维模式、价值等级观念以及生态主义神话。小说《宝格丽关系》的文本表现了后现代的创作生产目的、消费环境以及创作生产技巧。小说《她不会离开》用邪恶的幽默和非连续的随意书写，表现了家务劳动确实给女性的生活带来了较大影响，主张家务劳动社会化，从而使女性获得与男性同等的尊重和地位。维尔登的小说创作渗透着解构主义、反本质主义、话语即权力、对一切元叙事表示怀疑等后现代主义思想。她是一位名副其实的后现代女性主义作家。通过女性书写，维尔登把个人叙事、文化历史和社会现实融合在一起，将其小说置于引人注目的历史发展运动中。

约瑟夫·海勒是战后美国最杰出的小说家之一，其黑色幽默小说《第二十二条军规》的问世标志着美国小说进入了后现代主义的新阶段。《画里画外》是海勒唯一一部长篇历史小说。小说中存在一种特殊的处理历史事件和历史小说叙事的策略，显示了历史作为"历史"的叙事和历史作为"小说"的叙事的关系。纷乱的历史事件表明：历史不是辩证发展的统一体，而是对历史事件的阐释。海勒克服了真假二元对立的思维惯性和难以摆脱的历史"真实"的哲学观念。《画里画外》所体现的后现代历史观和叙事策略与海登·怀特的历史书写理论不谋而合。作为后现代叙述策略的成功探索，《画里画外》颠覆了传统历史编纂观，有力地挑战了旧历史主义的决定论、目的论史观。海勒善于以喜剧式样呈现生活的悲剧，其作品弥漫着一种狂欢的气息。狂欢化即复调，是语言的离心力量，是事物的欢悦的相互依存性，是角度与表演，是对狂乱无序生活的加入，是无处不在的笑声。在小说《终了时刻》中，狂欢化涉及的范围很广：从错综复杂、晦涩难懂的阿卡卡玛会议，到米洛悄然无声的轰炸机；从混乱的都市生活，到港务局公共汽车终点站的名流婚礼。《终了时刻》将狂欢化表现为一种反制度，一种代表后现代主义本身的生活。《终了时刻》表现了世界经验的狂欢化、艺术思想的狂欢化和文学体裁的狂欢化。《画里画外》的历史叙事和《终了时刻》的狂欢写作是理解海勒乃至后现代文学创作理念和手法的重要途径。

E. L. 多克特罗是一位富有社会责任感的美国后现代主义作家。他的小说有社会分析的特点，系统表达了对资本主义的激进批评。作为一个有独特风格的后现代主义小说家，多克特罗并非只关注语言本体和文本自身，而是运用后现代主义的技巧，改变并增加历史事实，创作出《但以理书》（1971）这样一部通过重写历史，用创伤叙事暴露美国国家政治暴力的特殊作品。他被公认为是一位打破传统小说模式并大胆创新的杰出作家。

精神创伤是灾难性事件在心理过程中产生持续和深远影响的心理伤害。由于不知道精神创伤的根源，受害人永远无法走出创伤的影响。与弗洛伊德帮助病人把创伤性经历从无意识转入意识，理解其成因和蕴含，从而治愈精神创伤的"谈话治疗"类似，作家在文学作品中用创伤叙事使受创伤者重现过去的创伤情景，将创伤与历史记忆联系起来，找到创伤的根源，从而医治受创伤者。美国后现代主义作家多克特罗在其历史小说《但以理书》中，从政治左翼的视角，用创伤叙事重构了 20 世纪 50 年代但以理父母被国家以叛国罪电刑处死的悲剧，及其给后代留下的精神创伤，指出创伤的根源是美国联邦政府违反民主制度的政治暴力。小说《但以理书》的创作表明，人们在政治现实的基础上虚构历史，也在历史的基础上虚构尚未存在的政治。

当代重要的美国作家之一、华裔美国小说家汤亭亭（玛克辛·洪·金斯敦）是一位受高度赞誉的传记作者，她将自传因素、亚洲传说和小说化的历史结合，描写华裔美国人后代所面临的文化冲突。她的作品通过对自旧中国到当代美国加利福尼亚的社会和家庭关系的考察，在这两种文明之间架设了一道桥梁。作为一位非传统作家，汤亭亭在她的传记写作中避开按时间发生顺序排列的情节和标准的非小说散文文学的技巧，而综合了古代神话和想象的传记。

汤亭亭的小说《中国佬》讲述了她自己家庭的历史，并且用她较早的男性前辈想象的勇士传记来补充这一历史叙事。小说《中国佬》表明，对历史而言，文学是一个巨大的符号系统，一个特定历史时刻的事件通过这一系统能获得概念水平上的意义。必须先将对历史的理解视为一种语言结构，借助这种语言结构才能把握历史的真实价值。历史是一堆"素材"，而对素材的理解和连缀就使历史文本具有了一种叙述话语结构。这一话语结构的深层内容是语言学的，借助语言文字，人们可以把握经过独特解释的历史。像小说一样，历史的深层结构是诗性的、充满虚构的。《中国佬》这部特殊的传记作品以其非传统的文本表现了文学的历史性和历史的文学性、文学的政治化和政治的历史化，用诗性的语言构筑了一段神话的历史。它一方面非常接近作者的家庭历史事实，可以充当 19 世纪华裔美国人家庭生活演变的个案记录；另一方面，它又是作者自由虚构的诗性的故事，一种文学、历史、政治相互交织的符号系统。

美国当代小说家保罗·奥斯特热衷于在小说中进行各种后现代叙事实验，创作了一系列迷宫式的小说。但是奥斯特并非为实验而实验，他通过种种叙事实验来揭示现实与历史之真实，深刻揭露人类社会的种种现实顽疾与历史沉疴。

奥斯特在小说《幽灵》中，通过侦探布鲁毫无结果的探案过程，揭示了后现代人类的真实处境：人与人之间永远都横着一堵不可穿越的墙，因而无法沟通。小说《末世之城》中，奥斯特以虚构与真实并置的手法，通过女主人公安娜匪夷所思的所见所闻，暴露了 20 世纪人类的荒诞现实，表现了历史叙事的虚构性。在《偶然的音乐》中，奥斯特通过偶然性与必然性的叙事策略揭示了美国社会的权力运行机制和普通人的悲惨命运。奥斯特的小说《神谕之夜》抛弃了现实主义小说的叙事成规，运用故事套故事的结构、真实与虚构并置以及零散化叙事等元小说艺术手法，深刻表现了美国种族主义盛行的历史和现实。在《黑暗中的人》中，奥斯特用元小说、时空交叉、蒙太奇等后现代叙事手法，真实地表现了战争的荒诞和战争给人们的心灵造成的难以愈合的创伤。在艺术审美方面，奥斯特的小说表现出鲜明的后现代艺术特征：多样化的叙事与零散化的结构；在主题思想方面，奥斯特的小说揭示了当代人类所面临的政治、经济等现实问题，反思了 20 世纪人类不断进行自我毁灭的历史。

综上所述，现实主义和现代主义手法都不再适用于表现后现代的不确定、时刻变化而且多元的后现代世界，因此英美后现代主义小说家在小说创作中进行各种后现代主义创新实验，从而有效、深刻地表现了后现代人类经验，揭示了历史与现实之真实。他们的小说在解构现代性所营造的虚假现实的同时，尝试在文学叙事文本中重构一个适于后现代人类生存的世界。

# 第一章

# 福尔斯小说中后现代主义的排比
# 与历史和现实的不确定性

英国小说家、诗人、非虚构作家、电影剧本作家约翰·福尔斯（John Fowles，1926—2005）被认为是"当代英语世界最伟大的作家，第一位后现代主义作家"[1]。他斐然的声誉主要建立在他的小说之上。他的小说将神秘、存在主义、现实主义、现代主义、后现代主义因素混合在一起。福尔斯善于引用典故，他在创作中试验了神秘小说、维多利亚小说和中世纪故事。福尔斯作品的特点包括"使人信服的叙述，面对复杂情况时生气勃勃、足智多谋的人物和相当丰富的、涉及历史事件、传说和艺术的背景。福尔斯作品的特色还包括拒绝使用全知叙述者，反而使用不确定的、开放的、问题未得到解决的结局"[2]。

福尔斯的小说全面表现了后现代主义的世界观和艺术创新。他"研究了许多文体、写作技巧和方法。……他肯定了语言资源，同时描写了文学艺术表现现实时所固有的限制。福尔斯通过承认这些限制，但继续与这些限制做斗争，来证明自己是一位动态的而非静态的艺术家"[3]。福尔斯认为"文学一半是想象，一半是游戏"[4]，因此他戏仿神秘小说、维多利亚小说和中世纪故事等传统形式，拒绝使用全知的叙述者，强调现实是虚幻的、可改变的，其作品的结局是不明确的、开放的。"这种不提供满意结局的做法常常令习惯于阅读传统小说的读者生气。但福尔斯认为，作为艺术家，他的责任是使人物在他们受局限的范围内

---

① Sarah Lyall, "John Fowles, 79, British Postmodernist Who Tested Novel's Conventions, Dies", *New York Times*. November 8, 2005. http://www.nytimes.com/2005/11/08/books/08fowles.html?page-wanted=1&_r=1. April 27, 2009.

② Christopher Giroux, *Contemporary Literary Criticism*, Vol. 87, New York, Gale Research Inc., 1995, p. 134.

③ Ellen Pifer, quoted in Christopher Giroux, *Contemporary Literary Criticism*, Vol. 87, New York, Detroit: Gale Research Inc., 1995, p. 135.

④ Linda Vianu, "Literature Is Half Imagination and Half Game: Interview with John Fowles, 2001", Linda Vianu, *Desperado Essay-Interviews*, Editura Universitaii din Bucuresti, 2006. http://www.e-scoala.ro/lidiavianu/novelists_john_fowles.html. April 27, 2009.

有选择的自由和行动的自由。"① 这种做法与他"真实的"人类的概念完全一致，他所谓的"真实的"人类是那些行使自由意志和独立思考来抵制一致性的人。他用揶揄、多层的小说探究自由意志与社会约束之间的紧张，甚至嘲弄传统小说的叙述常规，在创作中制造神秘性和模糊性，拒绝提供解释，促使读者积极寻求答案，追踪语言自身价值的本文拆解和重组活动，从而发现意义的多重性和文本意义解释的多样化。

福尔斯与其他后现代主义作家们一起"创造了一种特殊的语言，人们必须懂得这一语言，才能理解他们的文本"②。后现代主义作品在句法学方面抛弃了等级模式，其文本的片断性规则支配了句子与论说性、叙述性和描写性结构之间的关系。无选择性和机遇性的观念使后现代主义文本在句法上摒弃连续性，出现了间断、累赘、加倍、增殖、排比等手法。排比（或并置）是一种"离开中心"的后现代主义表现手法。福尔斯的小说《法国中尉的女人》用文学与历史的排比、语义单位的排比和故事结局的排比，构成了一个颠覆所有传统叙事的、真实与虚构交织的文本，揭示了历史与现实的虚构性和不确定性。

# 一、文学与历史的排比——互文性

根据传统的看法，文学与历史的区别就在于文学是虚构，是想象力的表述。小说家对待的是"想象"的事件；历史是关于过去事件和过程的模式，历史学家所处理的是"事实"。新历史主义认为，"历史——随着时间而进展的真正的世界——是按照诗人或小说家所描写的那样为人理解的，历史把原来看起来似乎是成问题和神秘的东西变成可以理解和令人熟悉的模式。不管我们把世界看成是真实的还是想象的，解释世界的方式都一样"③。在后现代主义小说创作中，文学与历史的排比揭示了虚构与事实无区别。

福尔斯的小说《法国中尉的女人》（以下简称《法》）揭示了"20 世纪 60 年代所面对的挑战与维多利亚时代的社会问题非常相似"④，这一点甚至从小说对

---

① Christopher Giroux, *Contemporary Literary Criticism*, Vol. 87, New York, Detroit: Gale Research Inc., 1995, p. 134.

② Douwe Fokkema, "Foreword", *Approaching Postmodernism*, eds. Douwe Fokkema and Hans Bertens, Amsterdam: John Benjamins Publishing Company, 1986, p. vii.

③ 海登·怀特：《作为文学虚构的历史本文》，载张京媛主编：《新历史主义与文学批评》，北京：北京大学出版社，1997 年，第 178 页。

④ William Stephenson, *Fowles's The French Lieutenant's Woman*, London, New York: Continuum, 2007, p. 13.

城市环境的附带一提中就可以看到："维多利亚中期交通拥堵的情况跟现代一样糟糕。"① 当小说主人公查尔斯·史密逊在伦敦一条繁华的大街上行走时，一个衣衫褴褛、蓬头垢面的男孩挥动着手中一捆彩色印刷品朝他跑来（281页），这时，维多利亚中期的商品文化跃然纸上，可见维多利亚资本主义也像后现代社会一样，受到形象商品化的支撑。

小说还表现了对技术的焦虑，提出了对现存社会秩序构成威胁的根本问题。当查尔斯注意到伦敦工人阶级群众参加政治斗争的活力时，他感到自己作为一名绅士、一个注定灭亡阶级的一员，是一个多余的人。他在达尔文术语中看到了自己的多余性："当更加活跃、更加合适的生命形式像显微镜下的阿米巴原虫在他面前忙碌地推拥运动时，他这块可怜的活化石，终于在一排商店前停下了脚步。"（281页）小说将"维多利亚历史、政治现实以及社会意识形态重构在叙事中"②，形成了文学与历史，即小说文本与社会语境的并置。

小说《法》的文本戏仿维多利亚时期的写作风格和维多利亚文学所习惯使用的章节前引语。小说中有各种典型的维多利亚小说使用的技巧、传统的情节悬念和适合当时连载形式的从一章到另一章情景的突然转移。在章节前引语中，福尔斯大量引用达尔文和马克思关于社会变革的论述，作为小说人物构建自己的主观性，并把自己从小说支配性意识形态下解放出来。他用小说文本与社会语境排比的手法，构成了"一种作为历史的叙事（被历史化的小说）和作为叙事的历史（被小说化的历史）的特殊文本，从而实现了意识形态的运作和人物的解放"③。

历史的叙事意指小说像任何历史文本那样构建过去。小说详细描写维多利亚时期社会各阶层和马克思、达尔文、罗塞蒂等真实历史人物以及一些维多利亚诗人，并大量引用他们的文本，使维多利亚历史时期的人和物生动复现在当代读者面前，小说叙事就这样被历史化了。福尔斯用这些历史人物已经写过的维多利亚时代的事物作为素材，重构那一历史时期的社会文化语境。正如小说本身是完全想象的产物一样，福尔斯对这些作家的描写，特别是对这些诗人的描写也都是想象的。作为叙事的历史则意味着小说中的历史可被视为叙事，因为历史是作为叙事而实现的。当代的读者无法通过亲身体验过去来了解过去，他们只能通过阅读关于过去的文本来认识过去。所以，历史和过去的真实

---

① John Fowles, *The French Lieutenant's Woman*, London: Vintage, 1996, p. 280.（此后出自本书的引文只标注页码）

② Mahmoud Salami, *John Fowles's Fiction and the Poetics of Postmodernism*, London: Associated University Presses, Inc., 1992, p. 107, p. 109.

③ Mahmoud Salami, *John Fowles's Fiction and the Poetics of Postmodernism*, London: Associated University Presses, Inc., 1992, p. 107.

事件只能以文本化和叙事化的形式为人们所理解。小说《法》是历史与小说这两种人文建构的叙事话语的结合。历史与小说都试图表现"真实"的世界，它们的力量"来源于更多貌似真实的事物，而不是来源于任何客观事实；它们都是语言建构，高度惯例化了的叙事形式，无论在语言还是在结构上都是完全不透明的；它们看上去都是互文的，都在自己复杂的互文中运用过去的文本"①。

小说《法》将历史与小说交织在一起，构成意义的体系，读者可通过这些体系来认识维多利亚时期的历史。小说与历史并置的文本表明，小说本身是对历史开放的。小说中的维多利亚世界既是虚构的，又是历史的，我们只有通过话语这一途径才能接近这个世界。小说实际上是将文本外的情况作为反映，从这个意义上看，小说就变成了一个世界，把互文中的过去变为其结构的一部分。这是一个文本的世界，一个小说文本和历史文本寓居的话语世界。虽然小说世界可能与经验世界有关联，但它不是经验世界。小说的叙事是表现，而不是指涉，因为小说中的事件并不指涉实际上的日常现实。作为一部表现性的小说，《法》试图表现和重构对维多利亚时期的人来说可能是现实的事物，它挑战叙事中的两个极端——指涉世界和完全形式主义地脱离世界。实际上，"这部小说为了加强对自身世界的建构，公然反抗任何固定的意义或任何分类的形式，既违反了历史的原则也破坏了小说的惯例"②。

作为一部历史编撰元小说——作为历史的叙事（被历史化的小说）和作为叙事的历史（被小说化的历史）的特殊文本，《法》的叙事者在第 13 章里走出小说叙事的框架，离题地论述小说艺术，指出小说家的愿望是"要创造出像现实世界一样真实的世界，但它又不同于现实世界"（98 页）。"如果小说世界真的像现实世界一样真实，那么它就必定暗示：'现实'世界本身也是虚构的。"③《法》所描写的大部分事件并未在维多利亚时期和现实生活中真正发生过，但它们看上去仍像历史事实一样真实。这是因为当代的叙事者将 19 世纪维多利亚时期女主人公莎拉·伍德洛芙和男主人公查尔斯·史密逊的生活重构在后现代小说的叙事中，通过他们在叙事中的"踪迹"表现出来，这样当代的读者就可以了解到一百多年前人们的生活状况。

后现代解构主义者德里达对历史线性叙事的质疑产生了一个概念性的历

---

① Linda Hutcheon, *A Poetics of Postmodernism: History, Theory, Fiction*, New York: Routledge, 1988, p. 5.

② Mahmoud Salami, *John Fowles's Fiction and the Poetics of Postmodernism*, London: Associated University Press, Inc., 1992, p. 109.

③ M. Keith Booker, "What We Have Instead of God: Sexuality, Textuality and Infinity in 'The French Lieutenant's Woman,'" *NOVEL: A Forum on Fiction*, Vol. 24, No. 2. Winter, 1991, p. 190, p. 192, p. 189, p. 181.

史"链条"："一种'里程碑似的、层次分明的、矛盾的历史'；一种也暗示新的重复和踪迹逻辑的历史，因为很难看出如果没有这种逻辑如何可能有历史。"[①]在德里达看来，历史的叙事化总是意味着将意义强加给历史，这是由于叙事给历史提供结局或根源而造成的。福尔斯的小说设想了各种结局，通过滔滔不绝的长篇大论，将意义强加于历史之上，这与德里达认为无法找到历史事件的根源和本体论结论的观点相契合。然而，《法》强调只有在特定的历史语境中，意义才有可能存在。这些语境与小说的指涉幻想相互联系，并通过这种指涉幻想获得解释。

在小说《法》中，历史与小说并置，小说一边强调其指涉对象的真实性，一边不断地揭示它们的虚幻本质。虽然历史话语似乎指涉真实的事物，但小说话语却仅仅指涉虚构本身。小说的自我指涉暗示历史是一种文本，永远不可能毫无疑问地指涉经验的现实，因为"历史是推论的，小说可以像利用其他文本一样利用它"[②]。小说还表明，任何历史叙事都"象征地描述充当其基本指涉对象的一大堆事件，并把这些'事件'转化为意义模式的暗示，这是任何将事件作为'事实'表现的文学作品永远也不能产生的一种暗示"[③]。那么，作为叙事文本的历史永远是象征的、暗喻的和虚构的；它总是叙事化和文本化的历史。历史和小说中被认为是真实的事物恰恰是"我们只能想象而永远不能体验的事物"[④]。这意味着，就像《法》中维多利亚时期的历史一样，历史只有在它被叙事化、被重写、被暗喻地重构后，才能被读者接受为真实的叙述。由此可见，"历史的模式是由文本的惯例而不是由任何'真实'的标准所确定的"[⑤]。

尽管小说《法》中的确有关于维多利亚时期历史的叙述，但其中的维多利亚时期历史完全是想象出来的，这从根本上削弱了传统的逼真性概念。小说实际上"利用了历史记载的真实和谎言"[⑥]。某些历史事实被蓄意地小说化了、神秘化了、改变了，目的是要突出文字记载的历史有可能是错误的这一见解。被小

---

① Jacques Derrida, *Positions*, Trans. Alan Bass, London: The Athlone Press, 1981, p. 57.

② Linda Hutcheon, *A Poetics of Postmodernism: History, Theory, Fiction*, New York: Routledge, 1988, p. 142.

③ Hayden White, "The Question of Narrative in Contemporary Historical Theory", *History and Theory*, Vol. 23, No. 1, 1984, p. 22, p. 24.

④ Hayden White, "The Question of Narrative in Contemporary Historical Theory", *History and Theory*, Vol. 23, No. 1, 1984, p. 24.

⑤ M. Keith Booker, "What We Have Instead of God: Sexuality, Textuality and Infinity in 'The French Lieutenant's Woman' ", *NOVEL: A Forum on Fiction*, Vol. 24, No. 2. Winter, 1991, p. 192., p. 189, p. 181.

⑥ Linda Hutcheon, *A Poetics of Postmodernism: History, Theory, Fiction*, New York: Routledge, 1988, p. 114.

说化了的关于拉龙谢和与之相爱女人的审判文件便是一例。小说的叙事者在第 28 章中承认这了场审判的虚构性：他是根据从葛罗根医生那里得到的一个文本来叙述的，而葛罗根医生的文本则是根据从一个德国医生那里获得的另一个文本编造的，而那位德国医生本人的文本是在一名被告的支持下用自己夸张的方式写下来的，这些文本都不是完全真实的。传统上，历史小说为了与文学世界建立联系，通常会合并、吸收这种所谓的"真实"文献。然而，在《法》中，这种历史事实被公然与虚构的故事融合在一起，而不是作为纯粹的虚构元素被吸收。小说突出表现了文献被实际上重构的过程。这些文献仍是叙事化了的文本，既不是在小说中被吸收，也不是来自真实过去的事实。小说中提及的历史人物只被用来证实虚构世界的真实性以及这部作品的元小说性。

虚构的人物与事件和历史上的人物与事件通过小说的互文文本相互影响、相互作用，因为叙述者以这种方式丰富了小说世界的文化和历史语境。这些文本有些来自维多利亚历史的真实文献，有些来自维多利亚文学的其他作品。历史文本与文学文本的排比所造成的相互影响就是互文性。"互文性是一个无限的概念。正如德里达等人所指出的，互文关系之网在某种程度上最终延伸到整个语言结构，这种语言结构绝不仅仅是对具体文本的提及，而是更加基本的和内在的。"[①]小说《法》将来自维多利亚世界的文学、历史、传记、考古学、人类学、哲学、理论、心理学、社会学甚至可视艺术等各种话语重构为叙事，并将它们合并到自己的语言结构中，构成互文性。因此，小说是对历史文献的文本化，每一个文本的写作都是"对其他作品的释义"[②]，是对其他文本的重构。在这部小说中，互文性突出了两种背景的对立，经常导致读者获得对两个世界的了解。小说拒绝回答或确定读者应该站在后现代叙事者的立场上，还是应该站在维多利亚时期人的立场上。《法》表明，互文性是一种将叙事从作者决定意义的暴政卜解放出来的手段。由丁小说的互文性，整部小说在一种散漫的历史参考文献的体系中得到理解，其中每一个参考文献都构成与小说多元性有关的意义，使小说的意义变得多元化。

---

① M. Keith Booker, "What We Have Instead of God: Sexuality, Textuality and Infinity in 'The French Lieutenant's Woman' ", *NOVEL: A Forum on Fiction*, Vol. 24, No. 2. Winter, 1991, p. 189.

② Edward Said, *Beginnings: Intention and Method*, New York: Columbia University Press, 1985, p. 218.

## 二、语义单位的排比——意义的多元化

后现代主义以消解知识的明晰性、意义的清晰性、价值本体的终极性、真理的永恒性这一反文化、反美学、反文学的"游戏"态度作为其认识论和本体论，以具有破坏、颠覆、批判等主要特征的解构主义作为自己立论的根据和批判的武器，拆除具有中心指涉结构的整体性、同一性，宣告"元话语"与"元叙事"的失效。人们的注意力被完全转移到语言的世界、文本的世界、符号的世界，而不再是那个完全独立于语言世界之外、不以我们的意志为转移的客观存在的世界。反对中心性、整体性、体系性，是后现代主义的主要思维向度。① 以破坏、消解和颠覆为根本任务的后现代主义小说是对传统小说的超越、抛弃和否定。后现代主义小说建立了一种新的小说范式。"作为后工业大众社会的艺术，它摧毁了现代艺术的形而上常规，打破了它封闭的、自满自足的美学形式，主张思维方式、表现方法、艺术体裁和语言游戏的彻底多元化"②，后现代的多元性是一切知识领域和社会生活各方面的本质。福尔斯的小说《法》以人类自由、人类解放、后现代叙事进化等语义单位的排比，即以意义的多元化揭示后现代思维反对中心性、整体性和体系性的特点，积极维护事物的多样性和丰富性。

### （一）人类自由

福尔斯在小说创作中总是关心人类自由这一普遍问题，他所表现的人类自由经常指的是个人不受社会及其制度限制的自由。他的小说在 20 世纪 60 年代存在主义语境下表现了人类对自由的追求。存在主义哲学家萨特根据自为存在的特征引出了"存在先于本质"的"存在主义的第一原理"。萨特认为，自为者是被抛到一个环境中的，是被抛入存在的，他不知道为什么要存在，而这种环境对他来说也是完全偶然的，是荒谬绝伦的，是"令人恶心的"。在一定条件下，人可以在面临好几种可能发展道路时自由选择，这种选择的后果就是他的本质。人选择了自己想要成为的人物，就是选择了自己的本质。存在主义认为，人的存在又只是一种可能性，能否把它变成现实，这取决于人自己做出的选择，只有自由选择、自由创造的人，才有真正的存在。"存在先于本质"不是通过一

---

① 王岳川：《后现代主义文化研究》，北京：北京大学出版社，1996 年，第 15-16 页。
② 弗利德里希·基特勒：《后现代艺术存在》，转引自章国锋：《从"现代"到"后现代"》，载柳鸣九主编：《从现代主义到后现代主义》，中国社会科学出版社，1994 年，第 13 页。

次选择,而是通过不断的选择来完成的。①

福尔斯认为,存在主义主要是对迫使个人服从的社会和政治压力的一种反应。社会自由是在可选择的社会"现实"之间或在支持性群体之间进行选择的机会,这种机会肯定并加强人们的身份。因此,它是一种选择身份的办法。在社会自由和存在自由之间存在一种重叠,在这个意义上两者都提供了个人选择的机会,但存在主义使一种独立于任何支持性群体的选择成为必要。在小说《法》中,"不同种类自由的出现使小说进一步复杂起来,对读者来说,这是一种大规模的多义性效果"②。小说文本把对叙事自由、存在自由和社会自由的表现交织在一起。

### 1. 叙事自由

叙事自由,即小说人物不受其作者控制的自由(或人物虚构的自由),隐喻不受上帝控制的自由,是福尔斯小说中存在自由的先决条件。小说《法》中的女主人公莎拉·伍德洛芙不受作者的控制,通过叙事自由而获得了一种社会自由。莎拉找到了一个可供选择的象征世界,一个社会的参考框架,在这个世界里她能够选择一种身份。莎拉实现社会自由的必要条件在小说开始时还不具备,所以她必须依靠一种叙事自由去寻求社会自由,直到发现有可利用的条件。诚然,"对一位作家而言,给人物存在要比给人物叙述自由容易得多"③。福尔斯在 1974 年与詹姆斯·坎贝尔的一次访谈中说,他的确想给他的人物自由,"但那只能作为一种游戏,因为假装你的人物是自由的只能是一种游戏"④。尽管小说《法》的创作背景是一个明显没有叙事自由的文学时期,但是福尔斯还是要尝试解放小说中的人物。在叙事世界这一作家想象的或可能的世界⑤里,人物(包括叙述者)也有想象力,因此也有一种创造自由。在《法》中,对叙事自由最肯定的创造是通过莎拉这一人物实现的,她坚信她所想象的那一可能的世界。

虽然福尔斯在书中采用了过去某段时期的引用语,提及维多利亚时期的思想家,以此来使他的小说历史化,但在他对小说的控制中,特别是在为创造三个结局而对时间的操纵中,他抛弃了写历史的全部伪装,并且清楚地承认他的叙

---

① 徐崇温:《存在主义哲学》,北京:中国社会科学出版社,1986 年,第 6-18 页。

② Richard P. Lynch, "Freedoms in 'The French Lieutenant's Woman' ", *Twentieth Century Literature*, Vol. 48, No. 1. Spring, 2002, p. 50.

③ Richard P. Lynch, "Freedoms in 'The French Lieutenant's Woman' ", *Twentieth Century Literature*, Vol. 48, No. 1. Spring, 2002, p. 60.

④ James Campbell, "An Interview with John Fowles", *Contemporary Literature*, Vol. 174, 1976, p. 347.

⑤ Umberto Eco, *The Role of the Reader: Explorations in the Semiotics of Texts*, Bloomington: Indiana University Press, 1979, p. 235.

事目的是象征性的。象征性叙事表现的是亚里士多德归于诗歌而不归于历史的比较哲理的真实。服务于较高真实的文学创作允许虚构事件的梗概。因此，寓言作品之真实在于它对自身虚构的明确承认。在查尔斯与莎拉之间的冲突中，查尔斯想知道，"我何时才能理解你的说教性寓言呢？"（439 页）。莎拉称自己是一个虚构物，一件艺术品（即一个自由的人物），她担心被人（甚至被她自己）全部理解，因为被人理解等于同被人计划或者等同于死了。她公开承认，事实上是因为前拉斐尔派艺术，她才沉湎于虚构法国中尉瓦尔格尼与她的风流韵事。小说的叙述者认为，这种公开性不一定比维多利亚时期社会行为的幽居癖更真实；相反，它被更加理想化了，它是"一个神秘的世界，在那里赤裸的美要比赤裸的真更重要"（172 页）。在叙述者的头脑里，美与真因为莎拉而被分开了。查尔斯在称莎拉的行为是寓言时，看出了她存在的虚构性和她存在的最终目的——充当一种真实，而不是某种其他存在的附属物—— 一个维多利亚时代男人的妻子。

在《法》中，莎拉将自己的生活小说化，这不仅是一种渴望自由的想法，也是一种控制生活的行为，有其独特的价值。她使生活小说化不是为了自我欺骗，而是非常有意识、有目的的。这种小说化行为达到了很高的程度，它决定了莎拉生活的种类，它使艺术成为生活。莎拉的最终愿望不仅是要得到她在泰尔伯特夫人家里所看到的家庭幸福，她还想要得到"智慧、美丽和知识"（166 页）。查尔斯把她与法国中尉的风流韵事解释为一次绝望的行动、一种想与众不同的需要。她受过良好教育，非常聪明，但她被关在较高社会地位大门之外，因此对目前的生活感到不满。因为不能忍受这种状况，所以她认为还是做一个无足轻重的人会更好些（171 页）。

在小说结尾，莎拉对查尔斯解释说，她有两个简单的愿望：做一个她现在这般的人和像她现在这样快乐。莎拉意识到她获得了社会自由，这对她来说是十分重要的，因此她很快乐。她接受了一个可供选择的身份——从事自由创作的前拉斐尔兄弟会艺术家群体的一员。萨特的"存在先于本质"这个短语包含关于个人自由的思想，它暗示存在一种想成为某人所选择身份的自由，而不存在一个等待暴露的真实的自我。当莎拉告诉查尔斯，"我终于来到了，或者在我看来似乎来到了我归宿的地方"（430 页）时，她好像已经发现了她那个"真实的自我"——不是某种其他存在的附属物。但是查尔斯似乎并没有这样一个等待他的身份。他可能选择的身份只能由叙述者或他人去猜测。但萨特认为，仅有可能性是不够的，存在主义自由的价值只能由查尔斯进一步选择冒险行动来做最后证明：查尔斯必须从一个无足轻重的人开始，继续选择，直到获得某种身份，因此查尔斯的未来是开放的、不确定的。

### 2. 存在自由与社会自由

由于小说《法》强调存在自由，所以女主人公莎拉就得以通过自由选择、自由创造而实现她新的存在本质，从而获得一种社会自由。西方社会学家这样解释"个人主义"：个人主义是对在有差异的"现实"和身份之间"做出选择的认识"与利用可行的选择来"建构自我能力"的结合。① 此外，"建构自我"可能等同于对自我所作的存在主义"选择"，但其过程和结果却有实质的不同。产生于多种原因而不成功的社会化使这种个人主义成为可能。所有人都出生在"象征性的世界"② 里，即社会结构里，社会将其制度化为现实。社会化也就是新的个人将那种社会内在化，使其成为他的现实的过程。这种社会化主要通过重要的其他人（父母、朋友、同事和后来的其他人）的调解而完成，这种新的个人与他们的角色和态度认同，最后与他们的世界认同。在与重要的其他人及其世界的认同中，个人获得了一种与其一致的身份。

小说《法》的女主人公莎拉在某些方面看，是维多利亚小说中经常描写的典型形象，但她的社会化是很不完善的：一个受过教育的女人，收入有限，找到女家庭教师这样应受尊重的职业；然而她又与这种典型形象有所不同，她父亲是个佃农，由于父亲的坚持，她才受到了超越其贫穷阶级的教育。她与寄宿学校的其他学生毫无共同之处，她远没有把社会内在化并把它作为现实来接受。仅仅生活在维多利亚时代这一事实就足以使社会化成为一个不稳定的过程。成功的社会化需要在客观现实（社会确立的对现实的通行看法）和主观现实（个人的认识）之间有一种接近的比较，它显示这两者的相似处。"认同的轮廓完全是在充分表现客观现实意义上被显示出来的，认同处于客观现实之中。简单地讲，每个人都很接近他应该是的身份。"③ 但莎拉并不接近她"应该是的身份"，在生活中，她既不是佃农的女儿，也不是她自己心目中的女家庭教师。在为小说提供背景的参照世界里，在莎拉的个人生活中，都存在着足以破坏莎拉社会化的条件。小说在结束前也没有为她提供可用的替代件的社会现实，也没有出现她可以获得对应身份的对应世界。对她而言，只有一种选择，那就是假装是法国中尉的女人——实际上她所不是的身份。作为在一种社会现实中拒绝社会化的手段，这是一种她不能接受的作为她身份证明的社会现实。

然而，在像英国维多利亚时期这一复杂的社会里，存在着非常复杂的知识

---

① Peter Berger and Thomas Luckmann, *The Social Construction of Reality*, New York: Doubleday, 1966, p. 171.

② Peter Berger and Thomas Luckmann, *The Social Construction of Reality*, New York: Doubleday, 1966, p. 96.

③ Peter Berger and Thomas Luckmann, *The Social Construction of Reality*, New York: Doubleday, 1966, p. 164.

分配，给"重要的其他人机会，让他们把不同的客观现实调配给个人"①。小说《法》中，前拉斐尔兄弟会成为一群可供莎拉选择的重要的其他人。两年前，她曾不顾一切地寻找她可以在其他情况下拥有的一个像查尔斯这样的绅士，她不顾一切是因为事实上她从不相信查尔斯可能娶她。的确，她的试验只产生了扩大这个世界的效果，而她在这个世界里只是一个微不足道的人。两年后，当查尔斯找到她时，她已经明显不是他一直寻找的莎拉——她已"不再是一个女家庭教师了"（422页）。用社会学的术语表示，查尔斯进入了一个可供选择的世界，这里存在着为知识女性准备的多种真正的选择。莎拉不必再忍受维多利亚时代阶级社会的条条框框，因为她找到了她所需要的世界和重要的其他人："直到遇到这里的人后，我才知道，这个世界上存在一个具有崇高目标并为之努力奋斗的群体……。我终于到达了我的归宿之处。"（430页）在这里，她有了一个牢固的身份，一个难以获得的社会身份——从事自由创作的艺术家群体的一员，她通过存在主义的自由选择和自由创造实现了新的本质，通过存在自由获得了社会自由。

## （二）人类解放

福尔斯的小说《法》以马克思的著作《论犹太人问题》（1844）中的一句话作为开篇引语："任何一种解放都是把人的世界和人的关系归还给人自己。"②福尔斯用开篇引语这种维多利亚时期的传统文学技巧将马克思主义思想，特别是关于人类解放这一重要思想引入小说文本。但是，贯穿整部小说的"解放"并非马克思主义的解放或无产阶级革命胜利，倒很像是解散。随着确定性在小说文本中一个接一个地被瓦解，解放与归还出现在同一种模式中，这种模式从小说中的人物延伸到作者、读者，最后到文本本身。随着这种策略的展开，"马克思主义在其解放与归还的必要性上得到肯定；但却在其真正归还人类关系的解放实质和本质上被颠覆"③。

虽然《法》的主要情节是查尔斯和莎拉不断发展和变化的关系，但小说关注的焦点却是山姆·法罗和查尔斯的主仆关系这一次要情节所表现的阶级斗争。阶级斗争是马克思提出的认识人类全部历史的关键。福尔斯将查尔斯和欧内丝蒂娜分别与一个同性别的、地位卑微的仆人联系起来，但他们又被教育、语

---

① Peter Berger and Thomas Luckmann, *The Social Construction of Reality*, New York: Doubleday, 1966, p. 167.

② John Fowles, *The French Lieutenant's Woman*, Boston: Little, Brown, 1969, p. 1.

③ David W. Landrum, "Rewriting Marx: Emancipation and Restoration in The French Lieutenant's Woman", *Twentieth Century Literature*, Vol. 42, No. 1, John Fowles Issue, Spring, 1996, p. 103.

言、金钱、举止、习俗、特权等社会阶级分层指标与仆人区别开来。随着小说的发展，仆人与主人之间，特别是山姆与查尔斯之间的阶级反感愈演愈烈。尽管小说文本在一开始就强调了经典马克思主义的重要性，但叙述者却指出当时英国政府实施改革和经济繁荣的那几个十年"使革命的可能性几乎从人们的思想中……退了出去"（18页）。小说既表明山姆有解放成功的希望，又表现了他与主人查尔斯之间的阶级冲突。虽然小说在一开始就排除了发生革命的可能性，但山姆首次在故事中出现的情节却直接或间接地暗示了阶级斗争和暴力革命发生的可能性。在描写主人查尔斯和仆人山姆之间阶级关系的那一章里，福尔斯引用了马克思《资本论》中的一段话，来引导读者考察山姆的经济和社会地位：

> 现代工业的营利性……容许工人阶级越来越大的一部分人从事非生产性的职业，随之发生的就是古代家奴以奴隶阶级的名义并以不断扩大的规模再现，包括男奴、女奴、侍从，等等。[1]

小说里有这样一个细节：那天早上山姆情绪不佳，检验剃刀的刀刃是否足够锋利。这似乎暗示暴力革命马上就要爆发。小说把查尔斯描写为一个对仆人慈善的主人，他喜欢山姆，不剥削也不虐待他；但他对山姆的屈尊态度却令人不适：他用受到的高等教育"仁慈地"欺侮他的仆人，引用仆人听不懂的拉丁语，谴责仆人醉酒，说他"出生在一座杜松子酒宫殿里"，叫他伦敦佬，说山姆与玛丽的爱情发展太"快"，然后告诉山姆，"如果你不能以最快速度备好早餐，我脚上的皮靴可就要在你可怜的后屁股上留下印记了"（45页）。显然，"查尔斯对山姆是在经济压迫之外又加上侮辱"（47页）。对遭受阶级和经济压迫的山姆来说，争取解放是非常必要的。但是，因为他们两人都分别深嵌在各自的社会阶层里，所以这种解放必须由外部力量来实现。

然而，这种外部力量不是无产阶级革命，而是山姆对个人经济进步的追求，这是他实现解放的唯一道路。山姆是"'势利者'的一个杰出范例。他对服装款式有着敏锐的眼光——像20世纪60年代的服装模特那样眼光敏锐；他把大部分钱都花在了赶时髦上"（46-47页）。他的计划是最终进军商业，"他的抱负很简单：当一个男子服饰用品商"（131页）。但阻碍他实现抱负的是：他没有钱，也没受过教育。随着他与玛丽恋爱关系的发展，他要摆脱查尔斯、实现个人愿望和解放的决心也愈发坚定了。

在山姆与玛丽的爱情日趋热烈的同时，查尔斯也越来越着迷于莎拉这位

---

[1] Karl Marx, *Capital, The Communist Manifesto, and Other Writings by Karl Marx*, ed. Max Eastman, New York: Modern Library, 1932, p. 38.

"法国中尉的女人"。查尔斯已经与富商弗里曼先生的女儿欧内丝蒂娜订了婚，但他认为这只是一种按维多利亚时期资产阶级文化传统发展的有限而无结果的关系，他把莎拉看作摆脱这种关系的出路。于是，他开始希望通过与莎拉的爱情，去朦胧地探索人类自由和解放的可能性。在他眼里，莎拉身上有异国情调，还有一种谜一般的、禁忌却诱人的性特征，她象征着一种外来的、迷人的、无限的他者。①她假装精神不正常，虚构与法国中尉的不正当关系，由此获得"法国中尉的女人"的头衔和摆脱莱姆镇传统而得来的自由。这使查尔斯意识到，在他所生活的世界之外还有一个很遥远的世界。他所在的世界具有根据传统仔细制定的公式、规定的行为和详细阐述的社会惯例。在莎拉身上，他看到从所有传统限制下实现个人解放的可能性。正是在这一点上，查尔斯与莎拉之间逐渐发展但尚未完成的秘密私通开始为山姆与玛丽形成一条通向解放的道路。在副崖下一间被遗弃的农舍里，山姆与玛丽偶然发现了查尔斯与莎拉的秘密约会。山姆想借此机会勒索查尔斯，弄到钱去开办他的男装店。结果，他的勒索计划失败了，于是他向欧内丝蒂娜的父亲弗里曼先生出卖了查尔斯。弗里曼先生迫使查尔斯在一张破坏婚约的认罪书上签了字。

弗里曼先生在他的商店里给山姆安排了职位，作为山姆揭发查尔斯的奖励。山姆在这个职位上表现得出类拔萃，他的创新力赢得了雇主的赞许，他很快得到提拔，有了可观的薪水，与玛丽生活在伦敦舒适的市区里，有了一个孩子，还雇了一个女仆。山姆和玛丽获得了成功和解放。但是，他们并不是靠暴力革命或者靠摧毁剥削他们的压迫制度而获得的成功，他们的解放也不是那种工人阶级奋起斗争、在暴力革命的胜利中甩掉身上的锁链而实现的无产阶级解放。相反，他们被接收进那一剥削无产阶级的压迫制度，加入了中产阶级，通过资本主义制度的可利用资源获得了解放。这是一种以传统资本主义方式实现的解放，是造成经济区别和压迫的资本主义制度所促成的解放："这两个人（山姆与玛丽）正在这个世界里不断高升；他们自己也意识到了。"（405 页）

小说《法》使用马克思的《论犹太人问题》关于人类解放的超文本引语作为整部小说文本的确定性开篇引语，使之与作为单章节开篇引语的马克思其他著作的副文本相矛盾，但它也同时"认可这种思想，即人类关系的归还是真正解放的本质"②，形成一种后现代主义小说文本所特有的悖论。福尔斯以解构马克

---

① M. Keith Booker, "What We Have Instead of God: Sexuality, Textuality and Infinity in 'The French Lieutenant's Woman' ", *NOVEL: A Forum on Fiction*, Vol. 24, No. 2. Winter, 1991, p. 190, p. 192, p. 189, p. 181.

② David W. Landrum, "Rewriting Marx: Emancipation and Restoration in The French Lieutenant's Woman", *Twentieth Century Literature*, Vol. 42, No. 1, John Fowles Issue, Spring, 1996, p. 110.

思主义解放的方式重读了马克思主义，在他的小说中"像许多其他宏大叙事遭到福尔斯的后现代批评一样，马克思主义作为一种说明性的、确定性的意识形态也受到了挑战"①。马克思主义是对人类历史的解释，这种解释试图对历史过程提出一种伦理体系，从而将历史过程系统化。马克思在《共产党宣言》中写道，人类的全部历史都是根据阶级斗争来认识的历史。②但马克思也注意到，真正的解放是一种关系的归还。小说《法》否认任何确定生活界限的企图，并向所有想界定人类自由的可能性的元叙事提出了挑战，因而也解构了马克思主义解放所构成的传统无产阶级革命思想。

## （三）后现代叙事进化

在后现代，随着经济和科技的迅猛发展，人文领域也在快速发展，因此人类社会日趋复杂。作者发现，传统的现实主义和现代主义叙事已不再能有效表现复杂的后现代人类经验，作家不得不进行叙事上的创新试验，从而有效表现日趋纷繁复杂的后现代人类世界，因此后现代叙事的进化也成为《法》这部元小说探讨的主题之一。元小说是关于小说的小说，它自我指涉，表现出后现代文学的内在性。小说《法》解剖了人类认识与叙事两者间的关系，与此同时，也将小说自身牵扯进这种关系。小说中的故事既戏剧性地表现人类主体通过讲故事使经验得以理解这一方式，又戏剧性地表现叙述者努力使小说作为一个整体形成一座叙事大厦的活动。"它一边详细说明叙述的局限性，一边努力创造一个进化的读者。"③这种读者依靠接受这部小说所提出的激进认识来发展其新的认识技能，这样一来，他能用不同叙事方式和不同理论体系提供的方法去阅读。这种方法首先帮助他摆脱了传统的叙事惯例。

传统叙事是一种人类合作创造的彼此满意的确定性叙事。这种感知模式强调人类相互作用的互文性质。这种叙事的权力掌握在能讲述最好理解、最令人满意的故事的人手里，主要的传统叙事能产生并维护对文化的服从。叙事是"一种非常有效的散漫形式，通过这种形式，控制能得到戏剧性的表现，因为它在保护真理的主张不受检验和争议的同时，强迫人们相信这种主张。……服务于控制目的的象征性资源通过讲故事和听故事的惯例得以实现"④。在小说《法》

---

① David W. Landrum, "Rewriting Marx: Emancipation and Restoration in The French Lieutenant's Woman", *Twentieth Century Literature*, Vol. 42, No. 1, John Fowles Issue, Spring, 1996, p. 109.

② Karl Marx, *Capital, The Communist Manifesto, and Other Writings by Karl Marx*, ed. Max Eastman, New York: Modern Library, 1932, p. 335.

③ Katherine Tarbox, "The French Lieutenant's Woman and the Revolution of Narrative", *Twentieth Century Literature*, Vol. 42, No. 1, John Fowles Issue, Spring, 1996, p. 88.

④ Dennis K. Mumbry, *Narrative and Social Control: Critical Perspectives*, London: Sage Publications, 1993, p. 100.

中，莎拉通过叙事自由获得了社会自由。葛罗根专制地用强有力的科学程序对莎拉这种不稳定叙事施加压力，将其重新排列，使其与服务于自己兴趣的叙事一致。如果莎拉的叙事不符合他的叙事，她就会被送进精神病院（221 页）；显然，社会为坚持规范的叙事提供动机。查尔斯在试图摆脱特定叙事并寻求叙事自由的过程中，也尝试了一次对传统叙事的颠覆。查尔斯突然感到"一种新生活及巨大挑战展现在他眼前，但他会挺身迎接它们"（383 页），于是他急切地、迅速地寻求新的叙事形式。由于个人身份先于或存在于叙事操作的外部，自我"似乎与它为自己建构的叙事或生活的故事密不可分"①，人们学会了以他人为例建构叙事。查尔斯感到自己恰恰处于这种叙事的动力学中，在整部小说中他一直在为解放自己而战斗；他认为，只要他能"纯净自己"，莎拉就可能给他带来一个"新的景象"（353 页）。与她在一起，查尔斯看到了"另一个世界，一种新的现实，一种新的因果关系，一种新的创造"（351 页）。为了防止历史的反复，小说《法》追求在个人和集体层面上增加语言学意识的限制。它被置于我们的感知之上，试图实现一种意识的"横向进化"（200 页），这是一种后现代文本的变形。《法》的重大主题之一就是它自己正在进行的变形和它对读者的挑战，希望读者开发相应阅读技巧，从而使文本产生意义。意识的横向进化将产生一种认识的超叙事模式。

　　叙述者认为，小说家创造的世界不同于生活的世界，但它与生活的世界一样真实，人物"存在于一种恰恰与'生活世界'一样真实的现实里"（99 页）——小说世界本身也是真实的现实。《法》的后现代叙事表明，想象的世界与生活的世界在本体论上是等值的。莎拉急速进入查尔斯的想象里，留下她那张脸的烙印，实际上留下了她整个人的烙印。她以一系列令人印象深刻的舞台造型出现在查尔斯面前，不断促进自己的变化，从而形成异常清晰的形象。在本体论意义上，她在小说中的形象是双重的。在一种非常真实的意义上，她寓居在查尔斯身上，时常萦绕在他心头。查尔斯甚至感觉当他与欧内丝蒂娜在一起时，他也是与实体化的莎拉在一起。

　　小说《法》以各种世界的混合、非传统的结合和不可思议的联盟折射后现代人类世界的状况，有力地表明文本世界与生活世界在同时扩张。小说中，莎拉被描写为一个公然反抗逻辑和反抗可理解性的谜。既然罗塞蒂经常画莎拉，读者可能想翻阅一下罗塞蒂的绘画作品，看看罗塞蒂到底把莎拉画成了一个什么样的人；这一交叉点可能更加激发读者去问，罗塞蒂能给这种不可估计的事情带来何种新的认知过程。叙述者虽然提供了关于事实的描述、对历史的分析

---

① Antony Paul Kerby, *Narrative and the Self*, Bloomington: Indiana University Press, 1991, p. 6.

和对文化的解释，但是在这一结构里存在着一种对位的空间，在那里不可能有任何说明，因此完全的认知中止了。莎拉给查尔斯讲述了法国中尉瓦尔格尼的故事，诱使他进入瓦尔格尼的位置，使他在生活的世界里开展那一故事世界里的行动。为了增加他的混乱，莎拉进一步使他进入一种令人迷惑的、雌雄同体的主角位置，既扮演莎拉的流放，又实践瓦尔格尼的背叛行为（他抛弃了欧内丝蒂娜）。莎拉使查尔斯集引诱者和被引诱者、抛弃者和被抛弃者、男主人公和女主人公于一身，同时经历着几个二元的所有两极。莎拉打破了所有规则，在最后一次对认知的破坏中，她抹去了瓦尔格尼的故事，"别要求我解释我所做过的事情。我不能解释它。它不能被解释"（342 页）。前两个句子表明这个人类主体不能解释，最后一个被动语态和无主体的句子意在说明解释本身不再是故事和讲故事的背景。叙事逻辑本身似乎正在以其分叉的二元途径被否定，这有利于莎拉积累不按逻辑行事的经验。

在《法》的叙事文本中，不仅莎拉的叙事造成查尔斯对其想象世界的认知混乱，叙述者也不按传统的叙事常规和正确的句法去叙事，而是写出来，然后再抹去他所叙述的事件，从而攻击叙事的存在状况及其二元选择的责任。在第 44 章中，叙述者讲述查尔斯在埃克塞特抵制了莎拉的诱惑后，回去与欧内丝蒂娜快乐团圆，但这一情景后来在描写查尔斯与莎拉关系的两个结局中被抹掉了。尽管如此，它作为另一个二元选择——一个符合维多利亚传统的平静而明智的婚姻——仍然被置于后来查尔斯和莎拉的极端分裂和逃避的情景之上，并与之共存。叙述者制造了莎拉与查尔斯关系的双重结局，这是小说的最终认知挑战。叙述者认为对立双方之间的斗争是一种人造的困境（390 页）。由于语言按字母顺序排列，他"不能同时给出两种说法"（390 页），而且他坚信我们不能认为一种说法比另一种说法更"真实"（390 页）。两种矛盾的现实占据了同一个时空。叙事为读者创造了自愿参与的现实。"它引起讲故事的惯例，这些惯例创造了集体的记忆和存在。从这样的记忆和存在中，一种'社会'意识与'我'一同出现，而'我'航行在它计划的领域内。我们必须转向文化及其惯例，从而找到超越其限度的途径。限度本身是叙事精神所产生的一个概念。如果我们能与叙事的'他者'建立联系并与之谈判，我们就可能回头以各种方式调解我们的叙事习惯。"①

小说《法》表明，任何后现代文本都没有统一的意义核心。文本的意义不是来自作者对文本的创造，而是来自读者对文本的解释。任何人都可以对文本做出自己的解释。后现代的读者以一种批判性和创造性的姿态，通过主观地建

---

① Katherine Tarbox, "The French Lieutenant's Woman and the Revolution of Narrative", *Twentieth Century Literature*, Vol. 42, No. 1, John Fowles Issue, Spring, 1996, p. 88, p. 101.

构意义，探索文本的弦外之音，最终重新书写了原文本。后现代作者在写作过程中，首先，主体经历着自身的解构与重构过程；其次，在潜意识层面渴求读者的理解和帮助，渴求与读者建立一种对话式机制。文学作品是一个生产与再生产的过程，读者由消费者变为参与这一生产与再生产过程的生产者。作品的意义并非由作者决定，只有通过读者重现文本的生产过程、参与这一过程，才能创造出作品的意义。后现代主义小说的阅读方式注重审美的快感而非审美的愉悦，注重在文本能指的无限运动中发掘出无限多元的意义。在后现代，阅读活动不再是一种把握作者原初意图的活动，而是转换成寻绎文本逻辑、追踪语言自身价值的文本拆解和重组活动，从而发现意义的多重性和文本意义无限多样的解释。小说《法》表现了叙事在后现代时期的进化，这种进化是一次具有重要政治和存在意义的试验，它的超叙事模式为人们创造了更有价值的意识、更多的爱、更大的自由、更大的愿望和更多的宽容。

## 三、故事结局的排比——世界的不确定性

后现代主义强调阅读的过程。作者运用故事结尾多重排比的手法，即堆积许多读者兼主人公（小说虚构框架里的主要人物）以及实际读者一个接一个阅读的结局，一而再、再而三地纠正他对故事的看法，并且不得不一而再、再而三地用新看法代替原先的看法。这项有待读者（不仅是实际读者，而且是读者兼主人公）来完成的任务，可被视为一个重建、摧毁、再重建、再摧毁的连续不断的过程：重建一个某些事情有可能在其中发生的虚构世界，接着把那个世界摧毁，再用另一个可能的虚构世界来代替它。① 故事结局的多重排比旨在确立一种观念，即任何事物都是可能的，每个故事都可以有无数并列的结尾，每种结尾都不是完美的，在可能与不可能、真实与不真实、现实与游戏之间的选择是没有意义的。福尔斯承认，他作为作家的"第一个抱负"是要"改变他生活于其中的社会"；虽然他称那个抱负为"完全未实现的希望"，但他又相信他"在改变人们的生活观念方面提供了一点帮助"②。这种欲改变社会的想法通过小说《法》的风格和主题的改变表现出来，它产生出一部在每一页上都传达了开放、改变和生活之间的必然关系的小说。作者为小说设计了三个虚构的结局，这三个结局加强了开放、改变和生活之间的必然关系。

① Ulla Musurra, "Duplication and Multiplication: Postmodernist Devices in the Novels of Italo Calvino", *Approaching Postmodernism*, pp. 135-155.

② Carol M. Barnum, "An Interview with John Fowles", *Modern Fiction Studies*, 31, 1985, p. 188.

第一个结局出现得较早，在第44章，它不仅是虚构的，而且是错误的。叙述者指出："我们在头脑里放映关于我们可能如何行为，可能有何种假设的电影；当未来真正变成现在时，这些虚构的或电影的假设经常对我们实际的行为有巨大影响，其影响远大于我们所允许、所接受的行为带来的影响。"（327页）当查尔斯在头脑里放映他与欧内丝蒂娜结婚的电影时，他"感觉他到了故事的结局；到了一个他不喜欢的结局"（327页）。他之所以不喜欢这个结局，是因为他把自己写回了维多利亚传统；他所有的发现、揭示和改变——即他所经历的生活过程——都被掩盖了，他将成为一个维多利亚传统生活的受害者，一块陷于重大历史运动中的鹦鹉螺化石，为永恒而束手无策。在这个结局里，查尔斯回到了欧内丝蒂娜身边，看到了沉闷却相当舒适的未来：与欧内丝蒂娜结婚后，与他富有的岳父一起经商并继承岳父的遗产。当想象自己与欧内丝蒂娜结婚时，查尔斯把自己看作一种将变成化石的潜能。

在这一想象的结局里，查尔斯开始忘记真实的莎拉（此时的莎拉几乎不再是他记忆中的莎拉），只把她作为他已"熄灭了"（385页）的自由的象征物来回忆一二。他学会了当观察者，学习如何做一个合格妻子的合格丈夫等。事实上，此刻，他对问题的超然感成为他预期的最大收获。维多利亚时期人们虚假、浅薄、自欺欺人的一面被保留下来，任何事物都未真正得到改变。面对与欧内丝蒂娜结婚这一选择，查尔斯非但没有得到存在主义术语提供给他的好处，反而感觉到一种清晰可见的为自由而焦虑的情景——小说不断表现：人是自由的，而自由却是一种对恐怖情景的认识（267页）。查尔斯意识到，如果他与欧内丝蒂娜结婚，他将无法学会成为真实的自我。因此，他不自控地想要再看一看莎拉。这一事实表明，人们不能在通常意义上认识或理解调查研究中的改变。因此，为了改变自己，查尔斯必须照字面意义重复莎拉的故事——如前文所述，既扮演莎拉的流放，又实践瓦尔格尼的背叛行为。

到了小说后半部分，读者已经意识到关于达尔文的后现代看法能解释莎拉谜一般的特点和她对查尔斯的影响。这时，作为这部元小说的关键人物，作者出现在了第13章里，他指出："该故事背景下，人们普遍接受的传统：小说家仅次于上帝。"（97页）由这位"仅次于上帝"的小说家讲述的故事与以人类为中心的达尔文讲述的故事一致。达尔文讲述的自然选择进化论的故事与维多利亚现实主义者所述的故事之间存在明显假设的相互关系。事实上，"自由"是《法》这部小说的第一条原则，作者并未"完全控制"人物，因为他认为一个完全"计划的世界……是一个死寂的世界"（98页）。但另一方面，某种决定论意识又是不可避免的："甚至最偶然的先锋派现代小说也未设法消灭它的作者。"（99页）"小说家的困难是在一种不可避免的计划世界里让决定论失去活力。为了这样做，他必须保存偶然性的现实。"① 经过深思熟虑后，作者选择了开放的结局：让查尔斯乘火车去伦敦，寻找莎拉。但常规来说，维多利亚时代的小说不允许这样的结局（389页）。因此，为了忠实于其维多利亚时代小说的开始，但又要避免以传统目的论的模式规定小说的结局，作者给出了关于莎拉与查尔斯关系的两个结局，其出现顺序是用掷钱币的办法决定的。但这两个结局都不应被视为"真实的结局"②。福尔斯的叙事属于达尔文理论主张的自然选择类型。福尔斯给读者提供了一个起源的现实，两种选择会导致两种不同的结局，每一个结局都通过回顾来确定莎拉的真实本质。当然，读者也可以根据自己的理解给出更多不同的结局。

在第二个结局里，莎拉是一个可爱的谜原型女人，她以上帝的和小家庭完整无缺的方式把查尔斯完全带入了维多利亚时代的标准中。她没有促使查尔斯重复她的经历，也没有把自己展示为一个新的类型。我们发现，设计这一结局的作者既不是达尔文主义的，也不是存在主义的，更不是后现代主义的，因为这一结局从一开始"就把一切置于上帝手中"，莎拉的行为成为"寓言"（439页）。在这个结局里，莎拉这个维多利亚女人很讲求实际但又肤浅，她身上乐观的典型得以保存，任何基本的东西都未改变。莎拉也不是存在主义意义上的"真实"，这不是因为她后退到了被接受的角色，而是因为她已经获得了个性和自由的前存在主义形式，而且她很满足于这种形式。莎拉是在一个象征的叙事世界里，而不是别的地方，"找到"了一个19世纪60年代后期的身份——成为一个维多利亚时代资产阶级社会男人的妻子。那就是她在发现一个可供选择的社会群体前，不得不做一个无足轻重的人的原因。当然，按照存在主义的原则，她不能永远满足于做一个无足轻重的人。然而，查尔斯仍陷在那个时代以性别为基础的假设中，未获得自身的自由，因而不得不从莎拉那里借自由。这一结论在本质上是不令人满意的，因此作者有必要虚构第三个结局。

像第二个结局一样，第三个结局也是开放的，因为这个结局也没有给查尔斯提供明显的自由选择，他仍不能走出"维多利亚时代的社会和维多利亚时期的小说而进入20世纪的现实"③；他必须在叙事世界的"现实"里寻求自由，所以他的策略必须是虚构的。在这个结局里，一直在改变自己的莎拉终于找到了一个家，在这里她能够"珍爱"她那始终如一的自我。第三个结局在想象上给

① Tony E. Jackson, "Charles and the Hopeful Monster: Postmodernist Evolutionary Theory in *The French Lieutenant's Woman*", *Twentieth Century Literature*, Vol. 43, No. 2. Summer, 1997, p. 237.

② John Neary, *Something and Nothingness: The Fiction of John Updike and John Fowles*, Carbondale: Southern Illinois University Press, 1992, p. 174.

③ Kerry McSweeney, *Four Contemporary Novelists*, Montreal: McGill-Queen's University Press, 1983, p. 142.

读者提供了与第二个结局不同的莎拉。在这个寓言中，莎拉的性格得到发展，变得我行我素，查尔斯对她的看法改变了。现在轮到查尔斯变成一个无足轻重的人。根据存在主义的观点，莎拉在第二个结局里通过自由选择实现了社会自由，而查尔斯则没有。在第三个结局中，在查尔斯争取社会自由的突变中，莎拉这个叙事现实中的女主人公变成了一个互文的角色——一个诱惑男人的女性，这是一个女性反面人物。她之所以变成这样，只是因为这符合查尔斯的愿望，这样他就可以逃避做一个合格妻子的合格丈夫的角色。当然，这意味着查尔斯与她的任何一种关系都必须牺牲，因为这是查尔斯争取个人自由的唯一办法。在叙事世界里的普通生活中，他们所扮演的角色是前文所提到的合格妻子与合格丈夫这样的互文原型。逃避这种角色特别需要一种想象的激进行为。在这个结局里，查尔斯为自己和莎拉清楚界定了预期的角色：他是把年轻女人从不幸中拯救出来的杰出骑士；莎拉则是被他的宽宏大量又一次举起来的堕落女人。

查尔斯是在进行埃柯所称的"推论性的散步"①，设计出他所熟悉的文本（包括维多利亚时期小说文本）中人物的发展和未来的事件。那么，根据存在主义的观点，在这个结局中，查尔斯可能比较快乐，但他并不那么真实或自由。无论叙述者怎样修饰话语，无论查尔斯怎样通过互文的猜测和假设使莎拉显得更神秘，读者一样可以清楚了解莎拉的本质，并发现查尔斯对莎拉的判断是错误的，因此查尔斯未能把自己界定为一个走向存在主义自由的角色。在这个意义上，莎拉在她的发展过程中经历了类似的阶段。她一度是个无足轻重的人，后来拒绝了她可得到的身份——一个维多利亚男人的妻子。在小说结尾处，她接受了一个可选择的身份——不做任何男人的妻子。萨特关于个人自由的思想包含在"存在先于本质"这个短语里——它暗示存在着想成为某人所选择身份的自由，但不存在一个等待暴露的真实的自我。但当莎拉告诉查尔斯"我终于来到了，或者在我看来似乎来到了我归宿的地方"（430页）时，她好像已经发现了那个真实的自我，但查尔斯却没有这样一个等待他的身份。他可能选择的身份只能由叙述者、读者或其他人去猜测。根据萨特的观点，仅有"可能性"是不够的，人类伟大的幻想之一就是通过选择的行动去实现人本可以成为的身份。因此，萨特的存在主义自由的价值只能由查尔斯进一步冒险来做最后证明。查尔斯必须通过选择，从一个无足轻重的人继续前行，不断做出选择，直到获得某种身份。可见，查尔斯的未来是开放的、不确定的。

《法》的最后两个结局是"同等似是而非，同等真实，因此也是同等虚构

---

① Umberto Eco, *The Role of the Reader: Explorations in the Semiotics of Texts*, Bloomington: Indiana University Press, 1979, p. 32.

的"①、同等不确定的。叙述者试图通过提醒读者这种一般框架的办法，使他们面对多种选择的可能性和多样的改变。作为这部元小说的合作建构者，读者受邀来放映这两个结局的电影，然后根据从每一个结局的情景获得的新信息来改变对小说事件和人物的阅读。显然，任何读者都不可能对第二个结局的莎拉和第三个结局的莎拉做出一致评价，任何重读行为也同样不可能产生与原先阅读一致的评价。小说的三个结局给人们的启示是：所有文本都有多重结局或无结局。这三个结局解构了全部文本的基本开放性，像我们所认识到的那样，文本像生活一样，"不是一个猜一次错一次的谜……也不应像掷骰子那样，失败一次便永远放弃"（445页）。因此，"在我们阅读和写作我们的文本和生活时，改变永远是重要的"②。后现代叙事的进化表明，在后现代，任何文本都没有统一的意义核心。后现代的读者以一种批判性和创造性的姿态，通过主观地建构意义，探索文本的言外之意，最终重新书写了原文本。阅读活动不再是一种把握作者原初意图的活动，而是转换成追踪语言自身价值的文本拆解和重组活动，从而发现意义的多重性和文本意义无限多样的解释。

小说《法》用排比手法构成的特殊文本结构表明，后现代主义者似乎相信，要在生活中建立某种等级秩序、某种秩序系统既不可能也不必要。如果他们承认一个世界模式，那将是以最大熵为基础的模式，即以所有构成的同等或然率和同等合法性为基础的模式。③后现代主义世界观，一方面可被认为是现代主义的变幻无常论和怀疑论的激进形式，另一方面又可被认为是对现代主义那种企图的反拨：尽管现代主义不相信任何单一的原则或等级制度，却仍然试图勉强提出一种主观臆想的制度；而后现代主义者似乎接受一个由随意性、偶然性和破碎性支配的世界。他们坚持一条与对世界的这种看法一致的基本构成原则——"离开中心"④原则。因此，在后现代主义小说中有许多情节（有时是不连贯的情节），有许多同等的意识中心，有许多叙述场合，而不是只有一个主要情节，也不是只有一个主要的意识中心，更不是只有一种主要的聚焦手段和一个主要的叙述者。⑤后现代主义小说的文本结构表现为多情节、多意识中心、多

① Patricia Hagen, "Revision Revisited: Reading (and) The French Lieutenant's Woman", *College English*, Vol. 53, No. 4. Apr., 1991, p. 450.

② Patricia Hagen, "Revision Revisited: Reading (and) The French Lieutenant's Woman", *College English*, Vol. 53, No. 4. Apr., 1991, p. 450.

③ Douwe Fokkema, "The Semantic and Syntactic Organization of Postmodernist Texts", *Approaching Postmodernism*, pp. 81-98.

④ Ihab Hassan, *The Dismemberment of Orpheus: Toward a Postmodern Literature*, Madison: University of Wisconsin Press, 1982, p. 269.

⑤ Ulla Musurra, "Duplication and Multiplication: Postmodernist Devices in the Novels of Italo Calvino", *Approaching Postmodernism*, p. 140.

焦点、多叙述者、多结局等的排比。后现代主义的排比手法对早期的一些程式可能破坏性最大,它足以推翻后现代主义体系中仍可能出现的等级秩序。可以说,后现代主义是个极其复杂的代码,正因为它运用排比法,才有了更新自我的巨大潜力。[①] 后现代主义作家在语义结构和句法结构领域进行了革新,其目的是要摧毁现代主义建造世界模式的各种努力,彻底复原人的断片处境。这一切都是通过语言颠覆来实现的。福尔斯的小说从句法学角度,运用后现代主义文学代码的排比手法,建构了一个真实与虚构交织的文本,反复揭示了历史与现实的虚构性,并同时证明了后现代主义文学对现实表现的真实性。

---

① Douwe Fokkema, "The Semantic and Syntactic Organization of Postmodernist Texts", *Approaching Postmodernism*, p. 95.

# 第二章

# 洛奇小说中元小说叙事、互文手法与当代学术界的堕落

　　戴维·洛奇（David Lodge，1935—）是英国当代著名的学者型作家，他在小说创作和学术批评两大领域都取得了丰硕的成果，是当代最有影响力的小说家兼文学评论家之一。他以《小说的语言》（1966）、《运用结构主义》（1981）、《巴赫金之后：小说与批评论文集》（1990）、《小说的艺术》（1992）等15部小说批评专著和编著而稳居英国著名小说批评家之列，又以《大英博物馆在倒塌》（1965）、《换位》（1975）、《小世界》（1984）、《美好的工作》（1988）、《想……》（2001）、《作者，作者》（2004）和《耳聋之刑》（2008）等14部长篇小说而被公认为是英国当代重要的小说家之一。

　　作为一位兼具批评家身份的作家，洛奇的小说在文化态度、审美观念以及艺术形式等各个方面都表现出后现代主义艺术特征。这位谙熟自结构主义以来各种文论新潮和创作技巧的大学教授，在谈到自己的创作时说："因为我本人是个学院派批评家，所以我是个自觉意识很强的小说家。在我创作时，我对自己文本的要求，与我在批评其他作家的文本时所提的要求完全相同。小说的每一部分，每一个事件、人物，甚至每个单词，都必须服从整个文本的统一构思。"[1]作为批评家，洛奇是"一位抵制后结构主义理论主张的学者，洛奇以其批评的清晰度和洞察力而赢得人们的钦佩"[2]。作为小说家，戴维·洛奇的小说创作和批评理论研究几乎同步进行。

　　洛奇以其著名的由《换位》、《小世界》和《好工作》三部小说构成的"校园三部曲"而闻名世界。在《换位》中，洛奇就已经表现出他对小说形式创新的极大兴趣。小说《换位》中有一段话这样宣称："有三种类型的故事：结局圆满的故事，结局不圆满的故事，结局既不圆满也不是不圆满，或者换句话说，根本就

---

① 转引自王逢振："前言"，载戴维·洛奇：《换位》，罗贻荣译. 北京：作家出版社，1997年，第2-3页。

② Jeffery W. Hunterand Justin Karr, "Introduction" to "David Lodge", *Contemporary Literary Criticism* Vol. 141, eds. Jeffery W. Hunterand Justin Karr, Detroit: Gale Group, Inc., 2001, p. 329.

没有结局的故事,最后一类被断言为最糟的一种。"① 这一评断成为对《换位》的喜剧性评论,因为《换位》是一个根本就没有结局的故事,一部指涉自身的元小说。在《换位》的续集《小世界》里,洛奇继续并扩展了用小说来讨论小说创作理论的实践,"将批评理论转变为叙事艺术"②,使《小世界》完全成为一部"学术小说"③,即一部元小说——关于小说的小说。

后现代主义认为,"对于今天的世界,决定论、稳定性、有序、均衡性、渐进性和线性关系等范畴愈来愈失去效用。相反,各种各样不稳定、不确定、非连续、无序、断裂和突变现象的重要作用越来越为人们所认识,所重视。在这种情况下,一种新的看待世界的观念开始深入人们的意识:它反对用单一的固定不变的逻辑、公式和原则以及普适的规律来说明和统治世界,主张变革和创新,强调开放性和多元性,承认并容忍差异"④。因此,后现代主义小说家无一例外地在小说创作中锐意创新,从而有效地表现纷繁复杂的后现代世界。戴维·洛奇的小说《小世界》在形式上精心设计,在技巧上大胆变革。《小世界》以"圣杯"传说为叙事框架,多条线索齐头并进,以关于这部小说如何成为小说的小说和类文本元小说的叙事形式,建构了一部关于浪漫传奇的浪漫传奇;用仿作、戏仿、引用、拼贴等手法将关于文学理论专业知识的讨论与紧张离奇的通俗故事情节融合,通过高雅与通俗、严肃与戏谑、传奇与现实交织的平行结构等互文手法,讽刺了当代学者们以参加世界各地学术研讨会为名、行追逐名利和享乐之实的"朝圣"之旅。

# 一、两类元小说的聚合

元小说又称自我意识小说,它的一个重要特点是通过小说创作的实践来探讨小说创作理论。根据元小说的观点,现实和历史都是短暂的,当代世界不再是一个永久的现实,而是一系列的构筑,是非永久性的结构,因而小说的传统形

---

① 戴维·洛奇:《换位》,罗贻荣译,北京:作家出版社,1997,第88页。

② Robert A. Morace, "The British Museum Is Falling Down: Or University Press From Realism", *Contemporary Literary Criticism*, Vol. 141, eds. Jeffery W. Hunterand Justin Karr, Detroit: Gale Group, Inc., 2001, p. 331.

③ Dennis Jackson, "David Lodge", *Dictionary of Literary Biography Volume 194: British Novelists Since 1960, Second Series*. Ed. Merritt Moseley, University of North Carolina at Asheville. London: Gale Research, 1998, p. 195.

④ 沃·威尔什:《我们的后现代的现代》,载赵一凡等译:《后现代主义》,北京:社会科学文献出版社,1999年,第46-47页。

式不再适用于表现这样一种现实，应该用一种元语言来构筑能适应这种现实的小说形式，这就是元小说。当代社会的权力结构更趋复杂化、多样化，更具隐蔽性、神秘性，从而使后现代主义作家在认识和表现反抗对象时遇到更大的困难。元小说作家解决这一问题的方法是把注意力转向对于其自身表现方法的探讨，其目的是检视小说形式和社会现实的关系。元小说试图探索小说与现实的关系，因此会有意识、系统地注重其作为人工制品的地位。这种小说根据它们自身的结构方法提供了一种批评。"它们在叙述故事的同时，不但检视叙述作品本身的基本结构，而且还探索文学作品外部世界可能的虚构性。"[1] 这类小说的作者声称："现实是语言造就的，而虚假的语言造就了虚假的现实。传统小说的叙述方式便是造就虚假现实的手段之一：它虚构出一个虚假的故事去'反映'本就虚假的现实，因而把读者引入双重虚假之中。"[2] 洛奇的小说《小世界》的主要任务就是"揭穿这种骗术，把现实的虚假和虚构的虚假展示在读者面前，促使他们去思考"[3]。

## （一）《小世界》：谈这部小说如何成为小说的小说——对浪漫传奇的解构

元小说是"有关小说的小说：是关注小说的虚构成分及其创作过程的小说"[4]，它通常采用叙述者和想象的读者间对话的形式。这种形式强调艺术和生活间存在差距，而这种差距正是现实主义小说所试图掩盖的。元小说的话语常常以旁白形式出现在像传统小说那样描写人物和情节的小说里。为了对虚构和现实的关系提出疑问，元小说一贯把自我意识的注意力集中在作为人造品自身的地位上。这种小说对小说写作本身加以评判，它不仅审视记叙体小说的基本结构，还探索存在于小说外部的虚构世界的状况。无论何时，只要虚构的故事与现实之间的关系成为公开讨论的题目，读者就被迫迁出正常的解释框架。这时，一个故事就可以被理解为一个有关讲故事的寓言，即元小说。谈这部小说如何成为小说的小说，自我揭示虚构、自我戏仿，把小说艺术操作的痕迹有意暴露在读者面前，自我点穿叙述世界的虚构性、伪造性，小说的基本立足点就不可能再是模仿外部世界或内心世界而制造逼真性。基于这样的信念，小说《小世

---

① 俞宝发：《超小说》，载林骧华等编：《文艺新学科新方法手册》，上海：上海文艺出版社，1987年，第454页。

② 章国锋：《从"现代"到"后现代"》，载柳鸣九主编：《从现代主义到后现代主义》，北京：中国社会科学出版社，1994年，第16-17页。

③ 章国锋：《从"现代"到"后现代"》，载柳鸣九主编：《从现代主义到后现代主义》，北京：中国社会科学出版社，1994年，第16-17页。

④ 戴维·洛奇：《小说的艺术》，北京：作家出版社，1998年，第230页。

界》把小说技巧表现为它所反映的全部现实的一个基本成分，并把读者的注意力引向虚构制作的过程。

"从某种意义上说，《小世界》是《换位》的续篇。和《换位》一样，《小世界》也酷似人们有时所说的现实世界，但并不完全一致，人物是虚构的（为避免这方面的误解，其中一个次要人物的名字在后来版本中改掉了）。"①（此后出自《小世界》的引文只标注页码）这是洛奇小说《小世界》开篇"作者按语"中的第一句话，这句话在小说一开始就取消了传统小说制造的悬念，告诉读者既然人物是虚构的，那么他就不必期待小说会表现任何真实。洛奇甚至还告诉读者是谁为他的小说提供了材料，是哪些书为他写这部小说提供了启示、想法和灵感。洛奇用书名页上的副标题为自己作品的文类作了规定：《一部学者的浪漫传奇》②，所以他在"引子"前的卷首语页用纳撒尼尔·霍桑的一句话宣告自己有虚构故事的自由："如果一个作家把自己的作品称为浪漫传奇，几乎无需说明，他在作品的形式和素材方面都希望能有某种自由，而如果他声称自己写的是小说，就会感到无权享此自由。"（卷首语页）既然本书作者要写一部浪漫传奇，那么他在形式和素材方面就享有某种自由。

然而，这部学术浪漫传奇应该写什么，又该怎样写呢？作者在开篇前的"引子"部分引用了英国中世纪著名诗人杰弗里·乔叟的诗体名著《坎特伯雷故事集》的开头几行诗句："当四月以清新的阵雨根除了三月的干旱，将每一寸土地沐浴在使花朵孕育、绽放的雨水之中；当和风也以怡人的气息唤醒每一处矮树林和每一片石楠荒野上的嫩枝，青春的太阳走完白羊星座的一半，整夜睡觉的小鸟睁开眼睛鸣唱（大自然这样激发了它们的内心）。"（Ⅰ）接着，洛奇说："这时候，如诗人杰弗里·乔叟许多年前所说，人们便渴望去朝圣了。只不过如今专业人士不说朝圣，而说去开会。"（Ⅰ）这样，这部浪漫传奇的题材就确定为当代学者类似中世纪朝圣的为参加学术会议而奔赴世界各地的旅行。

洛奇将当代学者们奔赴世界各地参加学术会议与中世纪基督徒朝圣做了对照：古代朝圣者和当代学者的相似之处是，他们都在致力于自我提高的同时，尽情享受旅游的一切乐趣；而不同之处则在于中世纪的基督徒清心寡欲，怀着对上帝的无比尊敬和崇拜，十分虔诚地去朝圣，而当代学者们提交论文、参加会议和在会议上听别人宣读论文都只是借口，其真实目的是追逐名利，并借此机会去有趣的地方旅游、结识新的朋友、与他们一起吃喝玩乐，而且费用由他们所属的机构报销。洛奇以此讽刺当代学术界的不良风气和学者们的堕落，并以此确定了这部作品的讽刺基调。

---

① 戴维·洛奇：《小世界》，王家湘译，上海：上海译文出版社，2007年，"作者按语"。

② David Lodge, *Small World: An Academic Romance*, London: Secker & Warburg, 1984, the title page.

在"引子"中，洛奇又引用了乔叟的长诗《特洛伊罗斯和克瑞西达》结尾处的一句话："这小小寰球，被大海／环抱"，他想象乔叟像他长诗中的主人公特洛伊罗斯，在八重天上俯视着当代学者们从一个大陆到另一个大陆，"匆匆赶到旅馆、乡间别墅或古老的学府去交流和狂饮……他们的路线会合、交叉和消逝"（Ⅱ）。洛奇用这一小小寰球隐喻当代学者们的小世界，他们在这个小世界里追名逐利，渴望浪漫的爱情或风流韵事。而置身于当代学者小世界之外的乔叟"面对此情此景纵声大笑，庆幸这一切跟自己无关"（Ⅱ）。作者用这一想象的情景暗示，他将以嘲笑的口吻把想象中乔叟所目睹的一切展现在读者面前。至此，洛奇用"作者按语"、卷首语和"引子"完成了这部元小说的写作计划，这是一部谈这部小说如何成为小说的小说。

在小说《小世界》中，一提起学者们去国外参加学术会议，美国尤弗利亚大学英语教授莫里斯·扎普就忍不住对英国卢密奇大学英语教授菲利普·斯沃洛夫人希拉里说：

> "现今的学者就像古代的游侠骑士，漫游世界各处，寻求奇遇和荣誉。"
> "把他们的妻子锁在家里？"

"呃，现在骑士中有许多是女人。圆桌上有了明显的性别变化。"（92页）洛奇在这段嬉戏的对话里"明显表现出他要写一部元小说的姿态"[①]，暗示了他要遵循的文学创作模式——写一部关于浪漫传奇的浪漫传奇。除了大多数漫游世界寻求"奇遇和荣誉"的学者外，另有一位年轻单纯的天主教徒、爱尔兰利默里克大学讲师珀斯·麦加里格尔（Persse McGarrigel）从一个大陆到另一个大陆，寻找他心爱的女人。他的名字暗指珀斯瓦尔（Percival or Parzival）——亚瑟王传奇中寻找圣杯的英雄。圣杯在很大程度上并没有基督教的内涵意义，但是洛奇借用了杰西·L.韦斯顿的研究成果《从礼仪到传奇》中的主要论点："……寻找圣杯仅在表面上是一个基督教传奇，其真正意义需从异教的生育仪式中寻求。……最后一切都归结到性上……。生命力不断自我更新。"（16页）麦加里格尔笃信宗教，他的硕士论文论述的是英国现代主义诗人 T. S. 艾略特及其作品。韦斯顿的著作是他研究《荒原》的重要参考文献之一，他自然也很熟悉韦斯顿的主要观点，因此他这样论述圣杯的各种意义："想来每一个人都在寻找自己的圣杯。对于 T. S. 艾略特，是宗教信仰，但是对别的人可能是名望，或一个好女人的爱。"（16页）莫里斯·扎普等人寻的圣杯是名望，而珀斯的

---

[①]　Siegfried Mews, "The Professor's Novel: David Lodge's *Small World*", *Contemporary Literary Criticism*, Vol. 141, eds. Jeffery W. Hunterand Justin Karr, Detroit: Gale Group, Inc., 2001, p. 335.

圣杯则是"一个好女人的爱"。在卢密奇大学举办的学术会议上，他堕入爱河，迷恋上了美丽、聪明但难以捉摸的安杰莉卡·帕布斯特。作为一个现代游侠之一，他不辞辛劳地奔赴在全球校园举办的一个又一个学术会议之间，去寻找安杰莉卡，但总是与她擦肩而过。直到在会议之会议——在纽约市举办的现代语言协会年会上他才找到了她，也找到了性的快乐。

按照浪漫传奇情节模式的要求，在享受性的快乐前，单纯的珀斯必须完成亚瑟王浪漫传奇所赋予他的另一个任务——在荒原的中心提出一个有关圣杯的问题，以挽救性无能的渔王和不育的世界。根据韦斯顿的说法，渔王是"整个（生命与繁殖力的神圣本原的）神秘的中心"[①]。亚瑟·金费希尔（Arthur Kingfisher）是当代世界"文学理论家之王（king among literary theorists）"（170 页）。但像他的名字（Kingfisher，渔王）所暗示的，金费希尔已受性无能和才智枯竭折磨多年，一直回避在解构主义与"传统人文主义学术"之间的辩论中采取一种立场，而一直在重复他"二三十年前说过的话，而且还不如那时说得好"（170 页）。他象征世界文坛的荒芜。

如今聚集在现代语言协会学术会议上的国际学术明星们所渴求的圣杯，是联合国教科文组织文学批评委员会主席的职位。这一职位的获得者将会得到十万美元的年薪，不用纳税，这是一个十分诱人的数目，而且这个职位的拥有者实际上并不承担任何学术责任："他不用教学生，不用批改论文，不用担任委员会的主席。"（173 页）总之，这是一个学者的梦。该职位候选人选择委员会由即将退出文坛霸主地位的亚瑟·金费希尔主持。这时，珀斯·麦加里格尔来到了荒原的中心——在纽约市举办的现代语言协会年会。像亚瑟王传奇中寻找圣杯的英雄珀斯瓦尔一样，珀斯在性方面也是纯洁的。他虽然不懂什么是结构主义，什么是解构主义，但他不受批评理论最新发展知识的阻碍，他在会议上提出的问题结束了当代西方文艺理论界的渔王金费希尔的痛苦。

在这次现代语言协会年会上，联合国教科文组织文学批评委员会主席职位的主要竞争者——传统的人文主义学术代表人物菲利普·斯沃洛、结构主义者米歇尔·塔迪厄、接受理论实践者希格弗里德·冯·蒂皮茨、马克思主义者富尔维亚·莫尔加纳和解构主义者莫里斯·扎普——都在会上发了言。听着他们枯燥无味的辩论，主持人金费希尔不胜其烦，几乎要睡着了。但是，当珀斯提出"如果每一个人都同意你的观点，结果会怎样？"（455 页）这样一个决定性问题时，金费希尔突然精神振奋，明显地从痛苦中恢复过来，笑逐颜开。珀斯强调的是空间的差异和意义在场的暂时推迟。珀斯似乎不知不觉地采纳了德里达的解

---

① Jessie Weston, *From Ritual to Romance*, New York: Doubleday, 1957, p. 136, p. 140.

构主义立场，但是这种解构主义的阅读却不一定适用于《小世界》的文本本身。

现代语言协会年会本质上是以解构主义的立场结束的，其结局几乎是快乐的。小说以英国卢密奇地区的四月份开始，其恶劣天气使人回想起 T. S. 艾略特的长诗《荒原》的第一行——"四月是最残酷的月份"（3 页）。小说开始提到，当代学者们沐浴着乔叟的《坎特伯雷故事集》序言中的温柔的四月甘霖与和风，去世界各地参加学术会议，这一愉快的朝圣旅程在十二月份天气突然变暖时结束了一个完整的循环。然而，与韦斯顿研究成果中所描述的轮廓一致，春天突然在冬天的纽约出现了。在这天气突然奇迹般变暖的时刻，年老体衰的金费希尔恢复了性能力，这是一种显而易见的生命力更新的迹象。此外，当他被任命为联合国教科文组织文学批评委员会主席时，他又重新确立了他在文学批评界的统治地位。真是好事连串，他丢失已久的孪生女儿安杰莉卡和丽丽回到了他身边，他获得了完整的家庭幸福。天气不可思议的变暖也激发了两位丧失信心良久的作家的创造力，德西雷说她对自己的新作《男人》"越来越自信了"（471页），罗纳德·弗罗比舍"惬意地晒着这舒服无比的太阳……突然，一部小说开头的第一个句子在我脑海里出现了……我的下一部小说。我要写一部新的小说"（472 页）。

在《小世界》里，珀斯恢复了世界生机，创造全部快乐，但他仅仅在很有限的程度上分享了快乐。固然，他找到了性满足：他像打开书页般将丽丽的"双腿分开，凝视着他追寻的终极目的……"（463 页），但那双腿不属于他心爱的女人，他大失所望。在小说结尾，珀斯开始了又一次追寻，带着如火的激情，去寻找新的爱人，在他记忆中出现了谢丽尔的面容和身影——"蓝眼睛明亮而神情茫然"，但是"他不知道在这个狭小的世界里，他该从哪里开始寻找她"（485 页），小说留了一个开放的结局给读者。

《小世界》是一部充满文学典故和文学理论专题讨论的学者的浪漫传奇。博学的安杰莉卡根据德里达新造的词 "invagination"（意思是"入鞘"，由表示"入"的 in 和表示"阴道"的 vagina 再加上表示名词词尾的 tion 构成）（459 页）给浪漫传奇下了一个定义："我们所认为的文本含义或文本'内在'，实际上只不过是它的外在被折叠后造成的一个袋穴，它既是秘密的，又是空的，因而是不可能拥有的。我想把这个词以我个人特定的含义借用于浪漫文学上。如果说史诗是阴茎崇拜的文学类型——这一点是难以否认的——而悲剧是阉割类型（我想我们谁也不会被俄狄浦斯自己弄瞎眼睛所蒙蔽，看不到他被迫让自己受伤的真正本质，或者忽视眼球和睾丸之间象征意义上的等同），那么，毫无疑问，浪漫文学就是最高的 'invaginated'（意思是'被入鞘'）的叙述形式。"（459-460 页）作为主人公的珀斯必须依照安杰莉卡给浪漫文学提供的定义和叙述结构行动。珀斯希望在"那缝隙，那裂纹，那深邃而浪漫的幽谷"（463 页）中找到那个虚幻的圣杯，他的行为表明浪漫文学"在理论上是无止境的继续"，像帕特丽夏·帕克明确表达的那样，这种无止境的继续是基于浪漫文学的矛盾的冲动，它虽然是"对结局或在场的寻求"，但同时它却"把结局或在场放在一定距离之外"①。

安杰莉卡是这部浪漫传奇的女主人公，同时她作为读者兼批评家，在听了莫里斯"如同脱衣舞的文本诠释"的报告后，对这份报告大加赞赏，认为对读者来说，浪漫传奇文学就像"叙事形式的脱衣舞……，对读者永无休止地挑逗，一再推迟，永不会有最终揭秘——或者，一旦真出现了，文本的乐趣也就止步了……"（43 页）。但狡猾的安杰莉卡实践着莫里斯所鼓吹的东西，她借助济慈的《圣阿格尼斯节前夕》里"梅德琳在波非洛的注视下脱去衣服"（43-44 页）这一情景诱使并误导珀斯，给热心且一心一意要赋予自己的存在以意义的珀斯上了一堂解构主义的阅读课。

《小世界》的文本表面上体现了解构主义的理论主张，推迟了复杂的浪漫传奇的意义，将结局置于一定的距离外。但小说的叙述由第一个春天学者们沐浴着"温柔的四月甘霖与和风，去世界各地参加学术会议"开始，到十二月份天气突然变暖——第二个春天奇迹般来到时，学者们来到了圣地——在纽约举办的现代语言协会年会而结束。这一循环结构与神话批评中所突出的四季循环是一致的，这种结构使小说的结局不可能完全是开放式的。事实上，许多复杂的问题都在最后得到了解决，但珀斯爱情追寻的旅程似乎再次开始暗示，《小世界》是以一些未解决的问题结束的。在某种意义上，"《小世界》是一部关于浪漫传奇的浪漫传奇，一部元浪漫传奇，但不一定是这种文类的一个令人信服的例子"②，实际上它是一部关于这部小说如何成为小说的小说，其目的是用元小说形式"把小说如何创造假想世界揭示给我们看，从而帮助我们理解日常的现实如何被塑造得惟妙惟肖"③。《小世界》向我们展示了文学作品是如何构筑想象世界的，以此来帮助我们理解我们每天生活其中的现实同样是"构筑"和"写下"的，是一个更大的人工制品。

① Patricia Parker, *Inescapable Romance: Studies in the Poetics of a Mode*, Princeton: Princeton University Press, 1979, p. 226.

② Siegfried Mews, "The Professor's Novel: David Lodge's Small World", *Contemporary Literary Criticism*, Vol. 141, eds. Jeffery W. Hunterand Justin Karr, Detroit: Gale Group, Inc., 2001, p. 339.

③ 王先霈、王又平：《文学批评术语词典》，上海：上海文艺出版社，1999 年，第 676 页。

## （二）《小世界》：类文本元小说——对解构主义文学理论的阐释和批判

在"人文科学"这个大概念下，后现代主义使高雅的严肃文学与大众的通俗文学之间的对立、小说与非小说之间的对立、文学与哲学之间的对立、文学与其他艺术门类之间的对立统统消解了。后现代主义把一切事物都界定为文本，从文本与文本的关系、文本的上下文中去探讨文本的意义。[①]因此，人类许多"真理体系"，如历史、宗教、意识形态、伦理价值等等，都可被视为一种"叙述方式"，即把散乱的符号表意行为用一种自圆其说的因果逻辑统合、组织起来。因此，从本质上说，它们无非也是与小说相似的虚构。而在这些价值体系控制下的生活方式，就是虚构的产物。用这种观点来描写生活的小说也就成了关于生活的小说，具体地可称之为"类文本元小说"或"寓言式元小说"。

洛奇超越了《换位》"反映单个的、静态的大学校园的校园小说"（92 页），使《小世界》成为描写多所大学的校园小说。小说中充满了作家、出版者、文学代理人、翻译家和批评家——事实上，这些人都在文学这个大企业中拥有股份，但大多数是来自欧洲、美国和澳大利亚的持有各种主张的文学学者。莫里斯·扎普和菲利普·斯沃洛继续扮演重要的角色，他们各自代表着批评界里两个极端的观点：莫里斯·扎普代表后结构主义或解构主义，而菲利普·斯沃洛则代表着传统的人文主义学术研究。《换位》里的结构主义与传统主义的二元对立在《小世界》中让位于一种更复杂的模式。扎普是后结构主义思想的承载者，他在 1979 年卢密奇学术会议上详述了"如同脱衣舞的文本诠释"：

> 企图看进文本的核心、一劳永逸地掌握其含义的努力是徒劳的——在那里找到的只是自己，而不是作品本身。……阅读就是从一个句子到另一个句子、从一个情节到另一个情节、从文本的一个层面到另一个层面，让自己沉溺于好奇心和欲望不断被替代的过程中。文本在我们面前揭下面纱，但永远不允许自己被掌握；我们不应费尽心机地试图掌握它，而应从它的挑逗中获得快乐。（39-40 页）

反理论的、继续用"有热情，有对书本的热爱"（483 页）来给批评家下定义的菲利普·斯沃洛与其他英国与会者一起听了扎普的发言。他们对扎普的观点大惊失色，其强烈程度堪比罗兰·巴特十年前在一次国际学术会议上提出

---

[①]　张国清：《中心与边缘》，北京：中国社会科学出版社，1998 年，第 46 页。

这种解构主义观点时在场听众的反应。① 斯沃洛是一位不大有才气的传统批评家，他没有能力在现场击败扎普的解构主义进攻，以此来维护人文主义的立场。尽管足智多谋、热情洋溢的扎普周游世界，到处宣讲他的解构主义理论，但在一个学术阴谋制造的反讽中，在《泰晤士报·文学副刊》的书页上，斯沃洛却被提到了英国批评学派领袖的地位，这一学派"相信文学是人类普遍和永恒价值的表现"，无视时髦的欧洲大陆学者所宣传的"有悖常情的似是而非的怪论"（235页），斯沃洛甚至被认为是联合国教科文组织文学批评委员会主席职位的重要竞争者。

虽然在诸种新理论各领风骚十几年的后现代时期，斯沃洛的人文主义文学批评方法不再时髦，但斯沃洛被描写为一个有同情心的人，一个基本正派的人，这反倒使他的批评方法显得更合人意。与斯沃洛相比，其他学者，特别是"欧洲大陆学者"的日子可不大好过了，他们因自己所专攻的批评理论品牌影响的缩小而感到痛苦。希格弗里德·冯·蒂皮茨是一个德国接受理论的实践者，其名字有堕落的含义。珀斯在国际学术会议上公开指责蒂皮茨的发言抄袭了尚未发表的论文；意大利女权主义兼马克思主义者富尔维亚·莫尔加纳沉溺于一种富裕奢侈的贵族生活方式和反常的性生活习惯，这两者都有悖她的政治信念。甚至扎普的解构主义批评意识和自我反省观点也发展到了与自己的立场对立的程度。他的理论否认能找到某种确定真理的可能性。当有人问用这种理论方法来讨论文学有何意义时，扎普在回答中提到了文学批评所具有的意识形态性质和最终自我服务的功能："意义嘛，当然就在于维护文学学术研究的制度。我们通过公开举行某种仪式来保持我们的社会地位，正如较多运用语言进行交流的领域里其他职业人群——律师、政治家、记者——一样。"（41页）根据扎普的观点，如果文学理论不是必须被想象为和接受为"一系列系统的原则，或一种创建性哲学，而仅作为　种对假设、前揭和合法原则与概念的探究"② 的话，即使文学理论脱离对真实的合法寻求，它仍可能很好地充当一种文学研究的刺激物。在存在主义危机和意大利恐怖分子的死亡威胁影响下，扎普表现出对解构主义的部分皈依和放弃：

　　"我对解构主义已经相当丧失信心了。"

① Roland Barthes, "Style and Its Image", *Literary Style*, ed. Seymour Chatman, London: Oxford University Press, 1971, p. 10, as quoted by Lodge, Modes, p. 63. 巴特把文本描述为一个没有中心的分层的"大蒜"，这一描述可能启发了脱衣舞这个隐喻。

② Gerald Graff, *Professing Literature: An Institutional History*, Chicago: University of Chicago Press, 1987, p. 252.

"你的意思是,并不是每一次解码都是另一次编码啦?"

"啊,是另一次编码,是的。但是,就个体而言,意义的迟延并不是无限的。"

"我原以为解构主义者是不相信个体的。"

"他们不相信。但死亡是一个无法解构的概念。从这一点回溯上去,最终你得出的还是独立存在的自我这个旧概念。"(468-469 页)

这段对话表明,扎普显然回归了斯沃洛人文主义学术研究的立场,但斯沃洛没有参加解构独立存在的自我。结果,扎普把自己构想为"一个自己故事的中心的男人"(309 页)。这时,两种表面不可调和的批评立场归于和解。小说在理论话语层面上对后结构主义理论做了精彩但讽刺性极强的展示,提出了一个坚持重申的呈现主旨重要性的问题:"……当文学话语本身通过解构传统意义上的作者概念和权威性概念而失去中心时,文学批评如何保持阿诺德式的功能,识别人们想到过的和说出过的最优秀的东西呢?"(120 页,201 页,427 页)针对这个问题,一位澳大利亚学者苦苦思索数月,始终未能找到答案。显然,洛奇也邀请读者既为了部门和公共机构的政策,也为了自己的批评实践,去思考该问题的令人不安的含义。我们看到,洛奇在以浪漫传奇为幌子、对环球大学校园学术闹剧的讽刺描写后面,表现出他对文学研究的目的和对学术批评公共机构本身的严肃质疑。[①] 洛奇在《小世界》中,以小说的形式完成了对解构主义文学理论的阐释和批判,使《小世界》超出了小说的边界,进入文学理论的领域,成为一部类文本元小说。

# 二、《小世界》文本的互文手法

法国后结构主义批评家克里斯特娃(Julia Kristeva)在她的《符号学,语义分析研究》一书中提出了互文性的概念和定义:"横向轴(作者—读者)和纵向轴(文本—背景)重合后揭示了这样一个事实:一个词(或一篇文本)是另一些词(或文本)的再现,我们从中至少可以读到另一个词(或一篇文本)。……任何一篇文本都吸收和转换了别的文本。"[②] 她认为,任何文本都不可能脱离其他文本,而必然卷入文本间的相互作用中;文本中的语义元素在构成文本历史记

---

① Siegfried Mews, "The Professor's Novel: David Lodge's *Small World*", *Contemporary Literary Criticism*, Vol. 141, eds. Jeffery W. Hunterand Justin Karr, Detroit: Gale Group, Inc., 2001, p. 340.

② Julia Kristeva, *Séméiotike*, *Recherches pour une sémanalyse*, Paris: Seuil, 1969, p. 145.

忆的其他文本间，建立了一套联结关系、一个网络。因此，她进一步指出："互文性一词指的是一个（或多个）信号系统被移至另一系统中。但由于此术语常被通俗地理解为对某一篇文本的'考据'，故此我们更倾向于取易位（transposition）之意，因为后者的好处在于它明确指出了一个能指体系（systéme signifiant）向另一能指体系的过渡，出于切题的考虑，这种过渡要求重新组合文本——也就是对行文和外延的定位。"①

美国批评家费拉尔解释说："来自文本各种网络的语义元素超越文本，指向构成其历史记忆的其他文本，将现时的话语刻入它自身辩证联系着的社会和历史连续统一体中，……这样一种关系网络就叫做'互文性'。"②显然，互文性既不限于、也不主要指涉文学中常见的借鉴、引用、影响、戏拟等关系，而是要说明意义的无以确证性：一方面，意义是此处的文本和彼处的文本空间上的共时态联系；另一方面，它又是此时的文本和彼时的文本时间上的历时态联系。随着各种文本乃至各个符号系统间的互通互变，意义的外延和解释也恒新恒异、漫无边际地延伸下去，而终将消失在指意符号盘根错节、难分难解的互文过程中。法国文论家罗兰·巴特指出："任何文本都是一种互文。在一个文本中，不同程度地以各种多少能辨认的形式存在着其他文本，比如，先前文化的文本和周围文化的文本。……因为在文本之前与周围永远有言语存在。"③

根据戴维·洛奇自己的观点，"互文性是文学的根本条件，所有文本都是用其他文本的素材编织而成的，不管作者是否意识到这一点。……简言之，互文性是英语小说的根基，而在时间坐标的另一端，小说家们倾向于利用而不是抵制它，他们任意重塑文学中的旧神话和早期作品，来再现当代生活，或者为再现当代生活添加共鸣。"④洛奇强调："文本互涉不是，或不一定只是作为文体的装饰性补充，相反，它有时是构思和写作中一个决定性因素。"⑤他把文本互涉的方式分成滑稽模仿、艺术模仿、附合、暗指、直接引用、平行结构等多种。

吉拉尔·热奈特在他《隐迹文本》一书中指出："没有任何一部文学作品完全不带有其他作品的痕迹。从这个意义上讲，所有作品都是超文本的。只不过作品和作品相比，程度有所不同罢了（或者说有的作品更公开、更直观、更明显）。"⑥在热奈特互文理论基础上，蒂费纳·萨莫瓦约进一步区分了两种类型的互文手法："第一类是共存关系（甲文出现于乙文中），第二类是派生关系（甲文

① Julia Kristeva, *La Révolution du language poétique*, Paris: Seuil, 1974, p. 60.
② 王先霈、王又平：《文学批评术语词典》，上海：上海文艺出版社，1999年，第378页。
③ 王先霈、王又平：《文学批评术语词典》，上海：上海文艺出版社，1999年，第378页。
④ 戴维·洛奇：《小语的艺术》，北京：作家出版社，1998年，第110页。
⑤ 戴维·洛奇：《小语的艺术》，北京：作家出版社，1998年，第114页。
⑥ Gérard Genette, *Palimpseste, La littérature au seconde degré*, Paris: Seuil, 1982, p. 16.

在乙文中被重复和转换)。"① 洛奇小说《小世界》中的互文性主要表现为引用、拼贴、平行结构的共存关系互文手法,以及戏仿、仿作的派生关系互文手法。

## (一)《小世界》中的共存关系互文手法

引用、拼贴和平行结构手法是把一段已有的其它文本的文字放入当前的文本中,即把已有的文本吸收到当前文本中,使两篇或几篇文本共存,以建立或掩盖当前文本所汇集的典籍。

### 1. 引用——建构浪漫传奇的大框架

当前文本中的引用通常用引号、斜体字或另列的文字来表示。由于使用了引文,被引用的文本和引用的文本之间的互异性清晰可见:引用总是体现了作者与其所读书籍的关系,也体现了插入引用后所产生的双重表述。引用汇集阅读和写作两种活动于一体,从而流露出了文本的写作背景,即为了完成该文所需的准备工作、读书笔记以及储备知识。② 在《小世界》中,洛奇用来自《亚瑟王传奇》、T. S. 艾略特的《荒原》、韦斯顿的《从仪式到罗曼司》、斯宾塞的《仙后》、济慈的《希腊古瓮颂》和《疯狂的奥兰多》等作品的大量引文来建构浪漫传奇的大框架,并以此来深化作品主题。

戴维·洛奇在小说《小世界》的开篇,引用了T. S. 艾略特《荒原》中的第一个诗行:"四月是最残酷的月份",用以渲染现代人类社会的荒芜氛围。T. S. 艾略特在《荒原》中借用了圣杯传说,将寻找圣杯的故事贯穿全诗并隐喻该诗的主题。荒原象征死亡、疾病和不育。根据圣杯传说,守护圣杯的渔王(Fisher King)丢失了圣杯后,很快患病、衰老、丧失生育能力,结果他的国家也变得干旱荒芜,他只好在水边垂钓度日,等待命定拯救者的到来。如果寻找圣杯的骑士来到位于荒原中心的佩拉洛斯小教堂,作为仪式一部分,问几个关于圣杯与长矛(分别为男女繁殖力象征)的问题,渔王与他的国家就能获得再生。拯救者就是亚瑟王圆桌骑士中最单纯的珀西瓦尔(Percival),他来到荒原中心的小教堂,提出了与圣杯和长矛(男女繁殖力象征)有关的问题,结果渔王获得了新的生命力,荒原恢复了生机,重新变成沃野。

洛奇受《荒原》中圣杯传说的启发,在《小世界》中建构了寻找圣杯的叙事结构。当我们把当代学者会议与古代基督徒朝圣相对照时,我们发现书中的主要人物都可在圣杯传说中找到原型:年轻诗人珀斯·麦加里格尔只为寻找心爱的女人而不辞辛苦赶赴国际学术会议,他是寻找圣杯的骑士珀西瓦尔的化身;

---

① 蒂费纳·萨莫瓦约:《互文性研究》,邵炜译,天津:天津人民出版社,2003年,第36页。
② 蒂费纳·萨莫瓦约:《互文性研究》,邵炜译,天津:天津人民出版社,2003年,第37页。

像传说中丧失繁殖能力的渔王费舍尔·金一样，身患阳痿且创作枯竭的"国际文学理论界的元老"（133页）亚瑟·金费希尔"统治"下的国际文学批评界变成了一片荒原。各种理论新潮词汇听上去不过是另一种意义上的陈词滥调，学者们为争夺联合国教科文组织文学批评委员会的主席职位而勾心斗角。珀斯参加学术会议不久，就很快意识到那些炫人耳目的时髦词汇只不过是装点门面的手段。在现代语言协会年会上持各种相互冲突的理论的代表发言后，他提出的问题让金费希尔立刻意识到：在批评实践中，重要的是承认差异而不是追求真理。金费希尔因而恢复了生命力，批评界的荒原从而也得到拯救。

在小说中，戴维·洛奇经常将其他文本的直接引用与自己将要讲述的故事交织在一起，使其他文本的直接引用成为本叙事的有机组成部分。珀斯对美丽动人、才华横溢的安杰莉卡一见钟情，急切恳求她嫁给他："做我的梅德琳，让我做你的波非洛吧！"（60页）梅德琳和波非洛是济慈的长篇叙事诗《圣阿格尼斯节前夕》里的人物。珀斯为安杰莉卡朗诵《圣阿格尼斯节前夕》里的诗句："醒来吧！起来吧！我的爱人，不要害怕，/ 在南面沼泽的那一边等待着你的是我的家。"（60页）这首诗以一个古老的传说写成。据说在圣阿格尼斯节的前夕，少女能够看到未来的丈夫。梅德琳的情人波非洛是她敌对家族的儿子，在老安杰拉的帮助下，波非洛于圣阿格尼斯节前夕潜入梅德琳的卧室，看着她脱衣就寝。梅德琳在梦中看见了波非洛。等她醒来后两人私奔，遁入暴风雨中。安杰莉卡笑着回答说："明天晚上再现这首诗会挺有趣的。……你可以藏在我的屋子里看着我上床睡觉。那时我可能梦见你是我未来的丈夫。"（60页）

第二天早晨，安杰莉卡直接告诉了珀斯她的房间号码。珀斯对安杰莉卡爱得如醉如痴，为了弄清楚安杰莉卡"再现这首诗"的意思，特地去卢密奇大学图书馆查阅该诗原文。他在诗中读到波非洛在梅德琳卧室看到她脱衣的情景："除去盘绕的珠串使头发散开，/ 一件件摘下带着体温的首饰；/ 松开她芬芳的紧身胸衣：逐渐 / 她的盛装沙沙地落向膝盖。"（68页）接下来，珀斯读到了梅德琳梦中看到的景象，以及她在半意识状态中对波非洛说的话："大大超过了凡人 / 在听到这样性感的语气时 / 所生的激情，他站起身来，/ 飘渺悠然，脸色发红，宛如人们看到的蓝天深处的 / 一颗颤动的星；他溶入她的梦中，正如玫瑰 / 将自己的芳香和紫罗兰交融——/ 结局甜蜜。"（68页）而现实中的结局是，那天晚上，珀斯偷偷进入的是罗宾·登普西的房间，他藏在壁橱里，看到的是登普西脱衣上床的情景。而登普西也按照安杰莉卡的安排，像一首意大利长诗里的鲁杰罗等待阿尔西娜那样，在自己房间里等待安杰莉卡的到来。原来，这两个堕落的现代男学者都被智慧正派的安杰莉卡要弄了。引用的文本和被引用的文本交织，使得人物给读者留下更加深刻的印象。

### 2. 拼贴——构成一个种类混杂的形式多元、意义多元的元小说文本

作为关于小说的小说,洛奇的《小世界》运用拼贴这种互文手法,将不同种类的文本并置在一起,构成一个形式多元、意义多元的种类混杂的元小说文本。拼贴是后现代主义艺术文本的制作方式。它把各种差异性因素组织在一个文本的平面上。正如德里达所指出的那样,"在拼贴过程中,以直接、大量的引用法与替代法,把原作置入一个全然陌生的环境内",艺术家"引用的各个元素,打破了单线持续发展的相互关系,逼得我们非做双重注释或解读不可:一重是解读我们所看见的个别碎片与其原初'上下文'之间的关系;另一重是碎片与碎片是如何被重新组成一个整体,一个完全不同形态的统一。……每一个记号都可能引用进来,只要加上引号即可。如此这般,同时,也不断产生无穷的新的上下文,以一种无止无尽的方式与态度发展下去"[①]。

洛奇的小说揭示,在后现代主义小说中,"在这多元的现时,所有文体辩证地出现在一种现在与非现在、同一与差异的交织之中"[②]。后现代小说占有了其他体裁(诗、散文、哲学本文等)的领域,它不再讲故事,不再叙述,它已变成一种语言断片的随意组合,给人们一种现实世界本来就是如此的启示。一篇文本对另一篇文本的吸纳,就是以多种形式合并和拼贴原文被借用的部分。这实际上也是一种共存关系的互文手法。在具体的拼贴手法中,主体文本不再合并互文,而是将之并列,以突出其片段和互异的特色。在这种情况下,分离大于吸纳,文本的功能不明甚于性质不明。拼贴表现了互文创作的一个中心问题:间断性。甚至在互文被受文吸收的情况下,引用也是将文本向外敞开,把文本与一个打乱其整体的"他性"进行对照,使文本处于多元和分散的境地。作为一部元小说,《小世界》的文本由多种文类的片段构成,表现了文本意义的不确定性。

(1)拼贴的方式之一是卷首语的使用

卷首语和主体文本相脱离,凌驾于主体文本之上,或是从某种意义上引出主体文本。卷首语通常是一段引言,然后是这段引言的作者和出处的相关参考资料。把引用的句子贴在文本的开篇,这是让它和主体文本亦即亦离(空白把互文和主文分割开来)。如果一位作者或一篇已有的文本声名卓著或甚为可取,主体文本便把它吸收进来:在开篇位置赫然写下这样的卷首语,这就暗示了文本是由此衍生的。联系总是通过意义确立的,但意义既可以是确切的,也可以

---

① 王先霈、王又平:《文学批评术语词典》,上海:上海文艺出版社,1999 年,第 679 页。

② Ihab Hassan, *The Postmodern Turn: Essays in Postmodern Theory and Culture*, Columbus, OH: The Ohio State University Press,1987, p. 170.

是泛泛的。①

　　洛奇在小说《小世界》的文本正文开始前用了三条卷首语。第一条是贺拉斯的拉丁文原文："*Caelum, non animum mutant, qui trans mare currunt*"（卷首语页），其意思是：急匆匆漂洋过海的人们，改变了生活的地区，但没有改变他们的心态。作者刻意用拉丁文原文使这段引语与主体文本脱离，制造一种陌生化效果，使读者带着试图解谜的动机去阅读小说主体文本。当读者翻开书页，在"引子"部分读到当代"学者们从一个大陆到另一个大陆的航程，在他们匆匆赶到旅馆、乡间别墅或古老的学府去交流和狂饮"（II），在第一部第二章里读到"现今的学者就像古代的游侠骑士，漫游世界各处，寻求奇遇和荣誉"（92 页），接着又在第四部第一章读到"整个学术界似乎都在奔波忙碌。这些日子，飞越大西洋的航班中半数乘客是大学教师。……巡回开会的吸引人之处正在于此：它是把工作变成玩乐、把职业特点和旅游结合起来的一种方式，而且全都是别人掏钱。写一篇论文就可以周游世界！"（328 页）时，就会发现著名的古罗马诗人、讽刺家贺拉斯的拉丁文引文与主体文本通过读者的阅读而产生的互文效果——文本是由此衍生的。

　　洛奇在第二条卷首语用纳撒尼尔·霍桑的话，帮助自己因为要写一部浪漫传奇而获得形式和素材方面的某种自由后，立刻用詹姆斯·乔伊斯的话作为第三条卷首语："嘘！小心！回音乡！"（卷首语页），提请读者注意：也许事情不这么简单。读完主体文本后，读者才会意识到作者用乔伊斯这句话的警告性含义：实际上这是一部不同于古代浪漫传奇的当代浪漫传奇。在古代浪漫传奇中，朝圣者是为了自己心中的信仰而历经艰辛，徒步到达圣地；而当代的学者们则是为了追逐名利或寻求情人和刺激，带着一篇论文，在学术机构的资助下，乘着便捷的交通工具，不需经受任何苦难去世界各地参加研讨会。在学术研讨会这个文人学者的狂欢舞台上，每个人物都在纵情享乐。洛奇摘下了一个个学者的神圣光环。其貌不扬的"骑士"珀斯·麦加里格尔虽未能找到他心爱的女人安杰莉卡，却与她面貌酷似的孪生妹妹丽丽一起享受到了肉体的欢愉；一只手戴着黑色山羊皮手套伪装神秘的接受理论学者希格弗里德·冯·蒂皮茨原来是一个剽窃珀斯未发表手稿（284 页）的抄袭者；在狂欢中扮演渔王角色的亚瑟·金费希尔则玩着国王脱冠和戴冠的游戏：在纽约现代语言协会年会上，本来准备从国际文学批评组织领导岗位上卸任的他，却又自荐担任联合国教科文组织文学批评委员会的主席职务。洛奇通过嘲笑、戏弄这些当代的"朝圣者"，消解了浪漫传奇的神圣性。

---

① 蒂费纳·萨莫瓦约：《互文性研究》，邵炜译，天津：天津人民出版社，2003 年，第 53-54 页。

（2）拼贴的方式之二是文中资料的合并

有时，文学作品在文本正中加入一些互文材料，但并不将它吸收。文本的互异性把互文和受文明确区分开，同时暗示意义的扩散。这些引用的意义不在于和文本其他部分融会贯通，而是像卷首语一样，在散落中亦自成一体。[①]

《小世界》第二部第一章由关于 13 个主要人物发生在不同（有时同一）时刻、不同地点的叙事片段构成。

清晨五点整，当在英国卢密奇大学参加完学术研讨会的美国尤福利亚州立大学教授莫里斯·扎普被数字显示式手表的嘀嘀声叫醒，打着哈欠，摸索床头开关时，澳大利亚北昆士兰大学教授罗德尼·温赖特"正在绞尽脑汁，为准备参加莫里斯·扎普在耶路撒冷召开的关于'批评的未来'的研讨会撰写一篇论文"（119 页），提出了问题后，却怎么也给不出答案。

五点半，莫里斯·扎普在楼下厨房给自己弄一杯咖啡。在往西三千英里新罕布尔什州赫利肯的松林深处的作家聚居地，莫里斯·扎普的前妻德西雷在床上辗转反侧，因为她三页稿纸上的东西"如此含混，如此不确定，如此不明确。明天全部都得重写"（125 页）而整夜未眠。

五点四十五分，莫里斯·扎普在大门口等待约好拉他去机场的出租车。此刻，乘坐美国环球航空公司从芝加哥飞往伦敦的 072 次航班上的意大利帕多瓦大学教授富尔维亚·莫尔加纳正在工作，阅读《列宁与哲学及其他论文》一书中"意识形态与意识形态的国家机器"一文。这位马克思主义文论家手上戴着三个镶嵌着红宝石、蓝宝石和绿宝石的古式戒指，手腕上戴一只厚重的金手镯，身穿米色丝绸衬衫和棕色天鹅绒夹克，脚上是在飞行期间穿的小山羊皮拖鞋，换下来的是时髦的米色高跟皮靴（127 页），可见她生活富裕，不是来自工人阶级队伍。在同一架飞机上，霍华德·林博姆"正在努力说服妻子就在当时当地、在经济舱的后排和他做爱"（128 页）。

六点，接送莫里斯·扎普去机场的出租车到了，莫里斯与菲利普告别。在美国的芝加哥，此刻正是午夜。美国哥伦比亚大学和苏黎世大学的荣誉退休教授、国际文学理论界的元老亚瑟·金费希尔身子赤裸，脸朝天躺在一张巨大的圆床中央，一个身材苗条、"只穿了一条仅遮住阴部的黑色丝质小三角裤"的东方少妇正为这位老人按摩。

当莫里斯·扎普坐在去机场的出租车后座上，被拐来拐去的车甩得左右摇晃时，菲利普·斯沃罗回到床上与妻子希拉里做爱。菲利普脑子里想的是曾与他做过一次爱的漂亮女人乔伊，而希拉里脑子里想的是十年前与莫里斯·扎普

---

① 蒂费纳·萨莫瓦约：《互文性研究》，邵炜译，天津：天津人民出版社，2003 年，第 55-56 页。

做爱的情景。

与此同时，柏林和芝加哥之间的电话谈话已近尾声。德国海德堡大学教授希格弗里德·冯·蒂皮茨正以邀请亚瑟·金费希尔来海德堡研讨会上发言为名，为竞争联合国教科文组织新设的文学批评委员会主席一职走后门、拉关系，因为金费希尔是主席人选的主要评估者之一。

六点半，莫里斯还在去机场的出租车里。此刻的巴黎是七点半钟。法国索邦大学叙述学教授米歇尔·塔迪厄接了一个蒂皮茨从柏林错打来的电话。

此刻，英国牛津大学诸圣学院教授拉迪亚德·帕金森独自在睡觉。他是个单身汉，从来没有恋爱过，也不希望恋爱。他怀着观望式的轻蔑态度，观察恋爱在他同事和对手的工作效率上造成的灾难性影响，"读书就是他的恋爱，写作就是他的性爱"（141 页），但"他的作品中充满了对人类性行为的各种变化和怪异形式的熟练或近乎淫秽的叙述"（140 页）。六点四十五分，帕金森起床，开始读书。

在土耳其中部，现在是八点四十五分。安卡拉大学教师、博士阿克比尔·博拉克正在吃早餐，边吃边读《威廉·黑兹利特全集》第十四卷，他是在为迎接菲利普·斯沃罗来土耳其开有关威廉·黑兹利特的讲座做准备。

当莫里斯·扎普在卢密奇机场登上飞往希斯罗德的航班时，在日本东京，现在已经是傍晚了，在大学教英语的坂崎章教授结束了一天的工作回到家里，开始用英文给罗纳德·弗罗比舍写信，向弗罗比舍咨询在翻译他的《可以再努把力》一书中遇到的问题。

以下十二个片段不再赘述。该章中这二十二个片段展示的是世界各地的学者在生活中的不同场景，暴露了学者们或江郎才尽，或思想混乱，或自我矛盾，或低级下流，或委顿不振，或口是心非，或生活怪诞，或为追逐名利而不择手段等等。这些语言片段并置，在读者眼前展现了一幅当代全球学术界混乱、荒芜的全景画。此外，从整体上看，《小世界》这幅语言拼贴画的构成成分还包括大量不同的文体，例如学者的演讲、研讨会论文、书信、传单、录音广播、诗歌等。洛奇如此这般，在《小世界》中将多种叙述或论述的片断拼贴在一起，把文本与一个打乱其整体的"他性"进行对照，使文本处于多元和分散境地，表现了文本意义的不确定性。

（3）平行结构——使高雅与通俗、严肃与戏谑、传奇与现实交织在一起

巴赫金强调，文学作品"不是众多性格和命运构成一个统一的客观世界，在作者统一的意识支配下层层展开；这里恰是众多地位平等的意识连同它们各

自的世界，结合在某个统一的事件之中，而相互间不发生融合"①，主张在文本中赋予各种声音，即各种思想观念，以同时迸发、充分申诉的权利和自由。巴赫金进而提出"狂欢化"理论，他认为："是生活本身在狂欢节上表演，而表演又暂时变成了生活本身。这就是狂欢节的特殊本性，它的特殊存在性质。"② 在他看来，狂欢节的主要特点是等级差别的取消："在狂欢节期间，取消一切等级关系具有特殊重要的意义。"③ 在戴维·洛奇的《小世界》中，多条线索齐头并进，将关于文学理论专业知识的讨论与紧张离奇的通俗故事情节融合，使高雅与通俗、严肃与戏谑、传奇与现实交织在一起，形成一种平行结构。

（4）对后解构主义理论的高雅阐释与对脱衣舞的通俗描述并置

《小世界》第一部第一章里，在英国卢密奇大学举办的国际高校英国文学教师研讨会上，莫里斯·扎普做了一个题为"如同脱衣舞的文本诠释"的学术报告。他"是一个曾经一度相信过诠释的可能性的人。……曾认为，阅读的目的是确立文本的意义"（35-36 页）。他写了五本研究简·奥斯丁的书，每一本都在力图确立奥斯丁小说的含义。接着，他试图"全面彻底地从可能想到的每一个角度来审视她的小说——历史的、传记的、修辞的、神话的、结构的、弗洛伊德精神分析法的、荣格分析心理学的、马克思主义的、存在主义的、基督教的、寓意的、伦理学的、现象学的、原型派的，你能想到的应有尽有"（36 页）。但他没有完成这项工作，"因为这事不可能做到，而不可能做到是因为语言本身的特点——语言的含义不断从一个能指转移到另一个能指，永远不可能将其绝对掌握"（36 页）。莫里斯·扎普从后结构主义的角度认为：

> 理解一个信息就意味着解码一个信息。语言是一种代码。但是每一次解码就是另一次编码。如果你对我说了什么，我会用自己的话，也就是说，用和你所用的不一样的词语，向你重述一遍，以检验是否正确理解了你要传递的信息……如果我用自己的话，那就意味着我已经改变了你的意思，无论这改变是多么细小；即使我异乎寻常地向你重复你自己的原话，以表示我对你所说的话的理解，那也不能保证我在脑子里复制了你的意思，因为我将不同的语言、文学和非修辞性的现实经历带进了这些词语之中，因为它们的含义对我和对你有所不同。（35-36 页）

---

① 巴赫金：《陀思妥耶夫斯基诗学问题：复调小说理论》，白春仁，顾亚铃译，生活·读书·新知三联书店，1988 年，第 297 页。

② 巴赫金：《巴赫金文论选》，中国社会科学出版社，1996 年，第 103 页。

③ 巴赫金：《巴赫金文论选》，中国社会科学出版社，1996 年，第 105 页。

莫里斯·扎普把"每一次解码就是另一次编码"这一原理用于文学批评。在阅读中，由于文本的词语已经给定了，我们无法和文本互动，也无法用自己的词语影响文本的发展。在这个意义上，阅读比交谈被动。也许激发人们去寻求诠释的正是这一点。莫里斯·扎普为阐释他的论点，把阅读和看脱衣舞女的表演作了类比。随着文本对读者产生影响，"利用了他的好奇和欲望，读者的兴趣越来越大；正如一个脱衣舞女利用观众的好奇和欲望一样"（38页）。莫里斯指出，如果女孩子开始面对顾客跳舞前就脱光了所有衣服，这就不是脱衣舞，这只是脱光衣服而没有脱衣时的挑逗。接下来，莫里斯认为脱衣舞为阅读行为提供了恰到好处的比喻："舞女挑逗着观众，正如文本挑逗着读者，她们给观众以最终完全暴露的期待，却又加以无限的拖延。一层又一层的面纱、一件又一件的衣服被脱去，但是正是这脱光衣服的拖延而不是脱光衣服本身才造成兴奋；因为一旦一个秘密被揭示，我们对它就失去了兴趣，立刻渴望看到另一个秘密。我们看到女孩的内衣裤时，就想到她的身体……。在看到子宫时，我们回到了我们自己的起源这个谜。

阅读也是如此。企图发现文本核心、一劳永逸地掌握其含义的努力是徒劳的——在那里我们找到的只是自己，而不是作品本身。"（39页）按照莫里斯的描述，我们从脱衣舞的表演再来看阅读："阅读就是从一个句子到另一个句子、从一个情节到另一个情节、从文本的一个层面到另一个层面，让自己沉溺于好奇心和欲望不断被替代的过程中。文本在我们面前揭去自己的面纱，但是永远不允许自己被掌握；我们不应费尽心机地想去掌握它，而应从它的挑逗中获得快乐。"（40页）这里，洛奇通过莫里斯的报告，将对后解构主义理论的高雅阐释与对脱衣舞的通俗描述并置，以脱衣舞为类比，使后解构主义的理论变得通俗易懂。

（5）文学理论专业知识讨论与紧张离奇的通俗故事情节并置

从整体上看，《小世界》整个文本是以文学理论专业知识的讨论与紧张离奇的通俗故事情节的并置来形成平行结构的。莫里斯·扎普主张后结构主义或解构主义，坚持文学文本的碎片结构及其不确定性，而在现实生活中却试图维持一个完整的传统家庭结构，但遭遇了主张女权主义的妻子德西雷的对抗。德西雷是个女权主义作家，她在小说中把丈夫莫里斯写成了一个恶魔、一个奉行大男子主义的虐待狂，提出跟他离婚。虽然他一直拒绝，但他们的婚姻早已名存实亡。莫里斯为自己无力维持一个传统家庭而备受折磨。主张女性自由的德西雷在海德堡接受美学研讨会上，受社交动力的驱使，与曾经是"愤怒的青年"的作家罗纳德·弗罗比舍上床，在双方保证"谁也不把这件事做素材"（341页）的前提下，"德西雷说着翻身把他压在了下面"（341页），洛奇用这一本质上是通奸的做爱场景幽默地阐释了德西雷的女权主义。

莫里斯·扎普在英国航空公司飞往米兰的三叉戟飞机上与正在阅读《列宁与哲学》的马克思主义者富尔维亚·莫尔加纳结识。在米兰下飞机后，莫里斯发现富尔维亚拥有一辆他以前只是在杂志上看到过的、价格在五万美元左右的古铜色马塞拉蒂双门小轿车。富尔维亚驾车将他拉到离拿破仑别墅不远处的一栋18世纪的豪宅。在大客厅里，有一个穿黑色制服、围着白围裙的女仆用银盘给他送来从细颈水晶玻璃瓶中倒出来的加冰苏克兰威士忌。富尔维亚的豪华生活令莫里斯惊诧不已，他不禁问道："你作为一个马克思主义者，却过着百万富翁的生活，你是怎样使二者调合起来的？"（183页）。富尔维亚解释说，他们生活中的矛盾

> 正是资产阶级资本主义最后阶段特有的矛盾，最后将导致它的崩溃。放弃我们自己小小的一点特权，……我们也丝毫不能使那个变化过程加快一分钟完成，它有着自己无情的节奏和势头，它的崩溃取决于群众运动的压力，而不是个人微不足道的行动。既然根据辩证唯物主义的理论，无论我和埃内斯托作为个人是穷是富，对这一历史过程都没有丝毫影响，那我们还不如富一些，因为这是我们知道如何怀着某种尊严去扮演的角色。而要穷得有尊严，穷得和我们的意大利农民一样，不是容易学会的事情，这是与生俱来的、经过一代又一代才能获得的。……再说，我们富有了，就能帮助那些在采取更为积极行动的人。（183-184页）

在富尔维亚看来，晚期资本主义似乎可理解为富人对穷人剥削与帮助的辩证统一，这种辩证统一将导致资本主义的崩溃。晚餐极其丰盛，莫里斯在富尔维亚这里品尝了西班牙凉菜汤、烤珍珠鸡、填料塞辣椒、焦糖汁鲜橘片，以及一种甜奶酪，还喝到了她的伯爵公公在种植园里酿造和装瓶的美酒。莫里斯对富尔维亚的盛情款待感激不尽，感谢方式就是按富尔维亚的要求上床，与她做爱，而且是与她丈夫一起进行三人性行为。在这一情节里，洛奇使对晚期资本主义的阐释与对富尔维亚故事情节的叙述形成了更紧密的平行结构。

洛奇在其平行结构的小说创作中，使高雅与通俗、严肃与戏谑交织，人物之间因社会地位等所造成的距离感暂时消失了，彼此之间无拘无束、亲昵地接触，插科打诨，讽刺性地谈论、模拟严肃的事物，产生了一种狂欢化效果。这种狂欢化具有颠覆官方真理和等级秩序的鲜明特征，它对一切事物采取冒渎不敬的态度，使神圣与粗俗、崇高与卑下、伟大与渺小、聪明与愚蠢等结成一体。在狂欢中，一切所谓主流的、权威的思想意识都被民主、自由、平等的精神所取代。

## （二）《小世界》中的派生关系互文手法

关于派生关系互文手法，热奈特称之为"超文性"："我用超文性来指所有把一篇乙文（我称之为超文 hypertexte）和一篇已有的甲文（我称之为底文 hypotexte）联系起来的关系，并且这种移植不是通过评论来实现的。"[1] 派生的两种主要形式是仿作（pastiche）和戏仿（parody）。

### 1. 仿作——对先前文本的无引用文本模仿

仿作是对先前文本的模仿，先前文本并不是被直接引用，但多少被超文引出。在仿作情况下，并没有引用文本，但风格却受到原文的限定。仿作对原作有所修改，但它主要是模仿原作。[2] 看到《小世界》的结尾，我们自然想起另一位英国当代著名小说家约翰·福尔斯的小说《法国中尉的女人》（1969）的结尾。

福尔斯的小说《法国中尉的女人》在结尾提供了三个结局。第一个结局，查尔斯在头脑里放映他与欧内丝蒂娜结婚的电影，他把自己写回了维多利亚传统；他所有的发现、揭示和改变——即他所经历的生活过程——都被掩盖了，他成为了维多利亚传统生活的受害者，一块陷于重大历史运动中的鹦鹉螺化石，为永恒而束手无策。在第二个结局里，莎拉是一个可爱的谜原型女人，她以上帝的和小家庭完整无缺的方式把查尔斯完全带入了维多利亚标准中。莎拉这个维多利亚女人很讲求实际，但又肤浅，在她身上乐观的典型得到保存，任何基本的东西都未改变。查尔斯仍陷在那个时代以性别为基础的假设中，未获得自由。第三个结局也没有给查尔斯提供明显的自由选择，他仍不能走出维多利亚时代的社会和维多利亚时期小说而进入 20 世纪的现实；他必须在叙事世界的"现实"里寻求自由。在这个结局里，一直在改变自己的莎拉终于找到了一个家，在这里她能"珍爱"她那始终如一的自我。但是查尔斯却没有这样一个等待他的身份。查尔斯必须以一个无足轻重的状态继续前行，不断做出选择，直到获得某种身份。可见查尔斯的未来是不确定的，因为世界是不确定的。《法国中尉的女人》以多个结局收场，带来了小说创作观念的重要变革。

《小世界》再次启用这种开放式结尾，给读者留下了充分的想象空间。在《小世界》的尾声，现代骑士们——到世界各地以参加研讨会为名，行追逐名利和寻欢作乐之实的文学研究领域的专家、学者们——来到了他们的"圣地"——在纽约召开的美国现代语言协会年会。五位竞争联合国教科文组织新设的文学批评委员会主席一职的学者，即菲利普·斯沃洛、米歇尔·塔迪厄、希格弗

---

[1] Gérard Genette, *Palimpsseste, La littérature au seconde degré*, Paris: Seuil, 1982, p. 112.

[2] 蒂费纳·萨莫瓦约:《互文性研究》，邵炜译，天津：天津人民出版社，2003 年，第 41-44 页。

里德·冯·蒂皮茨、富尔维亚·莫尔加纳、莫里斯·扎普都已做好充分准备，做最后一搏。他们都将在"批评的功能"论坛上发言。这个论坛被认为是最重要的学术会议。亚瑟·金费希尔担任会议主持人，他"今天要决定支持谁来做联合国教科文组织新设的文学批评委员会主席的候选人。山姆·泰克斯特尔也来了，准备把这个好消息带回巴黎。这个论坛就像总统候选人的电视辩论"（451页）。

　　第一个发言的是菲利普·斯沃洛，他说批评的功能就是帮助文学本身发挥作用，文学的作用是使我们更好地享受生活，或者更好地忍受生活。对书本心怀热爱的评论家的责任就是要打开抽屉的锁，吹去灰尘，使宝藏重见天日。米歇尔·塔迪厄认为，批评的功能在于揭示使《哈姆雷特》、《遁世者》、《包法利夫人》或《呼啸山庄》这样的作品能够产生并为人们理解的基本规律。文学评论作为知识，不能建立在诠释基础之上，因为诠释是无尽的、主观的、无法加以确证的。塔迪厄的本体论观点显然是对斯沃洛主观诠释的否定。第三个发言的希格弗里德·冯·蒂皮茨承认塔迪厄的科学精神，但他认为从文学艺术客体本身的形式来界定文学批评的基本功能是注定要失败的，因为这样的艺术客体在读者头脑中得到实现以前，在某种程度上可以说只享有虚拟的存在。蒂皮茨这种读者接受理论的观点又否定了塔迪厄的本体论发言。马克思主义学者富尔维亚·莫尔加纳的发言与前三位的发言都截然不同，她指出批评的功能是对"文学"这个概念本身开展永不休止的战争。她认为，文学只不过是资产阶级霸权的工具，所谓的审美价值是具体化了的拜物教，是通过培养尖子人才的教育制度建立起来并保持下去的，目的是掩盖在工业资本主义下阶级压迫的残酷事实。富尔维亚猛烈抨击了资本主义制度下作为资产阶级意识形态的文学的本质。莫里斯·扎普的发言和他在卢密奇研讨会上讲的差不多，他再次强调解构主义的观点：确立文本的含义是不可能的，因为语言的特性便是语言的含义不断从一个能指转移到另一个能指，永远不可能将其绝对掌握。语言是一种代码，每一次解码就是另一次编码。

　　发言者们各执一词，听着他们唇枪舌剑的辩论，萎靡不振的老"渔王"亚瑟·金费希尔显得"越来越抑郁，身体在椅子里弯得越来越低，到莫里斯讲完的时候看上去几乎都睡着了"（455页）。在这令人绝望的时刻，年轻"骑士"珀斯·麦加里格尔向这五位发言人——五种理论的代表提出的问题，使联合国教科文组织新设的文学批评委员会主席职位竞争者们不知所措，却使天气骤然变化，由寒变暖，万物复苏，一下子使亚瑟·金费希尔"脸上突然闪现出了笑容，好像阳光穿透了云层"（456页）。金费希尔从长时间的萎靡中振作起来，最后宣告"不再退隐，提出由自己来担任主席"（476页）。但这个结果对于菲利普·斯沃洛、米歇尔·塔迪厄、希格弗里德·冯·蒂皮茨、富尔维亚·莫尔加纳、莫里斯·扎普这五位主席职位竞争者来说，并不是结局，他们要等三年后再次竞争。但是莫里斯·扎普表示，自从遭遇那次绑架后，感到只要能活着就足够了，"终于彻底摆脱掉追逐名利的习惯了"（468 页），甚至"对解构主义丧失信心了"，认为"意义的迟延并不是无限的"，"死亡是一个无法解构的概念"（468-469 页）。这就使未来的世界文艺理论格局变得扑朔迷离。这表明，世界是变化的、不确定的。

最后，锲而不舍追求爱情的"骑士"珀斯·麦加里格尔发现他在希尔顿饭店与之做爱的女孩儿不是安杰莉卡，而是她的孪生妹妹丽丽，安杰莉卡另有所爱。当听到有人提到"西思罗"时，

> 在他心里浮现出她上次见到谢丽尔·萨默比查看时刻表时流泪的形象；一个想法如箭般飞速掠过他心头：谢丽尔爱他。只是因为他过度迷恋安杰莉卡，以致他没能更早地觉察到这一点。随着他这一认识的深入，谢丽尔在他心目中具有了无限的魅力。他要立刻去往她身边。他要将她抱在怀里，擦去她的眼泪，在她耳边悄声告诉她，他也爱着她。（474 页）

在除夕那天，珀斯·麦加里格尔乘英国航空公司的巨型喷气客机飞抵希思罗机场，未能见到谢丽尔·萨默比。她出国旅行去了。沮丧的珀斯对着信息牌表面，就像对着电影屏幕，投射出自己记忆中谢丽尔的面容和身影——齐肩的金黄色头发，走起路来抬高腿的样子，明亮的蓝眼睛里的茫然神情。整部小说就这样以多个无结局的结尾结束了。这种无结局的结尾使文本意义的确定性在书中彻底消失了。洛奇用珀斯从寻找安杰莉卡到寻找谢丽尔的过程形象阐释了解构主义的观念。阐释一个语言符号序列的意义，即寻求与能指符号相对立的"所指"含义的过程，从理论上说，是一个新的能指符号去取代有待阐释的能指符号的过程，一个由一种"能指"滑入另一种"能指"的永无止境的倒退的过程。如小说中莫里斯所言：每一次解码就是另一次编码，所以在小说结尾，珀斯"不知道在这个狭小的世界上，他该从什么地方开始去寻找她"（485 页）。这一结尾表明符号并非是能指与所指的紧密结合，符号不能在字面上代表其所意指的东西，产生在场的所指：一个关于某种东西的符号势必意味着那种东西的不在场（而只是推迟所指的东西）。

### 2. 戏仿——对弗洛伊德泛性论和后结构主义理论的讽刺和批判

戏仿是对原有文学进行转换，要么以漫画的形式反映原文，要么挪用原文。

无论对原文是转换还是扭曲，它都表现出和原文之间的直接关系。戏仿是一种"最具意图性和分析性的文学手法之一。这种手法通过具有破坏性的模仿，着力突出其模仿对象的弱点、矫饰和自我意识的缺乏。所谓'模仿对象'，可以是一部作品，也可以是某些作家的共同风格"[①]。戏仿是后现代主义小说家们常用的技巧。他们在作品中对历史事件和人物，对日常生活中的某些现象，对古典文学名著中的题材、内容、形式和风格进行夸张的、扭曲变形的、嘲弄的模仿，使其变得滑稽可笑，从而达到对传统、历史和现实的价值与意义以及过去的文学范式进行批判、讽刺和否定的目的。《小世界》充满了对 20 世纪各种时髦文艺理论的戏仿。

### 3. 对弗洛伊德泛性论的戏仿

《小世界》第五部第一章，在美国现代语言协会年会"浪漫文学临时论坛"会场，珀斯·麦加里格尔终于找到了安杰莉卡·帕布斯特，她正在做关于浪漫文学的发言。安杰莉卡在她的发言中戏仿了弗洛伊德强调性本能的心理分析理论。弗洛伊德从非理性主义立场出发，提出了本能论，即无意识的本能、欲望对人的行为、活动起决定性作用的理论。这种理论抹杀了意识在人的行为、活动中的调节作用。在本能论的基础上，弗洛伊德又提出了压抑论，即关于无意识的本能、欲望受压抑的理论。所谓压抑，实质上具有两种相互联系的含义：其一，压抑就意味着把痛苦的、可耻的经验从意识中排除出去；第二，压抑就意味着防止那些不体面的、见不得人的冲动或欲望进入意识中来。压抑的存在是以消耗力比多（libido）的能量来维持的。受到沉重压抑的人就日益衰弱了，并且最终导致精神病或神经症的产生。精神病或神经症就是被压抑的无意识的本能、欲望不能获得满足的代替物。心理分析的任务就在于消除这种压抑。在心理分析的理论系统中，弗洛伊德把同性本能紧密联系着的一种特殊心理力比多提到首要位置来研究。弗洛伊德认为，力比多是人的内部世界中蕴藏着的强烈要求发泄的特殊的心理能。作为一种内驱力，它总是促使人去追求得到机体的愉快感。力比多给人们全部心理过程和行为、活动提供动机的力量，并且在人的整个心理过程和行为、活动中表现出来。力比多既是自然状态的性本能的能，又是心理的性欲望或性渴求的力量，它在人的整个心理过程和行为、活动中都起着决定性作用。因此，弗洛伊德的理论获得了泛性论的称号。

《小世界》中，安杰莉卡以弗洛伊德的理论来解释罗兰·巴特的文本阅读理论：

---

① 王先霈、王又平：《文学批评术语词典》，上海：上海文艺出版社，1999 年，第 212 页。

罗兰·巴特使我们明白了叙述与性活动、肉体愉悦与"文本愉悦"之间的密切关系，尽管他本人在性方面表现含糊，他还是以过于男性化的方式阐发了这个类比。在巴特的理论体系中，古典文本的愉悦只不过是性爱的前戏，存在于对读者的好奇和渴望——渴望谜被破解、行动得以完成、美德得到报答、罪恶受到惩罚——不断地挑逗并拖延给予满足之中。根据这一模式，我们在阅读叙述时的愉悦——说来也怪——就会有这么一种情况："想要知道"的需求推动我们读完叙述，而这一需求的满足又终止了愉悦，正如在意淫中，占有了对方就消灭了欲望。史诗和悲剧必然地发展到我们所说的"高潮"——用性行为来比喻，这基本上是男性的高潮——聚集起来的力量一下子爆发。（460页）

安杰莉卡又根据巴特的"叙述与性活动、肉体愉悦与'文本愉悦'之间的密切关系"（460页），以清楚直率的性意象描写了浪漫文学的叙述结构：

浪漫文学……不只是有一个、而是有多个高潮，阅读这种文本所能感到的愉悦一次接一次。主人公刚刚避开了命运中的一个危机，另一个危机又出现了；一个谜团刚刚解开，另一个又出现了。叙述的问题一张一合，一张一合，就像阴道肌肉在性交中的收缩一样，而且这个过程在理论上是无止境的。最伟大最典型的浪漫文学常常是没有结局的——它们只是在作家筋疲力尽之时才结束，就像女人的性高潮只受到她本人体力的局限一样。浪漫文学是多次性高潮。（460页）

听众中有人问安杰莉卡，她是否同意，小说作为一种独立的文学类型，可以说是史诗和浪漫文学交配的产物。她认真地考虑了这个提法。又有一个年轻人问，如果史诗的器官是阴茎，悲剧的器官是睾丸，浪漫文学的器官是阴道，那么喜剧的器官是什么？啊，肛门，安杰莉卡带着灿烂的笑容立即答道（461-462页）。珀斯听着这一连串的污言秽语从安杰莉卡美丽的双唇和如珠般的牙齿间流淌出来，不禁脸颊发烧，但令他越来越感到吃惊的是，听众中似乎没有别人觉得她的发言有什么特别之处或有什么令人不安之处。可见，弗洛伊德的泛性论不仅给未婚青年男女的乱交提供了理论依据，引起了婚姻家庭中的性混乱，也使原本高雅的文学理论充满了听上去不那么文雅的解剖学或性学术语。安杰莉卡既嘲讽了弗洛伊德理论，也讽刺了以高雅自居的文学批评理论。

### 4. 对后结构主义理论的戏仿

在小说开头卢密奇大学的那次学术会议上，莫里斯·扎普概括性地论述了他的后结构主义阅读理论："每一次解码都是另一次编码。"（35-36 页）扎普富有想象力地以脱衣舞为类比，来阐释他的后结构主义理论。他对脱衣舞详细的不雅叙述使一些女学者忍无可忍，离开了会议室。"舞女挑逗着观众，正如文本挑逗着读者，他们给观众以最终完全暴露的期待，却又加以无限的拖延。"（39页）当他暗示阅读活动的真正满足必然是"孤独的、自淫式的"满足时，听众中出现了"躁动"（38 页）。正如批评家乔舒亚·弗兰德所指出的那样，《小世界》运用通常属于英语教学职业的戏仿，不仅幽默地夸大叙述了典型教授和学者的典型生活状态，也讽刺了后现代主义。抽雪茄、乘喷气客机到处旅游的学者莫里斯·扎普为后现代主义提供了一种理论基础"[1]（41页）。实际上，洛奇用不确定的后现代情节来戏仿后结构主义理论。

　　莫里斯·扎普是小说中虚构的后结构主义者，但他所谈论的后结构主义理论却根本不是虚构的，反而具有深刻的含义，它不仅影响文学的文本，而且影响着后现代社会和人们在这种社会中的生活方式。后结构主义在很大程度上是建立在语言学基础之上的。它先于后现代主义提出语言能指功能不足这一概念。后现代主义则认为，一切能指都是不充分的。就如应用到文学文本中的情况一样，如果"每一次解码都是另一次编码"，那么读者就会在逻辑上陷入一种表达不足的无尽的环形运动中，永远也不能达到一种对能指所传达、信息的准确解码（或理解），对任何信息都是如此。根据后结构主义者的观点，对思想的真正表现是不可能的，因为语言在本质上是有缺陷的。语言是一种表征系统，用于表示字母、词素、话语、短语、句子、诗歌、短篇小说、长篇小说、评论等，永远也不能成为被表征之物。通过扩展，即能指的滑动，各种转义最终变得无效。[2]隐喻的能指（即代码）不能可靠地表示任何具体的所指事物，因为那一所指事物充其量是另一个能指本身。这样，所有"不合语法的现象"[3]都是不可调和的，始终是不合语法的，永远不能指向一种较大的符号学意义。

　　小说《小世界》中的后现代情节与后结构主义理论十分相似，惟妙惟肖地体现了"每一次解码都是另一次编码"的含义。小说的主题之一是寻找，对一种最终令人满意的绝对真实事物的寻找。像扎普一样，珀斯·麦加里格尔也是一位乘喷气客机到处旅游的学者，他走遍了全世界，寻找一个名叫安杰莉

---

[1]　Joshua Friend, "'Every Coding is Another Encoding': Moris Zapp's Poststructural Implications of on Our Postmodern World", *Contemporary Literary Criticism*, Vol. 141, eds. Jeffery W. Hunterand Justin Karr, Detroit: Gale Group, Inc., 2001, p. 365.

[2]　Joshua Friend, "'Every Coding is Another Encoding': Moris Zapp's Poststructural Implications of on Our Postmodern World", *Contemporary Literary Criticism*, Vol. 141, eds. Jeffery W. Hunterand Justin Karr, Detroit: Gale Group, Inc., 2001, p. 365.

[3]　Michael Riffaterre, *Semiotics of Poetry*, Bloomington: Indiana University Press, 1978，p. 5.

卡·帕布斯特的女人。当他最终找到她、拥抱她并与她做爱后，他发现与他做爱的这个女人并不是安杰莉卡，而是长相酷似安杰莉卡的丽丽——安杰莉卡的孪生妹妹。丽丽这一人物形象集相同与差异于一身。这一形象表明，感觉的真实与投映的真实是不一致的，阐释与现实是不一致的。珀斯发现，虽然他找到了他以为"真实的"事物——她心爱的女人安杰莉卡，但安杰莉卡爱的不是他，而是彼得·麦加里格尔，这表明他寻找的目标——爱情并未实现。因此，珀斯必须继续寻找。在小说结尾，珀斯用另一个女人代替了他寻求的目标。那个女人也许更容易得到，但当他到达希思罗机场，寻找他坚信爱他的谢丽尔时，却被告知谢丽尔出国旅行了。珀斯寻求的目标很像文本的信息，永远可望而不可即，永远不能完全真正地得到。

在小说中，莫里斯·扎普和珀斯·麦加里格尔也像大多数人物一样，偶然相遇，然后又失去联系。扎普与麦加里格尔生活的并置暗示了后结构主义理论与令人丧气的后现代生活之间的必然联系。在洛奇描写的这个小世界里，寻找"真实"事物的人类仅仅找到了他们不想找到的东西。安杰莉卡戏弄珀斯，浪漫地提出她要与珀斯再现《圣阿格尼斯节前夕》这首诗里的情景。珀斯出于实际考虑，必定要通过解释诗节来弄清楚她的意图。在这首诗里，波非洛冒着生命危险隐藏在梅德琳的卧室里，观看梅德琳的睡前准备。"坚持文学文本的不确定性，对莫里斯·扎普来说倒是很好，可是珀斯·麦加里格尔需要知道，此处有没有发生性关系——由于他没有个人经验可以借鉴，这个问题他就更加难做判断。"（69页）在黑暗中，珀斯进入了他以为是安杰莉卡住的房间，隐藏在衣柜里，但他惊讶地目睹了一个男人在他面前脱下衣服。安杰莉卡当面邀请珀斯去她房间，而她自己却不断躲避珀斯，使单纯的珀斯不断寻找她。

珀斯的寻找表明，人们只能从事一种对文学和生活中"真实的"表现和"真实的"实现的无尽而无结果的寻求，任何事物都不能准确表现任何其他事物。扎普的寻找目标是永久缺席的状态。后结构主义理论家扎普是一个文学虚无主义者。他告诉富尔维亚，解构主义之所以令人兴奋，是因为它是"剩下的最后一个能给思想以兴奋刺激的东西了，就像在锯断你坐在上面的那根树枝"（169页）。在扎普看来，存在一种无政府主义的自由。他既不主张人文主义的文学欣赏，也不设想任何未来的无产阶级的乌托邦。他的虚无主义态度使他以实用方式看待文学批评，把它当作获得权力、推进事业的手段。

扎普这一形象是欧洲理论和美国追求名利的熔合，是当代大学校园里非常普遍的现象。扎普的脱衣舞讲座结束时，斯沃洛问扎普："如果，根据你的理论，我们根本不应该讨论你实际所说的东西，而应讨论关于你所说东西的某些残缺的记忆或主观的解释，那么我们讨论你的论文有什么意义呢？"（41页）扎普轻快地回答说:"没有意义,如果你说的意义是指希望找到某个确实的真理的话。但是你什么时候在一个'提问与讨论'的会上发现过那样的东西呢? 说实在的,在你参加过的报告会或研讨会中,可曾有过一次,在结束时你能找到两个与会者对会议所谈及内容的简单提要有一致看法?"(41 页)斯沃洛叫喊道:"那么这一切究竟还有什么意义呢?"(41 页)扎普总结说:"意义嘛,当然就在于维护文学学术研究的制度。我们通过公开举行某种仪式来保持我们的社会地位,正如较多运用语言进行交流的领域里其他群体中的工作者——律师、政治家、记者——一样,既然看来我们已经完成了今天的职责,我们是不是可以休会了,大家去喝点什么?"(41 页)。

扎普镇定自若,因为他没有负担文学界任何正常的主张,他像对待工业那样对待文学,他倾尽努力来提高自己的工作效率。他对珀斯吹牛,说他的报告能惊人地适应一切,他将在那个夏季把他的报告做遍整个欧洲。扎普搞到了出国参加研讨会的机票。扎普和其他学者们之所以热衷于巡回开会,是因为"它是把工作变成快乐、把职业特点和旅游结合起来的一种方式,而且都是别人掏钱。写一篇论文就可以周游世界! 我是简·奥斯丁——让我坐飞机! 或者是莎士比亚、T. S. 艾略特、黑兹利特。全都是坐飞机,坐巨型喷气机"(328 页)。扎普的最终目标是获得联合国教科文组织文学批评委员会的主席职位。这"完全是一个概念上的主席"(173 页),不承担任何学术责任。在扎普看来,这是他学术生涯的必然结局。在他的学术生涯中,他一直致力于不断减轻责任。对扎普来说,学术生活的美妙之处就是:

> 这种生产能力使你有资格获得终身职位、进一步的自我提升、数量更大和更有威望的研究资助,更多地减轻日常教学和行政工作。从理论上讲,你有可能永久带着研究资助休假,根本不在学校,什么也不干,最终成为终身教授。莫里斯还没有完全达到这个地位,但是他在朝这个方向努力。(216-217 页)

"扎普的目标就是达到学术上的欧米加(最后)点,一种永久缺席的状态。对于解构主义者来说,那是一个适当的目标"[1],那一目标正好与扎普这位解构主义者的阅读经验——"每一次解码都是另一次编码"——的概念十分相似。

洛奇在小说中通过对 20 世纪各种时髦文学理论的戏仿,对经典术语的大

---

① John Fawell, "The Globe-Trotting Professor: David Lodge's Romance of the Modern Literary Critic", *Contemporary Literary Criticism*, Vol. 141, eds. Jeffery W. Hunter and Justin Karr, Detroit: Gale Group, Inc., 2001, p. 364.

胆通俗化改写,对这些理论深入浅出、幽默滑稽的表现,令普通读者捧腹大笑,从而解构了那些貌似神圣的文学理论,剥下了它们高雅深奥的外衣。《小世界》中引用、拼贴、平行结构、仿作和戏仿等互文手法解构了权威理论和话语,使文化大众化,使高雅文化和通俗文化融合,取消了纯文学与俗文学之间的界限。"后现代主义填平了批评家和读者之间的鸿沟,更重要的是,它弥合了艺术家与读者的裂痕,或者说,取消了内行和外行的界限。"①后现代主义小说《小世界》体现了这种"通俗化"倾向。

洛奇的小说《小世界》把所有批评观点都吸收进虚构过程本身,即作品关注作为虚构制品的自身,读者通过卷入虚构制造的过程而超越虚构作品,创作出一部关于浪漫传奇的浪漫传奇——关于这部小说如何成为小说的小说。同时,《小世界》以小说文本的形式完成了对解构主义的阐释,成为一部类文本元小说。《小世界》是对小说这一形式和"叙述"本身的反思、解构和颠覆,无论在形式上还是在语言上都导致了传统小说及其叙述方式的解体。它重视对小说形式本身的检视。它建立在一个根本的、持续的对立原则之上:在构筑小说幻象的同时又揭露这种幻象,使读者意识到它远不是现实生活的摹本,而只是作家编撰的故事。

洛奇的《小世界》表明,元小说并未抛弃现实世界,它只不过是为了寻找一种对当代读者来说紧密相连且明白易懂的小说形式,并通过反省自身来重新检视传统小说的惯用手法。它为理解当代世界的经验提供了极其明确的模式,揭示当代世界是一种构成品,一种技巧组合,一张相互依存的符号系统网,并邀请读者积极参与作品意义的构筑。在《小世界》这部元小说中,洛奇运用互文手法使《小世界》与多部文学作品互涉。他将其他文本的直接引用与自己将要讲述的故事交织在一起,使引用成为叙事的有机组成部分,使理论阐述和人物形象都更加深刻。《小世界》是由多种叙述或论述的片断拼贴而成的,小说文本与一个打乱其整体的"他性"进行对照,文本使自身处于多元和分散的境地,表现了文本意义的不确定性。小说《小世界》的平行结构将关于文学理论专业知识的讨论与紧张离奇的通俗故事情节、高雅与通俗、严肃与戏谑、传奇与现实交织在一起,在狂欢中表现了民主、自由、平等的精神。洛奇以对《法国中尉的女人》仿作的手法,再次给小说提供多结局的结局,从而表现世界的不确定性。洛奇戏仿盛行的文学理论,使经典术语通俗化,解构了那些权威理论和话语,使文化大众化,使高雅文化和通俗文化融合,使纯文学与俗文学的界限基本消失。

---

① 莱斯利·菲德勒:《越过界限,填平鸿沟》,载柳鸣九主编:《从现代主义到后现代主义》,北京:中国社会科学出版社,1994年,第19页。

# 第三章

## 德拉布尔小说中的
## 后现代叙事与对现实的关照

  玛格丽特·德拉布尔（Margaret Drabble, 1939— ）是英国文坛上久负盛名的小说家、传记作家和文学评论家，是当代英国杰出女作家和文学界名流，是继艾丽斯·默多克（Iris Murdoch, 1919—1999）、多丽丝·莱辛（Doris Lessing, 1919—2013）等女作家的后起之秀。她被认为是"当代英国的历史记录者，一百年后人们会通过她的小说来了解今天，她为 20 世纪晚期的伦敦所做的将如狄更斯为维多利亚时代的伦敦、巴尔扎克为巴黎所做的那样"[①]。

  从 1963 年出版第一部小说《夏日鸟笼》（*A Summer Bird-Cage*, 1963）开始，德拉布尔连续写作了近五十年。迄今为止，德拉布尔已经发表了十八部小说；撰写了《阿诺德·本内特传》以及《安格斯·威尔逊传》这两部传记；主编了五部辞书，其中《牛津英国文学词典》最为出名；写了四个剧本；十多个短篇小说以及数百篇论文。她曾于 1980—1982 年担任国家图书联盟的主席，并获得过多项大奖：《磨盘》（*The Millstone*, 1965）于 1966 年获得约翰·卢埃林·罗斯纪念奖（John Llewellyn Rhyns）、《金色的耶路撒冷》（*Jerusalem the Golden*, 1967）于 1967 年获得詹姆斯·泰特·布莱克纪念奖（James Tait Black Memorial Prize）、《针眼》（*The Needle's Eye*, 1972）于 1972 年获得《约克郡邮报》最佳小说奖（Yorkshire Post Book of the Year Award），并于 1973 年获得美国文学艺术学院爱·摩·福斯特奖（E. M. Foster Prize）。德拉布尔因其卓越的文学成就于 1980 年获英国女王所授 CBE 勋位之殊荣。鉴于她对当代英国文学所做的贡献，于 2008 年被授予"大英帝国女爵士"（A Dame of the British Empire）荣誉称号。[②]一方面，她是英国伟大批评家弗·雷·利维斯（F. R. Leavis）的忠实信徒；另一方面，她又对后现代写作技巧持十分开放的态度，在她的作品中后现代创作手法如作家闯入、开放的结尾等等也并不少见。这或许是她坚决反对在她身上贴

---

[①] Valerie Grosvenor Myer, *Margaret Drabble: a Reader's Guide*, London: Vision Press, 1991, p. 19.

[②] Daphne Merkin, "Dame of the British Interior", *New York Times*. September 11, 2009. http://www.nytimes.com/2009/09/13/magazine/13Drabble-t.html?scp=2&sq=Margaret+Drabble&st=nyt.

任何标签的原因。她就是她自己,不属于任何一个流派或团体。

受到她老师、英国著名批评家 F. R. 利维斯的影响,德拉布尔早期的作品都遵循现实主义创作传统。中后期作品慢慢向现代主义以及后现代主义转向。这些转向主要体现为:在主题上,德拉布尔的中后期作品不再仅仅关注单个女性的生存境况,而是向政治、经济、文化等领域不断渗透,更多地关注暴力、社会不公等社会主题;在小说叙述技巧上,德拉布尔大胆创新,运用了元小说、碎片叙事等后现代创作手法来表现支离破碎的经验。时代的变化、重要人物的影响、德拉布尔与时俱进的风格以及作品的内在要求等合力促成了这种转向。

《瀑布》( The Waterfall, 1969 )通常被认为是德拉布尔最具实验性的小说。德拉布尔在该小说中运用了后现代的元小说叙事策略:在内容上对小说传统进行颠覆;不断变换叙事视角,运用了多维视角的元小说叙事框架;设置了多重并置开放的结局;玩弄语言文字游戏。通过这种元小说叙事策略,德拉布尔旨在折射英国知识女性的生活现实,表达了作家德拉布尔对知识女性的现实关怀。

玛格丽特·德拉布尔的第十部小说《金光大道》( The Radiant Way, 1987 )糅合了西方神话传统中的蛇发女妖戈耳工·美杜莎、鸡头蛇怪、替罪羊、狼人等神话意象。这些意象不仅将小说主要人物相互联系起来,而且与小说的中心旨趣联系起来,加深了作品的死亡主题,展示了 20 世纪 80 年代英国生活全景图,扩大了文本的社会维度,突显出当时英国的畸形社会形象,同时也表达了作者对所处时代的尖锐批判。

在德拉布尔的第十二部小说《象牙门》( The Gates of Ivory, 1991 )中,作者运用了受伤的身体、断裂的心理等意象以及不连贯的叙事方式来表达 20 世纪不可理喻的经验。德拉布尔的碎片化意象不仅影射了这一混乱不堪的社会现状,而且已然成为德拉布尔所特有的叙事策略。个连贯的碎片叙事方式表明,德拉布尔试图用后现代主义特有的叙事方式来表现这个后现代的、非理性的、不可理喻的现实世界。

《红王妃》( The Red Queen, 2004 )则分为三部分:第一部分"古代"悉数 18 世纪朝鲜王妃的宫廷生活,勾画出一幅异国女性漫长一生忍辱负重的全景图。第二部分"现代"将焦点转移到了当代英国知识女性芭芭拉·霍利威尔的日常生活点滴。尽管时间已经过了两个世纪,空间也从东方转移到了西方,芭芭拉的生活却与朝鲜王妃的人生经历表现出惊人的相似:都有丧子之痛,丈夫都由于父子冲突而发疯或出现其他精神疾病等等。通过这种比较,作者意欲表明:尽管人类在永不停息地向前发展,不同时代不同地域的人们却面临着一些共同问题,这些问题需要人们携手面对与解决。在第三部分"后现代"中,德拉布尔本人成为作品中的一个角色，她打算将红王妃的故事继续传递下去，并把霍利威尔与维维卡的养女陈建依——一个中国女孩引入小说，暗示着陈建依将代表东西方之间相互沟通、相互理解的希望与未来。这充分展示了处于不同国家的人，只要能彼此理解，就能和睦相处，共同致力于世界的未来。通过这种跨时代、跨国界的东西异文化书写，德拉布尔想要探讨的是全球化理解是否可能这一主题，表现出德拉布尔的全球视野及其对时代所具有的强烈责任感。

# 一、德拉布尔小说创作的后现代主义转向及其原因

德拉布尔的前期作品基本上遵循了现实主义的创作手法，采用第一人称叙事视角，按照线性时间发展的顺序，刻画了刚从牛津大学毕业后徘徊在婚姻门槛的萨拉（《夏日鸟笼》）、在事业与家庭上苦苦挣扎的爱玛（《加里克年》*The Garrick Year*，1964）、单身母亲兼女博士的罗萨蒙德（《磨盘》，1965）、一心想往上攀爬而与有妇之夫陷入爱恋的克拉拉（《金色的耶路撒冷》，1967）等一系列栩栩如生的人物形象。从1969年出版的《瀑布》开始，她不再采用单一的第一人称叙述手法，而是交替使用第一人称与第三人称，甚至交替采用多种叙述视角来讲述支离破碎的人生体验与社会经验。尤其是到了中后期，作品主题由单一的女性生活困境过渡到政治、经济、文化生活等各个方面，暴力、疯狂、性变态等题材也被广泛应用于创作中，视野更为开阔。各种后现代主义创作手法，如元小说、碎片化叙事策略、互文性等被充分应用到德拉布尔的创作之中。

德拉布尔的创作实现了后现代的转向，这种转向的原因究竟是什么呢？一般说来，文学批评家们习惯于将某位作家定位为现实主义作家、现代主义作家或者后现代主义作家，或者给他们标上"道德小说家""现实主义小说家""妇女作家""女性主义作家"等标签。的确，对于有些作家而言，给他们某种标签也并非完全出自批评们的主观臆测，而是基于研究他们的创作后得出的结论。对德拉布尔的创作也不例外，前面已经提到，国内外大部分批评家将德拉布尔贴上"现实主义"的标签。笔者认为，"现实主义"这一标签贴在德拉布尔身上是有失偏颇的。实际上，德拉布尔的整个创作是一个变动不居、不断发展的过程。那么我们不禁会问，她这种从现实主义到现代主义再到后现代主义的转向到底有哪些原因呢？

首先，20世纪是各种理论、各种主义盛行的世纪：形式主义、结构主义、解构主义、魔幻现实主义、女性主义等等不一而足。生活在这样一个整体环境中，德拉布尔的写作或多或少都会受到影响。正如她自己在2000年的采访中所提

到的那样：

> 在我开始写作的时候还没有妇女运动，没有女性批评，确切地说，女性批评产生于1968年。而我出版第一部小说是在1963年，所以我能在单纯的前女性主义理论时期写作，那时没有人会因为我写了某种女性的书或写婚姻或服装来理解我。那时根本没有定型的女性小说，这使生活变得更简单。到了20世纪80年代，我不得不考虑女性主义的态度和批评，然后是90年代，又不得不面对以强劲之势到来的"文化盗用"（cultural appropriation）问题。①

作家是不能脱离他们的时代而开展创作的。从这个意义上来说，我们认为，20世纪的每一位作家都不可能专属于某个流派或者某种主义，必然会受到各种理论的影响，只不过有一种创作风格占主导而已。德拉布尔的小说创作也不例外，她20世纪60年代早期的小说创作多受到利维斯"伟大的传统"理论的影响，现实主义创作思想占据主导地位；20世纪七八十年代的作品大多采用了现代主义的表现手法，重在表现人物丰富的内心世界，并运用了意识流的手法，再现人物的思想流变；20世纪90年代至21世纪初的作品更重视元小说、碎片叙事、作者闯入、开放性的结尾等后现代小说创作手法的试验。

其次，德拉布尔在创作的各个时期，都有一个主要人物对其产生深远影响：比如在她刚离开剑桥大学开始创作之时，她的老师利维斯对她写作的影响是相当明显的，因此，她前期的几部作品反映了她对利维斯"伟大的传统"理论的继承。除此以外，其他现实主义作家，特别是利维斯在他《伟大的传统》中所大加赞扬的几位大家中的女性作家如简·奥斯丁、乔治·艾略特等都对她的写作产生了深远影响。例如，她的小说《瀑布》无论在故事情节还是在意象的运用上都受到艾略特的《弗罗斯河上的磨坊》的深刻影响。后来她又受到了现代主义文学大师、知名女作家弗吉尼亚·伍尔夫的影响，她创作于20世纪七八十年代的作品关注人的异化状况，且运用了意识流等手法来表明人的内心活动。

再次，德拉布尔是一位紧跟时代发展的思想开放的学者型作家，并不单独固守某个流派或某种主义，时刻保持与时俱进。随着年龄的增长以及自身阅历的增加，她的作品所关注的焦点自然会从私人化的女性生活转移到广阔的社会领域。她也并不想总是重复自己的过去原地踏步，而总是不畏艰难险阻，大胆尝试新题材与新写作手法。《红王妃》这部作品就是一个极好的证明。德拉布

---

① 玛格丽特·德拉布尔：《我是怎样成为作家的——德拉布尔访谈录》，屈晓丽译，《当代外国文学》2002年第2期，第159页。

尔本人并不懂韩语,可是她并没有因此而从写作朝鲜宫廷故事面前退却。为了获得可靠的资料,她跑遍了英国的图书馆,参加博物馆的展览以便了解情况,甚至亲自去首尔实地考察。

最后,作品的内在要求德拉布尔不得不尝试新的创作手法。正如她曾坦言的那样:

> 我是用第三人称写(《瀑布》)的第一部分,发现没法继续进行下去,因为我感觉自己似乎并不是在讲整个故事。于是我逐渐转变写作手法。我并非有意转换叙述手法,但这种手法的确很有用,于是就采用了。但这根本不是我有意要写一部实验性的小说。①

但不管怎样,德拉布尔的《瀑布》的确是一部实验性很强的小说。尽管《瀑布》的确不像有的后现代小说那样无法卒读,她的第一人称与第三人称的交替叙述、开放性的结尾等手法也的确一改她前期四部作品的面貌。也就是说,在创作过程中,德拉布尔发现,现实主义与现代主义的创作手法不能有效表现后现代社会人类的经验,于是她转向了后现代创作。

## 二、《瀑布》:后现代元小说叙事策略与女性生活现实

《瀑布》被认为是德拉布尔最具实验性的作品之一。除了北京外国语大学张中载教授在他的专著《二十世纪英国文学:小说研究》有过一个小节的探讨之外,国内对该书的研究可谓寥若晨星。在国外研究界,它的境遇要好得多:大凡涉及德拉布尔的研究,《瀑布》在其中占有突出位置。然而,国外对《瀑布》的研究基本上仍旧从现实主义的角度进行。德拉布尔一惯被评论家认为是一位典型的反映社会现实的现实主义作家。艾伦·兰伯特认为,总体而言,德拉布尔的作品"由于其对英国当代社会的敏锐批判而得到赞扬……对家庭生活——爱情、婚姻,以及生孩子——那同情式的描写"②。也许是批评家们对德拉布尔的小说批评已经形成了一套批评定式,于是,即便是对她的实验小说《瀑布》的批评,也是将关注焦点指向分析主人公的人物性格与情节发展。弗吉尼亚·比尔

---

① Peter Firchow ed., *The Writer's Place: Interviews on the Literary Situation in Contemporary Britain*, Minneapolis: University of Minnesota Press, 1974, p. 117.

② Ellen Z. Lambert, "Margaret Drabble and the Sense of Possibility", in *University of Toronto Quarterly*, No. 49, Spring, 1980, pp. 228-251, p. 228.

兹认为,《瀑布》主要关注"性",是关于"一位被自身心理与文化毁灭的女性"①的故事;玛丽翁·莉比探讨了该小说那种"愚蠢的决定论"②。

1993 年 5 月,德拉布尔与她的第二任丈夫,即英国著名传记作家迈克尔·霍尔罗伊德以及著名英国女作家、2007 年度诺贝尔文学奖获得者多丽丝·莱辛一同来到北京外国语大学英语系与师生座谈。当张中载教授问德拉布尔是否仍然坚持"宁可尾随一个伟大的传统,也不愿站在一个新潮流的前头"的立场时,她的回答是:"不,我现在不那么看了。我认为,文学创作既要从传统中吸取滋养,也要有创新。因此,也就不能只跟在传统后面……"③德拉布尔的小说交叉使用第一人称和第三人称的叙述,"同时并用第一人称和第三人称叙事,旨在发挥其各自的长处,克服各自的短处。这样就能更充分、更深入地叙述简的生活经历和内心世界"④。不论德拉布尔运用新手法创作《瀑布》是有意还是无意的,该作品的元小说特征十分明显,无论在形式上还是在内容上都是对传统现实主义小说的革新与颠覆,被认为是德拉布尔小说创作后现代主义转向的一个标志。

元小说,又叫做自我意识小说或自反式小说,是后现代小说的主要形式之一。帕特里夏·沃是这样给元小说定义的:

> 元小说是小说写作的一个术语,它有意识地、系统地使大家关注小说本身人工制品的地位,以此提出有关小说和现实之间关系的问题。通过对自身结构方法的批评,他们不但检视叙述作品本身的基本结构,而且还探索文学文本外部世界的可能的虚构性。⑤

元小说是对小说这一形式和叙事本身的反思、解构和颠覆,无论在形式上还是在语言上都导致了传统小说及其叙述方式的解体。元小说创作有许多种方式或策略,包括作者露迹、故事里套故事、拼贴、多种结尾、戏仿、频繁改变人称,等等。《瀑布》的元小说特征体现在以下几个方面:

---

① Virginia K. Beards, "Margaret Drabble: Novels of a Cautious Feminist", in *Critique: Studies in Modern Fiction*, Vol. 15, No. 2, 1973, p. 43.

② Marion Vlastos Libby, "Fate and Feminism in the Novels of Margaret Drabble", in *Contemporary Literature*, Vol. 16, No. 2. Spring, 1975, p. 186.

③ 张中载:《二十世纪英国文学:小说研究》,开封:河南大学出版社,2001 年,第 372 页。

④ 张中载:《二十世纪英国文学:小说研究》,开封:河南大学出版社,2001 年,第 384 页。

⑤ Patricia Waugh, *Metafiction: The Theory and Practice of Self-Conscious Fiction*, London: Methuen, 1984, p. 2.

### （一）内容上对小说传统的颠覆

在《瀑布》开篇，德拉布尔就描述了简与詹姆斯恋情的产生，这种恋情是随着简的分娩而开始的。简对性爱的发现与母性相联。文中"deliverance"的双重含义增强了这二者之间的联系："deliverance"既有"分娩"的意思，也有"拯救"之意。简的激情产生于分娩的血迹尚未干燥之前，这种激情"犹如死亡"；当詹姆斯几乎死于车祸时，"死"的双关意义体现出来：死是另一种意义的重生。随着詹姆斯逐渐康复，他们的爱恋依然继续，简在生活的各个方面都有了新力量。

德拉布尔对传统过时、无宽容之心的话语的拒斥表明她对小说传统与意识形态的合谋关系了如指掌。尽管现实主义宣称自己中立单纯地反映现实，但它一旦与既定的文化代码合谋，就会产生意义。它通过强化大家都熟悉的价值体系来使人获得某种真实感。因此，实际上它的作用相当于意识形态的作用，或者说更有甚于意识形态的作用，因为它不仅仅对既有的意识形态进行编码与传播，还创造意识形态，建构了我们对世界的感知。德拉布尔一向推崇莱辛，在1978年5月27日的《星期六评论》中评价莱辛的小说时，称其为"母亲与先知者"[①]。她也从不避讳地承认："在小说的创新上，我从莱辛那里学到了很多东西。"[②]

对比一下《瀑布》与《金色笔记本》，我们发现德拉布尔对传统小说的质疑比莱辛有过之而无不及。德拉布尔超越叙述本身，进入到对语言的探索。《金色笔记本》中，安娜用来"锁住真实"[③]的各式笔记本用的是不同的体裁，关注的是不同的焦点，然而他们属同一风格：蓝色笔记本验证了一系列"事实"；黄色笔记本和"自由女人"部分属于传统小说；红色笔记本记录了共产党的政治活动；黑色笔记本包含了与安娜的第一部小说《战争边疆》的相关材料。不管安娜如何质疑语言，莱辛仍然相信语言表达的实际有效性，将语言看做表达的手段。而《瀑布》中简的第一人称与第三人称之间不断转换，质疑语言表达现实的有效性。简通过玩弄语言游戏，颠覆传统的主宾关系来建立她那新的"体系"。通过一系列复杂的语言游戏与双关，简使词语从它们惯常的主谓宾关系中解放出来。用埃莱娜·西克苏（Helene Cixous）的话说，《瀑布》这部小说属于"女性写作"，是"一种改变旧有游戏规则的全新的暴动者写作"[④]。

---

① Gayle Greene, "Margaret Drabble's 'The Waterfall': New System, New Morality", *NOVEL: A Forum on Fiction*, Vol. 22, No. 1, Autumn, 1988, p. 45.

② 张中载：《二十世纪英国文学：小说研究》，开封：河南大学出版社，2001年，第372页。

③ Doris Lessing, The Golden *Notebook*, New York: Ballantine, 1973, p. 660.

④ Helene Cixous, "The Laugh of the Medusa", trans. by Keith Cohen & Paula Cohen, *Signs*, Vol. 1, No. 4, Summer, 1976, p. 880.

简不断从文学传统来理解她自身的激情，因为"爱情故事并不是什么新鲜事"①（本节出自 The Waterfall 的引文只标注该书页码）。她惊讶地发现文学传统对她产生的影响。对这种感受是如此的灵敏，以至于她"谴责诗人们"该为她与马尔科姆的婚姻负责："一见钟情，我曾听说过，我像一位命中注定失败的浪漫主义者一样追寻着它。"（91）当简爱上了她表妹露西的丈夫后，她不断从19世纪的小说中寻找先例，尤其是乔治·艾略特的《弗罗斯河上的磨坊》（ The Mill on the Floss, 1860）中的女主人公麦琪·塔里弗（Maggie Tulliver），因为她同样爱上她表妹露西的男人。但是麦琪选择了溺水自尽，而简成为新时代的女人。简摒弃了旧小说中女主人公的做法，发现她们与她的自身经验毫不相干："在这个时代（弗洛伊德以降的时代），我们该做什么呢？我们在第一章就淹死了。"（162 页）在此，德拉布尔特别援引了《弗罗斯河上的磨坊》作为简极力反对的传统代表。麦琪的结局、她对她表妹露西的男人的放弃，以及返回到她那残酷的家庭等等这一切使得麦琪返回到固定的社会模式。在这一社会模式中，她完全没有自己的身份，导致了自身的毁灭。她的溺水身亡表明了她对社会力量的最终屈服。

德拉布尔赋予她的女主人公以作家的权威来重建传统。简自己作为一个作家，她在讲述她自身故事时"要找到一个体系来为自己开脱，建构新的意义"（47 页），"以一种她能接受的形式、一种虚构的形式来重组她的经验……一种可以宽恕她的伦理道德"（53-54 页）。小说中诸多海、水流、洪水、瀑布等等中的溺水意象与其说是一种死亡，倒不如说是一种新生，抑或是一种由死亡带来的新生。

尽管《瀑布》仍然是以某种线性叙述方式展开故事的，特别是第三人称的叙述完全就是一个地道的传统小说故事，但故事在内容上还是打破了传统小说一成不变的风格。简在她生活的各个方面都取得了进步：从她"休止状态的冰期"（7 页）开始，她最初是处于一种无精打采的被动和几近精神分裂式的孤立状态之中，到最后她发展到能够主动与别人接触，比如与别的年轻妈妈们交流；在小说末尾，她又开始了她那几近放弃的诗歌创作，并聘请了一名保姆来专门照顾孩子；她将她的房间整理得井井有条；结交新的朋友；并且继续保持她与詹姆斯的激情关系。从某种意义上来说，她什么都得到了：爱情、事业、孩子，当代女人坚持认为她们应该得到的东西她都得到了。尽管她并不是"一起"得到所有这一切：两个孩子都是马尔科姆的；詹姆斯仍然保持着与她表妹露西的婚姻关系，而且詹姆斯开始对简表现出的新力量表示不满：

---

① Margaret Drabble, *The Waterfall*. New York: Penguin Books, 1971, p. 161.

詹姆斯一回来就立刻来看望了我。然后就开始抱怨我将房子整理得井井有条。他说那些闪闪发光的油漆以及拖得干干净净的地板使他感到不适，于是我慢慢地不再整理了。他也不太赞同我雇佣保姆来照顾孩子，对我表现出的期望诗作出版的欲望给予严厉批评。他不喜欢我文学圈的朋友，以一种愉快而又呆板的方式向我抱怨他们。我猜想他还害怕我会将我们之间的事情抖露给他的妻子露西。他怀疑倘若我被激怒了也许真会这样做，我就让他这样怀疑着，尽管事实上，我永远都不会冒这样的险。（232 页）

尽管简达至的"统一"显得如此怪异，如此不连贯，她的好运足以修正她作为受害者的观点。她宣称："这一切与我想象的很不一样，远比我想象的要令人振奋。"（234 页）从某种意义上来说，简从最为传统的爱情与母亲的身份中获得了满足，得到了精神的救赎。德拉布尔认为，性爱与母性本能只会增加而不是减弱女性的力量，这是德拉布尔与多丽丝·莱辛最根本的区别。这一分歧导致她俩在自由与满足感方面有更为不同的感受。这些不同明显体现在她们运用环形结构形式与意象方面。性使得玛莎·奎斯特（Martha Quest）陷入了生育的循环，陷入行为方式的不断重复之中，包括噩梦的反复出现。她窗外单调乏味地旋转着的摩天轮象征着这种重复，玛莎骑在摩天轮上感到眩晕。而简却不同，她"一直喜欢运动；还在孩童时，她就对露天游乐场里面的旋转木马、摇椅和摇动木马如醉如痴，直到现在她一直喜欢各种形式的旅行——无论是乘船还是搭火车、汽车甚至公共汽车，她都喜欢。在她骨子里，她甚至不介意与詹姆斯一起去玩那危险刺激的赛车游戏"（78 页）。简那令人兴奋的旋转木马象征的是一种解放，德拉布尔将其认定为女性力比多（female libido）。

## （二）多维视角的元小说叙事框架

元小说的作者通常一方面进行小说创作，另一方面又在小说中对自己的创作行为加以评论，展示小说的叙述成规和创作过程，从而把小说创作的人为性和虚构性充分揭示出来。

小说中的第一人称叙述者简·格雷（Jane Gray）本身是一位诗人兼小说家，她用第三人称写一部关于自己生活的小说，试图理解她自己对她表妹露西（Lucy）的丈夫詹姆斯·奥特福德（James Otford）那强烈的激情。简在用第三人称讲述她自身故事的同时，不时地转用第一人称叙述告诉我们，她在寻找一种合理的叙述手法，一套新的叙述手法来讲述她那不平常的故事，并对她那浪漫的虚构故事进行剖析与批判。这种元小说叙述手法让我们不由得想起多丽丝·莱辛的代表作《金色笔记本》（*The Golden Notebook*, 1962），该作品的主人公安娜·伍尔夫（Anna Wulf）也写了一部关于她与情人的激情的小说。安娜的写作揭示了莱辛对传统小说表达形式的局限性的不满，同样地，简的小说写作也表达了德拉布尔对传统小说表达形式的缺陷的思考。

《瀑布》最为明显的结构特点是它所采用的第一人称与第三人称交叉的叙述。小说开篇第一句话就暗示了该小说可能会用第一人称叙述："如果我要淹死了，我是不会伸手救自己的，实在不情愿同命运作对。"（7页）继续往下读，我们会发现这句话实际上是一句直接引语，出自一个开始命名为"她"，然后命名为"简"，最后命名为"格雷夫人"的人。小说的前45页除了第一句话外，德拉布尔以第三人称叙述了简的精神禁闭状态、生孩子的状况以及她对詹姆斯的激情，就像戏剧里面完整的一幕，这一幕以简与詹姆斯完美的性爱场面结束。

接下来是小说的第二部分或者说第二幕。第二部分一开始，读者就会感到困惑不解，因为第二部分改用了第一人称叙述："当然，这是不行的。我的意思是，不能用这种手法叙述过去发生的事。我曾经尝试。多少年来，我一直在寻找一种新的文体来叙述过去发生的事，寻找一种新的叙事体系，使它能够构筑一种新的意义，因为老的那一套已被我摈弃。可是，我又做不到，我还得依靠那破旧的叙事手段。"（46页）小说的其他部分就采用了第一人称与第三人称交替叙述，有的叙述比较长，使得读者以为自己就在阅读一部传统的第一人称或第三人称写成的小说。正当读者进入阅读状态时，作者突然将笔锋一转，改换别的人称叙述，使得读者能够从不同角度层层盘剥主人公简的灵魂。

简将她的故事分别以第一人称"I"和第三人称"she"来叙述，使得她能更清楚地表达她那复杂的经验。第三人称叙述部分是对她的经验的艺术表达，而第一人称叙述则是一种自我分析与剖析模式。二者彼此依赖，互为补充。第三人称叙述部分是程式化的、传统的，运用了暗喻、类比、明喻等修辞手法，以及文学、传说、神话典故，讲述了一个传统的主题——一段无法抗拒的浪漫激情。在第一部分，德拉布尔以第三人称讲述了简生孩子，以及简如何爱上詹姆斯的详细经历。早在简怀孕七个月时，她的丈夫马尔科姆就弃她而去，她将大儿子交由母亲照顾，并对母亲隐瞒了马尔科姆离家出走的事实。这样一来，简就完全处于孤立无援的境地。临近分娩时，她才不得不叫上接生婆。这种安排也符合传统小说的模式：女主人公处于完全被动的境地，不得不屈服于命运的安排，而男人则理所当然地充当女人的"救世主"，而詹姆斯就非常乐意地担任了这一角色。"我会等你的"，简说道，"……你最终会拯救我吧？""哦，当然，到时候我一定会拯救你的。"（91页）

第三人称叙述部分是作为作家的简书写的一部关于婚外情的小说，是她对自己过去经历的一部回忆录。水是一个非常明显的意象，包括"瀑布""激流""洪水"。而第一人称叙述部分却不断揭露第三人称叙述的不真实性。当我们正沉浸在第三人称的故事之中时，作者突然改用第一人称叙述，否定第三人称叙述的不真实性。第二部分一开始，"我"向读者交代道，"因为很明显我没有说出真相"，接着叙述者又说，"可是，我并没有撒谎，我只是有所省略，只不过是进行了专门的编辑。这不诚实，但却不是有意的弄虚作假。我常想，这只不过是乏味地反映现实，没有新意。……我撒了谎，但只是通过省略的办法撒了谎。我没有说出所有的真实情况"（47页）。

在否定了第一部分中的"艺术"叙述后，简开始了第二部分的"现实"分析叙述：以第一人称讲述了詹姆斯和她本人的家庭与社会背景，简根据她所指称的"弗洛伊德式的家庭纽带"（137页）——她过去、现在与她的父母亲以及表妹露西之间的关系——来阐释他们之间的爱。这里不容许有丝毫的艺术暧昧之言。这种叙述模式似乎表明，谎言与真实必须要加以区分，而语言完全能担此重任。然而，这两种模式似乎是缺一不可的，只有两者结合起来，才足以完成语言的功能——完整地讲述简自身的故事。这恰好也是作者德拉布尔自己曾经说过的那样，她之所以运用两种人称交叉叙事，是因为这是一种自然而然的选择，她发现无论自己选择的是第一人称还是第三人称，都不足以用来陈述简完整的故事，是小说自身的要求促使她做出这样的选择。

在接下来的第三人称部分，简的叙述又回到了那种程式化的传统男女故事之中。作为"他的女人"（71页），简使自己屈服于詹姆斯对车子的癖好："她本以为她会自己作出判断，并谴责他的行为，但是在此她的判断力所剩无几。她想成为他要求她成为的样子，做他要求她做的一切。"（71-72页）与詹姆斯在赛车跑道上时，她愉快地感觉到"我根本不需要有任何担待：我仅仅是一个女人，仅仅是一个伺候别人的女人……一个合乎体统的女人"（80页）。当詹姆斯在赛车时，她以另一种方式尽情享受做"合乎体统的女人"的乐趣——她将孩子们聚拢在附近的一个游乐场与他们玩耍。尽管"通常情况下她讨厌那又冷又泥泞的公园、肮脏的广场"等等，可是此刻"这个地方看起来很不一样：既高耸又开阔"（81页）。

于是，这种第一人称与第三人称叙述成为一种跷跷板式的游戏，起伏不定。第三人称所讲述的故事不时被第一人称叙述所否定、推翻。简现在将"真实"与现实生活联系起来，于是她决定以第一人称讲述她丈夫马尔科姆以及表妹露西的故事。但是她与马尔科姆的生活比她想象的要复杂。她详细地叙述了她与马尔科姆的婚姻生活，以及马尔科姆粗暴地打了她之后离开她和孩子出走。可是她又禁不住引用以前那封马尔科姆写给她的信，信中满是柔情蜜意、关怀备至的言辞，使得她的叙述前后矛盾，让人有点丈二和尚摸不着头脑，不知孰真孰假。无论是以第三人称叙述的她与詹姆斯的婚外情，还是以第一人称叙述的她与马尔科姆及露西的"生活真实"，都是一种虚构，读者的判断力被愚弄了。

而且，对家庭关系的追溯只是起到了对她所述故事的阐释作用："我之所以想要得到詹姆斯，是因为他是属于她（露西）的。"（130 页）在即将结束这一部分的第一人称叙述时，她提到，"我已经厌倦了这些弗洛伊德式的家庭关系了，我想回到那种精神分裂症式的第三人称的叙述中去"（130 页）。但在进入第三人称叙述之前，她"还有一两件见不得人的事情需要描述"（130 页）。"首先，简而言之，如果我与詹姆斯做爱的那栋房子严格说来不是属于我的，我想我是不会同他睡觉。我一直担忧那些不得不用她们丈夫的钱来与别的男人通奸的女人：似乎很难做到在性与经济方面双重背叛自己的丈夫。"（130 页）然而她随即就推翻了自己的说法，"我完全是一个骗子！我会在任何地方与詹姆斯睡觉，我将马尔科姆的钱花在了他身上，我和他在我的婚床上睡觉，有我和马尔科姆刚出生的孩子为证"（131 页）。她再也不想纠缠于这种分析性的叙述了，急于转入第三人称叙述的故事中去，这一点从她自身思路的断裂得到证实："前一段，我用了'首先'一词，因此，我一定是打算用'其次'来开始这一段叙事。但是，我已经记不清上一段说的是什么，或者说，即便是我记得，那些叙述的内容也是些让人听了感到尴尬的事。所以，我不愿去想它。"（131 页）

于是，简又一次进入到那种允许"晦涩"的第三人称叙述中。展现在我们眼前的是一幅传统的画面：一个女人在窗边守望着，等待她心上人的到来，"她感觉自己极端无助，充满着想望"（133 页）。德拉布尔对这种等待的描写可谓精美细腻之极：

> 她把各种他预期的到来分析了一遍：她知道她别想指望他在规定见面时间之前到来，然而在她的内心深处，她渴望能提前五分钟见到他；当预定的时钟敲响时，她告诉自己说他总是迟到，开始期望再过五分钟就能见到他；焦急地再等了一刻钟，有时这一刻钟的焦虑会延续到半个小时、四十分钟，甚至一个小时，她几乎伤心得发疯、达到绝望的边缘时，他的车咔嚓一声停在她身旁的路边。然后一切都结束了，一切等待的痛苦立刻消失得无影无踪，就好像从未有过一样（133-134 页）。

但是简并没能保持运用这种文学模式，小说在第一和第三人称之间的转换比以往更为频繁。"现实"的问题总是萦绕在她脑海："露西在哪里？露西知道他去哪里了吗？"（134 页）等等。尽管她知道疑问太多会给爱情蒙上一层不信任感，她还是禁不住问詹姆斯："你为什么从来就不工作呢？"（134 页）詹姆斯的回答有两个，其一是"以便我能够和你在一起"（134 页）；其二是"因为太无聊，你知道，因为实际上我没别的事情可做"（135 页）。这两个回答分别来自小说不同的两套话语：第一个回答属于浪漫的传统文学话语；第二个回答是一种世俗的回答。尽管后者并不是那么"有礼貌"，但是却很真实。接下来他们之间关于陈腐面包的交流开始进入一种真实的生活。詹姆斯饿了时在简的家里找东西吃，结果发现面包坏了，他告诉简这事儿很重要。

　　在小说中，简在大部分时间里必须将文学话语和日常分析性话语分开，用不同的人称分为不同的部分。只是到了小说的末尾她才冒险尝试"某种统一"（220 页），将各种人称"聚集起来"（109 页）。在最后一部分，作者先是用第三人称"她"叙述，中途由"她"转向了第一人称"我"，一直持续到结束，实现了简这个分裂的个体本身的融合。是她对詹姆斯的激情使得她达至这种统一，而他的车祸增强了她的力量，因为她在等待他康复时期不得不处理一些日常情况。在她与詹姆斯的情人关系开始之前，生育孩子使得她达到了某种程度的自身的统一，使她开始质疑传统的思维 / 身体二分法，因为"身体层面在许多方面都更为深刻、更为人性、更为自我"（109 页）。生育孩子以及与詹姆斯的婚外情使得她两度"再生"，得以审视过去那个几近堕落的自我。

## （三）多重并置开放的结局

　　元小说的叙述者常常以专业小说家的口吻和读者谈论自己的叙述行为、与叙事传统之间的差异以及对这种差异的充分认识。这一点主要表现在元小说叙述者为读者提供的多个可能性结尾上，并以此来打破小说的框架。传统小说往往是一个有着开头、中间和结尾的不可分割的整体。然而，当一篇小说出现几个结尾时，它的整体性就自然而然地被打破了。

　　小说的女主人公简与丈夫马尔科姆性格不合，丈夫不顾他们那三岁的儿子以及简又有了七个月身孕的实际情况，毅然离家出走。在简分娩期间，表妹露西以及露西的丈夫詹姆斯日夜轮流照顾她。简和詹姆斯本来就互有好感，这种单独相处的条件催生了他们之间稍带乱伦的恋情。这种恋情在传统小说中的结局只能是乱伦男女的死亡或类似的残酷惩罚，似乎只有这样的结局才符合伦理道德，才足以平民愤。然而，德拉布尔决心颠覆这一传统叙述，她并没有让简生活在极度的痛苦之中，也并没有让她受到自我内心的谴责。相反，德拉布尔使简从这种不伦恋情中获得了新生与救赎，使她从自我幽闭中勇敢走了出来。她摆脱了传统的血腥结局或有情人终成眷属的俗套，并因此创造了一套新的"体系"与道德价值观。《瀑布》临近结尾时，德拉布尔的确安排了一个惊险——简与詹姆斯驾车准备出国度假，途中出了车祸。詹姆斯伤得不省人事，简也是惊魂未定，可是谁都没有死去。相反，《瀑布》的结尾是开放式的，让读者参与创造的，实际上是没有结尾的结尾。这种让读者成为意义的生产者，将读者纳入创造过程，并揭示这一过程中的矛盾的做法，使得《瀑布》成为罗兰·巴特（Roland Barthes）所标示的"可写"文本①，表明作家与读者之间是一种同谋关系。

作为小说家的简不赞同小说有一个开放式的结尾："很奇怪故事没有结尾。"（232 页）然而德拉布尔对"结局"的否定既是对浪漫传奇故事"终极目的"的否定，也是对叙述要有一个封闭结局和一个唯一真理的否定。尽管简寻思着以传统的方式结尾：考虑让詹姆斯和她自己死去，或者让詹姆斯严重残废以便她能够像简·爱最终得到罗彻斯特一样完全拥有詹姆斯，但"真实情况"与此并不吻合，她必须尊重事实的发展：

> 没有什么结局。本来可以用主人公的死来结尾。但是，谁也没有死。也许我应该让詹姆斯在车祸中死去。这样的结尾会干净利索，合乎情理。
> 一种女性式结尾？
> 或者，我也可以在叙事中这样来处理詹姆斯——让他因车祸而致残，使我能因此得到他，就像简·爱最后得到了瞎了眼的罗彻斯特。可是，我不忍心这样做，因为我太爱他了。不管怎样，他并未受伤致残。真实情况是，他康复了。（230-231 页）

简对世界的感知仍然是在虚构层面的，以致她自身的经历倒像是"无艺术性""不道德""不严肃"的了：

> 可是，对于这么一个富有悲剧潜力的故事而言，这远不是一个悲剧性的结局。事实上，目前的生活给予我许多乐趣，我从中获益颇多，这让我感到羞愧。人不应该做错事而不受到惩罚。回想起来，整个故事似乎没那么严肃了……我认为，詹姆斯和我应该在小说的结尾死去。我们现在仍然活着，太没有艺术性了。这也不道德。我一贯坚持：没有道德就没有艺术。真也怪，这部小说居然没有结尾。（232 页）

简在小说的结尾描述了她与詹姆斯去 Goredale Scar 瀑布旅游的情景。在

---

① Roland Barthes, *S/Z*, trans. by Richard Miller, New York: Hill and Wang, 1970, p. 4.

她看来，这一情景是"与主题无关"的："这件事与主题无关是因为唯一的道德教训是人们能做错事而不受惩罚，可以逃脱任何事情，我绝对不相信这个道德教训（倘若我相信的话，我就不必冒险宣布此事）。我简单地描述这件事，因为正如我所说，它太可爱啦！"（235 页）但是她并未停留在这个美丽风景的描写上，她转而叙述了那天晚上在宾馆里，关于"苏格兰威士忌酒"以及"爽身粉"事件的荒诞经历，她将其称作"崇高而自然合适的结尾"（238 页）。该结局之所以是"合适的"，是因为它是荒诞不经与不妥当的，缺乏传统结局的特性。然而，这还不是结局，她并非就此打住，而是又在后面添加了一个附言：

> 不，我不能没有附言就结尾了……我曾经考虑过用詹姆斯丧失性功能，而不是用他的死来结束这故事……我记得我曾经提过，在我们去挪威前，我躺在床上，感到腿上隐约有疼痛感。后来发现的确是疼，肌肉肿了，有血块。这是现代女人为爱情必须付出的代价。在过去的旧小说中，女人为爱情付出的代价是死亡。这是过去有德行的女人在分娩中所付出的代价。而像娜娜那样的坏女人则是染上天花死去。可现在呢，代价是血栓或神经病，两者任你选其一。我已经停止服用避孕药，因为詹姆斯躺在那里，失去直觉，动弹不得，但是人们不是那么容易逃避决定的。我对此感到高兴。我很高兴我吃了避孕药会产生影响。我更喜欢受苦，我想。（238-239 页）

这最后的附言拒绝了任何程式化的结局。它暗示了程式化的结局在此是不可能的。在这个故事中，本来简预测到车祸会带来悲剧，可实际上正好相反，它不仅没有带来悲剧，反而使她获救。在车祸之前，她不得不服用避孕药，而避孕药会导致血栓。由于这场车祸，她"已经停止服用避孕药，因为詹姆斯躺在那里，失去直觉，动弹不得"（239 页）。该小说的独特之处不在于它是一部关于女人的故事，而在于它是一部关于女人故事的故事。也就是说，它以元小说的形式探讨女人的故事。这里的"模式"永远只能是未知的。正如简自己所说的那样：

> 真也怪，这部小说居然没有结尾。当整个故事被严密地组织排演时，我时常感觉到自己能看到整个机器的运作过程，我只是实现了某种教课本的关系模式。或许这一模式尚未完成：这部机器逐月都有新东西和新思维，努力寻找一种大得无法想象的结果，或者寻找一种结局，这种结局太为庄严，充满诗性的正义，不经过四十年艰难而又复杂的劳动是无法接近的。（232 页）

德拉布尔拒绝将任何模式强加给小说中的事件,她有意让读者掩卷之时仍觉故事未完。她留给我们一些尚未回答的问题:未来是什么样子?简与丈夫马尔科姆的婚姻会继续吗?詹姆斯与露西住在一起是什么意思?露西对丈夫的婚外情如何看待?尽管詹姆斯与露西是一对"适应能力很强的夫妻"(250页),但毕竟詹姆斯与简待在一起不是那么容易了。他们最后只一同出去旅行过一次,那就是去看 Goredale Scar 瀑布。简从来不知道露西对整个事件的态度,"我不知道她是怎样看待这件事的……我一直在想"(234页)。然而,她并不深究:"我和露西之间的关系陷入僵局,我们都极为小心谨慎地将对方排除在外,不让对方理解自己的感情。我对此不予理解,丝毫不理解。"(232页)

简给她的小说结尾取了名字:"一种女性式结尾。"(211页,231页)"女性式结尾"指的是在一句诗行的末尾没有重音节,这是一种变体,给人"一种动感,以及一种不规则的音步"①。而在该小说中,"女性式结尾"包含诸如性别的、类属的许多文学以外的含义。《瀑布》的结尾被看成是"女性式"的,是因为它并未给故事解决方案,也没有封闭的结尾,是一个开放式的、给读者以诠释自由并参与创作的结尾。它不像传统小说那样"善有善报,恶有恶报"。正因为它没有限制,不封闭,借用主人公简的话说就是"没有结尾",就像"没有限度的、循环的、无穷尽的大海"(221页)。德拉布尔拒绝提供封闭性的结尾,通过这种"女性式结尾"给予她的叙述以愉悦。

## (四)玩弄语言游戏

语言是简用以重组其经验的手段,因此,她对"名称之间的可替换性"以及"抽象的混乱"的感知只会使她更加不安。简渴望语词具有清晰的意义,"我认为含糊不清没有什么好处,我看到了清楚、一致、交流、诚实的优点",可是难以获得这种意义的清晰使她感到绝望,"于是,我只能在此借助于这种破烂不堪的媒介"(47页)。她非常怀念那种语词对应于物的时代。当詹姆斯带她到赛马场时,她渴望在那些令人不安的各种现象中找出一个名字:"她能够闻到跑道上奇妙而又危险的硫黄着火的味道,然后在想这会是什么呢?它有着什么样的名字呢?她认为她可以问问詹姆斯,想知道这个名字是否会对应于火热的焦煤、汽油和橡胶。也许这是一个对她来说必不可少的词,一个非常重要的词……她那时仍然不知道这是一个什么样的词。"(81页)但她不得不放弃这种大写的词(Word),而屈服于小写的语词(words),一种"破烂不堪、支离破碎"的相似物。这里表明了德拉布尔的小说包含一种后现代式的对语词的批判。

---

① William Flint Thrall & Addison Hibbard, *A Handbook to Literature*, New York: The Odyssey Press, 1960, p. 200.

詹姆斯曾对简说，"那么让我杀了你吧"（Then let me kill you, 73 页）。这里的"kill"并非真的将某人杀死，这是作者在玩文字游戏，是一种语意双关：一方面，这暗示了一种性邀请；另一方面，也暗含了他们之间的施虐受虐倾向。这种施虐受虐倾向在小说的别处也有明显体现。比如，在詹姆斯和他家人旅游归来后，他们之间的一段对话明显体现了施虐受虐倾向：

> "我要把你锁在这里，"他说道，"我要把你压在一块石头下，确信你待在我要你待的地方"。
>
> "你好残酷"，她微笑道。
>
> "除了与我一同出去，你不允许出去"，他说道。
>
> "我并没有出去"，她回答道。
>
> "你得坐在这里等着我，坐在这儿想念我。我希望你在我离开的这段时间里感到悲伤。"
>
> "哦，天哪，"她大笑道，"我是如此地悲伤，我想如果你知道我是如此地悲伤你不会喜欢的。你会认为我疯了。"
>
> "难道你不认为"，他说道，"越悲伤越好吗？我认为是这样的。你不会为我感到十分悲伤的。"（165 页）

除了运用"kill"这一语意双关的词以外，作者还用了"lie"这一英语中特有的多义词，既有"躺下、睡觉"之义，又有"撒谎"的意思，德拉布尔巧妙利用了英语语言的这一优势：

> "你叫我做什么我就做什么。"她说。"我爱你，我爱你。"他对她说，手里转动着汽车方向盘。她信他的话：出于对他的信任，她相信他说的每一个字，即便她明明知道他是在撒谎。我对你说谎，因为我同你睡（I lie to you because I lie with you.）；这类晦涩着实可爱，尽管不幸的是只有英语这一语言才具有这种晦涩。这是无法翻译的，因此，似乎也就缺少传达其意义的绝对真理。（68 页）

这段话实际上来自于莎士比亚的第 138 首十四行诗："我爱人起誓，说她浑身是忠实；我完全相信她，尽管我知道她撒谎。"尽管她知道詹姆斯在撒谎，但是仍然相信他，她表现得非常冷静，将"谎言"作为生活的基本状况来接受。然而，在接下来以第一人称叙述的开始她就说道：

　　　谎言,谎言,全是谎言,连篇谎言。我甚至面对事实说瞎话。这本来并不是我想做的事。啊,我旨在欺骗,我原想在事实与谎言之间作一比较,可是,结果我比这个做得更糟。我误述了。我千方百计要描述的又是什么呢?是激情,是爱情,是一个不真实的生活,是地狱边界的生活。(84页)

　　各种双关语贯穿小说,这是"女性写作"的深层体现。张中载教授曾指出:"《瀑布》中语言游戏之一是双关语的使用。简就常用双关语。她使'do''make''have'等动词具有鲜明的相互作用性。"① 的确,简在描写她与詹姆斯的性爱场面时,上述几个动词的交互作用非常明显:"He could not choose but want her: he had been as desperate to make her as she to be made. And he had done it: he had made her, in his own image… She was his, but by having her he had made himself hers."(151页)(除了想要她以外,他什么都不想:正如她急切地想被他塑造一样,他也急切地想塑造她。他已经这样做了:他按照自己的样子塑造了她……她是他的,但是,由于他占有了她,也就使他自己为她所占有。)

　　张中载教授指出,"此处主语 he 与 she 和动词 have 与 make 的词序、词语戏弄不仅是文字游戏,它有一种颠覆性或叛逆性,它颠覆以男人为轴心的旧秩序:昔日那种男人拥有(占有)女人(men to have women),男人让女人做这做那(men to make women do this or that)在这里变成了相互占有,相互使唤,从而凸显了女性的独立、自主和主动"②。

　　在此之前的谈话中就体现了性的双关语,涉及纸牌魔术、性,以及诗歌。詹姆斯否定他自己玩纸牌游戏的技巧时说"我所做的事情根本不值得做"(147页),在接下来的谈话中,玩纸牌的技巧转移到了性的技巧:"倘若我们准备做一件事,……我们就应该将它做好。没有比连这样的事情都做不好更为糟糕的了。"(147页)然后简又将纸牌游戏的对称性与诗歌的押韵做了比较,宣称诗歌与纸牌魔术一样"毫无意义":

　　　你知道,没有什么意义,诗歌里面的押韵是件微不足道的事情,就像纸牌游戏,也与开快车一样没有任何意义。这一切都没有什么意义,没有任何意义。我试图为此找出正当理由,我非常努力地寻找理由,但是没有任何理由,没有任何意义,诗歌是不可能重要的。(148页)

　　诗歌与纸牌游戏一样没有任何意义。两者都不制造任何东西,也不会促使

---

① 张中载:《二十世纪英国文学:小说研究》,开封:河南大学出版社,2001年,第380页。
② 张中载:《二十世纪英国文学:小说研究》,开封:河南大学出版社,2001年,第380页。

任何事件发生，两者都没有"结尾"，没有"理由"。所有这一切回应了简小时候对未完成的愿望的担忧。很小的时候，露西问她收集那些大理石有什么目的："你拿它们来做什么呢，还是仅仅为了收集它们？"（118页）这个问题使简变得非常不安：

> 当我们拥有某件东西的时候，我们究竟拿它来做什么用呢？有了那些大理石，我常常感觉自己处于一种发现的狂喜状态，这种发现让人兴奋不已，然而我常常够不着它：它总是对我躲躲闪闪，无论我怎么做——将它们拿出来摆成一排，看着它们，不看着它们，在它们中间再增加几个，假装遗失了几个——总是未能实现拥有它们的伟大愿望。我总感觉到尚有未完成的事情，某种最终拥有它们的愉悦，某种让我更为完整地拥有它们的方法……但是这种时刻从未到来过，它慢慢消失，离我们远去。（118-119页）

在此，无论简多么努力地想"完整地拥有"某件东西，她都未能如愿。"在性方面也莫不如是。"（119页）正是詹姆斯让简能够在性方面摆脱这种挫败感："叫我如何拒绝詹姆斯？他给了我想得到的那种时刻，他让不可能性到达我的身边。通过这种方式让我进入一种无穷尽的欲望，一种无穷尽的词语和手势的重复，这一切都通过一种不可能的拥有使我获得救赎与美化。"（119页）

据此，詹姆斯教给简的是一种行事方式，这种行事方式有它自身的理由，但是没有目标，也没有结果。"由于他占有了她，也就使他自己为她所占有"（151页）就暗示了一种"不可能的拥有"，它颠覆了传统的主谓秩序，将"have"这个词从施动意义变为相互意义。

通过以上分析，我们认为，《瀑布》是一部实验性极强的小说，它从内容、形式，以及语言三个方面颠覆了传统小说的范式。

## （五）《瀑布》中女性自身的"他者"

玛格丽特·德拉布尔曾称她的第五部小说《瀑布》是她"所有小说中最为女性的"[①]一部。在该小说中，她以其独特的方式驳斥了西蒙娜·德·波伏娃（Simone de Beauvoir, 1908—1986）提出的"如今之所以不再有女性气质，是因为它从来没有存在过"[②]的观点。还是剑桥大学的本科生时，德拉布尔就为波伏

---

① Ellen Cronan Rose, "Feminine Endings—And Beginnings: Margaret Drabble's 'The Waterfall' ", *Contemporary Literature*, Vol. 21, No. 1, Winter, 1980, p. 81.

② 西蒙娜·德·波伏娃：《第二性》，陶铁柱译，北京：中国书籍出版社，1998年，作者序第8页。

娃的女性主义观点所吸引,阅读了她的《第二性》,并深受其影响。<sup>①</sup> 的确,德拉布尔的前三部小说——《夏日鸟笼》(*A Summer Bird-Cage*, 1963)、《加里克年》(*The Garrick Year*, 1964)、《磨盘》(*The Millstone*, 1965)——可以读作《第二性》第二部分的小说形式,表现了父权社会典型的女性生活。在这几部作品中,德拉布尔描写了做女人的种种状况——陷入带孩子的困境,或有了私生子的经历,或陷入了一种婚姻,这种婚姻迫使你放弃工作。

波伏娃在对妇女状况的经典分析中否认了"女性气质"概念的本体有效性,相反,正如帕特里夏·迈耶·斯帕克斯所指出的那样,《第二性》坚持认为,"'女性气质'的概念是男人创造的,是虚构的",正是男人告诉女人"被动与接受是她们的本性"<sup>②</sup>。《第二性》规劝女人要揭穿男性虚构的谎言,摆脱男性所赋予的"他者"地位。

波伏娃曾经指出:"人就是指男性。男人并不是根据女人本身去解释女人,而是把女人说成是相对于男人的不能自主的人……定义和区分女人的参照物是男人,而定义和区分男人的参照物却不是女人。她是附属的人,是同主要者(the essential)相对立的次要者(the inessential)。他是主体(the Subject),是绝对(the Absolute),而她则是他者(the Other)。"<sup>③</sup> 弗里丹也表达了同样的意思,"女性的奥秘允许,甚至鼓励妇女忽视自我问题。奥秘论说她们能用'汤姆的妻子……玛丽的母亲'来回答'我是什么人'这个问题"<sup>④</sup>。那么男人是如何定义女人的呢? 毫无疑问,她们被认为是低劣的。但具体说来,这种低劣表现在她们除了性以外什么都不是,"她被称为'性',其含义是,她在男人面前主要是作为性存在的"<sup>⑤</sup>。

波伏娃对女性状况的分析表明,父权社会将人类的动物性与理性之间的冲突投射到男女两性之间的冲突,男人被认为是理性的,而女人则被认为仅具有动物性。当波伏娃否定有永恒的女性气质时,她所反对的也正是这种对人类本性的过分简单化。但当她反对女性的"他者"地位时,她也同时陷入否认男女之间有任何本质区别、否认存在明显的女性气质的泥潭。她还规劝女人要否认她们的性欲,以便超越她所说的由男人赋予女人的"他者"地位。

---

① Peter Firchow ed., *The Writer's Place: Interviews on the Literary Situation in Contemporary Britain*, Minneapolis: University of Minnesota Press, 1974, p. 107.

② Patricia Meyer Spacks, *The Female Imagination*, New York: Alfred A. Knopf, 1975, pp. 15-16.

③ Patricia Meyer Spacks, *The Female Imagination*, New York: Alfred A. Knopf, 1975, p. 11.

④ 贝蒂·弗里丹:《女性的奥秘》,巫漪云、丁兆敏、林无畏译,南京:江苏人民出版社,1988年,第74页。

⑤ 贝蒂·弗里丹:《女性的奥秘》,巫漪云、丁兆敏、林无畏译,南京:江苏人民出版社,1988年,第74页。

　　德拉布尔在其第一部作品《夏日鸟笼》中就意识到了《第二性》中所隐藏的含义。德拉布尔赞同波伏娃的女性主义思想，其《夏日鸟笼》的写作在很大程度上受到波伏娃的影响。德拉布尔一方面承认女人不是"他者"，另一方面她又认为，所有的人，无论男人还是女人，在其自身内部都有一个自身的"他者"。换句话说，德拉布尔将传统文学中男性与女性的对立移植至每个人身上。她对于该传统的贡献在于她揭示了女性如何经历这一冲突。

　　在《夏日鸟笼》中，波伏娃的身份在小说中是以女主人公萨拉（Sarah）的好朋友西蒙尼（Simone）的身份出现的，她获得了自主与超越能力，这二者是波伏娃所认为的女人渴望实现的目标。尽管萨拉认为西蒙尼的独身生活对她来说具有一定的吸引力，她最终还是没有将其当作效仿的榜样，因为西蒙尼"没有性"，萨拉感觉自身内部有一种"性与血的强烈感情……将其卷入到无意识的情感漩涡"[①]。因此，萨拉个人的冲突表现在其意志力与其性欲两者之间的冲突，前者以西蒙尼为典型，属于纯粹个人化的现象，而后者在女人中具有普遍性。

　　《瀑布》之所以被德拉布尔称为她"所有小说中最为女性的"一部，并非因为该小说以生孩子开始、由于吃避孕药导致女主人公的血栓凝块结束，而是因为它探讨了女性的基本状况。小说女主人公并不否认她生物学意义上的女性气质。小说开篇第一句话远不是宣布她自身的意志力，而是彰显她本质上的被动特性："如果我要淹死了，我是不会伸手救自己的，实在不情愿同命运作对。这是有一天晚上她对他说的。"（7页）

　　"命运"这一词语与概念反复出现在德拉布尔的小说中。《瀑布》的女主人公简·格雷（Jane Gray）对命运的看法与德拉布尔的看法有明显区别。德拉布尔曾在一次访谈中讲到，她"对诸神有一种希腊式的信仰，我的意思是我们最好伴随神的左右，因为尽管他们并非那么友好，但却很有威胁力"[②]。德拉布尔在一定程度上是一位宿命论者，她认为人"完全任凭命运的摆布，每个人的命运都是计划好了的，只不过以特殊的方式显示其偶然性"，"偶然性也都是计划好了的……你所做的一切都是预先拟定的，偶然性只不过是由其他人在另一些日期制定的更大计划中的一部分"[③]。而简对命运持质疑的态度："诸神有何权力拥有武断的力量来掌控生死大权？"（182页）命运并非如俄狄浦斯故事一样是由外力所操控的。简也相信命运，可是她认为命运与她个人的"本性"有关，她无力抗拒的并非任何外在的不可知力量，而在于她自身的"本性"："我并不责备

<hr />

① Margaret Drabble, *A Summer Bird-Cage*, Harmondsworth: Penguin Books, 1968, p. 76.

② Nancy S. Hardin, "An Interview with Margaret Drabble", in *Contemporary Literature*, Vol. 14, No. 3, 1973, p. 284.

③ Nancy S. Hardin, "An Interview with Margaret Drabble", in *Contemporary Literature*, Vol. 14, No. 3, 1973, p. 283.

我自己意志力薄弱。除此之外我别无选择。我不具备任何选择的能力。我已经做了我必须做的一切，我已经按照我的本性行事了。"（183 页）而这种"本性"指的是女性的性欲，简被这种性欲所控制而不能自拔。

小说是以简即将分娩第二个孩子开始的。简喜欢她那温暖而又潮湿的房间，任凭汗水和血流淌，丝毫都不感到尴尬或嫌恶，"简任凭她整个身体血汗成流，默默让自己屈服于这些残忍的事实，屈服于这种疼痛与分娩（deliverance）"（10 页）。"deliverance"这个词有双重含义：它既表示分娩，也表示救赎——从某种桎梏下解放出来。小说一开始，简的确处于一种桎梏状态。尽管已婚并且已是孩子的母亲，但她拒绝将自己交付给丈夫与孩子，以诗人与个体自由身份保持她所谓的"冷漠的完整"（180 页）。她还有点神经质趋向。她丈夫忍受不了她那"糟糕的家务料理"以及她"表露无疑的性冷淡"，在她第二次怀孕七个月时弃她而去。她的第一个孩子与外祖父母在一起。简陷入了完全的孤立状态。她不愿意离开她自己的房子，"她并没有打电话告诉她父母她丈夫已弃她而去，因为她更喜欢独自一人待着。她在又寒冷又空荡的房间里漫无目的地走动，看着外面的雨点，看到窗户上布满了伦敦的污垢，看着家具上的灰尘一层层地加厚。她什么也不做"（8 页）。她甚至都懒得做饭菜："她吃烘烤的豌豆，以及沙丁鱼、芦笋等罐头食品。"（7 页）的确，"她生活的温度降低到了休眠状态的冰川世纪"（7 页）。

接着是她分娩期的到来，尽管"她几乎不愿叫接生婆，她极不情愿看到别人，也不愿被人看到"（8 页），她还是打电话叫了接生婆。接生婆从别的房间将暖气机拿到她生孩子的房间，使"产房"变得又温馨又湿润。简的床被汗水和血浸透了，她躺在床上，显得非常平静，带着一种期望："马上就要分娩了。现在该安心地等待……这种热度定会让她自身获得救赎。"（10 页）这种热度促进了简的性觉醒。表妹露西和她丈夫詹姆斯也来照顾她们母女俩。在一起照顾了几天后，由于露西自己的孩子晚上也要照顾，于是留下詹姆斯一人晚上照顾简。

詹姆斯安排简的饮食起居，简被动地接受："回想起来，她惊诧于自己那么容易就随波逐流，在某种意义上来说，她已经将他的话当作命令，毫无反抗地顺从了。"（34 页）当他说"我爱你，我爱你"（37 页）时，她"听着这些话，一边退缩不前、唉声叹气、惊恐万分，一边被他的行为深深感动了，他心甘情愿地一头扎进这么深的水域，这无异于盲目自杀：水盖过他们的头顶，他们躺在那里，被淹没了，逃离了那又冷又干、缺少爱的陆地"（36 页）。"她开始为了他的到来而活着，无助地任自己卷入这股爱的激流。"（38 页）当六周产后恢复期过后，他们做爱了。起先性冷淡的简"惊讶地"发现，"这最原始的欲望之流会如牛奶般畅通无阻地流遍她全身"（45 页）：

于是他们入睡了，湿漉漉的，浸泡在彼此的情感洪流之中，那污迹斑斑、皱巴巴的被子几乎很难遮住他们。她对做爱最为惧怕的事情之一便是湿漉：那致命的湿气使她恐慌与烦扰。她用毛巾和纸巾将自己裹起来……她躺在那里，淹没在欲望的海洋中。（45 页）

简在他们第一次做爱中体验到了平生第一次高潮，而詹姆斯也获得了极大的满足。可是女性主义批评家们严厉地批评了《瀑布》。他们并不认为简从性冷淡中获得了救赎，而是进入到性的束缚中。然而简知道，这正是这种"束缚"使她获得了一定程度的解放：

事实是，我独自一人生活，一人躺在那里；不对任何人说话，我无法勇敢地面对任何人。我将詹姆斯视为奇迹，当他触摸我时就好象我有另外一个身体，一个有别于我所熟知的身体。或许我一直拥有这个身体，但是如果没有他，这个身体将栖居何方？它将栖居在哪个阴暗角落？……他改变了我，他拯救了我，他改变了我。我再说一遍，别无其它可说的……倘若不是他，我现在会在哪儿呢？或许独自一人，疯子一般……（277 页）

与德拉布尔前几部作品中的女主人公一样，简的内心也存在两种冲突：意志力与性欲、理性与动物性之间的冲突。她感觉"一种分裂"，但与其他女主人公不同的是，她感觉有"一种修复的可能"：

我的思维不会拒绝我的身体，我的身体也不会拒绝我的思维。的确，这二者都不能准确描写我的生存状态，我的身体层面更为深刻、更为人性、更像我自己……在我生第二个孩子的过程中，在我生比安卡的时候，我认为我能感觉到……我又成为了一个整体，我再也承受不了分裂的自我，我的肉体与灵魂必须结合，否则我会死去。（123 页）

通过顺从于詹姆斯以及服从于肉体的需要，简获得了自身身体与灵魂的结合。尽管"我们不能从命定的模式中解放出来，我们必须走下去，直至死亡"，但是对于简来说，"有时候，我们也有可能找到一种更为自愿地走过命定人生之路的方法"（194 页）。

当然，有人会认为与其说这是一种和解与修复，不如说这是一种屈服与投降。由于简完全使自己服从詹姆斯的安排，完全放弃了自身的主权，这一点恰好与波伏娃所说的"男人定义女人""女人是他者"相吻合。但是,我们应该仔细甄别简的具体情况。简与詹姆斯之间不仅仅有肉体的关系,而是通过肉体的接触,简不仅摆脱了性冷淡,而且自此以后从一种自我封闭的状态中走了出来,又开始了正常的生活:不仅将屋子重新修饰一番,请了个保姆照顾自己的孩子,与其他妈妈们交流,而且又开始了写诗。简从一个精神分裂状态的人变为了一个完整的人。

美国教授弗乔(Firchow)在采访德拉布尔时,他提到了《瀑布》叙述手法方面的问题,问她这位到目前为止遵循阿诺德·本内特传统的现实主义作家,是否会走向更为实验性的小说写作时,德拉布尔断然否定,认为这并非她的本意。德拉布尔说到,《瀑布》并非像别的实验性小说那样让人觉得不知所言:

> 我讨厌那些故意含糊不清的小说。我旨在透彻明了。假如作家自己都不知道自己在写什么,我不知道他为什么还要写它……我是用第三人称写(《瀑布》)第一部分,发现没法继续进行下去,因为我感觉自己似乎并不是在讲整个故事。于是我逐渐转变写作手法。我并非有意转换叙述手法,但这种手法的确很有用,于是就采用了。但这根本不是我有意要写一部实验性的小说。[①]

在《瀑布》中,德拉布尔通过简说出了类似的话:"不要让我欺骗我自己,我认为含糊不清没有什么好处,我看到了清楚、一致、交流、诚实的优点。"(46页)德拉布尔这一声明与她历来坚持的更喜欢传统小说是一致的。那么我们不禁要问:为什么在《瀑布》这部小说中她非要转换叙述视角呢?

原因之一正如她在上文所说的仅用第三人称她"感觉自己似乎并不是在讲整个故事"。倘若简·格雷的故事是所谓的女性故事,倘若女性故事就意味着分裂的话,那么堂而皇之地描写这种分裂是恰当的。然而第一与第三人称的叙述并不对应简的经历,即她自己所说的"肉体与思维"的对立。

这样一来,答案只可能是《瀑布》这一故事并不是简单的女性故事。那么它到底是个什么样的故事呢?德拉布尔向弗乔教授坦言她极力尊崇的实验性作家至少有一位:"我最喜欢的实验性小说家是多丽丝·莱辛——更准确地说是她的《金色笔记》。"《金色笔记》的女主人公是一位女小说家。作为一个女人,与简一样,她感觉到自身的分裂,她的语言都是碎片。这一内在的分裂影响了她的写作能力。她将她的经历写进了不同的笔记薄,将她的自我与经历投射到

---

① Peter Firchow ed., *The Writer's Place: Interviews on the Literary Situation in Contemporary Britain*, Minneapolis: University of Minnesota Press, 1974, p. 117.

她所建构的小说中不同的自我身上。尽管《瀑布》在规模上比《金色笔记》要小得多,但是莱辛的《金色笔记》对该小说的影响不容忽视。

《瀑布》的整个故事类似于《金色笔记》所讲述的故事中的一个,简在《瀑布》中不仅是一个女人,也是一位作家。和《金色笔记》一样,《瀑布》也是一部元小说,是一部关于如何写小说的小说。尽管这两部作品有着惊人的相似之处,但他们之间有一个重要的区别,那就是莱辛的《金色笔记》关乎的不是性别,而德拉布尔的《瀑布》则是。

《金色笔记》的女主人公安娜·伍尔夫(Anna Wulf)是一位小说家,很有可能是作家莱辛的代言人。《瀑布》的女主人公简·格雷是一位诗人,她同时也是写作《瀑布》的小说家,是作家德拉布尔的代言人。正如小说中第一人称部分所揭示的那样,简是在写关于她与詹姆斯之间的故事,关注小说的"文体""风格""叙述手法""形式"等等。她甚至知道如何改写她与詹姆斯之间的爱情故事(156页)。在小说第226页,简宣布自己是《瀑布》的作者:"在本书的开始,我有意夸大了我的无助与紊乱,以便能使我的行为得到宽大处理,不被审判。"(226页)

《瀑布》独特的叙述形式使得德拉布尔能够完整地讲述她的故事:这个故事既包括作为普通女人的简,也包括作为女作家的简。德拉布尔所做的就是找到合适的形式来表现这个女人分裂的自我。直到小说的第46页,读者才意识到《瀑布》所描述的实际上是关于作为女作家的简的自我分裂的故事。因为前面的45页纸都是以第三人称叙述,到了第46页纸的时候,简·格雷突然揭示:"当然,这是不行的。我的意思是,不能用这种手法叙述过去发生的事。"

为何"这是不行的"呢?因为"显然,关于我自己和詹姆斯,我没有说真话"。她没有撒谎,"只是有所省略,只不过是进行了专门的编辑"。她"省略了一切,除了我称之为爱的那一系列的发现与认识以外"(46页)。回到《瀑布》的第一部分,读者会发现简试图将发生的事件进行艺术重组。小说(是简写的小说还是德拉布尔的小说?)的第一句话是简关于溺死的感想:

> 如果我要淹死了,我是不会伸手救自己的,实在不情愿同命运作对。
> 这是一个晚上她对他说的。他对此不感兴趣,她也并不期望他对此感兴趣。正如她所说的,她甚至从未认为这会成为事实。然而这一意象仍然留在她的脑海里,就好像她偶然间说出了某种具有意义的话语一样。(7页)

简是否曾对她的丈夫马尔科姆说过上述第一句话并不重要,重要的是在一开篇就用了"溺水"这一意象来隐喻她与詹姆斯的恋情,而第一部分的末尾与开篇一样都是用的同一个意象："她（和詹姆斯）躺在那里，淹没在欲望的海洋中。"（45 页）值得注意的是，"水"这个意象是作为艺术家的简·格雷用来阐释作为女人的她的感情体验。玛丽·艾尔曼曾经提到，弗洛伊德将坚固的物体与男性、流动性的液体与女性联系起来，并指出，在西方文学中，"坚固的地面是阳性的，而海洋是阴性的"[①]。将这一理论扩展开来，我们发现，女性总是与现实生活相连，而艺术（包括写作）属于男性的领域。简将自身一分为二：作为女人的简经历了与詹姆斯的爱情以及生育孩子等现实生活；作为作家的简将这些生活现实与经历付诸笔墨。

在第一人称叙述中，简承认她自己设计的故事是虚构与谎言："谎言，谎言，全是谎言，连篇谎言。我甚至面对事实说瞎话。这本来并不是我想做的事。啊，我旨在欺骗，我原想在事实与谎言之间作一比较，可是，结果我比这个做得更糟。我误述了。我千方百计要描述的又是什么呢？是激情，是爱情，是一种不真实的生活，是地狱边界的生活。"（84 页）《瀑布》讲述了简·格雷从分裂的自我最终走向完整自我的历程，一方面她是那个经历"日常现实"（85 页）爱情的女人；另一方面她又是一位将她的爱情经历编织成"虚构的激情故事"（202 页）的作家。简在此扮演了双重身份：女人和女作家。作为作家的简实际上是德拉布尔的代言人。

伊莱恩·肖瓦尔特曾经对女性作家写的书做过分类："碰巧由女性作家写的书"和"女性文学……它们有目的地、共同关注的就是言说女性经历，它们由自身动力引向自主性的自我表达。"[②]简作为女人与作为女作家的任务是一致的，那就是承认她自身内部的"他者"存在，不仅仅是简单地调和自身的"自我"与"他者"，而是将二者包容，承认二者存在的合理性。作为女人的简通过与詹姆斯的恋情发现了她本质上存在性的被动，然后拒绝仅仅依照性来定义女人，因为从小说可以看出，简并没有成为詹姆斯的性奴。在小说结尾，她重新宣布她理性的、富有创造性的一面：她清洗了房间、雇佣了保姆、写作并发表了"一系列上佳诗作"（233 页）。与此同时，她仍然保留着由詹姆斯唤醒却仍然在性方面被动的那个女性自我。而作为作家的简则通过写作这一"男性"行为将她的女性经历糅合进她的小说。

德拉布尔通过第一人称与第三人称的不断转换来表明简的"自我"与"他者"之间的共存。在小说开始，"自我"与"他者"之间有明显的界限：第三人称"她"的叙述讲述了简与詹姆斯之间的爱情纠葛；第一人称"我"则针对写作

---

① Mary Ellmann, *Thinking about Women*, New York: Harcourt, Brace & World, 1968, p. 20.

② Elaine Showalter, *A Literature of Their Own: British Women Novelists from Bronte to Lessing*, Princeton: Princeton University Press, 1977, p. 4.

艺术不断自我反省。在小说末尾，这二者之间的界限逐渐模糊：在第三人称叙述中也偶尔出现了元小说式的自我反省，比如在第201-207页这一小节中，主要是以第三人称描写了詹姆斯出车祸失去知觉后简对他们两人关系的反思；而在第一人称的叙述中，简也承认自己对两人的关系感到痛苦不堪。而到了从第233页开始的最后一小节中，先以第三人称开始，慢慢转移到了第一人称，而不像前面的小节中要么只有第一人称叙述，要么就只有第三人称叙述。这表明到了小说的末尾，作为普通女人与作为作家的简实现了自我统一。

只要仔细阅读，读者会发现这种统一是慢慢实现的。小说第一部分是简·格雷这个作家讲述了简这个女人的故事，因为紧接着这个故事后的第二部分，简·格雷揭示了自己的作家身份，将自己的经历以文字形式记录并赋予意义。但是她对自己的艺术不满意。如上所述，小说第一部分是以简和詹姆斯"躺在那里，淹没在欲望的海洋中"（45页）作为结尾的。然而接下来的第一人称叙述中说道，"我在这个结局面前退缩不已"（46页），这里的"我"，不是指作为作家的"我"，而是同时作为女人和作家的那个完整的"我"。小说要求有一个"结局"，但若要对那些本无明确结局的故事下结论，小说便是在撒谎。

在《瀑布》一开始，简极少犹豫赋予自己的经历以形式。的确，她坚信她的经历及自身的内在形式，坚信她与詹姆斯的感情是命定的："上帝的恩典或是奇迹，用哪个词来描述我不在意……需要就是我的上帝，当詹姆斯躺在我身边的时候这种需要也就伴随着我。"（50页）尽管如此，怀疑一直伴随着简的写作。在接下来对艺术的思考中，简承认她为她记忆中的事件编造了情节，以及一系列的因果，因而创造了"一个叙述故事，一个叙述理由"（66页），与生活并非完全相符。简不愿意面对现实，于是她决定"转到另一个故事，另一个女人，那个女人的生活太纯洁太可爱了，那种生活不可能属于我"（67页）。

在接下来的第一人称叙述中，简称她的小说为"谎言，谎言，全是谎言，连篇谎言"（84页），决心"尽力包括"（85页）那些被她排除在外的东西。也就是说，她不仅仅讲述她与詹姆斯之间的故事，还要包括她的丈夫马尔科姆以及詹姆斯的妻子露西的情况。于是，在这一部分的第一人称叙述中，很大一部分讲述的是她与她的丈夫马尔科姆之间的关系，以及她试图以露西的视角来看待她与詹姆斯之间的故事。也正是在这一部分中，简揭示了自从她开始与詹姆斯在一起后就停止写作诗歌。她自己觉得，同时我们也清楚地看到，她停止诗歌写作是因为诗歌不适合她的女性经历，她的诗歌是"完美的格律诗，总是押韵的"（129页）；她"不能为这种私密爱情找到合适的词汇与模式"（130页）。简试图在她的小说中找到合适的词汇与模式。

简试图从整体与全局来看待她的经历并理解这段经历，这使得她筋疲力尽："我已经厌倦了这些弗洛伊德式的家庭关系了，我想回到那种精神分裂症式的第三人称叙述中去。"（130 页）"总之，我对这种叙事已经感到厌倦。我所叙述的事有一定的真实性，但是，它不是我所喜爱的真实性。"（131 页）在简慢慢转变为女性作家的过程中，一个重要的转折点不是在第一人称的叙述中，而是在简以第三人称叙述的故事中，似乎只有通过那个虚构的自我，她才能给予她的写作以否定的评价。在詹姆斯表演完他那惊人的纸牌魔术后，简做了一段非常重要的评价：

> "我想我喜欢的是这种对称性，"她说道，凝视着詹姆斯刚才随便摆弄的纸牌模式。"我发现这一点不容忽视。但是我不知道这是为什么。这就像诗歌里的押韵一样。你知道，没有什么意义，诗歌里的押韵是件微不足道的事情，就像纸牌游戏一样，也与开快车一样没有任何意义。这一切都没有什么意义，没有任何意义。我试图为此找出正当理由，我非常努力地寻找理由，但是没有任何理由，没有任何意义，诗歌不可能是重要的。"（148 页）

当然，这一段评论有点极端和夸张，很明显这不完全是简的本意，而只是在某种程度上表明，无论诗歌还是小说，都不足以呈现简的女性经验。在经过对诗歌的这番批评后，"我"部分承担了讲述故事的角色，至少是与"她"共同担任了这一角色。"我"开始动摇将这种爱情故事看作是命定的观点，慢慢地承认随意性、偶然性与机遇的存在。

简与詹姆斯的车祸"因果关系严重失调，十分可怖"，增强了简那种"宿命论思想"，其认为"人在这种控制我们的天命面前是无能为力的"（185 页）。由于受这种思想的左右，当她发现詹姆斯并未死于这次车祸时，她感到异常惊讶，甚至有点沮丧："倘若他死了，事情会简单得多：多么自然的一个结局，多么诗意的公正。"（228 页）实际上，简仍然模糊不清，至少在概念上仍然模糊不清，因为她必须清楚的一点是，"诗意的公正"离"自然"相去甚远。

在简最后对小说艺术的沉思中，她仔细审查了艺术事业，将其放在现实中接受检验。"我希望最终我将会找到某种统一。"（207 页）尽管作为艺术家的她仍然认为她的人物是"预先确定的、无法改变的、在命运之前是无能为力的"（276 页），她仍然发现"拒绝偶然性是愚蠢的"（277 页）。她曾经说这次车祸"给我的罪过定了型"（236 页），却使得她的小说丧失了"型"，因为按照传统小说的规则，詹姆斯应该死去，"就像所有虚构的恋人们死去一样"（236 页）。然而他并没有死，因此简的小说"没有任何结尾"：

　　　　本来可以用主人公的死来结尾。但是，谁也没有死。也许我应该让詹
　　姆斯在车祸中死去。这样的结尾会干净利索，合乎情理。
　　　　一种女性式的结尾？
　　　　或者，我也可以在叙事中这样来处理詹姆斯——让他因车祸而致残，
　　使我能因此得到他，就像简·爱最后得到了瞎了眼的罗彻斯特。可是，我
　　不忍心这样做，因为我太爱他了。不管怎样，他并未受伤致残。真实情况
　　是，他康复了。（230-231 页）

　　如果简的小说以詹姆斯的死或致残来结尾的话，该小说就不是一种女性
式的结尾，而是一种男性式的结尾。所谓"女性式的结尾"就是一个开放式的
结尾，给读者诠释自由的结尾。在英语诗歌中，"女性式的结尾"指的是"在抑
扬格或抑抑扬格诗行末尾的非重读音节，一般情况下不会出现这种非重读音
节"[1]。
　　简认为："詹姆斯和我应该在小说的结尾死去。像我们现在这样仍然活着，
太没有艺术性了。"（232 页）让简与詹姆斯在小说的结尾仍然活着就打破了传
统小说的结局。简试图"寻找一种结局，寻找一个优雅模糊的形象来抹去所有
仍将承受的冲突、痛苦与妥协"（230 页），然而她找到的也仅仅是一个"免费
的""无关的"结局，也就是描写她与詹姆斯车祸之后的夏天去欣赏 Goredale
Scar 瀑布，这个瀑布"与我和詹姆斯不一样，它是一种真实的存在，是崇高的典
范"（236 页）。简也许发现了作为一个女性作家意味着什么，因为在这种"崇
高"后面是一种荒谬。Goredale Scar 瀑布犹如一首诗，它的"形状与曲线达到
了一种有机的平衡"（236 页）。然而简并没有将此作为小说的结局。相反，她
转而叙述了她与詹姆斯回到旅馆房间的情形：

　　　　我给自己在那大号的圆形漱口杯中倒了满满一杯威士忌酒，然后去浴
　　室，准备将泥巴洗去：我从浴室返回到床上时，我准是将杯子放在了詹姆斯
　　那边的床头，因为深夜时詹姆斯从剩下的酒中喝了一口，马上猛烈地吐了
　　出来，说那味道糟糕透了。我不相信他的说法，自己尝了一口，他说得对：
　　味道糟透了，极不新鲜，有霉臭与陈粉味。我们打开灯检查了一番，发现我
　　洒落了一些爽身粉在酒杯中，威士忌酒表面上浮着一层薄薄的白色粉末。
　　威士忌与灰尘，这对自然的崇高而言是一个再合适不过的结局。（238 页）

---

[1]　Sara de Ford & Clarinda Harriss Lott, *Forms of Verse*, New York: Appleton-Century-Crofts, 1971,
　　p. 323.

然而这仍然不是小说的结尾，简还在后面加了将近一页篇幅的附言：

> 不，我不能就这样不留任何附言、不表达那最后令人震惊的反讽。我曾经考虑过用詹姆斯丧失性功能，而不是用他的死来结束这故事……但事实完全相反，因为倘若没有那场车祸，我自己很有可能会死于血栓：自从比安卡出生后，我一直服用避孕药，或许还会继续服用，直至死亡……我记得我曾经提过，在我们去挪威前，我躺在床上，感到腿上似乎有疼痛感。后来发现的确是疼，肌肉肿了，有血块。这是现代女人为爱情必须付出的代价。在过去的旧小说中，女人为爱情付出的代价是死亡。这是过去有德行的女人在分娩中所付出的代价。而像娜娜那样的坏女人则是染上天花死去。可现在呢，代价是血栓或神经病，两者任你选其一。我已经停服避孕药，因为詹姆斯躺在那里失去知觉，动弹不得，但是人们不是那么地容易逃避决定的。我对此感到高兴。我很高兴我吃了避孕药会产生影响。我更喜欢受苦，我想。（238-239 页）

这最后的附言是女性形式的胜利。"那最后令人震惊的反讽"完全颠覆了传统小说的结局：传统小说常常以越轨男女主人公的死亡结束，而《瀑布》不仅没有死亡，相反，由于这场车祸而使得简停服避孕药，因而避免死于血栓。最后一行中，"我更喜欢受苦"是一种男性的陈述，而后面加上"我想"却是一种女性式的结尾。

德拉布尔趋向于将自己看作一位传统而非实验性的小说家，但直至 1969 年她写作《瀑布》时，她才意识到自己属于哪一种传统。正是在那一年，她开始阅读伍尔夫的《一间自己的屋子》，感觉自己"与某种文学传统有着非常密切的联系，或许是女性作家传统"[1]。

正如肖瓦尔特所指出的那样，在英国文学史上，女性作家中有几种传统，或者说在这种连续的传统中有几个阶段。她按照时间顺序将这几个阶段分别称作"女人气"阶段（the Feminine）——从 19 世纪 40 年代采用男性笔名写作到 1880 年爱略特去世为止，这是一个较长的模仿主导传统的阶段，也是一个将主导传统的艺术标准及关于社会作用的观点内在化的阶段；"女权主义"阶段（the Feminist）——从 1880 年到女性获得选举权的 1920 年，是一个反对主导标准和价值，倡导少数派的权利、价值和自主权的阶段；"女性"阶段（the

---

[1]  Peter Firchow ed., *The Writer's Place: Interviews on the Literary Situation in Contemporary Britain*, Minneapolis: University of Minnesota Press, 1974, p. 114.

Female）——从 1920 年到现在，是一个自我发现，一个摆脱了对对立面的依赖而把目光投向内心、寻找自我身份的阶段。第一阶段以夏洛蒂·勃朗特以及乔治·艾略特为代表，在她讨论完这些作家后，肖瓦尔特指出，《瀑布》"以其维多利亚式的洪水与瀑布意象反讽性地评价了这一女性传统"[1]。然后她引用了《瀑布》中的一段话：

> 那些虚构的女主人公们萦绕在我的心头。麦琪·塔里弗与我一样，也有一个叫露西的表妹，和我一样，她也爱上了露西的丈夫。她与露西的丈夫沿着河流漂浮而下，自己溺水身亡，但最终她失去了他。她放手让他离开了。她重获她那已被毁灭的荣誉，啊，我们因此而敬佩她：所有的超我聚集起来，只为了证明她爱的与其说是这个男人，不如说是她的兄弟。她应该，哦，她不应该怎么做？自从弗洛伊德理论诞生以来，我们很难猜测到我们自身的激情，剥夺了希望，在滚滚洪流中放弃了生命。这的确让我们气恼：树干、枝条、败叶、硬纸盒、烟蒂、橘子皮、花瓣、蠹鱼。麦琪·塔里弗从未与她的男人睡觉：她伤害了所有人——露西，她自己，以及两个爱她的男人。然后，像另一个时代的女人一样，她克制住了。在我们这个时代，我们该怎么办呢？我们在第一章就溺水了。（153-154 页）

当然，肖瓦尔特在此并非主要讨论《瀑布》，因为她并未区分简·格雷写的维多利亚式的小说与德拉布尔的小说。毋庸置疑，简·格雷属于女性传统中的"女人气阶段"。她频频将她的小说与《弗洛斯河上的磨坊》以及《简爱》相比较。与夏洛蒂·布朗特一样，她也不喜欢简·奥斯丁。而且，正如肖瓦尔特指出的那样，她的小说与《弗洛斯河上的磨坊》以及《简爱》一样，"通过意象与象征"描写女性经验，而且许多意象与象征直接借鉴这两部小说。任何熟悉艾略特作品的人一眼就可以辨认出简关于水的意象来自《弗洛斯河上的磨坊》，而简·格雷生育孩子以及后来在查尔斯在一起期间获得性救赎的房子与简·爱被她舅妈囚禁的那间红房子有着惊人的相似。肖瓦尔特表明，这间房子是"女性内心空间的典范"[2]。

但随着《瀑布》故事情节的发展，简越来越远离小说写作的女性传统，女性传统写作的问题就出在她们的小说下意识地认同男性将女性定位为"他者"。

---

[1]　Elaine Showalter, *A Literature of Their Own: British Women Novelists from Bronte to Lessing*, Princeton: Princeton University Press, 1977, p. 131.

[2]　Elaine Showalter, *A Literature of Their Own: British Women Novelists from Bronte to Lessing*, Princeton: Princeton University Press, 1977, p. 114.

麦琪·塔里弗和简·爱都是生机勃勃、热情奔放、性欲旺盛的女性，而根据勃朗特和艾略特的看法，这种性欲要么受到惩罚要么受到驯服。于是，麦琪只能死去，而简·爱最终只能得到残废了的罗彻斯特，似乎只有这样，她们的性欲才能得到规训。

而《瀑布》则表明，女性不是简单的"他者"。她自身内部有一个"他者"，只有调和她感性的"他者"与理性的自我，她才有可能成为一个完整的人。肖瓦尔特认为："简·爱是女性作家所能想象的完整与健康的女人。"[1] 然而在德拉布尔看来并非如此。阅读《一间自己的屋子》使得德拉布尔感觉自己"与某种文学传统有着非常密切的联系"，然而她并非简·格雷想起的如勃朗特、艾略特等一批"女人气"（the Feminine）作家，而是女性（female）作家。伍尔夫即是这一批作家的典型，对于她们来说，女性在本质上是雌雄同体的。伍尔夫认为，"任何人若想写作而想到自己的性别就无救了……若只是单单纯纯的男人或是女人就无救了。一个人一定得是女人男性或是男人女性"[2]，她认为，"一个纯男性的脑子和一个纯女性的脑子都一样不能创作"[3]，"在脑子里男女之间一定要先合作，然后创作的艺术才能完成"[4]。

在《瀑布》中，德拉布尔审查了女性的本质，发现女性在本质上既包含理性的一面也包含动物性的一面，既有思维也有身体，既有"男性"也有"女性"。为了成为一个完整的人，德拉布尔建议，女人必须调和这些对立双方。如果一个女性作家言说何为女人的经历，她必须设计一种叙述形式，既有女性柔软的一面，也有男性刚强的一面。正因为"也许一个纯男性的脑子和一个纯女性的脑子都一样地不能创作"[5]，德拉布尔才将简塑造成一个既有男性特征又有女性特征的作家，也正因为如此，德拉布尔才自然而然地选择了第一人称与第三人称交替叙述的创作手法。通过以上分析，我们认为，之所以德拉布尔称《瀑布》是"最为女性的小说"，乃是因为它是一部最接近双性同体的小说。

## 三、德拉布尔《金光大道》中的神话意象所表现的现实

德拉布尔的第十部小说《金光大道》创作于 20 世纪 80 年代。故事开始于

---

[1]  Elaine Showalter, *A Literature of Their Own: British Women Novelists from Bronte to Lessing*, Princeton: Princeton University Press, 1977, p. 112.

[2]  弗吉尼亚·伍尔夫：《一间自己的屋子》，王还译，上海：上海人民出版社，2008 年，第 145 页。

[3]  弗吉尼亚·伍尔夫：《一间自己的屋子》，王还译，上海：上海人民出版社，2008 年，第 137 页。

[4]  弗吉尼亚·伍尔夫：《一间自己的屋子》，王还译，上海：上海人民出版社，2008 年，第 145 页。

[5]  弗吉尼亚·伍尔夫：《一间自己的屋子》，王还译，上海：上海人民出版社，2008 年，第 137 页。

1980 年的新年前夕，描写了三个女人——精神治疗师利兹、女监狱兼职文学教师艾丽克斯和艺术史家埃斯特——近三十年的日常生活琐事。与她之前的小说相比，《金光大道》技巧更为纯熟，得到了多数评论家的赞扬，其认为她对整个英国的描绘给人留下了深刻的印象。有批评家将德拉布尔称为"当代英国的历史记录者，一百年后人们会通过她的小说来了解今天，她为 20 世纪晚期的伦敦所做的将如狄更斯为维多利亚时代的伦敦、巴尔扎克为巴黎所做的那样"①。也有评论家抱怨说《金光大道》太悲观、散漫、多轶事趣闻。

但正如《金光大道》中的叙述者所说的那样，"也许有一条线将这散漫的、不着边际的、充满典故的、独特的、杂乱的地形学似的话语连接起来"②。（本节出自 *The Radiant Way* 的引文只标注该书页码）这条线就是经过作者精心层层编码、糅合了西方神话传统中的蛇发女怪戈耳工·美杜莎（Gorgon Medusa）、鸡头蛇怪（cockatrice）、替罪羊（scapegoat）、狼人（werewolf）等意象，它们不仅将小说人物相互联系起来，而且与小说的中心旨趣联系起来，加深了作品的死亡主题，展示了 20 世纪 80 年代的英国生活全景图，扩大了文本的社会维度，突显出英国的畸形社会形象，同时也表达了作者对所处时代的尖锐批判。

## （一）美杜莎、鸡头蛇怪与替罪羊

在希腊神话中，戈耳工·美杜莎是蛇发女妖三姐妹中最小的。三姐妹居住在遥远的西方，是海神福耳库斯的女儿。她们的头上和脖子上都布满鳞甲，头发都是一条条蠕动的毒蛇，都长着野猪般的獠牙，还有一双铁手和金翅膀，任何看到她们的人都会立即变成石头。在三姐妹中，只有美杜莎是凡身，她的姐姐丝西娜和尤瑞艾莉都是魔身。据说美杜莎曾经是一位美丽的少女，受海皇波塞冬喜爱。可她自视貌美，竟然不自量力地和智慧女神雅典娜比起美来。雅典娜被激怒了，她施展法术，把美杜莎的满头秀发变成了无数毒蛇，美女因此成了妖怪。更可怕的是，她的两眼闪着骇人的光，任何人哪怕只看她一眼，也会立刻变成一块毫无生机的大石头。宙斯之子珀尔修斯（Perseus）知道这个秘密，因此背过脸去，用光亮的盾牌作镜子，找出美杜莎，在雅典娜和赫耳墨斯的帮助下割下了她的头。因此在文学中，美杜莎象征着斩首与死亡。在希腊神话中，鸡头蛇身怪兽的英文名字是 cockatrice 或 basilisk，是由一条蛇从鸡蛋中孵出的爬行动物，是一个分裂的动物，有着鸡的头和蛇的身子，看一眼就会导致死亡。《金光大道》中美杜莎和鸡头蛇怪意象贯穿文本始末。

①　Phyllis Rose, "Our Chronicler of Britain", *New York Times Book Review*, September 7, 1980.

②　Margaret Drabble, *The Radiant Way*, New York: Ivy Books, 1987, p. 205.

美杜莎和鸡头蛇怪这两大神话意象主要与小说中的人物艾丽克斯和基尼有密切关系。艾丽克斯是一位在女监狱兼职的文学教师，她教一群女罪犯学习英国文学，基尼就是其中的一位。基尼由于触犯与吸毒有关的罪行而被监禁，她的情绪被严重扰乱，纯粹的无聊驱使她吸毒犯罪。她代表了社会反常状态与无所事事的一类人。艾丽克斯对这一类人表现出极大的理解与同情，这也是她为什么愿意接受这份工作的原因，因为单从经济意义上来讲，她所得的课酬还够不上她驱车去监狱的费用。基尼发怒时，威胁说要用电切刀砍下那些冒犯她的人的头（包括艾丽克斯本人）。有趣的是，最终被砍头的恰恰是基尼本人。她从监狱释放不久即成为哈罗路段（Harrow Road）谋杀案的最后一个受害者。在死之前，她祈求艾丽克斯去拜访她，去"见证"她早已预见的悲惨命运。

艾丽克斯答应了基尼的请求，但是她对这个年轻女人破烂不堪的居住环境以及墙面上画的那些肢解流血的疯狂画面感到不快。基尼所住房子的墙壁上画着"匕首、刺穿的心脏、砍下的头、往下滴的血、裂开的伤口、砍下的四肢、空洞的眼睛……一只耗子在咬人的脚，一只猴子在喝一坛血，一只乳房浮在盘子中，一颗牙齿被钳子高高夹起，一只海星在天空中闪烁"（309 页）。在这堆怪异的混杂物中，基尼增添了她本人画的鸡头蛇身怪兽："一个奇怪的小怪兽，一半刚从鸡蛋中孵出：一条缠绕的蛇，有一个钩形的鸡头，一个红色的鸡冠。"（309 页）这不寻常的一幕预示了基尼自身被砍头：与蛇怪一样，基尼的头与身体将被制造哈罗路段恐怖事件的谋杀者分开。"哈罗恐怖无头恶作剧"（207 页）是一系列悲惨的斩首事件，它将小说的人物连接了起来，同时预示了现代疾病，为小说复杂的意象网提供了一种连结。

《金光大道》中充斥着真实与传说的被砍的头，传说中与斩首相关的故事包括"戈耳工·美杜莎、格里科特（Gericault）、魔神、莎乐美，以及萨雷斯的贝茜"（329 页）。在小说文本所阐述的现实中，"十八个月之内发现八个（可能是九个？）受害者"奇怪地死去，"她们都在哈罗路段遇害，都是女性，大部分是黑人，最后三名都是被夸张地斩首：一个被发现在本莱登公寓的电梯里，一个在河岸上，一个在肯莎绿林公墓，一个在高速公路拱桥下废弃的房间里，一个在报废了的汽车上……"（179 页）最近一个荒谬的受害者被发现"坐在废地上一辆无轮诺丁山彩车驾驶座上，没有头，整齐地系上安全带，她的头在她旁边的乘客座位上"（192 页）。但是这位职业凶手的身份尚不清楚。《金光大道》围绕一系列的神秘事件展开，斩首象征着现代社会的疯狂行为。艾丽克斯看望基尼后返回她停靠在路边的车上，发现基尼那被砍下的头出现在自己的车上，基尼成为哈罗恐怖事件的受害者。

　　基尼被比作戈耳工·美杜莎。尽管艾丽克斯呆望着基尼那有着美杜莎"蛇状头发"的头没有"变成石头",但她对基尼的一片好心却变成了石头。艾丽克斯被迫面对她所关心的学生基尼的死亡,但同时又对其被砍头表示质疑,她后来意识到谋杀者保罗·怀特摩尔(Paul Whitemore)本身是基尼死亡愿望的受害者:"当得知基尼恐怖死亡的事实时,她(指艾丽克斯)为什么没有感到悲伤呢? 因为基尼本身渴望死亡。她是一个殉难者,宁静地死去。可是她为什么事件而殉难呢? 究竟为什么事件而殉难呢?"(318页)尽管艾丽克斯满怀激情地改善诸如基尼等社会反常行为人物的困境,她无力改变基尼可怕的死亡事实。作为曾经想"改变事物"(81页)的乐观主义者,艾丽克斯问自己是否她一直在打一场"错误的仗"(320页),是否她对那些处于社会劣势的人的关心其结果是更为伤感而不是有所改善?

　　在小说结尾处,她有意选择了一个不那么有"社会用处"(372页)的职位,编辑一位老年诗人的稿件,悲观地承认政治解决方案是不够的:"在当前的社会制度中,无望理顺一切。唯一的希望在于革命,艾丽克斯认为革命是不大可能的。"(372页)这里作者意欲表明:在社会整个恶劣的大环境中,个人的作用是多么渺小!

　　当基尼的头被砍时,小说的故事情节和预告未来灾祸的意象都达到了高潮。超现实的风景意象逐步升级,增强了这一可怕的高潮:小说的另一主人公艺术史家埃斯特漫游在哈罗路段都市的迷宫,发觉一路上都是"噩梦般的风景"(231页),充满了超现实的意象,包括一个疯人侏儒、一个与人一般大小的被绞死的木偶,还有"启示录旅馆"那奇怪的正面:"巨大的涂鸦到处蔓延开来,机器都生了锈,被挂锁锁上的大门标有'接待处'和'欢迎光临'字样,可哪儿也去不了。"(230页)利兹与埃斯特看到运河里充满了"成千上万条小小的死鱼,在阳光照耀下肚皮朝上",她们将此阐释为"世界末日的迹象",因为"这是启示录在进行自我宣布"(231页)。随着奥威尔①反托邦(anti-utopian)的时间1984年越来越近,私人与公众的状况也变得越来越黯淡。大家都紧张地祝福彼此"过一个幸福的1984":"我预感这将是残酷的一年",小说中的人物斯蒂芬警告道,"但并非完全如奥威尔所预见的那样"(275页)。事实上如此,死亡不断增加:布莱恩的父亲弗雷德·蔓宁去世;利兹的母亲丽塔·艾伯怀特生不如死;有线电视中的德克·大卫斯被一位戴面罩的枪手击毙。灾难四处蔓延:矿工罢工;布莱恩·波恩的教学工作结束了;艾丽克斯对英国的未来深感绝望:

---

①　指英国小说家乔治·奥威尔(George Orwell),他的作品《1984》于1949年出版。这部小说预言到了1984年,描绘了一个可怕的高度集权社会,人类将失去自由,包括个人思想的自由也将受到钳制与监控。

一切都毫无希望，毫无希望。潮浪冲击着沙袋，在洪水到来之前堵住河堤的洞窟。小孩们手指都冻僵了，慢慢被淹没，淹没……我什么都不相信，我相信一切都毫无希望。毫无希望，全完了。再也回不去了，也没有供我们前行的路。我们被冲刷了。（341-342 页）

当艾丽克斯思考"她（指基尼）为什么事件而殉难呢？究竟为什么事件而殉难呢？"（318 页）时，联系哈罗路段的一系列谋杀事件与灾祸，她暗指基尼是一个经典替罪羊形象，以她的牺牲来赦免社区中的其他人。替罪羊的故事在西方人尽皆知，它源自一个宗教典故。在基督教《圣经·旧约》中，上帝为了考验亚伯拉罕的忠诚，叫他带上其独生子以撒到一个指定的地方，并将以撒杀了作燔祭献给上帝。正当亚伯拉罕要拿刀杀自己的儿子时，耶和华的使者阻止了他，说："现在我知道你是敬畏神的了，因为你没有将你的儿子，就是你独生的儿子，留下不给我。"① 使者告诉他林子里有只公羊，亚伯拉罕就取了公羊来替代他的儿子献为燔祭。

羊除了用作献祭上帝外，还承担了一项任务，就是给人类"替罪"。当埃斯特告知她那将死的情人克罗蒂奥·福尔普（Claudio Volpe）有关基尼被砍头和基尼墙壁上的鸡头蛇怪故事时，克罗蒂奥宣称这不是一种个人行为，而是一种集体行为："他不是尘世间某个具体的谋杀者，而是某个灵魂，是一种集体幻觉，这种集体幻觉来自于人类的恐惧。你只要不信它，你就会破解它的武装。埃斯特，如果你决定这样做，就不再会有死亡。"（329 页）克罗蒂奥没错，因为在基尼和他本人死后，在谋杀者被捕以后，死亡的意象也被驱除了。作为现代的殉难者，基尼是一个女性替罪羊的形象，正如德拉布尔另一部小说《黄金国度》里面的人物斯蒂芬 奥利伦萧（Stephen Ollerenshaw）一样，她的死使折磨芸芸众生的精神疾病得到了净化。

于是，基尼的死成为了《金光大道》的转折点。小说中的人物最终随着替罪羊基尼的殉难和邪恶天才克罗蒂奥·福尔普的死亡而摆脱了魔掌，他们开始在新地方开始了新的生活。艾丽克斯与丈夫布莱恩一起回到布莱恩的家乡诺塞姆，布莱恩将会在那里教英国文学，艾丽克斯将要在"象牙色的阁楼"里编辑诺塞姆的游唱诗人彼富（Beaver）的手稿，他是一位乖戾的老"怪兽"（372 页）；利兹在她圣·约翰·伍德的家里学会品味她新发现的独立；甚至利兹的丈夫查尔斯也放弃了他的全球国际网络和它那富有讽刺意义的开端，也放弃了新情人

---

① 《圣经》和合本，创世纪 22: 10-13.

亨利塔·拉彻特（Henrietta Latchett），开始了新的事业；埃斯特与克罗蒂奥的妹妹爱琳娜（Elena）在意大利开始了新生活，将注意力集中于她的学术研究上，研究文艺复兴时期的意大利艺术，一切都恢复了往日的平静。

## （二）狼人

戈耳工·美杜莎的意象与艾丽克斯直接面对的基尼被砍下的头的意象宛如一根纽带，将作品中其他主要人物联系起来。"werewolf"（狼人）是古萨克逊语"wer"（意为"人"）和"wolf"（意为"狼"）的合成词。据闻这种动物每逢月圆之夜就会从人身变为狼身。转变为狼身的狼人由于不能控制自身的兽性，会袭击周边的家畜或人类，甚至是至亲。狼人的意象在《金光大道》中体现在埃斯特那充满激情而不切实际的情人、魔鬼般的人类学家克罗蒂奥·福尔普身上。克罗蒂奥·福尔普研究巫婆与狼人，成了一个偏执狂，他在一个严肃的会议上宣称自己看到了狼人，狼人引领他到了一名年轻女人那里，这名年轻女人是一个巫婆，这一点由她裸体乳房下面那两个多余的奶头得到了证实。（239页）富有讽刺意味的是，听众将这场恶魔般怪异的讲座阐释为"对历时方法论的解构性攻击"（240页），暗示克罗蒂奥疯了。

与《达洛卫夫人》中的克拉丽莎·达洛卫和赛普蒂默斯·沃伦·史密斯一样，克罗蒂奥通过疯狂与死亡象征性地与他碰见的一个人物联系起来。他的姓"Volpe"在意大利语中指"Fox"，意思是"狼"。诺拉·福斯特·斯托维尔（Nora Foster Stovel）认为，克罗蒂奥·福尔普本身就是狼人，拥有谋杀者保罗·怀特摩尔的灵魂，"而怀特摩尔只是口技表演者所用假人的理想人选。的确，克罗蒂奥的死与怀特摩尔的被捕几乎是同时的"[1]，这种分析是不无道理的。与基尼一样，克罗蒂奥被他那无法控制的妄想逼疯了。

艾丽克斯通过基尼被砍的头面临了对意义的思考——她对基尼的同情与善意全部付诸东流，使她的心变成了石头；埃斯特则通过克罗蒂奥·福尔普的死以及意大利文艺复兴时期的画上关于性与施虐受虐狂的插画抽象地面临美杜莎的意义。埃斯特研究意大利小画家卡罗·克里维里，这使她有机会查看大量关于施洗约翰的描述，而约翰也是被斩首者之一。而且，"被砍的头一个接一个，她花了数小时沉思朱迪思和霍拉法尔尼兹、珀尔修斯和美杜莎、大卫和哥利亚"（194页），这三组人物中的后者皆被前者砍头：霍拉法尔尼兹是"古巴比伦

---

[1] Nora Foster Stovel, *Margaret Drabble: Symbolic Moralist*, Mercer Island: Starmont Contemporary Writers Series, 1989, p. 192.

国王尼布甲尼撒二世（Nebuchadnezzar）的将军，被朱迪思砍头"[①]；如前所述，美杜莎被珀尔修斯砍头；哥利亚是《圣经·旧约》中被少年大卫杀死的巨人，少年即后来的大卫王。

后来，埃斯特梦见了一个长有胡子的年轻男子被砍的头向她求助，请求她将他的头拾起，照顾他，正如基尼向艾丽克斯祈求援助一样。为了理解这个噩梦的意义，埃斯特将这个被砍的头解释为克罗蒂奥·福尔普的头，"这个在人行道上与她说话的被砍的头……难道不是病人、疯子克罗蒂奥的头吗？""她开始极不情愿地将它与克罗蒂奥联系起来……她曾经将他的恶魔行为理解为一种优雅的装腔作势和一个文学玩笑，而实际上是一种真正的疾病，一种精神疾病。"（195 页）

当埃斯特在克罗蒂奥生病晚期去探望他时，他一直在阅读荣格，指导她去"查阅美杜莎……查阅水母——象星星一样在水中燃烧的鱼"，并且杂乱无章地说着"戈耳工·美杜莎、格里科特（Gericault）、魔神（Demogorgon）、莎乐美（Salome）以及萨雷斯的贝茜（the Bessi of Thrace）"（329 页）。德拉布尔没有解释这一杂乱无章的想法，然而这里的寓意是显而易见的：克罗蒂奥列举的所有这些名字指代的都是死亡或斩首。

戈耳工·美杜莎是古希腊神话中的蛇发女妖，具有蛇一样的头发，人只要看她一眼就会变成石头；法国画家席里柯（1791—1824）曾画过一幅命名为《美杜莎的木筏》[②] 的画，现存于卢浮宫，该画展示了船只失事的幸存者们在最后的痛苦中伸展身体。谣传在船上有嗜食人肉者；魔神是种可怕的怪物，只要说到他的名字就会导致灾难；莎乐美是《圣经·新约》中希律王的继女，她表演了一段《七层纱巾舞》（Dance of the Seven Veils），使希律王龙心大悦，遂许诺她可以得到任何想要的东西，于是她要求他将施洗约翰（John the Baptist）的头颅放在盘中送给她，希律王果然满足了她的要求；萨雷斯的贝茜在文中没有解释，萨雷斯是巴尔干半岛东部的古代国家，该国家有酒神狄厄尼索斯最古老的神谕。在希腊剧作家欧里彼得斯的剧本中，在酒神狄厄尼索斯的影响下，主牧师侦探他们的仪式，酒神的众女伴将主牧师的儿子撕成碎片。更为难解的是"水母"，它"有一个圆的、钟形或扁平状的放射形的身体，一般被分成八大部分"[③]。荣格由

---

[①]　玛格丽特·德拉布尔编：《牛津英国文学词典》（第 6 版），北京：外语教学与研究出版社，2005，第 490 页。

[②]　席里柯画于 1819 年的画《美杜莎的木筏》的标题不直接指美杜莎的故事，而是指法国 19 世纪一艘名叫"美杜莎"的著名船只的残骸。席里柯在帆布上画了好些被砍的头，这些头没有出现在最终的画面。

[③]　Carl G. Jung, *Avion: Researches into the Phenomenology of Self*, trans. R. F. C. Hull, New York: Pantheon, 1959, p. 128.

于水母有一种神秘的特性而引入了它，古代的哲学家们对"它的火在水中都不熄灭"惊讶不已。[①]

为了回应克罗蒂奥那奇怪的思维，埃斯特告诉了他关于基尼的死以及基尼画在墙上的鸡头蛇身怪兽形象。基尼的插画回应了埃斯特自己对于艺术的研究，尽管基尼的插画是没有经过指导地、随意地描述"匕首、刺穿的心脏、被砍的头、滴落的血、裂开的伤口、被截的四肢和空洞的眼睛"（309 页）。意味深长的是，基尼的一幅画描绘了"一颗海星在天空中闪闪发光"（309 页），她的幻觉与克罗蒂奥·福尔普所提到的水母联系了起来。海星水母的触须有剧毒，与鸡头蛇身怪兽和蛇发女怪美杜莎一样，只要你看上一眼就会招致死亡。

克罗蒂奥·福尔普和基尼的妄想性神经官能症以及他们对古典巨兽的迷恋加强了当代生活中的恐惧与神经质因素，也表现在德拉布尔三位女主人公的潜意识中。尽管克罗蒂奥将哈罗路段的谋杀者解释为"他不是尘世间某个具体的谋杀者，而是某个灵魂，是一种集体幻觉，这种集体幻觉来自于人类的恐惧"（329 页）。使埃斯特感到震惊的是，后来谋杀者本人是在她房子上层的住所里被逮捕的。她实际上与该谋杀者住在同一幢楼。当谋杀者被捕时，三位女主人公都在埃斯特的公寓里，象征着她们与被砍头的意象是相互联系的。

正如基尼的惨死迫使艾丽克斯反省她那最为珍贵的同情心、幻想基尼会过上正常人的生活一样，克罗蒂奥·福尔普的死也迫使埃斯特面对她自身的现实。克罗蒂奥·福尔普是埃斯特的情人，但是我们后来了解到，她与他所有的关系都是为了避免正常的性生活，"她一生的情感关系都部分基于她那避免正常性交的欲望"（328 页），她想她是否不仅浪费了她的学术天才，而且"将她的整个成年情感生活浪费在了一种幻想，一个狼人，一个非人身上"。埃斯特相信"我们都病了，病得非常严重"（328 页），她不厌其烦地向她的两位好友利兹与艾丽克斯谈论克罗蒂奥·福尔普送给她的盆景棕榈树，甚至每次电话里，不管她的朋友在谈论如何重要的事情，她都会将话题转向她的棕榈树，就好像它是一个宠物，或许是为了掩饰她的真实情感，抑或是为了掩饰她情感的匮乏。埃斯特成为了她的狼人情人的受害者。

在小说结尾处，埃斯特又对克罗蒂奥·福尔普的妹妹表现出爱慕（她去意大利与克罗蒂奥·福尔普的妹妹住在一起，暗示她俩是同性恋）。在那位于克罗蒂奥·福尔普病榻边认识的艺术史家的帮助下，她又将她的学术热情投入到有意义的学术研究中去。从这个意义上来说，克罗蒂奥的死与基尼的死一样，

---

[①]　Carl G. Jung, *Avion: Researches into the Phenomenology of Self*, trans. R. F. C. Hull, New York: Pantheon, 1959, p. 129.

都使得主人公获得某种意义上的新生。

小说是以三位女主人公在乡村的散步结束的。尽管有一个乐观的结尾,但给我们留下深刻印象的仍然是一个以斩首意象为代表的恐怖世界,在这个恐怖世界里,人人都必须尽可能地选择好自己的路。倘若获得了某种和谐,也是以人类的牺牲为代价的,正如小说中基尼和克罗蒂奥·福尔普的死亡才让主人公们过上全新的生活一样。德拉布尔将美杜莎、鸡头蛇怪、替罪羊、狼人等神话意象投射到普通女主人公们身上,再现了 20 世纪 80 年代伦敦生活的复杂问题:犯罪、吸毒、污染、失业、艾滋病、同性恋、城市腐败等等,强化了读者对死亡与恐怖的感受。与她的前两部作品《冰雪时代》( The Ice Age, 1977 )和《人到中年》( The Middle Ground, 1980 )一样,《金光大道》是一部再现英国 20 世纪 80年代荒原般生活的大规模历史小说。

## 四、《象牙门》: 支离破碎的身体意象与碎片叙事技巧

从 20 世纪 70 年代中期的作品开始,玛格丽特·德拉布尔明显地将重点从早期集中探讨女主人公们的道德与家庭两难处境转移到对这个问题重重、充满暴力而又反复无常的宇宙上来。从发表于 60 年代末期和 70 年代的《瀑布》、《黄金国度》( The Realms of Gold, 1975 )和《人到中年》开始,至她最近的一系列小说,发表于 80 年代末期和 90 年代早期的《金光大道》、《自然的好奇》( A Natural Curiosity, 1989 )和《象牙门》( The Gates of Ivory, 1989 )三部曲,由于恐怖主义、罪犯、偶发事故以及自然灾害等入侵,作品中人物的生活陷入混乱,他们的身体受到伤害而变得残缺不全。一方面,受伤与残缺的身体的意象反映出德拉布尔对当代生活持越来越悲观的态度;另一方面,描写本身在结构上也显得支离破碎,反射出作者将注意力从家庭琐事转移到了一个社会性和政治性更强的 "分裂的" 形式,对后现代叙事结构进行了实验。

大量的批评文献表明,学者们努力在文学话语中给 "后现代" 这个难以界定的术语加以定界与分类。它曾被用来指代本世纪文学现代主义时期之后的那段历史时期,也用以描绘在结构上与哲学上区别于现实主义和现代主义传统的正式叙述成分。正如琳达·哈琴( Linda Hutcheon )所注意到的那样,定义是一项十分复杂的任务,因为后现代的首要特征在于它所固有的自相矛盾的本质。"后现代是一种矛盾的现象,它对其挑战的概念本身既使用又滥用,既安装又拆

除。"① 论及后现代小说时她说："虚构被认为是另一种话语,通过该话语我们建构我们的现实,建构与建构的必要性是我们所强调的。"② 因此,后现代世界提供了"无限的多元表征"③。后现代叙述重要的一面在于"对现实传统的表征与颠覆"之间的张力④;"随着文本不断建构与解构小说",文本将我们的注意力引渡到"意识过程本身,而不是小说的起源与结局"⑤。

布莱恩·麦克哈利(Brian Mchale)认为,现代主义叙述模式是认识论意义上的,与此不同,后现代主义叙述的首要模式是本体论意义上的:"后现代主义小说所运用的策略强调诸如'这是哪个世界? 在这个世界里人们该做什么?将由哪一个自我去做? 我在这个世界里是什么?'等问题"⑥。与此相对应的是,"现代主义小说所运用的策略强调诸如'我如何才能阐述我所属的这个世界?我在这个世界里是什么?'等问题。"⑦ 德拉布尔的早期作品中反复出现的碎片主题已表明,她部分地背离了模仿传统而转向后现代策略——叙事结构的离散、颠覆现实传统的叙述者、时不时地对我们所阅读的文本进行直接评论等策略。碎片主题最初是通过受伤的身体意象与实实在在的使身体支离破碎的事件来表现的。德拉布尔大部分近期小说皆含有离散的深度隐喻,这种离散在她叙述的主题与结构维度上都有所反映。

早在《瀑布》(1969)中,受伤的身体比喻就形成了叙述事件。在该小说中,一桩严重的汽车事故戏剧性地中断了简·格雷(Jane Gray)和她表妹的丈夫詹姆斯·奥特福(James Otfort)之间的激情。詹姆斯的伤几乎是致命性的,而简几乎没有受伤。然而詹姆斯的伤是昏迷而不是截肢,他最终彻底恢复健康。对受伤的身体、残缺不全以及截肢的描写在《黄金国度》(1975)和《冰雪时代》(1977)中就越来越明显。首先,《黄金国度》中的女主人公弗朗西斯·温格特(Frances Wingate)发现她乳房有一个肿块,外科断定它为良性。在同一部小说中,弗朗西斯的大姨死于饥饿与无人照顾,她的另一位远房亲戚深度压抑终于爆发,杀死了他的幼女后自杀。在《冰雪时代》中,主人公安东尼·基汀

---

① Linda Hutcheon, *A Poetics of Postmodernism: History, Theory, Fiction*, New York: Routledge, 1988, p. 3.

② Linda Hutcheon, *A Poetics of Postmodernism: History, Theory, Fiction*, New York: Routledge, 1988, p. 40.

③ Jon Stratton, *Writing Sites: A Genealogy of the Postmodern World*, Ann Arbor: University of Michigan, 1990, p. 320.

④ Alison Lee, *Realism and Power: Postmodern British Fiction*, New York: Routledge, 1990, p. 70.

⑤ Elizabeth Deeds Ermarth, *Sequel to History: Postmodernism and the Crisis of Representational Time*, Princeton: Princeton University Press, 1992, p. 86.

⑥ Brian McHale, *Postmodernist Fiction*, New York: Methuen, 1987, p. 11.

⑦ Brian McHale, *Postmodernist Fiction*, New York: Methuen, 1987, pp. 9-10.

（Anthony Keating）在三十八岁时得了心脏病，他的好友吉蒂·弗里德曼（Kitty Friedmann）在与丈夫在餐馆庆祝他们的结婚纪念时被爱尔兰共和军的炸弹炸伤，丧失了一条腿，她丈夫被炸死。基汀试图将他身体的崩溃与现代生活的崩溃连接起来，这一点提供了一个有启发性的暗示，越来越成为德拉布尔小说的中心主题。正如叙述者所写的那样，安东尼"可以使他的不幸合理化，但是对英国空气中浮动的恐惧、惊慌与失望情绪却无法理性地解释"①。

与吉蒂·弗里德曼一样，《人到中年》（1980）中，雨果·曼伟林（Hugo Mainwaring）也被偶然的暴力事件致残。雨果是一位外国记者，他在厄立特里亚报道新闻时前臂被手榴弹炸掉了。除了身体上的致残以外，雨果有一个脑袋受损的孩子，这一事实回应了在小说伊始凯特·阿姆斯特朗（Kate Armstrong）发现她怀上一个严重畸形的胎儿。雨果对待他脑袋受损的孩子以及自身身体残疾的态度与凯特的处理能力形成了对比，正如她的姓"Armstrong"（意思是"胳膊强壮"）所暗示的那样。在相当的内心苦闷之后，凯特决定通过堕胎来终止妊娠（同时做了绝育手术，打消了将来受孕的念头）。后来她面临"自由的完全浪费"②，（以下出自 The Middle Ground 的引文只标注该书页码）对"拿掉了孩子，却拿不掉中年停滞不前的毛病"（97 页）感到苦闷。

在同一部小说中，凯特的好友伊夫林·斯特纳特（Evelyn Stennett）无意中陷入一场家庭纠纷：一位性生活混乱的女孩和她气愤的牙买加男友对经济适用房计划争论不休。撒入伊夫林眼中的氨气致使其部分失明。凯特在思考，她周围的个人暴力事件是否表达了"不良意图、憎恨和挫败感的巅峰，以及那种当我们走在混凝土的地下通道时，或当我们在自家门前摸索钥匙而听到身后的脚步声时，或当不明汽车停在路边时我们所感到的惊恐？贝尔法斯特，贝鲁特，巴格达"（209 页）。

在所有这些叙述中（尤其在《人在中年》里，标题本身明显有"调解"与"和解"之意），有一种不安的张力存在于乐观的传统叙事情节（即一切都会变好）与悲观的现代逆流之间：由于当代生活中的偶然不幸，书中人物遭受损伤，即便不是真正的截肢者，也都在心理上受到损伤。德拉布尔的主人公们都通过危险的平衡行为渡过了难关，比如凯特·阿姆斯特朗穿着从未修好鞋跟的靴子不舒服地跛行；《象牙门》中的莉兹·海德兰（Liz Headland）由于脚踝在一次事故中受伤，还用金属钉修补过，因而时不时地跛行等等。

传统的模仿情节与当代叙事策略之间的张力还表现在德拉布尔 70 年代的作品中，叙述者时不时地提醒读者注意叙事本身的虚构性。比如在《人在中年》

---

① Margaret Drabble, *The Ice Age*, London: Weidenfeld and Nicolson, 1977, p. 7.

② Margaret Drabble, *The Middle Ground*. London: Weidenfeld and Nicolson, 1980, p. 61.

里，在开场描述凯特·阿姆斯特朗与雨果·曼伟林共进午餐后不久，叙述者告诉读者："这里是叙述凯特过去的历史，其中一些，如果说不是全部，将导致她陷入她现在的处境。"（13 页）在这二十页篇幅关于凯特过去至现在的历史的总结之后，叙述者断言："当然，她的进步并不如描写的那么顺畅。"（34 页）

继 20 世纪 70 年代后期的小说关注在政治上与社会上分裂的当代世界普遍的偶发暴力事件之后，德拉布尔在 20 世纪 80 年代和 90 年代写的小说将这一阴暗面进一步推进，愈见其与传统叙述的分歧。在《金光大道》（1987）和《自然的好奇》（1989）中，从恋童癖到虐待儿童到一系列的谋杀都凸显了身体暴力与社会越轨行为。心理分析学家莉兹·海德兰寻找自己的过去，最终的现实是他过世已久的父亲有恋童癖，在童年时期她本人就是她父亲的受害者。

在《金光大道》和《自然的好奇》中，德拉布尔在后现代的自我意识以及中断传统小说形式的线性叙事方面增加了实验性的旋律。首先，德拉布尔戏仿了詹姆斯·乔伊斯（James Joyce）作品《尤利西斯》（*Ulysses*）中 Ithaca 部分的采访形式。《自然的好奇》中，艾利克斯·博恩（Alix Bowen）患了失眠症，"使她自己做了如下调查问卷"：

> 问：艾利克斯·博恩是否认为 1983 年 12 月的伦敦比 1979 年（基尼·福克斯于当年被判各种徒刑）的伦敦更危险，更多的人在吸毒？
> 答：是的，她是这样认为的。
> 问：她是否将法律和秩序的混乱归咎于托利党政府？
> 答：不，不全是。
> ……①（以下出自《自然的好奇》的引文只标注该书页码）

这样的问答有整整两页篇幅。在小说的后半部分，一个小人物角色成为德拉布尔自我意识叙述以及不连贯、无意识叙述的代言人。叙述者不无讥讽地注意到查尔斯·海德兰（Charles Headland）"同时吸收几个故事线索与故事情节。他不能完全理清头绪，但是如果没有相互冲突的冲动与毫无关联的刺激，他没法活下去"（176 页）。

《自然的好奇》是三部曲中的第二部。在该作品中，叙述者的闯入变得更为大胆，直接指出我们正在阅读的小说是虚构的。在说到一个去了柬埔寨的小角色斯蒂芬·科克斯（Stephen Cox）时（他的命运直到第三部作品《象牙门》中才被揭露），叙述者向我们透露说"他仍然活着，只是该部小说中的人物都不知道"

---

① Margaret Drabble, *A Natural Curiosity*, London: Penguin Books Ltd., 1989, pp. 289-290.

（172页）。在同一部小说中的后面部分，当艾利克斯·博恩在看电视时，叙述者客观地列举了一个月之内报道的一系列暴行。在对诸如"汉斯博拉地区一男人与他的女友在床上睡了两个晚上，但没有注意到他女友已经死了，'他说他一定已经醉了'"（207页）等事件做了陈述之后，叙述者不无讽刺地要我们挑战"去辨认出这是个编造的故事，虽然没有奖赏"（208页）。再后来，叙述者完全走出叙述框架向读者发言，揶揄地邀请我们破解关于另一个小角色的次要情节：

> 我在想你们当中那些反对谢莉（Shirley）人生转折的人是否与那些首先反对她生活单调性的人是一样的。如果一样，你们应该知道应由你们，而不是我或她来提供一个满意的解决办法。
>
> 而谢莉一边等着她的解决办法，一边又一次打开她的热水龙头，然后躺下……（254页）

德拉布尔曾解释说她闯入的叙述者一方面起着"老掉牙的现实主义声音"的作用，另一方面又说出了她所关注的"作家专制"问题："一个虚构的人物应该属于谁（作者还是读者）？"她最近作品的字里行间都体现出她对这一问题的思考，揭露了她对后现代所关注的叙述、人物以及作家的控制表现出兴趣。

德拉布尔打破了传统的叙事成规来暴露小说的虚构性，这一点可以与她运用传统小说表现社会的断裂感相媲美。德拉布尔将她70年代作品中通过身体受伤与意外事故来勾勒社会的每况愈下又向前推进了一步。实际上，在她近期的一系列小说中，她过分专注于一种特殊形式的身体肢解——斩首。在《金光大道》中，著名的哈罗路段的谋杀者是一个精神病患者，他做出了一系列令人震惊的事件，斩首谋杀成了头条新闻。他对一精神病女患者的斩首使整个谋杀达到了巅峰，受害人是艾丽克斯·博恩在对女性青少年罪犯讲授英国文学时试图帮助的一个女孩。艺术史家埃斯特·布鲁厄（Esther Breuer）对经典艺术中的图像表述非常着迷，在莎乐美的绘画中就有被砍下的头，其中包括圣·约翰（St. John），朱迪思（Judith）与霍拉法尔尼兹（Holofernes），珀尔修斯与美杜莎的头。斩首的意象在此虽然被有意从情感上疏远，却又无处不在。

在《金光大道》的续集《自然的好奇》中，德拉布尔反复再现了前一部小说的几个概念。被砍的头这一意象具有了精神、献祭与神学上的意义。而且，在这部续集中，德拉布尔甚至修正了谋杀者本身的性格特征：试图使罪犯人性化（虽然没有将罪过本身人性化），她不仅让保罗·怀特莫尔（Paul Whitmore）得到艾丽克斯·博恩的同情，而且使他对古代英国的历史怀有浓烈的兴趣，他母亲怪诞的行为解释了他精神变态的个性。

在《象牙门》中又出现了被砍掉的头的意象,直接暗示了暴行与杀伤力。当利兹·海德兰(该名字出现在德拉布尔众多小说中)在柬埔寨搜寻她失踪的朋友斯蒂芬·科克斯时,她梦见他的头被搁在一个大浅盘里 ①(以下出自《象牙门》的引文只标注该书页码),并梦见她自己也被砍头(409 页)。斯蒂芬以及其他在东南亚遇见的西方人偶尔会讨论原始文化现象,包括砍头狩猎以及"斩首庆典"(119 页)。然而,通常情况下,被砍头的人已经只剩下骷髅,人物反复出现的对哈姆雷特的"可怜的尤里克(Yorick)"的幻觉表明了这一点。有时出现的不只是单个骷髅,而是如叙述者所说的"成堆的骷髅,消瘦的活死尸,我们时代的形象"(164 页)。斯蒂芬梦见一个人将一个骷髅保存在"一个小黑袋子里……哎呀,可怜的尤里克,骷髅说道……骷髅只是许多中间的一个,三百万,二百万,一百万,八十万,谁计算呢?"(360 页)

其它肢解与切断的意象反复出现在《象牙门》中。小说开始时,利兹收到来自斯蒂芬的私人包裹,里面是死尸的手骨头,这最终使得利兹·海德兰前往东南亚,也引起她对假象的"斯蒂芬·科克斯夫人"身份的临时猜测。富有讽刺意味的是,这些骨头是斯蒂芬的护身符,会给他带来好运(只有读者知道,而利兹并不知道这一点)。在柬埔寨,斯蒂芬与他碰见的游客谈论红高棉暴君波尔波特(Pol Pot),他希望写一部关于波尔波特的剧本。据谣言称,波尔波特"已经丧失了一条腿,接了假肢"(163 页)。斯蒂芬想起了诗人韩波(Rimbaud)——并非虚构的电影中谋杀主人公的兰波(Rambo),他们的名字听起来一样——韩波也截肢了一条腿(163 页)。韩波的话与斯蒂芬一路随行,散布在文本之中;兰波的形象——一位强行的士兵——也萦绕整个文本。

德拉布尔定义为"坏时代"的叙述线索——战争恐吓的东南亚——时不时地被对战争伤亡人数、政治分裂、血以及疾病的描写所打断:残废的、截肢的、变形的人物处处可见。具有象征意义的是,利兹·海德兰认为她已经闭经了,未料到了柬埔寨又有了经血。甚至在小说的"好时代"——利兹所生活的伦敦——这条线索中,艾利克斯·博恩的丈夫布莱恩(Brian)患有结肠癌,被"切腹取肠",尽管由于现代医学发达,医生已"将其腹部缝好,使他变得与正常人一样"(433 页)。此外,利兹·海德兰和斯蒂芬·科克斯的脚踝都受了伤,用金属钉钉着(346 页,390 页)。

在《象牙门》中,身体的切割、肢解、残废以及斩首不仅指的是具体的身体受伤,而且还以比喻的形式出现。斯蒂芬·科克斯明显地象征着德拉布尔对碎片的探讨,他向在曼谷的神秘女子菩提普小姐(Miss Porntip)说:"一切都是碎片……在我身上没有连贯性,没有黏性,没有浆糊。我没有整体性,我毫无意

---

① Margaret Drabble, *The Gates of Ivory*, London: Penguin Books Ltd., 1992, p. 408.

义。我是真空，我是片段，我是不完整的一小片。"（105页）他的话反映了他分裂的自我。富有讽刺意味的是，他去东南亚旅行是为了寻找完整或"简单"。然而，一旦他到了那里，正如他碰到的文化一样，他进一步被分裂："斯蒂芬·科克斯游离在两个世界。他是一个中间人。他的碎片漂浮在河面，从淤泥中浮现。"（275页）甚至斯蒂芬最终以包裹形式辗转到英国，到达利兹·海德兰手中的私人财产也都是些零碎的"笔记和潦草的字迹"（48页），其中包括"散文手稿，剧本初稿，日记记录本，明信片和素描"（8页）。这些碎片作为片段成为了《象牙门》文本的一部分。

因此，斯蒂芬·科克斯的私人碎片使得德拉布尔早期作品中就有的许多理念和叙事策略达到了巅峰。她近期的作品少有线性叙事，更多的是具有自我意识的叙述者时不时地提醒我们注意事件的随意性和小说世界中所描绘的破坏力量，以及提醒我们注意叙事形式本身的随意性。如果说叙述者不再对打乱叙事结构的随意性解释或将其正当化，正如叙述者所努力表明的那样，德拉布尔的人物如果说不再将偶发事件合理化，也对其尽力表示理解。慢慢地，德拉布尔的碎片化意象不仅影射了这个混乱不堪的社会现状，而且已然成为了德拉布尔所特有的一种叙事策略。

正如德拉布尔的人物从安东尼·基汀和凯特·阿姆斯特朗到后来的利兹·海德兰，艾利克斯·博恩和斯蒂芬·科克斯为了维持他们自身生活的意义而在公众世界中抓住事件的随意性一样，德拉布尔也驱使读者抓住越来越不连贯、越来越无情节的叙事的意义。在《象牙门》中，非理性的事件和荒诞的意象主宰并强烈抵制心理理解与叙述内容。利兹·海德兰在东南亚所观察到的暴行——畸形的婴儿以及尸骨高耸的坟墓——是如此的残暴，以至她质疑自己的感官，她怀疑她所看到的是真实的还是模拟加布里埃尔·德拉姆（Gabriel Denham）（德拉布尔早期小说中的另一个人物，出现在《象牙门》中的浮雕小品中）在柬埔寨拍摄的记录片："如何能相信任何人所说的任何事情？甚至如何能相信亲眼所见的事实？……尸骨是真实的尸骨……假造如此多的尸骨将是非常昂贵的……但是那些畸形的婴儿呢？他们是那些特殊的影片公司装扮出来的吗？"（392-393页）。

三部曲中的前两部开始探讨的"人类本质"难题在《象牙门》中变成了对"人类状况"难题的探讨。在此，德拉布尔的主人公们不仅试图理解个人的暴行，而且试图理解集体的暴行，以及由于不可调和的文化与政治差异所导致的野蛮行径。因此，当这些议题从英国置换到东南亚时，它们被扩大、被盲目崇拜：从连环杀手保罗·怀特摩尔到集体大屠杀者波尔波特；从早期小说中单独的偶发爆炸事件与偶然的受伤死亡事件到摧毁人类的真实屠杀场。对荷马的

《奥德赛》、乔伊斯的《尤利西斯》、莎士比亚（特别是嗜杀的卡里欧拉努斯）以及约瑟夫·康拉德 [ 他的几个人物被称作 "种族主义者"（119 页，174 页），尽管小说的主题回应了《黑暗的心》——从一堆堆的骷髅到深层野蛮与绝望 ] 的反复提及证明德拉布尔熟谙古典与现代文学前辈，与文学传统形成互文性。该作品对经典的提及显示了对全球复杂性和后殖民意识的修正性辩论，表明这个世界无法用单一的道德代码来理解和表现。

利兹在柬埔寨寻找斯蒂芬·科克斯时受到 "致命的震惊"，这几乎可以被看成德拉布尔对当今社会看法的一个暗喻。在《象牙门》中，那个使利兹·海德兰震惊得无法理解的、分裂的、残暴的世界在斯蒂芬·科克斯的笔记本中被勾勒成 "暴力故事"。在阿克伦女士（Madame Akrun）那里具有更进一步的象征意义，她是一位高棉妇女，无望地哀悼她那被战争撕得粉碎的家庭成员：有的失踪，有的截肢，有的流落他乡，有的死去。萨维特·阿克伦女士（Madame Savet Akrun）的名字——与小说本身的名字一样——可以被看作是一种语言拼贴，暗含人类对战争暴行的三种反应，即 "挽救（save）、参与（take）、逃跑（run）"。通过这位有象征意义的人物以及她那永久失踪的儿子米特拉（Mitra），德拉布尔使这种震惊戏剧化。这种震惊伴随有整体感的丧失，无论是身体上的、自我的、家庭的、世界的，还是叙述本身的。正如彼得·柏格（Peter Berger）与托马斯·路克曼（Thomas Luckmann）在另一种语境中所观察到的那样，"（我们）意识到这个世界包含多重现实。当我们从一种现实移向另一种现实时，我们体验到一种转变的震惊"（21 页）。在德拉布尔的小说中，整体的可能性受到挑战、被打断并最终被后现代意识阐释为一种错觉，而后现代意识明显带有对碎片、不完整、丧失、暴力或随意死亡的担忧。

为了更真实地呈现 "真实生活"（238 页）的杂乱无序，德拉布尔运用了包括黏合位于中心叙述线索边缘的细节与片段，让一系列的小角色登场，揭示他们生活的侧面（正如在她的前几部小说中所做的一样，该小说也包括了在她前面小说中出现过的几个人物）。这种碎片与不连贯的叙述方式在《象牙门》中得到了体现。

最明显的不连贯叙述表现在作者时不时地插入一系列目录，既严肃又戏仿性地对荷马的《奥德赛》和乔伊斯的《尤利西斯》的目录加以曲解。其中一条为斯蒂芬的朋友们的搜寻工作列举了许多途径。另一条是一个参考书目——由利兹·海德兰的继子为她去东南亚推荐的书的标题组成（283 页）。① 正如叙述

---

①　在《尤利西斯》的伊萨卡岛部分，利奥波德·布鲁姆（Leopold Bloom）列举了一些七拼八凑的书名，书脊从他的镜子中反射出来，从 1986 年的《托马斯的都柏林邮政目录》到《几何学中几个简短而又清楚明了的原理》（708-709 页）。

者所注意到的那样，"或许目录本身会给她提供必要的信息。越级阅读：砍掉文本，插入标题，这是 2000 年的一个阅读技巧"（283 页）。其它目录来自于斯蒂芬·科克斯的笔记（19-20 页）：一系列为有关波尔波特的历史剧设计的静态画面；一份类似于上文引用的《金光大道》中出现的问卷，在那份问卷中，艾丽克斯·博恩质疑她对英国社会的每况愈下的感知，集中讨论一些诸如"龙洛（Lon Nol）兄弟的肝脏怎么了？"（144 页）等怪诞的琐事。

菜单中所列举的一些人物甚至开口说话。斯蒂芬·科克斯碰见的曼谷女王菩提普小姐非常认可美国文化对她形成善良品格的积极作用："更长的寿命，更多的电器设备，更多的头等车，更多的肥皂，更多的大米，更好的布料和衣服，更多的冰淇淋，更多的药材，更多的可口可乐"等等，整段文章都是诸如此类的东西，最后还包括了"更多的选择、更多的自由和更多的民主"（106 页）。

后来，斯蒂芬·科克斯详述了国际非赢利组织的首字母缩略词："Oxfam、UNBRO、ICRC、ICRDP、UNICEF、WHO、FPP、FHH、WR、COER"等等——将它们看作"辛辣的缩略词，像苍蝇一样簇拥在有创伤的国家周围"（124 页）。实际上，斯蒂芬·科克斯在叙述中穿插的笔记包含了非常重要的材料，涵盖了团聚故事、暴行故事、幸存故事以及对从埃及法老到泰姆博兰再到希特勒等一系列种族大屠杀者的数据进行的统计编纂，还包括了越战中美国士兵在越南投掷炸药的数量统计等等。（140-141 页，160 页）

小说中提供的其它目录更能引起人们的思考：有关人物的行为与命运是否存在另一种可能？这一思维模式集中表现在两个主要人物身上，即斯蒂芬·科克斯和康斯坦丁·华西里奥（Konstantin Vassiliou, Lose Vassiliou 的儿子，读过德拉布尔《针眼》的读者都很熟悉这个名字），他们作为自由摄影师漂泊在东南亚；也表现在两个象征性的人物波尔波特和米特拉·阿克伦（Mitra Akrun）身上，前者执行了种族大灭绝，后者是康斯坦丁摄影生活中最值得纪念的对象。米特拉的母亲阿克伦女士通过康斯坦丁对她的移动摄影，成为了"一个悲伤的偶像，一个残废的饶舌婆"（151 页）。她哀悼她在战争和大屠杀中失去的儿子，自己也成为其中的受害者。"米特拉在哪儿呢？"她（还有我们）问道：

> 米特拉在巴黎郊区的一个阁楼上专心学习他的医学课本，
> 深夜仍在研习大小骨头的名字。
>
> 米特拉躺在战地医院破烂的竹床上狂言呓语，
> 新截肢了一条腿。

米特拉穿着白金绿等颜色拼凑的制服，
在尚丽拉旅馆的门口深深鞠躬。

米特拉穿着破旧的伪装制服和联合国丢弃的衣服，与一群孩子坐在地里，
教他们丢手榴弹的方法，尽管他们没有手榴弹。

米特拉漫步在凡尔赛绿色的草坪上，
当他注视着清澈透明的喷泉时，他闻到了刺鼻的贵族阶级的气息。

米特拉蹲伏在蒙特利尔弗洛姆·彭恩餐馆的后院，
切碎鸡肉。

米特拉在约克郡的难民旅社，
做着翻译与安置工作。

米特拉死了，并且已经死了十年之久了……

也许米特拉并不希望收到他母亲的来信，
也许他故意隐藏了他的踪迹。（159-160页，161页）

总之，米特拉在每一个地方——或者任何地方，或者哪儿都不在——可能性无穷无尽，都只是推测，并相互抵触，最终结果一无所知。

德拉布尔通过这些目录和冗长的陈述，表达了人类生活被战争、个人或集体的暴行所毁灭。而这些目录与冗长的陈述表达出了希望与痛苦、可能性与不幸、可知与不可知之间的张力，却拒绝调解这种张力。从叙事技巧上来说，这些可能性的目录将线性情节分解为一系列向不同方向扩展的线索——不连贯性的，相互之间既没解决也没排除、相互排斥的选择。[1]与德拉布尔早期小说中全知全能的叙述者不同，这里的叙述者偶然闯入，向我们揭露这些人物是如何演出的，也时不时地提醒我们小说的虚构性。我们不能依赖该叙述者能够"知道"并揭露所有人物的全部甚至部分故事。相反，他为小说本身的有限性——为无法叙述的故事，也为传统的叙述不足以讲述他们——而向我们道歉。德拉布尔

---

[1]　正如琳达·哈琴所注意到的那样，"后现代所分享的逻辑是'既/又'，而非'或者/或者'"（49页）。

的叙述糅杂了从表面上的事实到假定的戏仿，再到明显的思索。她有意走向了后现代的叙事，表明叙述的虚构性，邀请读者与她合作，一起建构文本。

在《象牙门》中，德拉布尔似乎交替运用了认识论与本体论上的方法。认识论方法让人想起麦克海尔（McHale）定义现代主义与后现代主义的最初模式。他的人物努力"阐释他们所属的那个世界"，包括斯蒂芬在柬埔寨的旅行以及利兹在她所目击的不可理喻的破坏中搜寻斯蒂芬；在本体论方法下，利兹临时假设了一个虚构的人物"斯蒂芬·科克斯夫人"，实际是为了发现"这是哪个世界？在这个世界人们将做什么？我的哪一个自我将要去做？"与此同时，小说中有大量主要或次要的人物，暗示了不同"世界"同时发生的现实，每个人物都有其自身的价值观与设想：从伦敦的喜剧人物哈迪·奥斯本（Hattie Os-borne）到东南亚哀悼的绕舌婆阿克伦女士。

《象牙门》糅杂了传统与后现代的态度和叙事方法，德拉布尔通过将几个明显的地理和象征领域与叙述传统编织在一起来表达这一点。小说中最具现实或模仿维度的是利兹·海德兰以及她的伦敦环境，德拉布尔所标识的"好时代"实际上指的是"好地点"；而"坏时代"指的是"坏地点"，即东南亚，代表了极端、个人错位、碎片化和死亡；象征性地召唤着奥德西奥·海德（Odyssean Hades）的"地狱"。

在小说的开始，叙述者使不同的领域并存并相互渗透："好时代与坏时代共存。我们好时代的人接受那些跌跌撞撞跨过大桥或穿越河流到来的信使们。他们有的身负重伤血流不止，有的惊讶不已并挨饥受饿。他们试图告诉我们那边的情况，我们听着……我们充满了恐慌、怜悯与畏惧。"（3-4 页）叙述者还介绍了贯穿整个小说的信仰与怀疑之间的张力，他矫饰地质疑道："我们在坟墓的另一端也相信这些故事吗？这些事情可能发生在我们这个世界，我们这个时代吗？"（4 页）。

在极端与怀疑的阴影区，德拉布尔进一步将真实（斯蒂芬·科克斯和其他西方旅行者）与图像或象征性的人物（阿克伦女士和她失踪的儿子米特拉；波尔波特；那"不可思议的"远东本身）并置起来。再者，斯蒂芬·科克斯跨越了几个叙述领域：他是已知（利兹·海德兰和艾丽克斯·博恩社会环境中的一员）与未知（他在柬埔寨真正是为了什么？他是如何死的？）之间的桥梁。他同时起着双重作用：模仿意义上的"真实的人"和比喻意义上想象/不可想象的战场领域的旅行者。

《象牙门》涉及的领域非常之广：历史、社会学、人类学、政治理论、艺术和文学；好莱坞、电影、摄影术、色情作品、性困扰、种族主义和野蛮主义；莎士比亚、密尔（Mill）、康拉德、韩波和马拉克丝（Malraux）；月经、怀孕、中毒和环境污染……还可以一直列举下去。小说充满了过多细节。其中有太多的人物、对话、故事、思想与内容；太多的结构，甚至考虑到德拉布尔自身文本内部清楚明了的基本原则，该叙述显得杂乱无章，明显地放弃了利兹·海德兰所喜欢的"古老的、弗洛伊德主义的、心理学的小说"（461页），这些小说"从开始写起，慢慢地到达结尾。她本人不喜欢为混乱而混乱。现实生活中有太多的混乱，没有必要编造更多的混乱"（238页）。

尽管利兹·海德兰反对，《象牙门》的叙述者代表了作家本人的声音，在德拉布尔的小说中随处闯入，表达了她对"古老的、弗洛伊德主义的、心理学小说"及其他传统叙述假设的不满。她迫使读者接受她那混乱的、"不连贯的"形式的必要性与不可避免性：

> 这本可以是一个关于搜寻与发现阿克伦女士之子米特拉的故事：一个感人的故事，有一个配了乐的大团圆结局；也可以是一个搜寻与发现斯蒂芬·科克斯的故事，也很有可能有一个幸福的结局：甚或有一场婚礼？你大可认为这其中的任意一个故事或者两个故事与传统的情节交织在一起，构成一个比现在文本更为满意的文本。也许你的想法是正确的。这样的文本需要一定的欺骗技巧，安排一些不可接受的巧合，无情地清理掉一些人或民族的随意性活动。但这一切都不应超出一位理性而有经验的小说家的能力范围。人们也许会强迫，也许会强加某人的意志。
>
> 但那样的文本不会成功。文本与主题之间太不般配。为何要将个人命运的故事强加在一个至少部分与数字相关的故事上呢？一想到要从历史大众、从人类整体中选择单个的人，作者就感到不舒服，并有道德上的顾忌。为什么选择这个，而不是另外一个？……
>
> 或许对于这样一个主题，人们可以寻求最不连贯、最杂乱无章、最为不安与不适合的形式，这种形式没有提供一丁点儿的舒适与安宁。我们太容易从已知寻求庇护。特殊的苦痛是令人舒适的。当然，除非这种痛苦碰巧是我们自己的。（137-138页）

后来，德拉布尔又强调同一文本中现实主义与后现代主义之间的紧张关系。在《象牙门》将近结尾时，纪念斯蒂芬·科克斯之后，叙述者将康斯坦丁与他的母亲罗斯·华西里奥（Rose Vassiliou）排除在受邀者之外，坚持认为他们"属于不同的世界和不同的人群。他们从古老的、弗洛伊德的、心理小说中闯入，他们不能与利兹·海德兰混成一体"（461页）。我们不能立刻知道他们为何不能混成一体，既然至少康斯坦丁·华西里奥已经在前文中与斯蒂芬·科克斯混成一体了。

尽管斯蒂芬的故事有一个传统的结尾——他在东南亚去世，许多人在伦敦参加了他的追悼会——但他毫无意义的死亡和绝望并没有给人们带来太多安慰。借用"古老的、弗洛伊德的、心理小说"所带来的期待——也不清楚是否利兹·海德兰已经在思想上被这次旅行改变了，尽管在比喻意义上由于斯蒂芬·科克斯之死，她又"重新变成寡妇"（398页），她一回到英国又轻而易举地重拾她生活的轨迹。

尽管《象牙门》不连贯的叙述形式表明德拉布尔试图"在历史的终结"（462页）表现一个后现代的、非理性的、不可理喻的世界，但她的主要人物——我认为还有作家本人——无意中泄露了他们对旧时的统一以及证实叙述与情感意义的真切渴望。在《象牙门》之前的两部小说都以三位朋友——利兹·海德兰、艾丽克斯·博恩以及埃斯特·布鲁厄——的团聚结局。《象牙门》的结尾几乎是一种伪肯定，在此之前有一种不连贯的描述：这三个女人在纪念会上团聚了，并计划她们下一次的旅行，正如利兹所说的那样，至少暂时忘记"衰老与死亡"（460页）。

当定义20世纪末的经验状况时，富有意义的连接、怀旧、心理片段以及字面或比喻意义上的肢解交织在一起。实际上，对意义的渴望与批判可能性的后现代态度是分不开的。[①]正如艾丽克斯·博恩在纪念斯蒂芬·科克斯的哀悼会上所承认的那样，即便上帝死了，即便"她完全放弃了他，……疼痛仍会在截去的四肢挥之不去"（439页）。的确，截肢的意象使得整体性不复存在。截肢的意象不仅出现在艾丽克斯的精神想望中，而且出现在常浮于脑海中的象征性人物身上，他的形象使小说得以完整。作为实质上或比喻意义上被战争或文化分割肢解的母亲的儿子们的代表，米特拉·阿克伦以及众多像他一样的人继续行进，"带着武器，流着血，残暴无比"（462页）。《象牙门》是德拉布尔的"暴行故事"，在现代经验中见证了令人甚为不安的碎片。该小说扮演了战争与东南亚种族大灭绝的遗产角色，它的负面意义渗入了她英国人物的"日常"生活中。

小说最终以一个目录结尾，这一点我们既可以从传统意义，也可以从后现代意义上来看待：一份长达两页纸的有关德拉布尔研究柬埔寨和越南的参考文献（463-464页）。用传统的方式来阅读，它表达了作者对这些资料的感激；倘若用后现代的方式阅读，它就成了最后的事实信息，强调了小说的虚构性。

最后，《象牙门》暴露并证明了模仿叙事在如此大规模叙事上表达文化与个人碎片方面的局限性——至少说明了德拉布尔所运用的模仿叙事的局限性

---

① 琳达·哈琴宣称："后现代是一个自相矛盾的文化事业，它深深地卷入到它力图与之竞争的事业中去。"（106页）

（即便她已经慢慢偏离这一方法）。德拉布尔显示了她位于现实主义与后现代主义之间的尴尬境地。可知与不可知、真实与想象或不可想象之间的张力往往难以解决。同时，德拉布尔戏仿后现代的不自然策略，比如在小说开头，艾丽克斯·博恩将斯蒂芬·科克斯混杂在一起的文学效果称为"自助小说包裹"（9页）。斯蒂芬在从伦敦飞往越南的飞机上遇见的人物包括似不可信的东南亚美女女王菩提普小姐，她的朋友们称她为"O"（100页），还有飞行员派罗迪上校（Captain Parodi）。

斯蒂芬的自言自语提醒我们不要错过这个细节："谁最后将使我们飞向未知？我们生活在一个戏仿的年代"（40页）。在德拉布尔的引导下，斯蒂芬回忆起他在旅途中遇见的另一个派罗迪，他是"卡波哥地区格兰旅馆的经理，普鲁斯特曾借宿于此"（40页）。然而，她又一次承认了后现代的特征就是相互矛盾，认为戏仿本身就是"一种完美的后现代形式……因为它不无矛盾地一方面融入而另一方面又挑战它所戏仿的对象"①。

作者渴望的不是记住过去的事实，而是写一本关于波尔波特大屠杀的剧本。除了其它含义以外，斯蒂芬·科克斯可以被理解为一个象征，象征着德拉布尔将暴力与混乱付诸文学形式所碰到的困难。她有志于将模仿与当代叙述策略结合起来，证明了她对后现代挑战的模棱两可的同化：通过文学结构来阐释我们历史的复杂性，而文学结构意味着"叙述与主题之间的不般配"②，也无意解决这种不般配。

# 五、《红王妃》中的异文化书写与全球性"理解"主题

《红王妃》是当代英国小说家玛格丽特·德拉布尔（1939— ）出版于2004年的第十六部小说，是一部风格奇特之作，一经出版就引起评论家们的充分关注。无论在国内还是国外，评论家们大多注意到了该小说独特的跨越时空的叙事结构。比如，在国外，《出版者周刊》认为："作者（德拉布尔）巧妙地跨越了时空界限，用一根血泪和欢笑的红丝带把两个迥异的女人的一生串联在了一起。陌生又熟悉的生者和逝者互相交流，古代和现代互相交织，如同近在咫尺的蜂群，又如同两个遥望的星系……像DNA双螺旋结构，互相交错，却不重

---

① Linda Hutcheon, *A Poetics of Postmodernism: History*, *Theory*, *Fiction.* New York: Routledge, 1988, p. 11.

② Margaret Drabble, *The Radiant Way*, New York: Ivy Books, 1987, p. 138.

叠。"①《卫报》也评论道:"作者用熟练的文字技巧展现了一个光鲜亮丽的浪漫故事……很少有女性主义的空想小说能把文字和想象运用到如此美妙的境地,让你忘记那只是虚幻的。"② 一直对德拉布尔小说进行跟踪研究的评论家诺拉·福斯特·斯托夫在书评中认为,《红王妃》标志着德拉布尔小说后现代性的起航,并认为小说的主旨隐藏于其副标题"一个跨文化的悲喜剧"、小说正文之前的铭文以及序言当中。③

在小说的扉页上,德拉布尔引用了俄国著名导演亚历山大·索科洛夫(Alexander Sokurov)导演的电影《创世纪》(*The Russian Ark*, 2003)中的一句话:"当死者发现他们的书被重印时,他们会喜极而泣。"④ 国内对《红王妃》这部作品的评论并不多,截至目前,只有近10篇期刊论文分别从女性主义、新历史主义、存在主义角度切入,或者从叙事学的角度研究它特殊的文本结构。⑤ 这些期刊文章无论从哪一个角度切入,都无一例外地关注了《红王妃》跨越时空的独特叙事结构。然而对于小说这种叙事安排的深层含义,却少有评论家进行探讨。甚至有的评论家对此表示不解或误解。比如,美国资深评论家理查德·艾达在《纽约书评》上对《红王妃》评论道:"《红王妃》的副标题是'一个多元文化悲喜剧',这暗示了作者的写作意图,然而这个意图却没有实现。尽管德拉布尔努力说明人类的生存状况具有普适性,而写出这种普适性需要摆脱时间的羁绊,我们读到的仍然是两个在风格和内容上完全脱离的故事,两个从未真正对接的声音。"⑥ 因此,本文旨在对《红王妃》的特殊叙事结构做一个详尽的分析,并探讨德拉布尔这种跨越时空的异文化书写的深刻内涵。

---

① 玛格丽特　德拉布尔.《红王妃》,杨荣鑫译,昆明:云南教育出版社,2007年,封底评论。

② 玛格丽特·德拉布尔:《红王妃》,杨荣鑫译,昆明:云南教育出版社,2007年,封底评论。

③ Nora Foster Stovel, "Margaret Drabble: The Red Queen", *The International Fiction Review*, 2007 (34), p. 191.

④ Margaret Drabble, *The Red Queen—A Transcultural Tragicomedy*, Viking: Penguin Books, 2004, the title page.

⑤ 杨建枚从新历史主义角度探讨了《红王妃》对历史的重写,见杨建枚:《从〈红王妃〉看德拉布尔对历史的重写》,载《当代外国文学》2011年第2期,第120-127页;郑婷婷从叙事学角度将《红王妃》和加拿大作家玛格丽特·阿特伍德的作品《盲刺客》进行比较研究,指出二者在叙事技巧方面颇有相似之处,见郑婷婷:《飞跃时空寻独立——〈红王妃〉与〈盲刺客〉的比较研究》,载《学理论》2010年第22期,第167-168页;程倩主要探讨了《红王妃》的跨时空叙事。见程倩:《历史还魂,时代回眸——析德拉布尔〈红王妃〉的跨时空叙事》,载《外国文学》2010年第6期,第54-62页。

⑥ Richard Eder, "'The Red Queen': Babs Channels Lady Hyegyong", *New York Times*, October 10, 2004. http://www.nytimes.com/2004/10/10/books/review/10EDERL.html?_r=1&oref=login.

## （一）"古代"：18 世纪朝鲜历史与文化的书写——对东方文化的理解

异文化的概念是相对于"本文化""同文化"而言的，但是"本文化"也好，"同文化"也罢，都是由众多的"异文化"构成的。因为每一个体都是文化体系的组成单元，而任意个体都有认知与行为的差异。对中国文化而言，民间文化相对于贵族文化或知识分子文化，就是异文化；现代文化相对于传统文化，就是异文化；个人的特立独行相对于当时的文化环境，也是异文化。异文化的主要特征在于文化差异（cultural difference）与认同差异（identity difference）。《红王妃》的主体分为三大部分，分别冠以"古代""现代""后现代"的标题。"古代"部分所描写的 18 世纪朝鲜文化相对于"现代"部分中的英国知识女性芭芭拉·霍利威尔而言属于异文化，而"现代"部分描述的芭芭拉的生活相对于红王妃而言也是异文化。德拉布尔通过这种异文化书写，强调了在东西方之间乃至全球范围内人们都必须学会相互理解，消除误会，达到共同繁荣。

第一部分"古代"主要描写了 18 世纪的朝鲜文化。德拉布尔借王妃亡灵之口，以第一人称叙事视角重述王妃的真实故事，悉数朝鲜王妃长达 80 年的宫廷生活点滴。王妃亡灵的身份使得德拉布尔能够跳出第一人称叙事视角的局限。亡灵不仅对自己所生活的时代了如指掌，而且死后还一直以幽灵的身份关注着当代社会的发展，因而在描述 18 世纪的历史事件时，她能够自由地以全知幽灵的身份时而加上一些旁白，插入自己的评论与感受。德拉布尔在小说的序言中就充分说明了这一点："小说的第一部分我借王妃之口，以第一人称叙述，但并不意味着是在真实地再现她的人生。她的'声音'和她的故事激发了我的创作欲望，而这'声音'已不仅仅属于她一个人，它已成为一个混合体，其中包含了我的'声音'、霍利威尔博士的'声音'，当然，还有回忆录各位译者及评论者的'声音'，而所有这些人都会对王妃这个人物做出不同的诠释，都会给这个人物涂上不同的个性色彩。"[①]在 1815 年去世之前，王妃写了四个版本的回忆录。德拉布尔的对王妃回忆录的重述是基于贾云·金·哈鲍什教授的英译本。

王妃的故事极为引人入胜，这种异文化书写充满了东方的神秘色彩。2000年以前，德拉布尔从未去过韩国，因此这里的一切对她而言都有着强大的吸引力与新鲜感。王妃九岁就被选入宫，接受宫廷的礼仪与规训。王妃的灵魂是连接东西方的纽带。她不仅谙熟朝鲜朝廷的生活礼仪，也深谙伏尔泰、弗洛伊德心理分析学，并怀疑君主立宪制。从她九岁起被选进宫做王妃开始，她就一直

---

① 玛格丽特·德拉布尔：《红王妃》，杨荣鑫译，昆明：云南教育出版社，2007 年，序第 3 页。

生活在幽闭的皇宫，受到诸多宫廷繁文缛节的约束，遵循儒家传统。王妃将她丈夫如何发疯、如何患上衣物狂躁症，以及如何有了杀人倾向等等娓娓道来。她早已预测到他丈夫的疾病以及他未来的命运，可是对此她却无能为力。除了想尽各种办法掩盖丈夫各种疯狂举措以外，她回天乏术，眼睁睁看着自己的丈夫被其父亲英祖国王活活地封在米柜中饿死。

在失去丈夫后，王妃把精力完全转移到未来的王位继承人——她的第二个儿子崇玉身上。这个如此惊悚的故事却是由一个女人不动声色地讲述，而她对未来早已预知。"虽然这部分出自一个 18 世纪韩国李氏王朝的王妃之口，但是在德拉布尔笔下，王妃被描写成一个了解欧洲启蒙运动，知晓弗洛伊德和儒家思想的多元文化背景下的人。"[1] 王妃在讲述自己故事时，不断打断自己的讲述而做一些评论，讲述现在她本人对心理学以及王室家族的研究，甚至抱怨现代社会大英博物馆要求研究者查询资料时带上劣质的棉质手套。因此，故事的完整性不断被打破。尽管她对宫廷内部阴谋的描述十分引人入胜，但她并不满足于此，不断使自己跨越当时的语言与知识结构的藩篱，以现代人的身份来对当时的情景做出当代的解释。比如，她提到英祖国王对她讲过一些私密的话："永远不要在白内裤上留下红色的印迹，要让你的裤子保持洁净。男人不喜欢看到红色印迹。"[2] 接下来她解释道："我现在已是隔世之人，成熟自不待言，加之读了 19、20 世纪的人类学和精神分析学的专著，我想，当初他所说的其实是男人对女人经血的恐惧。"[3]

芭芭拉对在韩国的见闻感到困惑：古代的朝鲜女人是没有任何自由的，女人权利的行使必须假借男人之手方能完成。儒家思想中对女人的"三从四德"（《仪礼·丧服·子夏传》："妇人有三从之义，无专用之道。故未嫁从父，既嫁从夫，夫死从子。"）思想在作品中有所体现：王妃本人即是一个典范。10 岁时便由父母做主选进工宫；结婚后一切以维护自己的丈夫思悼王子为己任；思悼死后，儿子便是王妃生活的全部动力与目的。男人去世了，许多女人也只想跟随了去。在东方，也的确存在女人殉葬的现象。

王妃受制于儒家思想中"七出之条"的严重束缚。"七出之条"指的是在中国古代的法律、礼制和习俗中，规定夫妻离婚时所要具备的七种条件，当妻子符合其中一种条件时，丈夫及其家族便可以休妻（即离婚）。这七条包括：不顺父母，为其逆德也；无子，为其绝世也；淫，为其乱族也；妒，为其乱家也；有恶疾，

---

① 刘竞秀："从《红王妃》看德拉布尔的不确定创作艺术"，载《内蒙古农业大学学报》，2011 年第 2 期，第 385 页。
② 格丽特·德拉布尔：《红王妃》，杨荣鑫译，昆明：云南教育出版社，2007 年，序第 15 页。
③ 格丽特·德拉布尔：《红王妃》，杨荣鑫译，昆明：云南教育出版社，2007 年，序第 16 页。

为其不可与共粲盛也；口多言，为其离亲也；窃盗，为其反义也。王妃也是生活在儒家封建思想盛行的 18 世纪的朝鲜。因此，她非常害怕自己不能怀上孩子，因为儒家思想中便有"不孝有三，无后为大"的规训，倘若自己生不了儿子，就有被"休妻"的可能；当自己的丈夫思悼王储纳妾甚至到处拈花惹草时，王妃也绝对不敢有妒忌之心，因为儒家思想认为，妻子的凶悍忌妒会造成家庭不和，以及"夫为妻纲"这样的理想夫妻关系的混乱，而许多看法中，更认为妻子对丈夫纳妾的忌嫉有害于家族的延续。

有学者提出，自欧洲启蒙运动之后，出现在西方文学作品中的东方形象基本上是负面的，到 19 世纪达到高潮。在一些西方学者作品中，东方的形象总是与专制、停滞、野蛮等相联系。与此相应，作为非西方形象，中国、韩国、印度以及其它东南亚各国皆被描述为一个东方的"黑暗中心"，成为一种服务于西方殖民扩张的意识形态。而在德拉布尔的《红王妃》中，韩国形象或偶尔出现的中国形象却是正面的，与西方形象多有相似之处。比如，作品中提到的喜鹊的象征意义；比如 18 世纪朝鲜王妃与当代英国学者芭芭拉多有相似之处：都有丧子之痛；丈夫都由于父子冲突而发疯或出现其它精神疾病等等。特别值得一提的是，作品结尾出现了中国女孩陈建依的角色，她被引入作为英国学者芭芭拉与荷兰学者占·范乔斯特遗孀的共同养女。这暗示着陈建依将代表未来与希望，并展示了不同国家的人们只要能相互理解，就能和睦相处，共同致力于世界的未来。

《红王妃》与德拉布尔以往的小说不同，虽然仍然关注女性的生存现状，但不再将集中于性别不平等，而是拓宽了视野，通过不同地域、不同国家的书写，追求多元文化共存和全球和谐的新境界。德拉布尔曾说："我相信性别平等注定会实现，我们现在的任务是欣然接受多元文化，这样才能维持永久的和平。"①

## （二）"现代"：20—21 世纪当代英国文化的书写——对西方文化的理解

如果说小说的第一部分"古代"是对历史文本《王妃回忆录》的改写，仍然属于历史书写的话，那么第二部分"现代"完全是德拉布尔的虚构与想象。

小说"现代"部分采用了第三人称有限视角，展示了英国现代女性知识分子芭芭拉·霍利威尔的生活。同时，这一部分也暗含了不少多元文化背景。作为红王妃的代言人，芭芭拉是一位受过高等教育的女性知识分子。她是地道的伦敦人，有机会以学者身份访问韩国，在访问期间与荷兰情人有过短暂的关系，

---

① Margaret Drabble, "Writing for Peace: Peace and Difference; Gender, Race, and Universal Narrative", *Boundary*, 2007 (2), p. 225.

并最终有机会收养了来自中国的女孩陈建依。最为重要的是，她是红王妃选中的现代代言人。在整部小说中，红王妃的亡魂无时无处不在。这样一来，《红王妃》并没有单单被置于韩国的文化背景之下，而是被放置在东西方不同的文化背景下，使它成为一个更具普遍性的故事。

红王妃对当代英国的情况感到困惑：芭芭拉与荷兰学者的三天缠绵在王妃看来是不可理喻也无法想象的。西方世界对性的开放程度使王妃大开眼界。与红王妃的生活境遇不同，芭芭拉是一位自由女性，拥有充分的选择和行动自由，能够做任何自己想做而又不妨碍别人的事情。芭芭拉不仅穿梭在大型国际学术论坛并在论坛上做报告，而且肆无忌惮地与不同男性调情，在学术会议上与荷兰学者占·范乔斯特产生了恋情。在德拉布尔看来，芭芭拉的行为并不怪异，与荷兰学者的缠绵也并非不可理喻，因为芭芭拉的丈夫彼得·霍利威尔已经疯癫，丧失了性能力。让一位正常的女性像封建社会的女性那样遵守所谓的妇道是不公平的。更何况芭芭拉一方面把她的丈夫照顾得相当好，另一方面又要忙于自己的学术追求，值得钦佩。由此我们也可以看出，实际上，德拉布尔的女性思想着重体现在女性的彻底解放与自由上，自由的人生才是快乐的人生，才是女性所应该追求的人生。女性与男性并非要在所有方面追求平等，而是将女性回归到"自然人"的角色，让她们能够自由选择自己喜欢的生活方式，同时不妨碍他人的生活。这才是对女性真正的尊重。女人对生活的诉求是不一样的：有些女人希望做女强人，与男人一道在外面打拼，而另一些女人则沉浸于与孩子相处的乐趣。关键是让女人有选择自己生活方式的权利。

## （三）东西方共同关注的话题

"作家所要寻求的不仅仅是私人的、独一无二的、细节的、有区别的事物，作家也寻求相似的、连接的、平行的事物。随着年龄的增长，我们对人类所共有的一些东西越来越感兴趣。随着历史的发展，边界也会慢慢打破。"[①]

德拉布尔安排了两个相似的家庭故事——红王妃与芭芭拉——暗示了历史在重演。她表明她想探讨的问题是"精神错乱是否该受到责备或者被人们谅解，是否可以治愈"。她还提到，她之所以将两个家庭并置，是想将理解引入主题。她还在该采访中公开表示君主政体并不好，但并不知道为什么"媒体、个人都对它着迷，即使我也一样"[②]。

---

① Margaret Drabble, "Writing for Peace: Peace and Difference; Gender, Race, and Universal Narrative", *Boundary*, 2007 (2), p. 224.

② 玛格丽特·德拉布尔、李良玉：《玛格丽特·德拉布尔访谈录》，朱云译，载《当代外国文学》2009 年第 3 期，第 160 页。

喜鹊在东西方也蕴含了不同的象征意义。红色是贯穿整部作品的一条丝带，具有深刻的象征含义。王妃从小就渴望有一条红绸裙，芭芭拉也喜欢她情人给她买的红色袜子，甚至德拉布尔也非常喜欢红色的衣服。红色是女人所独有的颜色——也暗示了女人的经血。

在 2006 年接受韩国学者李良玉的采访时，当问及"选这样一个不同寻常的标题，你想向读者暗示什么？"时，德拉布尔回答说，"我努力暗示的是这部小说是关于不同文化对比以及不同文化之间的误解问题。小说既写到王妃对英国见闻产生困惑的部分，也写到那位英国女主角对韩国见闻感到困惑的内容。通过'跨文化悲喜剧'，我想要问的是：是不是某个故事或所有的事情都是误解？是不是所有事情都让人困惑？我们是否理解——我们是否曾经正确地彼此理解对方？"并且说她同意一位日本教授的话，"很多人都误读了这部小说，因为他们没有读副标题，没有认识到我想做的是对态度进行某种跨文化式的对比"[1]。德拉布尔在这次访谈中还谈到："让眼睛适应一种外国文化、艺术是件困难的事情。刚开始我无法理解，就像英国人第一次接触到法国印象派作品——他们根本不知道自己看到了什么。某种意义上，这就像我们看日本或中国的绘画作品一样。"[2]

18 世纪王妃的家庭与当代英国学者芭芭拉有诸多相似之处：丈夫都因公公过分严厉而患上了精神疾病；都经历过丧子之痛等等。德拉布尔有意设计这些相似之处。她说："我打算探讨的问题是精神错乱是否该受到责备或者被谅解，是否可以治愈。在我们生活的这个年代，很多精神病患者通过治疗有所康复。我们正处于一个充满理解的时代。将两个家庭并置在一起，我想将理解引入主题。"德拉布尔认为，王妃对丈夫思悼王储的精神病病因的阐释充满了仁慈与理解，"当她说他是病了而不是中邪时，我很感动，她坚持说这一切都不是他的错，因为他孩童时就没有得到爱，他的父亲一直在压制他"[3]。因此，尽管国内外有学者认为德拉布尔通过对比两个时空中女性的相似遭遇来说明女性地位在变化中的相似性，尽管中西方文化差异较大，但她的深层目的是引入"理解"这一主题。

通过对 200 多年前红王妃生命体验的书写，德拉布尔艺术地再现了朝鲜近一个世纪的历史画卷，特别再现了 18 世纪时朝鲜女性的生存状况。不经意间，通过朝鲜红王妃与现代英国知识女性芭芭拉的生存处境与生命体验的对照书

---

① 玛格丽特·德拉布尔、李良玉：《玛格丽特·德拉布尔访谈录》，朱云译，载《当代外国文学》2009 年第 3 期，第 154 页。

② 玛格丽特·德拉布尔、李良玉：《玛格丽特·德拉布尔访谈录》，朱云译，载《当代外国文学》2009 年第 3 期，第 154 页。

③ 玛格丽特·德拉布尔、李良玉：《玛格丽特·德拉布尔访谈录》，朱云译，载《当代外国文学》2009 年第 3 期，第 160 页。

写，德拉布尔意欲修正朝鲜正史，颠覆女性被压迫的他者地位，跨越时空，超越性别，寻求一种全球性的和谐共生社会的愿望显露无遗。

小说中涉及父与子之间的理解问题，这也是一个全球性的问题。"我想谈的是文化理解与误解的问题，我认为这是我们时代的一个大问题，有人提出这样一个问题：英国人和印度人能否在《印度之行》中取得谅解。今天我们仍然面临这样的问题，不是在殖民背景中，而是在全球背景中：不同文化之间是否能彼此理解？我们生存于文化相对主义时代，彼此理解是非常重要的……我想寻找故事中具有普遍性的东西。"① "我们生活的世界需要我们彼此理解，至少我们要知道为什么不能彼此理解对方。这就要求我们跨越文化并且明白文化之间有接触的可能，这就是小说所要表达的内容。"②

"我最近的小说《红王妃——一个跨文化的悲喜剧》的部分背景是在朝鲜，最初写作的激情来自于阅读朝鲜王妃的回忆录。该王妃死于 1815 年，享年 80 岁，她丈夫死于 1762 年。她活着是为了讲述她丈夫的故事。倘若没有大山基金会，我就不可能读到贾云·金·哈鲍什（JaHyun Kim Haboush）教授对该回忆录的优秀译本。王妃的故事在韩国尽人皆知，而在西方则不为人所知，我长时间地努力思考，是什么理由驱使我去讲述这个故事？……这个故事对我而言具有莎士比亚般的悲剧力量，它跨越时空限制，从古至今，从东到西。我感觉我在读《哈姆雷特》或者《麦克白》，不知道结局。这个故事呈现在我眼前，紧紧地将我抓牢，不愿意离开我。我感觉它既属于作家，也属于这个世界。这是一个全球性的剧本。回忆录的作家在她漫长的一生中，完全被禁锢在皇宫之内，回忆录将会是一个什么样的故事？在读者对她所生活的环境一无所知的情况下，她是如何做到与读者进行直接交流的？我的小说探讨的即是这些问题，并试图讨论人类本性的全球性与故事的全球性。"③

尽管德拉布尔的第十六部小说《红王妃》仍然关注女性人物的生存困境与命运，但较她之前的小说而言，该小说视野更为开阔，把女性置于韩国与英国这两个东西方具有代表性的国家的视野之下来探讨，并引入中国女孩陈建依，暗示陈建依将是新一代女性代言人，连接东西文化的桥梁与纽带。不仅如此，《红王妃》对男性的关注丝毫不亚于对女性的关注。《红王妃》中重点关注的男性人物有五个：思悼王子、英祖国王、彼得·霍利威尔、彼得的父亲以及占·范乔斯

---

① 玛格丽特·德拉布尔、李良玉：《玛格丽特·德拉布尔访谈录》，朱云译，载《当代外国文学》2009 年第 3 期，第 161 页。

② 玛格丽特·德拉布尔、李良玉：《玛格丽特·德拉布尔访谈录》，朱云译，载《当代外国文学》2009 年第 3 期，第 162 页。

③ Margaret Drabble, "Writing for Peace: Peace and Difference; Gender, Race, and Universal Narrative", *Boundary*, 2007 (2), p. 221.

特。红王妃的丈夫思悼王子是"古代"部分王妃故事的中心人物之一。王妃将她本人与王子如何相识、结婚，以及共同生活的点点滴滴以回忆录的形式记录下来，重点强调了思悼王子在父王的高压紧逼之下如何变疯、如何患上罕见的衣物狂躁症、如何发展到嗜杀如命，以及最终如何被自己的父亲英祖国王关押在米柜中活活饿死的全过程。

另一个值得关注的与思悼王子有着相似悲惨经历的男性人物是芭芭拉的丈夫彼得·霍利威尔，他与思悼一样，在强势父亲的威逼之下患上了严重的精神病。而彼得的父亲、英祖国王，以及荷兰知名学者占·范乔斯特这三个男性人物表面看来都是强悍的一派，他们大权在握，事业有成，是大家景仰与敬畏的对象，可是他们的内心却充满恐惧与不安：彼得的父亲总是担心自己的儿子将来成不了大器；英祖国王作为一国之君，权力倾城，可是他时刻为自己王位的稳定与传承而忧心忡忡；而占·范乔斯特尽管通过自己的努力成为了众人瞩目的学术界泰斗，却对感情充满了困惑与忧虑，三度婚姻都令其甚为不满，最终猝死于与情人芭芭拉偷欢之时。

德拉布尔避重就轻，有意忽视占·范乔斯特国际范围内的学术声誉与地位，将他描写成芭芭拉为时三天的情人，猝死在酒店的病床上。他在德拉布尔的故事中所起的作用一方面是满足了芭芭拉的性欲与情感需求，另一方面主要是德拉布尔让他成为了一个中间人，使得芭芭拉可以收养中国婴孩陈建依做继承人。德拉布尔曾坦言，这个角色是她"凭借想象力创造出的角色。灵感源于我参加的巡回会议，而这个角色又成了一种注解：在 18 世纪的朝鲜，你们有国王，而今天，你们有的是巡回会议的'国王'——一些重量级的学者出现在巡回会议上，开完会后就不见了；地位稍逊一些的学者在他们离开后还要辛苦地工作。我的脑子里就萌发一个想法：他们出现后消失，但他们会留下某些遗产，出人意料的遗产，不是他的书或者讲演，而是这个婴孩。这吸引着我将其作为小说的一个转折点"①。这个转折点就使得故事从"现代"过渡到了"后现代"。可见，德拉布尔有意颠覆了大学者的英雄形象。这样一来，德拉布尔对整个人类生存状况的关注既跨越时间与空间，也跨越了性别与身份，使得关注本身具有了普世意义。小说契合了 21 世纪初全球化背景下全人类共同面临的一些问题：权力欲望、人性压抑、精神扭曲等等，而对这种种问题的解决，关系到不同文化背景之间如何相互理解的问题。正如德拉布尔自己所言，这部小说从根本上要谈的是一些全球性的问题。

---

① 玛格丽特·德拉布尔、李良玉：《玛格丽特·德拉布尔访谈录》，朱云译，载《当代外国文学》2009 年第 3 期，第 159 页。

## （四）"后现代"：沟通东西方理解，达致全球理解的途径

作为一名作家，德拉布尔深知自己的责任，尽管自己或许会遭到别人的误解，但是为了全人类的理解与沟通，作家就应该勇于冒险，试图去理解别国的文化。德拉布尔曾经在采访中坦言："当你想要走出你自己的文化时，你就是在冒很大的险。随着'政治正确'这种观念的日益膨胀，一旦冒险，我们就必须十分谨慎，因为我们很可能会被称为种族主义者或是文化盗用主义者。我觉得那真是不幸，除非我们很想冒这样的险，可我们从没有——甚至从来没有过这样的会议，我们从没有学过另一种语言，根本没有开始任何的接触。我们总是把别人看成是他者。一旦你遇到别人，不再会把别人当成他者，一旦你开始努力读一本文学作品或是欣赏绘画艺术时，你会学到更多。我觉得这很重要，虽然你的确冒着被别人指责的危险，他们会指责你游离了你所熟知的东西。"①

异文化理解的途径有两种：其一是通过对异文化的接触达到对自己文化的理解；其二是知晓自己的文化增益对异文化的理解。在《红王妃》中，德拉布尔通过对异文化——朝鲜 18 世纪文化与当代英国文化的书写，对当前的世界热点问题"全球化理解何以可能"进行了认真的思考，表现出哲学思辨式的内省。对于时下如何学习与理解异文化、构建社会和谐，有着重要的理论价值与现实意义。

从小说的副标题"一部跨文化的悲喜剧"我们可以看出，这部小说既有悲剧成分也有喜剧成分。个人认为，其悲剧成分体现在古今两位女主人公红王妃和芭芭拉的家庭悲惨遭遇方面，比如，她们的丈夫都由于受到父亲的压迫而患上严重的精神疾病，她们都有过孩子夭折的痛苦经历等等。而其喜剧成分则体现在芭芭拉对自由的理解与追求方面与红王妃截然不同，体现了现代女性地位的全面提升。

全球性的理解何以实现？通过对《红王妃》的细读研究，我们发现：首先应该给女性以充分的选择与行动的自由，达到真正意义上的男女平等。而这一点，德拉布尔是明确地持肯定态度的，并且在文本中的确让现代女性芭芭拉身体力行，可以自由选择自己的生活方式。德拉布尔对当前女性生存状况的改善表示满意，而且认为性别问题在不久的将来不再成为困扰社会发展的社会问题。也正是从这一点上，我们得知为何德拉布尔一直否定自己是一个女性主义者，因为在她看来，性别问题不足以成为她关注的焦点与核心，关键的是人的选择与行动的自由，只有女性能够自由选择是做家庭的天使还是职业女强人时，

---

① 玛格丽特·德拉布尔、李良玉：《玛格丽特·德拉布尔访谈录》，朱云译，载《当代外国文学》2009 年第 3 期，第 162 页。

才是全人类的福祉。

其次，全人类的共同问题：如精神疾病、父子冲突引发的疯狂问题、东西方文化之间的理解与沟通问题等共同问题需要全人类携起手来，共同面对，设法解决。最后，如何携手解决人类共同的难题？或许小说中引入的中国女孩陈建依给我们提供了答案：她代表的是东西文化的桥梁，要达到真正的理解，必须加强东西文化之间的交流与碰撞。倘若把德拉布尔的每一部作品都当作对人类特别是女性的生存困境及其救赎方法的探讨，那么，《红王妃》探讨的是全人类共同面临的困境，而救赎的方法就是增加彼此之间的理解，全世界的人们携起手来，让世界变得更加美好。

## 第 四 章

# 维尔登小说中的后现代女性主义
# 书写与女性的自我实现

费·维尔登（Fay Weldon, 1931— ）是 20 世纪 70 年代以小说创作享誉国内外的英国当代小说家，其小说创作深深地受到了女性主义思想的影响。如同中国女作家张爱玲一样，费·维尔登始终如一地关注着女性的生存状况，描述"女性主体意识和性"在父权社会中的迷失与压抑，塑造了无数个寻求生存与身份的女主角，展现了女性实现自我的心路历程。"开始构思第一部小说时，"维尔登说，"我就意识到将会有一整套传统需要学习，男性已经在小说和戏剧舞台占据了中心地位。假如把女性置于其中，那么她们将会永远地走下去，因为那将需要许多世纪的时间去追赶。"①

自 20 世纪 60 年代以来，她已创作发表了包括《总统的孩子》( The President's Child, 1982 )、《绝望的主妇》( The Life and Loves of a She-Devil, 1983 ) 和《宝格丽关系》( The Bulgari Connection, 2001 ) 等在内的享誉国内外的 20 多部小说作品、6 部短篇故事集、2 本自传，还撰写了大量舞台剧、电视剧和收音机剧本。除此之外，她还创作了许多非小说和儿童书籍，维尔登已经竭尽全力在追赶，追赶那个被男性霸占许久的创作舞台。维尔登的小说以女性生活经历为中心素材，她意欲校正文学历史，重新书写传统上视男性作家和男性人物高于女性作家和女性人物的历史。维尔登在创作小说《陷阱》( Mantrapped, 2004 ) 时说过："我只能书写我所见到的事情，然后制造出一串可供选择的现实( alternative realities )，这是真正的世界所无法提供的。"②

维尔登不仅仅关心小说中的女性生活，她还把现实中女性的处境与小说中的虚构情境联系起来，通过女性书写展示了对社会现实的关注，并为女性生活提供了许多"可供选择的现实"，设想出等级不太分明的社会人际关系，从而希冀等级分化严重的现实社会能够发生某些改变。但正是因为她把小说中女性人

---

① Gillian MacKay, "Lives of She-Devils: Fay Weldon's Women Have a Wicked Side", Rev. of *Darcy's Utopia*, by Fay Weldon, *Maclean's*, 12 Nov. 1990, p. 85.

② Fay Weldon, *Mantrapped*, New York: Grove, 2004, p. 211.

物置于有限的可供选择境地，而受到了某些女性主义团体的批评。《纽约时报》记者理查德·艾德尔（Richard Eder）曾说过，"维尔登既是一位女性主义者，又是一位反女性主义者"①。

为了摆脱西方父权制度和社会对女性的压迫，女性主义的发展经历了长期而曲折的道路，它在不同时期呈现出不同的特点，并赋有不同的时代意义：18世纪和19世纪追求男女在教育、政治、经济各领域权利平等的自由女性主义，确实带来了教育和法律方面的许多改革，切实提高了妇女的生活质量；20世纪60年代和70年代兴起的激进女性主义者参与了20世纪60年代初期席卷全美国的多场激进社会运动，她们想改变的是妇女受压迫的性/社会性别制度；20世纪中后期马克思主义女性主义者认为妇女受压迫的根本原因是资本主义和父权制之间错综复杂的相互作用，通过扫除二元/阶级对立来重建人性，妇女和男人一起共建新的社会体制和社会角色；精神分析和社会性别女性主义者相信，在妇女的心理，特别是妇女的思维方式里，有着妇女行为方式的深刻根源；存在主义女性主义者认为女性应该通过各种途径，尤其是通过获取经济地位而摆脱"他者"和"第二性"的社会角色；当代的后现代女性主义者怀疑地看待任何女性主义思考模式，她们不承认有成为"好女性主义者"的唯一公式；当代的生态女性主义者努力展示各种人类压迫之间的联系，但它同时也集中思考人类控制非人类世界或自然界的企图。

女性主义的发展对于英国女性作家维尔登的小说创作具有深远的影响。维尔登早期的小说密切关注女性声音和女性平等，她的作品颇具代表性地描绘了由西方父权制度和英国社会对女性的压迫。她运用智慧而诙谐的笔法书写着男女之间的爱情与两性关系，并探讨了衰老与死亡的主题。维尔登曾说过："女性必须问问自己：怎样才能实现自我？这是我一直在探寻的重要问题。"②维尔登对家庭生活的描写向传统的宏大叙事主题发出挑战，她控诉女性对现实的不满，这使得批评家和出版家把维尔登定位成女性主义作家，把她的小说文本定位成女性主义小说。

---

① Richard Eder, "Writing Off a Past to Write Freely of a Future", Books of the Time, *The New York Times*, New York: June 4, 2003.

② http://www.nytimes.com/2003/06/04/books/books-of-the-times-writing-off-a-past-to-write-freely-of-a-future.html

# 一、女性主义话语、叙事与写作

当今西方社会中，女性主义与后现代主义结合而形成后现代女性主义是必然的。后现代主义兴起之时，也正是女性解放运动第二次高潮，正是女性主义蓬勃发展的时期。从表面上看，后现代主义与女性主义的关注点不同。后现代主义关注意义、解释、二元论；女性主义关注女性生活经历以及实现妇女解放的政治目标。二者几乎毫不相干。但实质上，二者都是对传统和现代思想的反叛。女性主义从后现代主义中找到了与自己主要目标完全一致的思想，这就是，后现代主义对传统思想的批判实际上正是在摧毁现存的"男性中心主义"的思维方式。

维尔登正是处于现代女性主义对后现代主义的理论进行了吸收的时代，她的小说创作渗透着"解构主义""反本质主义""话语就是权力""对一切元叙述的怀疑"等后现代主义思想，因此她被誉为一位名副其实的后现代女性主义作家。维尔登的小说不仅关心女性的生活，而且关心普通女性面临的诸多问题。她描绘了女性的奋斗与挣扎，她对女性的努力充满希望，但有时却又是不尊重女性的。后现代主义的特点是将熟悉的东西陌生化，将清楚的东西模糊化，将简单的东西复杂化。维尔登一方面关心女性解放的发展，一方面又对女性主义积极追求解放的方式表示出不尊重的态度，使其女性主义思想既模糊又复杂。在过去三十五年中，女性主义发展经历了巨大变化。作为后现代女性主义作家，维尔登不仅书写了女性主义历史，还使其变得复杂。后现代女性主义作家强调"书写女性的小说"应该受到认真对待。

在后现代主义发展期间，维尔登的小说《总统的孩子》和《绝望的主妇》体现了女性主义与后现代主义的融合趋势。对"总统的孩子"残酷的暗杀和"女恶魔"精心安排的复仇，是对现实社会的抗争，对社会规定的女性角色进行的反抗与颠覆，也是一次摧毁"男性中心主义"的行动。维尔登以此来呼吁人们对社会问题给予回应，寻找解决社会问题的途径，而非只是停留在简单地认识到问题而已。《总统的孩子》是维尔登 20 世纪 80 年代创作的一部女性主义小说，它充分体现了女性争夺"话语权力"、摒弃宏大叙事与消解"逻各斯中心主义"等后现代主义创作特色，在后现代主义现实生活中进一步书写并修正着女性主义文学历史。

## （一）争夺"话语权力"与重塑女性言说主体

"随着二十世纪六十年代女性主义运动的兴起和女性意识的不断觉醒，女性不再按照男性的价值观念来看待自我，逐步认识到并且开始正视自己不同于男性特有的欲望、经验和生活，这就需要跳出遵循等级秩序、严格逻辑结构的男性话语的包围，寻求一种完全不同于线形语言的'女性话语'（Female discourse）来表达女性自己的世界。"① 米歇尔·福科（Michel Foucault, 1926—1984）关于话语的论述受到了女性主义者的关注，因为他的话语理论与女性话语在历史上长期处于被压抑、被禁声的状态密不可分。福科拒绝了一个先验的、固定不变的主体，代之以一个建构的、话语构成的主体。这样，女性能够通过适应和改造话语来达到建构主体的目的。福科的话语理论给女性主义带来一种语言分析的新视角。福科认为人与世界的关系只是一种"话语"关系。"话语"并不是一种"中介"，而是人类的一种重要活动，即话语的实践。福科强调："（我们不应该）再将话语当作符号的总体来研究（能指成分归结于内容或者表达），而是把话语作为系统地形成这些话语所言及的对象的实践来研究。"② 福科的话语理论让女性主义者们意识到话语对权力的阻碍和抵抗作用。通过女性的声音，让人们对那些被压抑的话语或知识进行重新评价。

维尔登将福科的话语实践思想切实地融入到《总统的孩子》的创作之中。《总统的孩子》中，梅阿（Maia）作为一位双目失明的老太太，通过"话语"实践表现出女性的弱势处境与反叛思想。梅阿由于得了歇斯底里症而失明。医生说她想恢复视力时，自然会摆脱失明困扰。然而，他们并没有告诉她如何做才能恢复视力。最终，"当我对一切失去希望时，我却看得见了"③。梅阿作为故事的话外音，在这部小说中现身近十次，她作为女性的声音总是悬于主要情节之外。梅阿的"话语"是关于生活琐事"喋喋不休"的"絮叨"，然而，正是在这些"喋喋不休"的"絮叨"中，读者才有可能站在女性的角度去认识这个处处充满父权话语的世界对女性话语的充耳不闻。梅阿正是按照福科的"话语"实践思想，揭露了男人对女人的压抑、女人对女人的嫉妒，以及人与人之间的虚伪。

　　"我现在看不见了，但我能听见。蜜蜂整个夏天都在"嗡嗡嗡"，不停

---

① 赵一凡、张中载、李德恩：《西方文论关键词》，北京：外语教学与研究出版社，2006年，第376页。

② 福科：《知识考古学》，谢强、马月译，北京：生活·读书·新知三联书店，1998年，第53页。

③ Fay Weldon, *The President's Child*, Garden City: Doubleday, 1983, p. 219.

地吸吮着花朵……，希拉里建议花园委员会把篱笆拆走，她认为蜜蜂是危险的：它们会蜇伤她的小女儿露西。但是花园委员会的人惊奇地看着她解释说，蜜蜂是有益的，对于人（man）的生存是必需的。"

"那对于女人（woman）呢？"希拉里反问道，心中充满胜利的喜悦。①

对人（man）和女人（woman）这两个词语的强调，无疑让读者意识到男人（man）这个涵盖整个人类的词语公然地剥夺了女人的话语权力。女人（woman）就这样一直被压抑在男人（man）的世界中，却一度认为是理所应当。女人需要建立属于自己的话语，争取自己的权力。因此在接下来的文本中，维尔登有意识地将女人们（women）这个词语作为人类话语中不可缺少的一部分，以补充对人们（men）的描述。"人们（men），当然，我们包含了女人们（women）——从女性嘴里说出的'欢乐的呼喊'（cris de joie）比从男性口中说出更加让人感到奇怪和担忧。"② 因为在父权社会中，女性的声音和话语是被压抑的，是边缘的，是不为人所注意的。因此，假如女性能够发出"欢乐的呼喊"，男性便开始疑惑、开始担忧了。加拿大作家玛格丽特·阿特伍德（Margaret Atwood, 1939—）说过："只存在有权力的人和无权力的人。"③ 维尔登根据阿特伍德的观点，在《总统的孩子》和其他早期小说中回应了：只存在有权力的男人和无权力的女人。

"听，这儿一片宁静，漆黑一片。来吧，把你的眼睛刺瞎——加入我吧！……你不能看书，但通过上帝你能讲话。"④ "你听到母亲对孩子的吼叫，但却不必看到孩子挨打或孩子脸上的表情——不必见证希望的毁灭。你不必看爱人偷瞟女人的眼神；不必看服务员的冷笑。不必注意你最好的朋友头上新添的白发；或者祖父腿上长出的癫结。出门坐地铁也会有人护送，你看不到吸毒者、哭泣的女人、烂醉的男人、妓女、男妓；看不到快餐包装纸、脏乱粘糊的呕吐物和尿液与烟灰一起堆积在角落里。你也看不到绝望和死亡挤满城市的街头。"⑤

梅阿作为处于弱势的残疾女性，虽然眼睛瞎了，但她却感觉很好，因为她从此不必再看到世间的丑陋和肮脏，不必再看到希望被无情地毁灭。梅阿是个没有权力的女人，她年事已高、双目失明，只能被动地去接受别人的帮助，去向人们"絮叨"地讲述故事。但在她的讲述中，她掌握了自己的话语权力，并且想去影响别人。她说："当然我看不到了。我也不想看了。你呢？"⑥ 伊莎贝尔（Isabel）

---

① Fay Weldon, *The President's Child*, Garden City: Doubleday, 1983, p. 44.

② Fay Weldon, *The President's Child*, Garden City: Doubleday, 1983, p. 81.

③ Margaret Atwood, *Bodily Harm*, London: Virago, 1982, p. 240.

④ Fay Weldon, *The President's Child*, Garden City: Doubleday, 1983, p. 192.

⑤ Fay Weldon, *The President's Child*, Garden City: Doubleday, 1983. p. 192.

⑥ Fay Weldon, *The President's Child*, Garden City: Doubleday, 1983, p. 193.

也是一个没有权利的女人，她没有权利抚养总统的孩子，最后竟然连自己生存的权利也险些被剥夺。在小说结尾处，梅阿突然恢复了视力，伊莎贝尔经历了痛苦的心理挣扎后侥幸逃过了一劫。然而，是什么让梅阿突然恢复视力？又是什么让伊莎贝尔侥幸活了下来呢？真相令人无比辛酸，因为女性的生存方式并非出于自由选择，而是受制于社会传统的限制和规定，被迫做出选择。

梅阿突然恢复视力时，她感到些许绝望，她宁愿去听世界而不愿去看世界。"他们问是什么使我恢复视力的？不幸？震惊？趣事？我怎么能告诉他们真相呢？上帝在他的世界里嘲笑我、打击我。这就是他（His）特殊的乐趣所在。"①正是这个大写的"他"随心所欲地控制着"她"，是"他"的嘲笑和愚弄，让"她"失去了希望，而正是因为"她"失去了所有希望，上帝才让"她"得以重见光明。

伊莎贝尔看到孩子被"绑架"在咖啡馆，透过窗户，她看到孩子的背影，也看到了皮特（Pete）和乔（Joe）站在孩子身边监视着。她只有结束自己的生命才能换来孩子的生存。然而，在最后一刻，她没有选择让车撞死，而是安全地通过了十字路口。直到她来到咖啡馆重新见到孩子时，她才知道之所以自己有权利活下来，是因为皮特和乔主动地放弃了对她和孩子的控制。女服务员给她端来一杯咖啡，说道：

> "丹迪·艾弗的遭遇太可怕了。"
> "他怎么了？"
> "他死了，"服务员说……
> "这就是那几个男人离开这儿的原因吗？"伊莎贝尔问道。
> "因为他们听到了广播里的新闻吗？"
> "很可能是，"服务员说……②

伊莎贝尔听到了服务员的话后，感到全身在颤抖。她险些就死了，现在又活了下来。丹迪·艾弗（Dandy Ivel）死了，伊莎贝尔和杰生就有权利活下去了。伊莎贝尔和女服务员的对话揭露了伊莎贝尔的艰难处境，揭露了女性的生存必须以不能给男性（政治）生活带来干扰和威胁为前提。这与凯特·米丽特的"性政治"主张遥相呼应。米丽特认为，性政治是占统治地位的性别借以求得维护自身权威，并将其权威扩展到从属地位的性别之上的过程。维尔登通过《总统的孩子》中女性人物的遭遇，竭力为女性争取"话语权力"，来对抗男性政

---

① Fay Weldon, *The President's Child*, Garden City: Doubleday, 1983, p. 220.
② Fay Weldon, *The President's Child*, Garden City: Doubleday, 1983, p. 215.

治和男性统治的世界，为边缘话语争取自己的生存空间。因此，维尔登作为后现代女性主义作家，她书写的这部女性主义小说正是一次话语实践，一次反映女性压抑话语和争取女性话语权力的实践。

## （二）摒弃宏大叙事与女性家庭角色反叛

维尔登在争取女性话语权力或构建女性话语的过程中，把传统而合法的宏大叙事场景转移到了日常的家庭生活当中，从而在后现代女性话语中摒弃了虚伪的宏大叙事，通过家庭小叙事让家庭女性诉说其真实的感受与体验。让 - 弗朗索瓦·利奥塔（Jean-Francois Lyotard, 1924—1998）在《后现代状况》（1979）一书中说，关于知识"真实性诉求"的标准来自于分离的、语境决定的"语言游戏"，而不是绝对的规则或标准。他认为合法化的"元叙事"（meta-narratives）或"宏大叙事"（grand récits）在今天都没有可信性。而一种具有可信性的新合法化叙事形式则是比较谦虚的"小叙事"。同时，女性主义认为占据合法化舞台历史久远的"男性书写"并非生来就拥有可信性，"女性书写"理应受到尊重与重视。虽然不同国家女性主义对于男女不平等的根源持有不同看法：英国女性主义者认为造成男女不平等的根源是经济，美国女性主义者认为性别才是社会不平等的根源。但他们都号召女性武装起来，而女性的武器就是文字。只有借助文字来进行"女性书写"，才能摒弃理性与逻辑控制下的宏大叙事。

维尔登把寻求女性解放的场景置于家庭生活之中，通过"女性书写"，她意在建立一个家庭女性的言说主体，树立女性反抗家务劳动的决心，实现男性和女性共同承担家庭义务、共建和谐家庭的愿望。维尔登的女性主义书写响应了贝蒂·弗里丹（Betty Friedan）对英美中产阶级女性的呼吁，对家庭主妇形象说"不"，揭露了媒体宣传的"幸福家庭主妇"形象背后女性内心的失落和自我的不完整感。女性意识到这些家庭期望是不切实际的。同时，社会进步、教育和财富带来的高期望与女性生活存在现实差距，这重新激发了女性主义运动。

维尔登在一次采访中描述说："女性主义根本就不是运动。它是一种逐渐形成的对舆论变化的意识，坚信现实无法保持不变；坦白地说，那些'以家为荣'的女性对家庭生活是无法忍受的。经营一所房子对于成熟女性而言并非是明智的职业。"[①]女性们注意到她们不幸福、也不满足，于是便开始了反抗。维尔登对女性家庭生活的关注挑战了传统小说的宏大叙述主题，对女性种种社会不满的情绪描写使其成为 20 世纪 60 和 70 年代女性主义的偶像。在维尔登的小说中，这种不满表现为对既定的社会性别角色进行反叛，即对"家庭生活的反叛"。

① Michael Glover, "The Ultimate Girls' Night Out", *The Independent*, March 30, 1998, p. 3.

《总统的孩子》是一部围绕保护美国总统候选人丹迪·艾弗声誉而展开的故事。故事是由双目失明的老太太梅阿来讲述的：六年前，丹迪与记者伊莎贝尔产生了一段恋情。伊莎贝尔结束了这场短暂的恋情之后，发现自己怀孕了。不久，她与霍默（Homer）结婚，他们的婚姻平等而幸福，引起了邻居们的羡慕。然而，事情并不真像其表面呈现的那样（Nothing is what it seems）。当总统竞选团队得知杰生是丹迪的私生子，他们坚持只有消除这对母子，才能使丹迪远离丑闻，保证竞选总统不受影响。令伊莎贝尔感到意外的是，与自己生活这么多年的丈夫霍默也参与了这场暗杀阴谋。最终，当丹迪·艾弗中风猝死后，伊莎贝尔和杰生得救了。

故事是通过失明老太太梅阿来讲述的，维尔登把戏剧和严肃艺术结合起来，把盲人叙述的故事与寓言故事结合起来。维尔登通过《总统的孩子》这部小说，对母亲角色、妻子角色、女儿角色等传统女性家庭角色加以反叛与颠覆，从而摆脱了传统小说的宏大叙事主题。小说的叙事主题从结构完整而逻辑性强的经典宏大叙事，辗转变成以现代家庭生活为主的非连续性的后经典小叙事当中。

小时候，伊莎贝尔与母亲生活在澳大利亚的一个偏远农场里，母亲不愿向她提及父亲的事情。关于父亲的事情她顶多说："他做了他想做的事情，如同所有男人们所做的事情一样。"[1] 缺乏父爱的伊莎贝尔特别渴望得到母亲的关心与爱护。然而，在伊莎贝尔九岁那年，她被母亲饲养的马意外踢伤下颌，医生称伤势不轻，母亲却说不必大惊小怪。一周后，那匹马再次踢伤了伊莎贝尔的下颌，母亲却说："天哪，你对那匹马做什么了？"[2] 从小缺少父母疼爱的伊莎贝尔十五岁了，母亲对她说："你不属于这儿，这儿没有像你这样的人，你最好离开吧。""那你跟我一起离开这儿，"伊莎贝尔说。"还有这些马呢，"母亲回答说，"我可不能离开它们。"[3]

伊莎贝尔的母亲与传统意义上的"贤妻良母"形象大相径庭，对丈夫的离开不闻不问，对女儿的身心创伤漠不关心。那么伊莎贝尔还是一个传统意义上的乖女儿吗？当然也不可能是了。伊莎贝尔曾向邻居老太太梅阿透露了一段童年往事，这是她从未向母亲、丈夫和儿子提起过的，这个故事证明了伊莎贝尔在小时候就已远离乖女孩的形象了。"她曾经从心爱的布娃娃身上撕下一条腿，涂上羊肉膏，然后丢给狗将其咬烂。"[4] 伊莎贝尔从小就有叛逆的倾向，长大后成

① Fay Weldon, *The President's Child*, Garden City: Doubleday, 1983, p. 15.
② Fay Weldon, *The President's Child*, Garden City: Doubleday, 1983, p. 12.
③ Fay Weldon, *The President's Child*, Garden City: Doubleday, 1983, pp. 12-13.
④ Fay Weldon, *The President's Child*, Garden City: Doubleday, 1983, p. 16.

为母亲,在儿子杰生六岁生日的那个晚上,她突然想起了母亲。然而,她回忆起的都是母亲的不好,她对丈夫霍默说:"我母亲根本就不是个女人。现在不是,她曾经是的,但是现在她却成了老枫香树的树干,已经快入土了。"①

维尔登在塑造伊莎贝尔及其母亲的形象时,颠覆了传统的"慈母孝女"和"尊老爱幼"的观念,同时也挑战了传统的"相夫教子"的妻子形象。作为妻子,伊莎贝尔与丈夫共同分担家务劳动,共同抚养孩子,摆脱了"男主外女主内"的思想模式,摆脱了对丈夫感情"忠贞不渝"的束缚。她与丈夫的新型家庭角色和分工却让心理医生感到异常。由于杰生过激的咬人行为,霍默建议伊莎贝尔带杰生去看心理医生,同时伊莎贝尔也要接受医生的询问。医生挖掘杰生过激行为的原因时说,这也许与伊莎贝尔和霍默在家庭中的"角色颠倒"有关。伊莎贝尔听后严肃地纠正说:"这不是角色颠倒,而是角色分担。我希望您不是在暗示杰生的困扰是因为他父亲和我共同分担了对他的抚育责任。"②

作为妻子,伊莎贝尔不仅摆脱了独自承担家务劳动和抚养孩子的责任,而且摆脱了情感上的"忠贞不渝"。在遭到了男性(丹迪·艾弗)的背叛后,她被迫选择在欺骗霍默的谎言中生活。"他们共同承担过错,分享成功,正如共同分享生活、收入和家务一样。"③在邻居眼中,他们的婚姻既亲密又疏远,既圆满又有缺憾,既令人羡慕又让人感到不安,因为他们相互照顾却又"并非相互拥有"④。当伊莎贝尔最终告知霍默真相:杰生是她与总统候选人丹迪·艾弗的私生子时,让伊莎贝尔感到出乎意料的是,与他生活六年的丈夫霍默也是这场政治阴谋的一分子。伊莎贝尔始终生活在被欺骗和被控制中。在总统竞选团决定让杰生留下,而伊莎贝尔必须选择死亡时,伊莎贝尔却摒弃传统意义上母亲的责任与义务。她意识到不能为了孩子的生存而选择死亡,因为她还有更多事情要完成。因此,"她犹豫,她反抗。为什么我要接受这样的威胁?为什么孩子的生命就优先于母亲的生命呢?为什么新生的嫩芽要比干裂的枯枝更具价值呢?我可以生六个甚至更多的孩子"⑤。她可以摆脱家庭的束缚,独立面对生活,也可以重新建立家庭,去过自己想要的生活。至此,作为母亲,伊莎贝尔已经开始重新审视父权社会对母亲角色的定义,难道控制孩子就能控制女人吗?

小说《总统的儿子》采用了由梅阿讲述的方式,通过一系列"小叙事"来描绘伊莎贝尔家庭的变故,但缺乏整体和统一的"宏大叙事"结构。情节的发

---

① Fay Weldon, *The President's Child*, Garden City: Doubleday, 1983, p. 15, p. 21.

② Fay Weldon, *The President's Child*, Garden City: Doubleday, 1983, p. 62.

③ Fay Weldon, *The President's Child*, Garden City: Doubleday, 1983, p. 9.

④ Fay Weldon, *The President's Child*, Garden City: Doubleday, 1983. p. 9.

⑤ Fay Weldon, *The President's Child*, Garden City: Doubleday, 1983, p. 213.

展总是不断被梅阿的"絮叨"打断，让读者怀疑伊莎贝尔的经历是否真实可信。这种不连贯的、私人的叙述带有明显的断裂性和非连续性等"后现代"特征。同时，小说内容关注普通家庭的琐碎生活，关注女性的母亲、妻子和女儿角色的转变，颠覆女性既定的家庭传统角色，从而摒弃宏大的历史主题的叙事，把读者从有目的、有规律、有始有终的"完整叙事"拉回到熟悉的、差异的、多元的家庭生活"小叙事"当中。

在这部小说中，女性为了能够生存下去，只能突破父权社会对女性的传统束缚，女性可以选择成为"贤妻良母"的形象，也可以选择成为"不负责任的母亲"、"叛逆不孝的女儿"和"情感不忠的妻子"等多样化自私自利和放荡不羁的形象。不论做出何种选择，维尔登在摒弃宏大叙事，进行家庭生活"小叙事"的小说创作过程中，强调的是摆脱被父权所控制下的被迫选择，而崇尚女性的自由选择。因此，维尔登通过家庭小说的"小叙事"特点，试图摆脱父权社会中理性和逻辑控制下男女不平等的思想根源，实现女性书写。

## （三）消解"逻各斯中心主义"与打破浪漫爱情写作

雅克·德里达（Jacques Derrida, 1930—2004）对"逻各斯中心主义"进行了批判，消解了西方传统中言说与书写、男性与女性之间的二元分歧。他颠覆了以前者作为标准（norm），后者作为变化（variation），前者统治后者，后者服从前者为其内核的传统二元结构。这里的"逻各斯中心主义"蕴含了早先存在的题材创作标准，一部作品可能是历史小说、侦探小说、寓言故事、惊悚小说、言情小说等等不同题材的其中一种，但如果把各种题材混杂在一起，就违背了"逻各斯中心主义"包含的某种既定存在的题材创作标准。而作为后现代女性主义作家，维尔登大胆地将惊悚题材去适应家庭小说书写，从而向题材的单一绝对性提出挑战。

据美国当代女性主义作家霍普·黑尔·戴维斯（Hope Hale Davis）说，惊悚小说通常把读者和情节内容分离开，帮助减轻故事的恐怖性："惊悚小说读者认为小说中的事情是关于异常的人，并发生在离我们自己朋友很远的舞台之上。而在维尔登的小说中，事实却并非如此。小说中的政治惊悚情节在维尔登密切关注的日常生活中缓缓浮现。她通过生活中微小的事情来威胁我们，让我们慢慢地变得恐惧起来，从而怀疑所有的公路，尤其是怀疑正在旅途中的公路会通向深渊。"[①] 正如戴维斯所说的，维尔登的故事并不是关于异常之人，而是关于如同你我一样的普通家庭生活中的人，它把恐惧带给最近的读者，日常生

---

[①]　Hope Hale Davis, "Dangerous Relations in High Places", Rev. of *The President's Child*, by Fay Weldon, *The New Leader*, June 27, 1983, p. 20.

活中的危险随处可见。

维尔登谈起危险恐惧与家庭生活之间的联系时，她说女人对与自己朝夕相处的男人通常了解并不多："《总统的儿子》的缺点在于，女主人公嫁给一个中央情报局工作人员却并不知情的可能性很小。"她说："但是这种事情总是存在的，不是吗？女人们对于朝夕相处的男人一无所知……强奸者……谋杀者……"① 因此惊悚小说式的危险恐惧在日常生活中以各种各样的形式存在着，维尔登不赞同将小说创作题材局限于单一形式。一部小说可以将两种、三种，甚至更多种不同的题材进行融合，展现出多元化和复杂化的后现代主义创作特点。维尔登在描述这部小说的独特风格时说："在我看来，有三个独立的群穿插于其中：一个是家庭小说，一个是文学小说，一个是惊悚小说。"② 也有评论称其为政治惊悚小说、女性小说和寓言的结合体。英国小说家哈里特·沃（Harriet Waugh, 1944— ）概括性地评论道："可以肯定的是，费·维尔登讲述了一个很好的故事，即使这部小说仅仅是关于女性磨难的出色描写，但其中最具新意之处在于《总统的孩子》是以寓言形式讲述了一个有趣而激动人心的惊悚故事。"③

《总统的孩子》之所以是一部政治寓言，是因为它暗指美国对欧洲的干涉，除此之外，还暗指假装男女两性冲突不存在是不可能的。维尔登的后现代女性主义书写把性和政治权力联系在一起，把女性个人生活与现实的政治联系在一起。维尔登在一次采访中这样描述这种关系："假如你现在住在欧洲，要把欧洲政治与美国政治分开是很难的。我相信所有人都能意识到这一点，并感觉到我们生活在美国的羽翼之下。"④

霍普·黑尔·戴维斯（Hope Hale Davis）说美国总统肯尼迪与小说中的艾弗表面上不同，却无法让人忽视他们之间的共同点："维尔登小说中虚构的父亲不叫肯尼迪。他是来自马里兰的参议员，民主党的总统候选人，正如肯尼迪的过去一样。他们的相似之处是候选总统都相当年轻，具有非凡的魅力、崇尚理想主义、身体充满活力却又患有疾病：不为人知的性欲得不到满足。故事让人开始思索。"⑤ 戴维斯认为小说中的现实可能源于维尔登对肯尼迪的爱情与生活细节的了解。维尔登对于政治阴谋的描写，亦是对人的本质的描写。在小说

①　Judy Forrest, "Missionary Position: "Fay Weldon's Women Always End Up on Top", *Vogue*, Apr. 1987, p. 211.

②　John Haffenden, "Fay Weldon." *Novelists in Interview*, London: Methuen, 1985, p. 307.

③　Harriet Waugh, "Unbelievable", Rev. of *The President's Child* by Fay Weldon, *The Spectator*, 2, Oct. 1982, pp. 24-25.

④　Regina Barreca, "Interview with Fay Weldon", *WBAI-FM*, New York City, 29 Apr. 1983.

⑤　Hope Hale Davis, "Dangerous Relations in High Places", Rev. of *The President's Child* by Fay Weldon, *The New Leader*, 27 Jun. 1983, p. 19.

中, 她还预示了美国总统克林顿的丑闻, 尽管克林顿最终被弹劾而非被害死。有些评论家认为这部小说是不可信的, 这种评论提出了现实生活与小说之间的关系。维尔登认为现实生活与小说之间的区别是微小甚或不存在的。她认为："一切都是相联系的。"① 维尔登说："艺术不应该模仿生活, 而应该在艺术中重新记录再现生活的一般思想。"② "让小说去反映现实生活是一种欺骗, 概括来说小说比现实生活更加可信。这也许就是为什么人们转向小说……去寻求平静。"③

　　从这些评论中可见, 维尔登的小说创作打破了传统的思维定势, 把惊悚小说、家庭女性小说和寓言故事融合在一起, 包含了男性和女性之间、英国与美国之间、政府与个体公民之间的政治斗争。维尔登不仅把德里达对"逻各斯中心主义"的批判思想运用在颠覆小说题材单一的创作模式方面, 同时还直接摧毁了"男性中心主义"传统, 从而打破了传统的男性统治女性、女性服从男性的性别模式, 把男女关系拉回到零度的平等地位。在以"逻各斯"为中心的世界中, 男性可以"合法地"统治、控制和摧残女性, 男性对女性的生活可以随心所欲地进行干涉, 肆无忌惮地进行践踏。女性要想寻求自身的解放, 首先要揭露男性残忍丑陋的行径, 同时对虚假掩饰的平等加以分辨与警惕。

　　维尔登从关注女性生活和爱情关系开始, 逐渐扩展到关心福利体系、核战争和政治权力等广泛议题。她不断粉碎美好浪漫的爱情故事的虚幻性。对传统叙事和非实在女性形象的不满, 推动了女性写作领域的校正和重塑。艾德丽安·瑞迟 (Adrienne Rich) 把这种校正描述为"一种生存行为", 并认为女性作家"需要了解写作的过去、与我们所熟知的不同的过去, 不是传递一种传统, 而是打破限制我们的传统"④。

　　维尔登的母亲, 作家玛格丽特·吉普森 (Margaret Jepsen) 在其生活的年代里发现浪漫的婚姻传统并不令人满意, 而且"对于浪漫写作传统非常担忧: 她认为把这种虚假的思想传递给年轻女性是错误的: 应该让她们认为婚姻并不一定是幸福的, 这样结局会更好, 贫穷无助的女孩得到强壮、英俊而富有的男人并不是世界所呈现的那样美好"⑤。正如这段话所表明的, 吉普森认识到小说, 尤其是爱情小说那潜在的实际和意识中的危险。于是, 吉普森从小说写作转到了哲

①　Fay Weldon, *Auto Da Fay*, London: Flamingo, 2002, p. 33.

②　Nancy K. Miller, "Emphasis Added: Plots and Plausibilities in Women's Fiction", in *The New Feminist Criticism: Essays on Women, Literature, and Theory*, Elaine Showalter, ed., New York: Pantheon, 1985, p. 340.

③　John Haffenden, "Fay Weldon", *Novelists in Interview*, London: Methuen, 1985, p. 306.

④　Adrienne Rich, "When We Dead Awaken: Writing as Re-Vision", *On Lies, Secrets, and Silence*, New York: Norton, 1979, p. 35.

⑤　Fay Weldon, *Auto Da Fay*, London: Flamingo, 2002, p. 33.

学写作，与此不同的是，英美女性作家却把小说写作焦点转移到了女性现实的生存境况。为了能为女性生活提供一个更加现实的描述，从而瓦解传统性别意识和社会角色限定的规则，她们创造出新的叙事，以此质询传统的浪漫情节。

维尔登以她独特的方式揭露了女性在这个世界中被削弱的力量，关注女性在这个世界中被男性所统治着的女性经历。维尔登在《总统的孩子》中描述了在男性控制下女性主体身份的缺失，"士兵有一种强奸女人的方式：他们撩开女人的裙摆盖住她们的头，把她们捆起来：现在她没有了脸面、没有了思想、只是躯体，更失去了身份：她不再是某人的妻子、姐妹、母亲或者女儿，当然更不是她自己了"①。同时，维尔登还描述了已获得主体身份的女性，也只是生活在男性营造的虚构和欺骗当中。

维尔登认为一个看上去最让人放心的人，也许正是最危险的人，看起来好的东西经常是不真实的。伊莎贝尔认为"霍默的行为很像美国连环画中老掉牙的父亲形象"②，霍默是个非常理想的男人——"丈夫、情人、朋友、父亲，各种角色合而为一"③。伊莎贝尔告诉梅阿，霍默是如此有魅力，他们之间和谐的夫妻生活让邻居们很是羡慕。然而，就是这样让人艳羡、让人放心的男人，却是个特工，竟是总统竞选团队派来的奸细。他们的婚姻是虚假的，霍默也是谋杀阴谋的一份子。伊莎贝尔最终不得不承认"白马王子只是个虚构的创造"④。男性完全可以通过虚假的表现继续对女性的控制和统治。

维尔登在这部小说中对男性的描述不再是一幅罗曼蒂克的画面，而是男性谋划的一场噩梦，一次对付伊莎贝尔或者说对付所有女性的男性国际联盟行动。"她不再被允许活下去，因为她是给儿子带来道德上和身体上的危险之源，也许所有的父亲内心深处都这样认为吧？"⑤通过描述女性的危险处境，维尔登不断警示女性们不要轻易相信男性。维尔登说："《总统的孩子》中的观点是：你绝不能相信男人，或者好男人只是装出来的。这就是我的观点。"⑥"比起好男人，我宁愿选择一个令人厌恶的男人。"⑦维尔登敢于表达女性内心真实的想法，从女性的立场来言说男性，正是消解"男性中心主义"的一种尝试和有力武器。

维尔登消解了"逻各斯中心主义"为世界假定的小说创作题材模式和标准，揭露了男/女二元对立结构，从而为女性的主体建构做出榜样，在"逻各斯

---

① Fay Weldon, *The President's Child*, Garden City: Doubleday, 1983, p. 105.

② Fay Weldon, *The President's Child*, Garden City: Doubleday, 1983, p. 75.

③ Fay Weldon, *The President's Child*, Garden City: Doubleday, 1983, p. 119.

④ Fay Weldon, *The President's Child*, Garden City: Doubleday, 1983, p. 210.

⑤ Fay Weldon, *The President's Child*, Garden City: Doubleday, 1983, 208.

⑥ John Haffenden, "Fay Weldon", *Novelists in Interview*, London: Methuen, 1985, p. 309.

⑦ John Haffenden, "Fay Weldon", *Novelists in Interview*, London: Methuen, 1985, p. 309.

中心主义"营建的虚构中，敢于言说女性真实的内心与现实生活体验，摆脱既定的"男权中心主义"的传统束缚，探求真实而丰富多样的女性解放途径。

《总统的孩子》不仅是一部文学作品，同时还赋予了一种社会功能。帕特丽夏·克雷格（Patricia Craig）评论这部小说："女性主义和高级娱乐又一次结合起来。"① 维尔登具有诊断社会问题的非凡能力，并能提供解决方法。因其对社会的敏锐洞察力，维尔登的小说展示了历史和文学的联系，摆出一副对现实世界无动于衷的态度。正如她在《致爱丽丝的信》（Letters to Alice）中写道："通过这样的讨论与共同的经历，我们能够理解自己和他人吗？正是在文学、小说、幻想、对过去的虚构中，你才能找到真实的历史，而不是在教科书当中。"②

后现代女性主义具有很强的颠覆性，它的目标不是在现行体制中争取男女平权，也不是要把男人压迫女人的现行体制颠倒过来，而是消解现行的两性观念。维尔登不仅把"女性书写"作为武器，为女性争取"话语权力"，重塑女性的言说主体，打破了男性言说的神话；而且采用家庭生活的"小叙事"，摒弃传统的历史"宏大叙事"主题，在"小叙事"中描写女性家庭角色的反叛，追溯男/女不平等的社会根源，颠覆女性被压抑、被边缘化的社会角色；同时，在消解"逻各斯中心主义"的过程中，打破以往小说题材创作标准，从而建立多元化的小说题材创作原则，把惊悚、政治语言与家庭小说相结合，从而打破了美好的爱情与家庭婚姻生活的幻想。作为英国后现代女性主义作家，维尔登在《总统的孩子》中进一步构建后现代女性主体：为女性争取话语权力，否定宏大叙事和消解"逻各斯中心主义"的理性与逻辑。她通过"女性书写"消解了言谈凌驾于写作之上、男人凌驾于女人之上、标准凌驾于异化之上的传统思想，为多元的、差异而丰富的女性主义创作开辟了一片天地，为探寻女性解放之路默默奋斗。

# 二、"女恶魔"对生态女性主义"神话"的颠覆

20世纪70年代末80年代初，女性主义运动发生了转变，但维尔登的小说并未与这一运动分离，她拒绝标榜自己是女性主义者。因此，维尔登对女性主义的忠贞程度受到了很多女性主义者们的质疑。比如，维尔登对小说《绝望的主妇》（The Life and Loves of a She-Devil, 1983）中女主人公鲁思的复杂描写就

---

① Patricia Craig, "All Our Dog Days", Rev. of *The President's Child* by Fay Weldon, *TLS*, 24 Sept. 1982, p. 1031.

② Fay Weldon, *Letters to Alice: On First Reading Jane Austen*, 1984, New York: Carrol & Graf, 1990, p. 18.

强调了她拒绝任何意识形态的标签，尤其是女性主义：鲁思是个过于积极的女性形象，一方面她抛弃郊区梦想变得自立；另一方面，她通过整容整形手术变成丈夫情人玛丽·费什的样子。维尔登塑造了一位兼自强自立与虚荣残酷于一身的"女恶魔"形象。通过"女恶魔"一系列的复仇行动，维尔登展现了许多道德问题，却并未勾勒出一个清晰的道德体系。"女恶魔"形象在某些本质女性主义者看来，是对女性形象或道德的一种毁坏和颠覆，不利于女性解放。然而，维尔登认为既然不存在某种既定的道德体系，那么读者关于"女恶魔"的道德结论自然地被否定了。

在 20 世纪 90 年代，学者们总结了维尔登自相矛盾的、非连续的、持续转变的政治立场，从而称维尔登为一位后现代女性主义作家。维尔登认为，作为一名作家，她能够摆脱让男人喜爱、欣赏和赞同的需求……跟自我实现比起来，幸福只是一个次要目标。一个获得解放的妇女是一个能够自由选择的人。而这种观点却与鲍德里亚"诱惑"的女性主义批判理论大相径庭。在鲍德里亚看来，诱惑是一种相互合作的、不间断的游戏，它所强调的不是谁被诱惑了，关键在于游戏本身以及在游戏中相互的合作，被鲍德里亚称之为"交互性"。这种"交互性"最终导致的结果是，女性为了能够和男性友好地合作或游戏，就要考虑到男性的喜恶原则。而维尔登关注的是女性自我价值的实现，比起与男性的合作或"交互性"而言，她的小说人物更接近于一味寻求个人解放，而不再顾及被是否男人欣赏的"女恶魔"（She-Devil）形象。

《绝望的主妇》（*The Life and Loves of a She-Devil*）是迄今维尔登唯一一部被翻译成中文的长篇小说。中译本在 2011 年 1 月份问世，它与热播美剧 *Desperate Housewives* 中塑造的五位性格各异的家庭主妇在揭露"邪恶与脆弱的人性"方面具有异曲同工之处。小说讲述了一位具有叛逆和反抗精神的女主人公极端复仇的故事：女主人公鲁思起初是一位平凡的家庭主妇，她一心相夫教子，容貌平平，身材甚至比丈夫还要高大，一直恪守丈夫让她背诵的"好妻子祷文"，可谓是贤妻良母和好儿媳。丈夫波波是一位小有成绩的私人会计师，主张诚实和博爱，即使他的婚外情也诚实以告，好让妻子能够博爱。玛丽·费雪正是那位婚外情人，她是一位畅销书作家，美貌、才情、金钱与魅惑，她应有尽有。在得知丈夫的出轨消息后，"绝望的主妇"鲁思为了从情敌玛丽的身边夺回前夫波波，变成了既非男性也非女性的"女恶魔"，她想方设法地陷害玛丽和波波，结果玛丽遗憾地离开人世，鲁思完全地控制了前夫波波的一切。之后，鲁思启动了前夫波波的银行账户，飞往美国进行大面积整形美容，变成了翻版的玛丽，最终"美丽"富有的鲁思夺回了之前她失去的一切。

"爱与欲、恨与妒的天罗地网，男人心惊胆战，女人拍手称快，绝望女人在恨中学会爱自己,当大戏帷幕渐落,复仇的对象已不是那个负心汉,而是昨日一往情深的自我。原来,最强有力的复仇,竟是人性!”① 从小说封底上的这些文字我们可以看出,不论是所谓的居于统治地位的“男性”,还是所谓的居于“他者”地位的“女性”,是否该考虑一下生态女性主义的发展道路仍然朝着“当自然被征服时,女性也遭到奴役”的方向而蜿蜒前进呢?自然和女性的地位也许并非总是一致的。

自法国女性主义者奥波尼在 1974 年首次提出生态女性主义这一概念后,不同的生态女性主义者对这一概念具有不同的解释和倚重,但生态女性主义者查伦·斯普瑞特耐克(Charlen Spritnack)指出,“生态女性主义的核心观点是:西方文化中在贬低自然和贬低女人之间存在着某种历史性的、象征性的和政治性的关系”②。这种关系就是父权制世界观,它具有三个重要特征:二元思维方式、价值等级观念和统治的逻辑。这种二元思维方式不外乎人对自然如同男人对女人之间的二元对立思想;价值等级观念表达了人比自然重要如同男人比女人重要的价值观念;统治的逻辑表达了人统治自然如同男人统治女人般天经地义。然而,在费·维尔登的小说《绝望的主妇》中,“女恶魔”却将这种父权制下的世界观彻底地颠覆了。

## (一)“女恶魔”对二元思维模式的颠覆

女主人公鲁思把一系列复仇行为当成消解男性/女性的二元对立结构的手段,殊不知鲍德里亚却认为“诱惑”才是女性气质的颠覆性策略。“而要超越男性话语,在鲍德里亚看来只有树立女性气质。”③ 女性气质以诱惑为主导,男性气质则以生产为主导。诱惑的力量就是消解男性/女性对立的二元结构,从而打破二元思维模式。

如此说来,鲁思在控制自然方面就完全没有遵循鲍氏的劝诫,她非但没有摆出“诱惑”的姿态,反而想尽一切办法去控制自然和毁灭自然。在《绝望的主妇》中,维尔登一开始这样介绍鲁思:“我喜欢园艺,我喜欢控制自然,从而使事物更加美丽。”④ 然而,在鲁思夺回了一切之后,作为女性,她得到彻底的解放了吗?她在二元对立的模式中击败了男性后,难道就获得了女性价值和女性统治地位为她带来的欢乐了吗?小说后来谈到变成女恶魔的鲁思,“清晨坐在床边

① 费·维尔登:《绝望的主妇》,林静华译,重庆:重庆出版社,2011 年,封面。
② 查伦·斯普瑞特耐克:“生态女性主义建设的重大贡献”,《国外社会科学》1997 年第 6 期,第 63 页。
③ 孔明安、陆杰荣:《鲍德里亚与消费社会》,辽宁:辽宁大学出版社,2008 年,第 154 页。
④ Fay Weldon, *The Life and Love of a She-Devil*, London: Hodder and Stoughton Ltd., 1983, p. 13.

看着窗外的景色，有人说是我把窗外的景色毁掉了，我栽种了人工篱栅，安装了带喷泉的花岗岩鱼塘等等，但是我喜欢这样做。自然已逝去的太多太远，它需要的是控制"[1]。另外，鲁思还感叹道："我是个身高六英尺二英寸、截短了自己的腿的女人。这是个滑稽的改变，从滑稽变成了严肃。"[2] 鲁思的感慨给了我们这样的启示：这种改造自我的滑稽行为变成了一个引人深思的严肃主题。女性在控制了自然、控制了男性、控制了女性自己那一刻起，已经不能再被称为"女性"，而只能被称为颠覆了男人控制女人的二元思维方式的"女恶魔"了。

由此，生态女性主义为女性解放带来的出路在何处？为什么生态思想与女性主义思想走在一起了呢？生态思想与女性主义的必然结合归因于它们共同攻击的目标。表面上，生态思想的批评直指人类中心主义，要把自然从人傲慢的压迫下解放出来，消除文明与自然的二元对立；女性主义则批判男权中心主义，从根本上改变女性在社会中的弱势地位，消解男女两性的二元对立。实际上，人类中心主义和男权中心主义有着相同的思维方式，揭开它们的面纱，可以看到一样的嘴脸——逻各斯中心主义。

逻各斯中心主义以某个终极的所指为一切思想和表达的基础，这一终极所指以不同的面目出现，但都在不同的历史时期和层面上控制着主客二分的局面，并以暴力和权威作保障。鲁思对自然进行的人工改造以及对自己身体的改造（截短自己的腿），在某种意义上说，都属于暴力行为。然而，这种建立在暴力和权威基础上的女性主义解放，已经严重偏离了生态女性主义发展的初衷，而走到了与人性相对立的一面，这样的女性自我实现已经毫无价值，为整个人类社会所唾弃。

## （二）"女恶魔"对价值等级观念的颠覆

小说中，"女恶魔"竭力摆脱女性"弱者"的处境，然而，鲍德里亚却说女性作为生产性逻辑中客体的一个环节，自然地处于弱势地位。为了彰显女性气质，女性就应该在玩弄示弱的游戏中显现出一种诱惑的逻辑。这种隐含"阳尊阴卑"的价值等级观念在"女恶魔"这里被击得粉碎。鲁思在处理与波波的关系时，仍然没有采取"诱惑"手段，没有以展现女性气质的姿态来挽回波波的爱；相反，她仍然想彻底打破"男尊女卑"的价值等级观念，试图取代男性主要的、统治的地位，从而摆脱女性"第二性"的命运。

鲁思离开前夫之后加入了一个名叫"The Wimmin"的激进女性主义社团，

[1] Fay Weldon, *The Life and Love of a She-Devil*, London: Hodder and Stoughton Ltd., 1983, p. 240.

[2] Fay Weldon, *The Life and Love of a She-Devil*, London: Hodder and Stoughton Ltd., 1983, p. 240.

从这个名称可以看出她们想摆脱"女人"（the women）这个名字的束缚和限制。这个社团位于城市边缘的一个农场，全体成员都是女人，她们声称要割断与男人世界的所有联系，自己种庄稼来维持生活。她们只养育被遗弃的女孩，并以各种方式处理掉男孩。然而，"鲁思认为她们是错误的，她希望自己能够生活在这个令人眼花缭乱的主流世界，而非蜷缩在这个泥泞的社会角落"①。

鲁思把这个女性主义社团说成一个"泥泞的社会角落"，暗示出鲁思并不甘心于女性逃避男人、逃避社会的简单做法。为什么女人就不能去争取生活于主流社会的权利呢？为什么女人就只能生活于这个"泥泞的社会角落"呢？最终，她利用这个团体帮她掩盖了真实身份后，高兴地离开了这个叫做"The Wimmin"的女性组织。

为了更好地实施报复，鲁思狠心地把一双儿女扔给负心的丈夫，对孩子不管不顾。鲁思烧毁了与前夫共有的房子后，把孩子送到波波与玛丽的新住所。离开前，波波追问道：

> "……"
> "那你打算去哪？去朋友家吗？"
> "什么朋友？如果你想的话，我可以留在这。"
> "你知道这是不可能的。"
> "那我就走。"
> "但是你得留个地址。"
> "不行，我没有任何地址可留。"
> "但是，你不能抛弃你自己的孩子啊。"
> "我可以，"鲁思回答道。②

鲁思坚定的回答证明了假如男性可以出轨和抛妻弃子，那么女性也可以这样做。男性和女性对待家庭的价值观可以是一样的，所以鲁思有理由不留下任何地址，不让孩子找到她的地址，彻底地"抛夫弃子"。这样一来，鲁思把与自己的身体最亲近的一部分——孩子，抛弃到了遥远的地方，彻底摆脱了女性的自然气质，失去了鲍德里亚认为可以作为"诱惑"资本的女性气质。然而，"女恶魔"的复仇行动带来的后果是，女性在摆脱了被统治境地后，随即又陷入了统治他人的漩涡当中。"女恶魔"把男性价值高于女性这一价值观念彻底颠覆过来之后，却发现高高在上的女性价值是建立在孩子失去母亲的痛苦之上的。孩

① Fay Weldon, *The Life and Love of a She-Devil*, London: Hodder and Stoughton Ltd., 1983, p. 200.
② Fay Weldon, *The Life and Loves of a She-Devil*, London: Hodder and Stoughton Ltd., 1983, p. 74.

子成了无辜的受伤者，没有了对孩子的爱护之情，又何谈生态女性主义对环境和动物的爱护呢？假如女性解放带来的是"人性"的泯灭，鲁思对前夫的复仇就变成了对自我"人性"的复仇，那么鲁思正式把自己从传统的"贤妻良母"转变为毫无理性的"女恶魔"了。至此，男女价值等级观念的颠覆，让人们重新意识到"人性"的重要性，使得"人性"价值得以彰显，生态女性主义的发展方向应该是关怀女人，关怀所有的生命。

## （三）"女恶魔"对统治逻辑的颠覆

从更加全面的视角来谈生态女性主义，解放的对象不仅仅是女人，还应包括男人和所有生命。解放的具体方式不是抽象地谈论爱，而是坚定地终结统治的逻辑。鲁思痛恨丈夫波波让她阅读的"好妻子祷文"："为了每个人的利益，在我不快乐的时候，我必须假装快乐；为了每个人的利益，对于我自己的生活方式不能发牢骚；……；为了每个人的利益，我必须树立起丈夫性生活的自信；为了每个人的利益，我必须支持丈夫的事业；为了每个人的利益，我必须爱丈夫，不论他贫穷还是富有……"[1] 这个祷文充分体现了男人控制女人的强烈欲望。

存在主义女性主义者西德蒙·德·波伏娃强调说："如果人的意识不曾含有他者这个固有范畴，以及支配他者这种固有的愿望，发明青铜工具便不会导致女人受压迫。"[2] 妇女解放要求的远远不止是铲除私有制度，它更要求完全根除男人控制妇女的欲望。[3] 鲁思读完"好妻子祷文"之后，并未感到欣慰，反而更助长了她内心的仇恨。鲁思说："我想要的是索取所有的东西，而毫无回报。我想要的是压倒男人的钱和心的权力。"[4] 至此，在鲁思的内心世界产生了控制男人的渴望，燃起了建立"自我"的意识，决心挣脱被控制的"他者"处境。

"女恶魔"为了摆脱"他者""弱者""第二性"的限制和统治，开始对自己的外貌、身材、爱情和职业有计划地进行改造。容颜、身材、爱情和职业，只要她想要，她照样可以得到，她决不会向任何人示弱。鲁思进行了美容整形手术后，变成了玛丽的模样，从此获得了波波的爱。"波波爱我。他已经变成一个可怜的老糊涂，为我倒茶，为我调酒，替我拿包。他和我的身体合二为一，一个他曾经抛弃，从头到脚都不要的肉体。"[5] 同时，她获得了玛丽之前让人艳羡的职

① Fay Weldon, *The Life and Loves of a She-Devil*, London: Hodder and Stoughton Ltd., 1983, p. 25.

② 西德蒙·德·波伏娃:《第二性》，陶铁柱译，北京：中国书籍出版社，1998 年，第 63 页。

③ 罗斯玛丽·帕特南·童:《女性主义思潮导论》，艾晓明译，武汉：华中师范大学出版社，2002 年，第 266 页。

④ Fay Weldon, *The Life and Loves of a She-Devil*, London: Hodder and Stoughton Ltd., 1983, p. 25.

⑤ Fay Weldon, *The Life and Loves of a She-Devil*, London: Hodder and Stoughton Ltd., 1983, p. 239.

业，"我试着写小说，并且把它寄给玛丽·费雪的出版商，他们要买下出版，但我不答应。知道如果我想的话我也能创作就足够了。这毕竟不是难事，而她也没什么了不起"[1]。最终美丽的容颜、苗条的身材、前夫的爱和写作职业，鲁思全都得到了。

"女恶魔除了对自己好点之外，对他人只有破坏。最终，她赢了。"[2] 鲁思运用现代科学技术获得了美丽的容貌和绝妙的身材，但这在鲍德里亚看来却不是真正的产品（自然价值），她只是获得了所渴望的意象（符号价值）。这种符号价值正是对物的自然价值进行了编码，"物被符号化之后，符号价值就湮没了自然价值"[3]。

因此，鲁思作为主体，在消费社会中悄悄地丧失了其主体性，她变成了符号的奴隶，却从未参与到社会的生产过程中。也就是说，她只是陷入了掌握生产主导权的男人所控制的消费社会之中，所以"女恶魔"并非真正的赢家。毋庸置疑，维尔登笔下的鲁思并不是鲍德里亚所认为的女性，她不会通过展现"女性气质"和"诱惑"的手段去获得女性解放。"女恶魔"在摆脱了自然和男人的统治后，仍然受到符号社会的统治，仍然没有逃脱这个消费社会的控制。

因此，女性即使摆脱了以"二元思维方式、价值等级观念和统治的逻辑"为特征的父权制世界观，女性解放仍然是个悬而未决的问题。女性取代男性对自然进行控制和改造并不是生态女性主义者为之奋斗的目标；女性摆脱家庭和孩子束缚后确立的新型女性价值观念却使自己走到了"人性"的对立面；女性在摆脱"他者""弱者""第二性"的地位、颠覆男性的统治之后，却仍然受到（男性）生产为主导的消费（符号）社会的统治。因此，女性的真正解放仍然任重而道远……

不管怎样，叛逆的女性已经在向这不公正的社会进行挑战，抗议的文学可以孕育出真诚而有力的作品。"今天，女人坚持自己的权利已不再那么困难；但她们还没有完全克服由来已久的、把她们隔绝于女性气质的性别限制。"[4] 女人仍然试图隐瞒自己对家庭、对男人、对孩子、对职业等现实的依附性，而暴露这种依附性本身就是一种解放。对现实的玩世不恭和叛逆正是对屈辱和羞耻的防御。女作家维尔登通过追求这种敏锐的洞察力，书写着现实生活中"女恶魔"般的玩世不恭及复仇行动，这正是为妇女事业而进行的重要服务。正如在所有生命都获得解放之前，女人是无法获得彻底解放的一样，只有消除所有压迫和

---

①　Fay Weldon, *The Life and Loves of a She-Devil*, London: Hodder and Stoughton Ltd., 1983, p. 240.

②　Fay Weldon, *The Life and Loves of a She-Devil*, London: Hodder and Stoughton Ltd., 1983, p. 230.

③　孔明安、陆杰荣：《鲍德里亚与消费社会》，辽宁：辽宁大学出版社，2008年，第154页。

④　西德蒙·德·波伏娃：《第二性》，陶铁柱译，北京：中国书籍出版社，1998年，第803页。

统治,女人才能获得根本解放。生态女性主义就这样将女性纳入了生态共同体,勾画出所有生命都获得关爱和解放的远景。

# 三、后现代主义文本艺术生产与消费

维尔登早期的写作几乎无一例外地关注女性生活与关系中的困难——"性别与家庭生活"①。后现代社会的高消费与高失业问题并存,维尔登在这种颓废的后现代社会现实中,关注着个人道德习俗与责任问题。她的小说不仅关注男女两性关系,而且开始关注国家和世界的处境,关注更宽泛的社会问题,比如"战争、政治、经济"②。

《宝格丽关系》(*The Bulgari Connection*, 2001)是其一部颇有争议的小说。争议的焦点集中在:作为英国知名畅销小说家,费·维尔登接受了意大利宝格丽珠宝公司的要求和赞助而完成这部小说,其实质目的正是为了开展商业宣传。对于维尔登的做法,整个文学艺术界都为之感到震惊。震惊之余,无休止的评论和争议便纷至沓来:美国"兰登书屋"(Random House)的前任编辑主任杰森·爱普斯坦说:"对小说家而言,为了获得酬金而宣扬某公司产品是件令人厌恶的事情"③;曾获普利策奖的小说家麦克·查邦把《宝格丽关系》称为一个"蹩脚的想法"④;美国小说家里克·穆迪说:"你不想去评价一位作家,更不用说有名的英国作家,但是你确实想说,哦,难道你们的书不也已经售出了足够多的复本了吗?别傻了!"⑤;美国小说家简·汉密尔顿说:"没有人会告诉我怎样去写或者写些什么,对我来说那是最要紧的问题……"⑥以上评论中只有里克·穆迪赞同费·维尔登的做法,他认为作家的作品都是通过各种方式进行销售,都获取了经济利益。但除此之外,其他几位作家都讽刺甚至反对费·维尔登的人胆举措。

实际上,对于《宝格丽关系》这部小说的创作,从西方马克思主义的角度来审视,它正是与时代共生的产物。依据德国西方马克思主义理论家瓦尔特·本雅明的文本艺术生产论,他认为"把艺术创作看作是同物质生产有共同规律的一种特殊生产活动和过程。在他看来,艺术创作是生产,艺术欣赏是消费。小

---

① Fay Weldon, *Mantrapped*, New York: Grove, 2004, p. 94.

② Fay Weldon, *Mantrapped*, New York: Grove, 2004, p. 94.

③ M. J. Rose, Your Ad Here, 2001-09-05. http://www.salon.com/2001/09/05/bulgari.

④ M. J. Rose, Your Ad Here, 2001-09-05. http://www.salon.com/2001/09/05/bulgari.

⑤ M. J. Rose, Your Ad Here, 2001-09-05. http://www.salon.com/2001/09/05/bulgari.

⑥ M. J. Rose, Your Ad Here, 2001-09-05. http://www.salon.com/2001/09/05/bulgari.

说文本艺术生产完全可以遵循与社会生产力水平相适应的艺术生产规律"①。因此,《宝格丽关系》这一文本从生产目的、生产与消费的关系以及具有后现代特点的文本创作手法来看,都顺应了当今社会的消费状况。

## (一)小说文本的艺术生产目的

《宝格丽关系》这部小说文本的艺术创作摆脱了传统小说追求宏大叙事与伦理教化的束缚。在当代经济中,小说文本的生产目的呈现出简单化和商业化趋势,这使文本原初的文学性被逐步削弱了。这部小说写于2001年,作为21世纪早期的作品,小说的创作与新世纪的社会生产力发展状况是分不开的。高经费赞助的小说《宝格丽关系》也证实了作者愿意去适应当代的物质追求。

费·维尔登创作这部小说的生产目的简单化,这主要体现在:为宝格丽公司进行珠宝饰品宣传,使"宝格丽"这一品牌名在小说中被提及的次数达到公司规定要求,以增强"宝格丽"这一品牌的知名度。实际上,费·维尔登已经超额完成了所规定的宣传任务。"宝格丽"(Bulgari)一词在小说中出现的次数远远超过了之前规定的12次。起初,维尔登对于这种创作目的心存疑虑,但由于自身就处于经济膨胀的当代社会之中,无法摆脱经济力量对个人生活的冲击,最终她选择了坦然接受。维尔登曾告诉《纽约时报》说:"我刚听到这种(写作)方式时,认为是行不通的。我是一名文学作家,不能做这种事情,否则我的名声将会永远存有污点。但之后又想了想,我不在乎,有污点就有污点吧,反正他们也没有授予我布克奖嘛。"②

小说中第一次提到"宝格丽"这一品牌是"巴利和桃丽丝手牵着手,缓缓地向时尚女子购物街宝格丽珠宝店走来,他想为桃丽丝那纤细的手臂挑选一款镶有红宝石的手链"③。简短的几句话为读者描绘了一幅温馨的画面,同时向读者传递出了这样的信息:宝格丽珠宝总是与甜蜜爱情和窈窕美女相匹配。"宝格丽"这一品牌名在小说中首次闪亮登场便展现了该小说文本简单的生产目的——品牌广告宣传。另外,小说的商业化特点主要体现在:小说文本的文学性被进一步削弱了,其商业操控性却大大增强了。小说文本作为一种文字符号体系,在为整个消费大众传播宝格丽珠宝广告信息的同时,通过文字阅读的途径来操纵大众的审美趣味与欲望,从而扩大小说的销售量,并从中获取巨大的

---

① 朱立元:《当代西方文艺理论》,上海:华东师范大学出版社,第二版(增补版),2005年,第70页。

② Maev Kenney, *The Guardian*, Tuesday, September 4, 2001, p. 16, p. 55, BST. http://www.thefreelibrary.com/Jewellers+sponsor+Fay+Weldon's+latest+literary+gem-a01611564436, 2011-10-05.

③ Fay Weldon, *The Bulgari Connection*, 2000, London: Harper Collins Publishers Ltd. 2001, p. 14.

经济利润。美国学者大卫·哈维在《后现代性的条件》一书中认为，在 20 世纪六七十年代爆发的资本主义经济危机中，灵活积累通过采用新的组织形式和新的技术，加快了生产和消费的步伐。面对转瞬即逝的消费时尚，人们不得不采取新的应对策略，他们有意识地操纵和控制消费趣味与时尚。符号体系和视觉形象的生产占据了一个特殊重要的位置。①

第二次提到"宝格丽"是朱丽叶夫人在儿童慈善捐助会正式出场时，对其着装服饰的描绘："脖子上戴着一条宝格丽项链，上面镶嵌着各种圆形绿翡翠石、红宝石、蓝宝石，还有 60 年代出产的制作优良的钻石，价值 27.5 万英镑……映在她那富有弹性而白皙的皮肤上光彩照人"②。这番描述把时尚尊贵概念展现得淋漓尽致。通过文字符号向消费读者设定了"宝格丽珠宝意味着爱情、美丽和尊贵"的审美观念，从而使小说文本艺术与广告文编写艺术的效果如出一辙，以此来影响读者或消费者的消费观念。由此可见，《宝格丽关系》的文本生产目的与整个消费社会的生产力水平是密不可分的。在简单化和商业化的小说文本生产目的驱动下，小说的文学性便居于附属地位了。

对于文学性的理解，俄国形式主义文学批评家维克多·什克洛夫斯基（Viktor Shklovsky, 1893—1984）提出了"陌生化"概念，"主张艺术的设计是对象的陌生化设计，是造成形式的困难、增加感觉难度与长度的设计"③。《宝格丽关系》中，各种场景的设计让读者感到那么熟悉而不陌生，那么直接而不费力。换句话说，作者的意图本身并不是崇尚小说的文学审美价值，而是商业性地竭力推销宝格丽珠宝而已。俄国形式主义叙述理论的另一个概念是"动机"，鲍里斯·托马舍夫斯基（Boris Tomashevsky, 1890—1957）把情节中最小的单元叫做"动机"。确定动机是故事要求的，不可缺少的；而自由动机从故事的角度看则无关大局，可有可无。④ 因此，推销宝格丽产品是小说《宝格丽关系》的明确动机，是小说故事所要求的，或者说是出版商所要求的，不可缺少的；而小说中有趣而紧凑的故事情节反而成了自由动机，情节场景的设置并不是至关重要的因素，可以这样安排也可以那样安排，甚至于可以忽略某些情节（假如烘托不出宝格丽珠宝的商业价值）。这样一来，小说文本的生产目的和其文学审美价值都由整个消费社会的生产力水平所控制和制约，而小说文本创作不再拘泥于文学艺术价值追求，而是与商业性炒作千丝万缕地联系在一起。因此，精英文化与

---

① 罗钢：《后现代主义文学作品选》，北京：高等教育出版社，2002 年，第 207 页。

② Fay Weldon, *The Bulgari Connection*, 2000, London: Harper Collins Publishers Ltd. 2001, p. 21.

③ 朱立元、李均：《二十世纪西方文论（上卷）》，北京：高等教育出版社，2002 年，第 183 页。

④ 拉曼·塞尔登、彼得·威德森、彼得·布鲁克：《当代文学理论导读》，刘象愚译，北京：北京大学出版社，2006 年，第 42 页。

大众文化的界限日渐模糊，成为后现代小说文本创作的一个重要特征。

## （二）小说文本艺术生产与艺术消费

作为后现代主义小说的文本生产，《宝格丽关系》是逃不出后现代主义消费社会的圈子的。《宝格丽关系》是一部情节紧凑、动人并易读的小说，主要探讨了中年人的贪婪自负与恋爱关系。《宝格丽关系》被《人物》杂志称作"邪恶而滑稽"①。小说世界充满着热恋、情敌与复仇。它呈现给我们一个疯狂喧闹的故事，故事中充满着商业气息的诙谐与讽刺。这部小说迅速被21世纪广大消费者接受，这足以证明文本的生产顺应了整个社会的消费水平。人们开始过着疯狂追逐奢侈品的高消费生活，把社会伦理道德放置一旁。杰姆逊曾说"后现代主义时代的叙事及其同晚期资本主义的关系是全部问题之所在。无论在世界哪一个角落，人们都无法逃避晚期资本主义的引力场"②。

然而，后现代性的文本生产与消费总是对现代性的文本生产与消费提出挑战，甚至存在着某种颠覆倾向。"因此，大写'文学'仅成为一切艺术形式的大众文化生产与再生产的'技术'谱系中一套离散的文本。"③ 在现代传统题材的小说文学作品及其评论中，"现代性"的概念"俄狄浦斯情结"对于20世纪文学批评产生了深远的影响。1900年，弗洛伊德（Sigmund Freud, 1856—1939）在《释梦》中提出了著名的"恋母情结"（Oedipus Complex）概念，即"俄狄浦斯情结"概念。这个概念在小说《宝格丽关系》中再次出现，是在怀念过去并重提旧事呢？还是对过去进行否定并提出挑战呢？

小说中，格蕾丝想写封信告诉儿子卡迈克尔近期发生的事情，但又不知写些什么。"难道告诉他（卡迈克尔），崴尔特还不如他年龄大？不！还是告诉他崴尔特和他长得很像吧。起初我以为他也是个同性恋者，直到把画像带回他的画室后，他吻了我？或者告诉他我和崴尔特已经上床了？不！这一切足以把任何一个男孩变成哈姆雷特。"④ "哈姆雷特"的出现让读者立刻联想到弗洛伊德创立的"恋母情结"概念。而"恋母情结"一词的英文表述最初来自古代索福柯勒斯的悲剧《俄狄浦斯王》（Oedipus Rex）。文艺复兴时期，莎士比亚的悲剧《哈姆雷特》在弑父娶母的结局安排上与《俄狄浦斯王》神话文本前后呼应。因此，

---

① Maev Kenney, The Guardian, Tuesday, September 4, 2001, p. 16, p. 55, BST. http://www.thefreelibrary.com/Jewellers+sponsor+Fay+Weldon's+latest+literary+gem-a01611564436, 2011-10-05.

② 詹明信:《晚期资本主义的文化逻辑》，陈清侨等译，北京:生活·读书·新知三联书店，2003年，第26页。

③ 彼得·威德森:《现代西方文学观念简史》，钱竞、张欣译，北京:北京大学出版社，2006年，第87页。

④ Fay Weldon, *The Bulgari Connection*, 2000, London: Harper Collins Publishers Ltd. 2001, p. 92.

21世纪的小说文本《宝格丽关系》,在描述年龄相差26岁的格蕾丝与崴尔特的恋爱关系时,总是能够唤起读者对古代神话文本《俄狄浦斯王》、文艺复兴时期戏剧文本《哈姆雷特》以及20世纪初期的弗洛伊德"恋母情结"概念的记忆。

除此之外,小说还描写了桃丽丝的"恋父情结"(Electra Complex)。"桃丽丝记得二十年前,结婚纪念日那天父亲送给母亲一枚钻戒。而那天正巧是我十三岁的生日。事实上他们就是在我出生时才结婚的。我一直渴望得到那样一枚钻戒,可得到的却是一个装饰桌子用的桔黄色塑料饰品……"①这也许就是为什么桃丽丝嫁给巴利的原因。在潜意识中,她把格蕾丝幻想为自己的母亲,把巴利幻想为自己的父亲,出于嫉妒她从格蕾丝身边抢走巴利,试图在与巴利的婚姻中弥补童年时期的缺憾。《宝格丽关系》在后现代的文化背景中产生,却穿插着富有现代性的传统概念——"恋母情结"与"恋父情结"。这两个传统的文学概念在21世纪创造出的《宝格丽关系》小说文本中,通过再次生产,把传统的"俄狄浦斯情结"与"同性恋"并置一起,并且与大众文化相契合,对传统文学中的"高级文化"进一步提出了挑战。

"同性恋"(gay)一词在《宝格丽关系》中频繁出现,暗示不论是由于"恋母"而发生在格蕾丝和画家崴尔特(年龄相差26岁)之间的恋情,还是由于"恋父"而发生在巴利与桃丽丝(年龄也相差26岁)之间的恋情,总是属于"异性恋"的范畴。而格蕾丝和巴利的儿子卡迈克尔却站在了他们的对立面,成为了"同性恋者"。如果说"异性恋"代表了生殖,反映生产,相反,"同性恋"恰恰否定了生产。这种否定生产、否定传统的思想在当代资本主义社会中,形成了一股不可忽视的力量,被称作"酷儿"(queer)。酷儿的研究质询正统性,反映出后现代特色的颠覆性与叛逆性。因此,《宝格丽关系》小说文本的生产过程完全反映了后现代消费社会的特点。"正统"与"叛逆"相撞,使得社会的审美价值观念或艺术消费观念不再受限于一种固定模式,而是呈现出多元化和多样性趋势。

## (三)小说文本艺术生产技巧

根据马克思主义关于生产关系一般决定于生产力的原理,本雅明提出,在人类艺术活动中,艺术生产关系也一般决定于艺术生产力,即技巧。②同时,伊格尔顿也曾经探求过晚期资本主义中艺术和商品会合的观念,强调虚构作品中商品的独立真实性。《宝格丽关系》作为一部虚拟的小说文本,已经成为宝格丽珠宝公司的一件商品,为公司的品牌宣传服务。小说中各种有趣的故事情节是

---

① Fay Weldon, *The Bulgari Connection*, 2000, London: Harper Collins Publishers Ltd. 2001, p. 33.
② 罗钢:《后现代主义文学作品选》,北京:高等教育出版社,2002年,第5页,207页。

虚构的，而宝格丽这一品牌却拥有了自己独立的真实性。小说中运用了后现代主义的创作技巧，如复制和戏仿，呈现出小说文本的后现代主义特色。

### 1. 复制

《宝格丽关系》中，桃丽丝的画像是朱丽叶夫人画像的复制品。桃丽丝的头像被画在了朱丽叶夫人的人身像上，结果让客人们感到吃惊和厌恶。本雅明在《机械复制时代的艺术作品》一文中提出了著名的"机械复制时代的艺术论"。他认为，随着现代科技和生产力的发展，艺术生产也进入了机械复制的时代。这带来了艺术的巨大变革，传统艺术的"光晕"消失了，可用机械复制的艺术却悄然崛起。[①] 而小说《宝格丽关系》中运用了复制这一技巧，使得桃丽丝的半复制画像失去了原有的"光晕"。人们感到画像那样的模糊、不真实，而同时复制过的画像让桃丽丝的面目显得"残酷"和"邪恶"。[②] 所以，桃丽丝追逐的朱丽叶画像所展示出的那副尊贵而美丽的"光晕"却在这幅复制画像中消失殆尽，复制打破了独一无二的尊贵魅力。

### 2. 戏仿

小说中，在客人们见到桃丽丝那半复制的画像时，看到的却是桃丽丝面部的"残酷"和"邪恶"。有人联想到《道林·格雷的画像》(*The Portrait of Dorian Gray*)，甚至于有人把桃丽丝称为"道林·格雷"(Dorian Gray)(217 页)。此处，提到的"道林·格雷的画像"，是来自于对王尔德小说《道林·格雷的画像》的戏仿。小说《道林·格雷的画像》是一个关于自负的经典故事。天生俊美非凡的道林·格雷(Dorian Gray)因见了画家霍华德给他画的真人大小的肖像，发现自己异常俊美，开始为自己韶华易逝、美貌难久感到痛苦。道林·格雷把灵魂卖给了恶魔，换来的是不变的容颜。桃丽丝(Doris)这个名字本身也是对道林·格雷(Dorian Gray)的戏仿。Doris 意为"古希腊中部的多利士地区"，Dorian 意为"古希腊多利士地区居住的多利安人"。传说此地是古代年轻貌美的妓女的保护区，不论妓女犯下何种过错，只要她逃到了多利士这个地方就会得到庇护。小说中的桃丽丝和王尔德小说中的道林·格雷同是为了留住并展现自己的美貌而请画家画下自己的画像，最终给人留下的不是美丽，反而是罪恶与邪恶。小说情节和主人公的命名是对古代神话和王尔德小说的戏仿，进一步加强了对桃丽丝欲望的渲染。

复制和戏仿同属于后现代小说的创作技巧。复制使得文本叙事结构不再那么宏大，文本意义变得肤浅可及。戏仿改造传统文学范式，进一步烘托出后

---

① 朱立元、李均：《二十世纪西方文论（上卷）》，北京：高等教育出版社，2002 年，第 208 页。

② Fay Weldon, *The Bulgari Connection*, 2000, London: Harper Collins Publishers Ltd. 2001, p. 217.

现代颠覆传统的特点。因此，从后现代主义艺术角度来看，费·维尔登的小说《宝格丽关系》的商业性文学创作生产目的降低了其传统文学审美价值；小说将"同性恋"与"异性恋"的二元对立并置，引起后现代读者对"酷儿"的关注，挑战传统的思维模式；小说运用复制和戏仿等后现代创作技巧，增强了小说文本的艺术效果，拉近了作者与读者的距离，使其走进大众文学行列。

# 四、随意书写中的邪恶幽默

维尔登的女性小说挑战了事件中的男性角色，尤其是在小说中定义的以男性为中心的叙述。幽默成为对男性权力的另一个挑战，但是批评家经常把这种类型视作与女性主义小说不一致的类型。维尔登的喜剧使她的作品区别于其他许多当代女性主义小说，她的小说不仅具有娱乐性，而且具有政治性。艾德丽安·布鲁（Adrianne Blue）这样描述维尔登的能力："维尔登不仅能够率直坦白地诉说 20 世纪 70 年代英国兴起的女性主义意识，而且能够设定女性书写的喜剧传统。"①

小说《她不会离开》（She May Not Leave）出版于 2005 年，讲述了一个保姆蓄意破坏别人家庭生活的故事。哈蒂和马丁夫妇都 30 岁出头，对于刚出生的女儿基蒂非常满意。两人都很聪明、潇洒、漂亮，但出于自身自由的考虑，他们同居在一起而没有正式结婚。起初，他们的家庭生活非常和谐，宝宝健康，爱情甜蜜。然而，当他们商量由谁来照看小基蒂时，事情变得复杂起来。哈蒂渴望重新工作，建议雇用保姆来照看孩子，但马丁害怕外来的保姆会妨碍他左倾的政治新闻事业。然而，当保姆阿格尼丝卡到来时，马丁最终作出了让步。阿格尼丝卡是一个来自波兰的女孩，她既是一位家务能手，又是个出色的肚皮舞者，还会别有用心地冲制（含有镇定药物成分的）可可饮料。阿格尼丝卡的到来使这对年轻夫妇摆脱了照顾孩子的烦扰。

当阿格尼丝卡的移民证件出现问题时，哈蒂和马丁想尽各种办法确保她能合法留在英国，其中一个办法是让马丁和阿格尼丝卡正式结婚。然而，小说的叙述者弗兰西斯（哈蒂的祖母）对他们这一决定感到顾虑重重。最终，马丁和阿格尼丝卡领了结婚证书，但阿格尼丝卡仍然以保姆身份出入这个家庭。随后，得寸进尺的阿格尼丝卡却整夜哭泣，故意扰乱哈蒂和马丁的平静生活，以此达到她与"法律上"的丈夫马丁同房的目的。哈蒂对马丁和阿格尼丝卡之间的

---

① Adrianne Blue, "The Servant Problem", Rev. of *The Shrapnel Academy* by Fay Weldon, *New Statesman*, July 11, 1986, p. 35.

暧昧关系视而不见，在喝下阿格尼丝卡冲制的可可饮料后，哈蒂昏睡过去。阿格尼丝卡缓缓走到哈蒂和马丁的床边，躺在了他们中间……之后，哈蒂离开了这个家。在小说结尾，哈蒂道出了她的真实想法："事实上，我已忍受不了琐碎的家庭生活了。"[①] 所以，哈蒂"幸福地"离开了那个家，离开了那个不该让她怀孕的丈夫，离开了那个让她烦恼的孩子，离开了那个保姆"不会离开"的家。

维尔登在《她不会离开》的结尾处设置了一个让人做梦也想不到的、惊奇而绝妙的转折。这种转折手法为小说创作带来了创新和突破。小说中保姆"抢夺"了哈蒂的恋人、孩子和家庭生活，最终保姆和马丁领了结婚证书。然而，海蒂却说这个结局是她自己一手促成的，因为"事实上，我已忍受不了琐碎的家庭生活了……为我感到高兴吧，因为我是幸福的……"[②] 此处的转折隐含着一种"邪恶幽默"（wicked humor）的意味。

"幽默"这一术语可以追溯到古代的人体四液理论，这一理论认为人体四液的特定融合决定了各种性格类型。到了伊丽莎白时期，该词的意义引申用于指性格喜剧中某个滑稽、乖戾的角色。现在，幽默这个词可以表示某种滑稽的言谈、外表或行为举止模式。幽默言语与机智言语二者在以下一个或两个方面存在差异：（1）正如我们之前所述，说话人总是故意使机智带有滑稽的成分，但许多我们认为滑稽的幽默言语，其说话的本意却是严肃的；（2）幽默的话语并不具有机智话语那种简雅的警句形式。[③]

如果说后现代的写作手法"黑色幽默"（black humor）已经为大多数人所熟悉，但维尔登小说创作的特点却不能简单地用"黑色幽默"来概括。因为黑色幽默是以存在主义哲学思想和"荒诞"观念作为基础，通过奇异的手法，使荒谬和真实之间建立起一种似非而是的关系。可以说，"黑色幽默"是在绝望条件下作出喜剧式的反应。在黑色幽默作品中，普通人往往被描写为荒诞世界中的倒霉蛋。然而，在《她不会离开》中，哈蒂做出的选择并不是一个"倒霉蛋"式的选择，哈蒂"逃避家庭生活"的选择反而多了几分"幸灾乐祸"的主动色彩，少了几分"迫不得已"的被动成分。因此，英国评论界总是用"wicked humor"或"a wry sense of humor"（邪恶的幽默）来界定维尔登的作品。

除了这种"邪恶幽默"的创作手法外，维尔登曾经承认，她的写作风格有时几乎接近于随意书写。《她不会离开》中的某些章节初读起来确实给读者一种随意的感觉，这些章节与叙述主线关系不大，有时让读者感到厌烦，因为这些与故事无关紧要的情节让读者感到莫名奇妙。这种非连续性和随意性的书

---

① Fay Weldon, *She May Not Leave*, 2005, London: Harper Collins Publishers Ltd., 2001, pp. 283-284.

② Fay Weldon, *She May Not Leave*, 2005, London: Harper Collins Publishers Ltd., 2001, p. 284.

③ M. H. 艾布拉姆斯：《文学术语词典》，北京：北京大学出版社，2009年，第663页。

写都赋予了维尔登的创作一种后现代主义特点。后现代主义作家怀疑任何一种连续性，认为现代主义的那种意义的连贯、人物行动的连贯、情节的连贯是一种"封闭体"（closed form）写作，必须打破，以形成一种充满错位式的"开放体"（opened form）写作，即竭力打破它的连续性，使现实时间与历史时间随意颠倒，使现实空间不断分割切断。

因此，后现代小说和戏剧经常将互不衔接的章节与片段编排在一起，并在编排形式上强调各个片段的独立性。同时，与现实主义大师们苦心经营、十年磨一剑地精心结撰宏伟画卷不同，也与现代主义大师们精心构思以注入有深度的思想相异，后现代主义作家们突出随意性，强调"拼凑"的艺术手法。在他们看来，这个世界的秩序是人为设定的，那么，人也可以还给世界一个"非秩序"。一切事物都四散了，但又密切相关，一切风格都创造殆尽，诗人的地盘被作古的大师们盘踞着而无法施展再创造的风格。因此，后现代主义作家们就以非创造来诋毁创造，把拼凑当作创造力匮乏的一种不得已的创造。

例如，小说第一章开宗明义地介绍了马丁和哈蒂雇用了一个保姆，第三章介绍了马丁和哈蒂关于雇用保姆的不同意见。这两章的故事情节完全可以紧密衔接在一起。然而，第二章却穿插了祖母弗兰西斯关于故事背景的介绍，让读者不得不驻足聆听这位老祖母的"唠叨"："让我来澄清一下是谁在说话，是谁在讲述哈蒂、马丁和阿格尼丝卡的故事，是谁在解读他们的思想，是谁在评判他们的行为，是谁督促哈蒂和马丁夫妇要仔细审查保姆的身份呢？是我，弗兰西斯·沃特，今年72岁，我的娘家姓豪森-科，之后改姓海默尔，先前我是斯巴格鲁夫小姐，后来差点成为奥·布赖恩夫人——就要与奥·布赖恩结婚时，他却死了。我是拉莉的坏母亲，哈蒂的好祖母。我决定用笔记本电脑写作挣钱，这个电脑是姐姐塞丽娜为我买的。我写、写、写，就像姐姐那样……"

除了老祖母的"唠叨"之外，维尔登还漫不经心地介绍了祖母的姐姐塞丽娜的写作生活，仿佛是维尔登在记录自己的日常写作生活，"塞丽娜从30多岁就开始每天不停地写作，用写作挣来的钱去支付佣人、秘书、出租车司机、会计、律师、税款、社交、杂物等消费开支，也为了打发他们赶紧离开，这样她又可以继续写作。但这并不意味着她具有多么高的写作技巧……"这些文字实际上接近于无目的的书写，它们中断了读者正常的阅读进程，读者只能"被迫"徘徊于这些随意书写之中，在读者的脑海里却隐隐地闪现出作者维尔登写作时的影子。这随意书写的方式颠覆了宏大叙事传统，这种枯燥无味的流水账式写作打破了作者在读者心目中的权威形象，中断了马丁和哈蒂故事发展的总体性。从根本上说，维尔登笔下这些"随意书写"的章节在消解中心的意义层面与解构主义的宗义不谋而合。

结构主义引入关系、系统、差异等概念，但仍抱定一个中心——结构：一切都是结构调节、组织的结果，一切都可以用结构来解释，只有"结构"本身是例外。保留"结构"的超然地位，就是保留"中心"的绝对中心地位，正是这个中心使结构具有结构的功能。德里达指出："结构的'结构性'……总是被中性化或简约为一种中心，或归结为一个在场点，一个固定的本源。这种中心的功能……首先是保证结构的组织能力……"但是从后结构主义观点看，不管中心概念如何牢固，如何深入人的无意识之中，其历史如何悠久，它毕竟只是一种虚拟的存在，关系的产物，无限结构之网中的一项。如果说结构对中心的需要说明了结构本身的结构性或自由游戏性，那么中心的那种永远缺场的"在场性"恰恰说明：对于自由游戏活动，中心只能是一种零限制，或"中心"本身就置身于自由游戏当中。[①]

福柯的知识考古表明，历史并不是连续不断地递进的统一过程，而是在权力的暴力作用下产生的无数断裂组成的网状体，或者说历史的前进是这些断裂面不断衔接的结果，而以编写历史有机进化史为己任的传统历史学几乎做了完全相反的工作：抹平断裂，剔除异质，寻找规律，统一口径。几千年梳理贯通的结果是，后结构主义的清理工作倍加浩大。消解中心、游戏意义、颠覆主体，这意味着对我们习以为常的一系列传统观念的改写。于是，总体性概念受到质疑。总体性概念将一切现象归结为某种深层的实质或本质，用现象反映本质，或者说认为某个起源性的本体存在可以包容解释所有现象，譬如上帝、真理、美、时代精神、物质、水或火等等。与此相联系，再现论引起争议。按照总体性原则，语言以及一切符号都是对某种"真实"的再现，但是如果不存在超验的"真实"，自然也就不存在"再现"问题；语言不再是透明得可以反映真理的载体，而是一条不断扭曲和变形的无头链条，这自然会引起"表征危机"。[②]

这部充满随意书写文字的小说自问世以来，可谓"一石激起千层浪"，立刻引起了国内读者和评论界的关注，成为许多报刊争相评论的焦点。有读者说喜欢这种"邪恶幽默"的结局，虽然认为这个结局并不现实，但维尔登在故事末尾揭示出的真相，既让人感到出乎意料又让人印象深刻。英国各大报刊也纷纷对这部小说进行褒扬："《每日电讯报》评论道，《她不会离开》是'诙谐的、非道德的却极其优雅的小说'，'费·维尔登的新小说总是有理由让人去庆贺一番，总是有理由让人如此地上瘾……《她不会离开》同维尔登20世纪60年代以来创

---

① 赵一凡、张中载、李德恩：《西方文论关键词》，北京：外语教学与研究出版社，2006年，第376页。

② 赵一凡、张中载、李德恩：《西方文论关键词》，北京：外语教学与研究出版社，2006年，第169页。

作的其它小说一样既有趣又阴暗。'《泰晤士报》写道：'这部新小说使维尔登进入最佳状态，为古老的戏剧赋予了新的写作手法。'《观察家报》评论，'这部小说快节奏而巧妙地展现了一个有趣而让人警戒的故事。'"①

另外，有读者却认为《她不会离开》纯粹是个荒诞的故事。这个故事由全知全能的哈蒂祖母弗兰西斯来讲述，而这位祖母却是一位因贩毒而锒铛入狱的犯人的妻子。马丁和哈蒂各自的家庭都混乱不堪，好像没有人抚养过童年时期的马丁和哈蒂。他们的母亲们都把孩子塞给姨母和祖母养育。每个人在婚外都有自己的孩子。有些读者认为，这部小说中没有一个是重情感的人，虽然马丁、哈蒂和弗兰西斯之间彼此相爱，但是他们首先是爱自己的。比起日渐衰弱的伴侣，马丁更关心自己的政治新闻事业；比起未婚夫和孩子，哈蒂更关心能否更快地返岗；虽然会给小基蒂带来长久的伤害，阿格尼丝卡却更关心如何留在英国；而小基蒂，维尔登指出，更喜欢能够满足她需求的人。有读者认为这是部有趣的小说，但并不具有任何现实意义，它只是一出闹剧、一个讽刺而已。凡是把这部小说当成反映现实的自然主义小说的人，一定会感到非常失望。还有读者认为这是一个具有英式"邪恶幽默"的小说，小说题目 "She May Not Leave" 甚至都是模棱两可的：有人被迫离开吗？是谁呢？或者隐含了一种恐惧，对不受欢迎的人不会离开的恐惧。

不论小说讲述的是一个"让人警戒"的故事也好，还是一个"邪恶幽默"的故事也罢，维尔登为我们指出，家务劳动确实给女性的生活带来了较大程度的影响。马克思主义女性主义者玛格丽特·本斯顿（Margaret Benston）认为，料理家务和照料儿童等工作的社会化才能结束妇女作为一个群体所受的压迫，应给予每位女人所应得的尊重。也即女性获得与男性同等尊重和平等地位的前提是家务劳动社会化，否则女性会因不堪忍受繁重而琐碎的家务而逃离传统的家庭生活。同时，让许多女性主义者感到最为不满的是，马克思和恩格斯在描述资本主义制度下妇女工作的性质和作用时，把妇女的工作看得无足轻重。女人总是被认为是纯粹的消费者，似乎男人的角色就是去挣工资，而女人的角色就仅仅是用男人赚来的钱去买"资本主义工业所生产的合适商品"。维尔登在此恰恰表达了女性在社会中扮演的角色是如此重要：女性可以像保姆阿格尼丝卡那样把家庭生活打理得井井有条，也可以像哈蒂那样出去发展自己成功的事业，社会应该赋予女性选择任何一种生活方式的自由。

最后，《观察家报》和《星期日泰晤士报》评论说《她不会离开》是个让人"警戒"的故事，但笔者认为让人"警戒"的未必是破坏家庭生活的"保姆"，反

---

① http://www.harpercollins.co.uk/Titles/11070/she-may-not-leave-fay-weldon-2011-10-05

而是提醒年轻而充满理想的女性如何在事业和家庭生活中寻找到一个平衡点，找到能够实现自我的理想途径。维尔登在结尾处笔锋突转，正是希望新世界的女性警戒起来，希望女性找到并真正把握好"实现自我"的方向。

维尔登通过个人叙事、文化历史和社会现实主义把自己的小说置入受人注目的历史发展运动中。例如：1963 年维尔登怀孕时，她不仅从一个年轻女人的角度来看世界，而且通过个人叙述建构新世界的观察角度："世界展现在我们的面前，充满着新事物和特殊喜悦。事实上，世界几乎走向结束，因为古巴危机。但是我们暂时得到了解脱。恒星被发现了，金星的第一张照片传回地球，俄罗斯妇女进入了太空，克莉丝汀·基勒丑闻爆发，马丁·路德金有了一个梦想，罗纳多·比格斯劫持了火车。哈罗德·威尔逊即将成为首相，而我正越变越胖。"[①]通过否定社会历史或个人的特权地位，维尔登在文本书写中逐渐显露出了女性主义。为了增强这种效果，维尔登对于时代的记录包含了多重声音、多重角度和多重现实。对这些不同声音的关注和评价在新近的女性主义社会和文学历史中存在着自己的根基，使得大量的声音更加有权利打破历史的单一叙事版本。

盖尔·格林（Gayle Green）认为女性主义小说影响了女性运动，并且女性主义小说也是社会历史不可分割的一部分："这种小说相当接近时代的脉搏，所以我们完全可以把它当作反映社会和政治场景的文献和评论来对待……把历史纪录与女性作家的各种声音及她们笔下的人物结合起来。"[②]南希·A. 沃克（Nancy A. Walker）在 *Feminist Alternatives* 中谈到"当代女性作家的小说"的特点是"在小说中展现了关于作家本人和其笔下人物生活的私人和政治问题"[③]。因此，在女性主义运动、女性生活以及当代小说之间存在着一种互相促进和协作的关系。正如格林所说，一段时期的女性主义小说既反映又促进了此时期的文化："女性主义小说实现了具有社会影响力的反霸权干涉：它影响着事情的发生。"[④]总而言之，维尔登对文化和政治密切关注，这使得她的小说成为重要的社会参考文献，她的小说定义并瓦解性别化的社会意识、性别传统以及女性主义文学历史。

---

① http://www.harpercollins.co.uk/Titles/11070/she-may-not-leave-fay-weldon-2011-10-05

② Gayle Green, *Changing the Story: Feminist Fiction and the Tradition*, Bloomington: Indiana University Press, 1991, p. 33, p. 7.

③ Nancy A. Walker, *Feminist Alternatives: Irony and Fantasy in the Contemporary Novel by Women*, Jackson: University Press of Mississippi, 1990, p. 19.

④ Gayle Green, *Changing the Story: Feminist Fiction and the Tradition*, Bloomington: Indiana University Press, 1991, p. 33.

# 第五章

# 《但以理书》中暴露国家政治
# 暴力的创伤叙事

　　《但以理书》(*The Book of Daniel*, 1971)用真实的历史事件与虚构的情节结合,构成历史编撰元小说和创伤叙事来重构和重新解释历史,展现 20 世纪 60 年代中期美国的社会风貌:社会主义思想广泛传播、反战浪潮汹涌、反传统文化的学生运动盛行、摇滚音乐风靡全国、人民对政府不满并反抗政府、嬉皮士出现、进步人士遭到政治迫害等,暴露资本主义统治思想的本质是把人民当成敌人,对人民实施政治暴力;同时强烈呼吁实行真正的人道主义民主政治。20 世纪的人类社会多灾多难,发生了数不尽的创伤性事件。这些创伤性事件种类繁多,有自然灾害、技术灾害和社会灾害。最为严重的是人为的社会灾害,它包括规模巨大、性质恶劣、旷日持久、不可预期、无可逃避的,涉及人身伤害的政治暴力和战争暴力,还包括抢劫、杀人、强奸、以强凌弱等的犯罪暴力,以及涉及肉体、情绪和语言的家庭暴力等。创伤分为有形和无形两种。有形的创伤指身体遭受的外伤,无形的创伤则指精神上遭受的破坏和伤害。

　　著名的奥地利神经学家、精神病医学家、精神分析创始人西格蒙德·弗洛伊德通过"谈话治疗",帮助病人使潜意识中的创伤经历回到意识中来,从而让病人意识到病源,这样就能治好心理创伤。与弗洛伊德的治疗方式类似,作家在文学作品中强迫性地使创伤者重现过去的创伤情景,将创伤与历史记忆联系起来,用创伤叙事治疗人们的精神创伤。美国后现代左翼作家多克特罗(E. L. Doctorow, 1931—)用多元变化的叙事技巧和多样杂糅的文本结构表现后现代左翼思想,揭示人被资本主义经济和社会力量所异化的命运,批评资本主义制度,提出社会主义主张,追求社会公正。在其小说《但以理书》中,多克特罗从左翼作家的视角,再现 20 世纪五六十年代美国政府对共产党人和政治进步人士实施的残酷的政治迫害,暴露了政治暴力给受迫害者的后代留下的精神创伤,同时用创伤叙事抚慰、治疗年青一代的精神创伤。

# 一、精神创伤与政治暴力

创伤（trauma）是引起持久病变的身体损伤或能导致情绪异常的精神打击。它既包括生理创伤或身体创伤，又包括心理创伤或精神创伤。弗洛伊德认为："一种经验如果在很短暂的时期内，使心灵受最高度的刺激，以致不能用正常的方法谋求适应，从而使心灵有效能力的分配受到永久性扰乱，我们便称这种经验为创伤的。"① 他把创伤神经症（traumaticneuroses）的病源归因于"创伤发生之时的执著"，即病人"执著"（fixed）于过去的某个时间点而无法摆脱，以至于与现在和将来发生了脱节。病人在梦里召回创伤事件的情境，不仅在创伤事件发生时，而且在此后病情发作时，他们都无法完全应付和接受这个情境。与文学相关的创伤主要是精神创伤。

暴力是一种激烈而强制性的力量，通常是指个人或犯罪集团之间的殴斗及凶杀。国家、民族之间也往往会发生暴力事件。权力的形成也往往要诉诸暴力威胁，强制对方服从。政治暴力是指政治行为体出于特定政治目的、针对统治关系实施有组织的物质力量，对自我、他人、群体或社会进行威胁和伤害，从而产生重大政治后果的活动。专制政权违反民主制度，破坏公民自由，出于政治目的滥用国家权力，对其国民施以滥杀无辜的行为亦属于政治暴力。

在美国历史上，20世纪50年代正处冷战时期，在麦卡锡主义的影响下，美国政府诉诸政治暴力，对大批共产党人和政治进步人士进行疯狂迫害，给他们的后代留下了巨大而难以治愈的精神创伤。1953年，美国联邦政府出于"冷战"的政治需要，在证据不充分的情况下，将一对年轻科学家朱利叶斯和伊瑟尔·罗森堡夫妇以向苏联泄露原子弹机密的间谍罪电刑处死。受这一历史事件的启发，多克特罗在小说《但以理书》中，将历史与虚构混合，以正在参加60年代变化不定的政治斗争的但以理为主人公兼主要叙述者，将但以理的回忆与想象结合起来，生动表现了20世纪50年代但以理的父母艾萨克逊夫妇被联邦政府以间谍罪电刑处死的创伤事件。

在60年代末，哥伦比亚大学博士研究生但以理·艾萨克逊·列文努力地重构其父母保罗和罗谢尔·艾萨克逊10多年前被美国政府以叛国罪处死的故事。构成小说中心的是但以理父母被电刑处死的情景，它是小说最主要的场景之一。小说以电的多重隐喻（"她头发没梳，乱蓬蓬的，电波像通电的金属丝，

---

① 西格蒙德·弗洛伊德：《精神分析论》，高觉敷译，北京：商务印书馆，1984年，第216页。

令人震惊地从她的披肩中窜出来"①）（此后出自《但以理书》的引文只标注页码）和关于死刑形式的大量描写，使艾萨克逊夫妇被电刑处死的创伤事件在小说中到处出现。尽管但以理没有目睹父母被处死的场面，是一个从历史中被排除的主体，但他被迫继承这一精神创伤的痛苦。他也同样是国家建立叛国罪法律的代表性国民，他同时既是家庭创伤遗产的继承者，又是国家政治暴力的受害者。

但以理的母亲罗谢尔·艾萨克逊把欲陪伴她接受电刑的拉比打发走："今天让我的儿子了解法庭戒律吧。让我们的死成为他的法庭戒律。"（314 页）可见，多克特罗的小说文本"是对国民和国家相互依赖幻想的迷恋，是'心理政治的'，既然这样，同时又是对被称为'美国'的奇特的现代民主的迷恋"。②因此，同样作为最主要场景之一的但以理，成为丧失了主体性的后现代主体的一个例证。用弗雷德里克·杰姆逊的话来说，受到震惊，从而意识到"一种全新而独创的历史情景，在这样的历史情景中，如果我们用自己的方式考察历史，我们就被宣告有罪，……这种情景是历史的幻影"③。小说《但以理书》以分离的形式、比喻的模式，最重要的是，以其不可能的场景讲述了叛国罪留下创伤遗产的故事。

小说中，保罗与罗谢尔被他们一个智力迟钝、受到恐吓的朋友，前共产党员、牙医塞利格·敏迪什出卖，送上了死刑电椅。敏迪什害怕自己因为公民身份文件不全而被驱逐出境，在美国联邦调查局虚构压力的驱使下，被迫坦白自己的共产党员身份，出卖了艾萨克逊夫妇，说他们是向苏联提供科研机密的间谍组织策划者。小说中并没有表示苏联没有外援就不能自主发展原子能，俄国的核研究成就对美国的政治迫害者来说简直就是一个事故，艾萨克逊夫妇成为了美国国家偏执狂——政治暴力的牺牲品。敏迪什也为自己在所谓的间谍组织中发挥的作用服刑 10 年。

尽管但以理从未弄清楚他的父母到底犯了什么罪，但是他提出一种"另一对夫妇理论"（294 页），即真正从事间谍活动的是"另一对夫妇"，而保罗和罗谢尔仅仅是这对真正间谍夫妇的替罪羊。小说以几种不同的方式表明，保罗和罗谢尔没有参与盗窃和传送原子研究机密的共谋，是无辜的。但以理推测，苏联间谍组织的首脑之所以允许美国联邦调查局和美国司法系统逮捕、审判并电刑处死无辜的艾萨克逊夫妇，目的是将人们的注意力从一对真正的间谍夫妇转

---

① E. L. Doctorow, *The Book of Daniel*, 1971, New York: Random House, 1983, p. 79.

② Naomi Morgenstern, "The Primal Scene in the Public Domain: E. L. Doctorow's *The Book of Daniel*", *Contemporary Literary Criticism*, Vol. 214, Hunter W. Jeffrey, ed., New York: Thomson Gale, 2006, p. 158.

③ Fredrick Jameson, *Postmodernism; or, The Cultural Logic of Late Capitalism*. Durham: Duke University Press, 1991, p. 25.

移到保罗和罗谢尔夫妇身上。那对夫妇在许多方面都很像艾萨克逊夫妇，也有两个孩子，并住在布朗克斯区艾萨克逊家附近。按这个描述，敏迪什并非为了自己的安全而出卖艾萨克逊夫妇：他实际上牺牲了但以理父母的生命和他自己的 10 年光阴，使另一对真正的间谍夫妇逃之夭夭。

但以理告诉牙医的成年女儿琳达·敏迪什：另一对夫妇"大约与我父母同龄"，为了保护他们，"为了使美国联邦调查局远离有真正价值的人"（293-294页）而逮捕并处死了他的父母。这可能就是敏迪什的动机、美国共产党的动机、苏联的动机。当但以理找到塞利格·敏迪什并向他了解真相时，塞林格·敏迪什已经过于衰老，意识模糊，不能肯定或否定但以理的理论，因此艾萨克逊夫妇为什么被出卖仍是一个不确定的猜测。

在历史上真实的审判中，伊瑟尔·格林格拉斯·罗森堡的弟弟大卫·格林格拉斯，为了保住自己的性命，做出了不利于他姐姐和姐夫的证明，将他们送上了死刑电椅。大卫·格林格拉斯曾经是一名娴熟的机械师，在新墨西哥州洛思爱拉莫斯绝密的曼哈顿计划中工作过，他很熟悉长崎式原子弹的设计。大卫·格林格拉斯证明，罗森堡夫妇负责一个间谍网，多年以来，他们将同盟的核研究成就传送给苏联，他们不仅指挥这项工作，还把他吸收进了这个间谍集团。在历史事实中，被联邦调查局怀疑而卷入核间谍集团的几个人在最初几次逮捕期间永远消失了，就像多克特罗小说中的"另一对夫妇"那样。尽管美国联邦调查局和美国司法系统虚构和捏造证据链条，但实际上证据不足且存在漏洞。然而，出于政治游戏的需要，罗森堡夫妇必须被处死。在多克特罗的小说中，没有与大卫·格林格拉斯对等的人，牙医塞利格·敏迪什没有接近核武器研究秘密的机会，他的供词根本不足以凭信。因此。多克特罗通过将艾萨克逊夫妇描绘得比罗森堡夫妇更加无辜，使他们孩子的处境更加悲惨。

但以理在心理上被这一悲剧的重压和反讽所扭曲，但是这种扭曲使他做出妥协并幸存下来。相比之下，未被扭曲的苏珊只能绝望和崩溃。他们兄妹二人，一个是受梦幻折磨的哈姆雷特，另一个是花一样脆弱的奥菲利亚。多克特罗所塑造的但以理远非一个消极或单一维度的受害者，但他也并非一个善良可爱的天真之人。备受创伤折磨的但以理既不是同伴、战士，也不是像圣人一样的人，他不会原谅别人。多克特罗对但以理敏感性的发现使小说虚构的故事成为可能。在哥伦比亚大学图书馆的研究室里，但以理独自进行着恶魔般的思考，他必须将内心的愤怒倒空在纸张上，否则他就可能在内心里被毁灭；或把创伤事件写下来，或在沉默中等待死亡。但以理本应为他妻子和学校的利益而装模作样地写一篇博士学位论文——至少在理论上是讨论高尚理性与责任本质的论文，然而实际上，他创作了一篇扭曲的散文独白，这篇独白频繁地展现自我厌恶、残忍、令人吃惊和丑陋的诚实，贯穿于整个小说文本中。

但以理被扭曲了的个性特征交替地表现为品性不端、庸俗、讨厌无比和极度痛苦。这是一种滑稽、残忍、心智不太健全的敏感性——像一个孩子的敏感性。这是一幅看上去亲切、令人震惊、可读性很强的人物肖像。它部分是研究生，部分是反叛者，部分是不够疯狂但过分假装的哈姆雷特。这些古怪的特征是但以理用以维持其不稳定心智的手段，通过他所做的小邪恶来排除他人对他所做的大邪恶。这种电接地的意象能打动读者，给人留下一种反讽的和不可避免的效果。对但以理来说，任何事物都不是神圣的。

苏珊因为不能进行这种个性变化和灵魂净化而身心崩溃，患了紧张性精神症，最后离开了这个疯狂的世界。她具备完美的正直，但也有圣人一般的脆弱。但以理认为，他和琳达·敏迪什都是用与苏珊不同的材料制成的，一种虽受到污染但不能破损的材料——他们能利用身边的任何手段来避免羞辱和创伤的痛苦：

> 这是发生在我们身上，发生在受审判父母的孩子身上的事情；我们的心趋向狡猾，我们的头脑像爪子一样锋利。这种机灵不得不烧进眼睛的灵魂中，它仅仅在火中形成。在这个世界上，(琳达或我)谁也不会愿意耗费我们悲伤的生命；不可能有对我们痛苦的背叛；没有人利用我们没有价值的遗产。如果苏珊仅有一小份，那该有多好！但是苏珊绝不缺乏无辜：无论她如何高声，如何苛求，如何鲁莽，如何自我毁灭，苏珊绝不缺乏无辜。(291 页)

因为父母被国家政治暴力迫害致死，但以理感到他小小年纪就被剥夺了父爱和母爱，在家庭情感中受到严重的伤害，于是被扭曲的但以理不惜伤害他的妻子、孩子、养父母和与他分享痛苦与羞辱的妹妹，那完全因为他们是一家人。对多克特罗而言，国家的政治暴力对这家人的侵害是致命性的打击，给他留下一个正好位于接合点的中过毒的伤口，在这个接合点上不能独自幸存的个人性格从家庭那里得以呼吸，家庭是个人性格的呼吸系统：他对访谈者拉里·麦卡弗利说："当然，在这种事情发生在作为孩子的你身上之后，接受这种关于家庭的思想需要强大的意志力和行动力。"①

与哥哥但以理相比，苏珊只能努力限制她所能应对的真实，她无力减小悲剧的维度。她不仅相信她父母是无辜的，而且她还相信产生于美国民族良心的某种东西即将出现，为她父母的毁灭提供法律根据，为他们实际上的自我牺

---

① Richard, Trenner, ed., *E. L. Doctorow: Essays and Conversations*, Princeton: Ontario Review Press, 1983, p. 47.

牲做出补偿。但是，她终究不能承受国家对她家庭做出的毁灭行为而自杀身亡，成为杀害她父母电椅的替代受害者。但以理必须在失去了妹妹后继续前行，寻找历史的真实。但实际上，这样做的并非只有他自己，与他同时行动的有千千万万呼吁社会公正的正直的知识分子和善良的人民。

如果说政治右翼总是许诺保护一个家庭，而政治左翼却总是表示为我们提供一个新的家庭。这对于上世纪 60 年代晚期受过教育的英国新教徒和犹太人后裔的美国人来说颇有吸引力。政治左翼运动在 60 年代晚期的美国也许算是成功了，因为它提出了只能产生于共同冒险和共同历险的归属意识。尽管他们运用语言的技能可能愚笨，政治批评也可能天真，但校园行动团体本能地理解了本应该把美国的家庭生活团结起来的联结物，在国家政治暴力面前显得微不足道，脆弱不堪。因此，他们鼓动人们用更强大的替代物——人民群众共同冒险和共同历险的归属意识——来取而代之。小说中后来发生的五角大楼的示威游行和学生占领哥伦比亚大学行政大楼的情节都展现了这一替代物。

但以理的养父母，法律教授理查德·列文与他妻子赖斯可谓地位低下、通情达理的典范，他们仁慈、慷慨、坦率、才智出众，但遗憾的是，他们也无法应对和抚慰苏珊和但以理所遭受的精神创伤，是被左翼富有魅力的游击队战士推到一边的稻草人。在纽约东南部的贫民区，但以理偶遇了一位名叫阿蒂·斯特恩里克特的游击队战士，一位"挖掘者"。他们讨论建立一个纪念但以理父母牺牲的"革命基金会"①，由他们的抚恤金资助，但这项计划没有取得任何成果。斯特恩里克特曾遭到警察勒索，被迫做了一次血液实验而感染了肝炎，强忍肝炎的痛苦。尽管在政治逮捕中，进行血液实验并不常见，但警察们威胁要逮捕阿蒂的女友，除非他服从血液实验。当然，他们真正想要做的就是传播危险的细菌给他。斯特恩里克特成为美国政府政治暴力的又一受害者。

如果说但以理是由于自己的病态外貌而显得病态的哈姆雷特，那么斯特恩里克特则是机智、粗俗、勇敢、玩世不恭的莫库提欧，一个有才智、有同情心的人，也是一个行动者。但以理厌恶这个世界，而斯特恩里克特则热爱它——因此他愿意改变它。"和平游行适合中产阶级，目的是搬走前进路上的绊脚石"，他在但以理和朋友面前愉快地告诉来自《世界主义者》报的记者。"和平运动是战争的一部分。掷铜板解决问题，是同一枚硬币。印第安人或美洲野牛，是他妈的同一枚五分镍币。对吗？它们都灭绝了。"（150 页）

斯特恩里克特认为，美国需要用形象的辐射来实现普遍的改变。美国需要经历的革命是一种在镍币正面圆形突出部位的形象革命。斯特恩里克特告诉但

---

① Richard, Trenner, ed., *E. L. Doctorow: Essays and Conversations*, Princeton: Ontario Review Press, 1983, p. 91.

以理:"你不宣扬革命,你不谈论贫穷、不公正、帝国主义和种族主义。就像努力使人们阅读莎士比亚,那是做不到的。"(154页)斯特恩里克特意识到,新的后麦克卢恩革命者将用形象进行革命,他的媒介将是独特的美国艺术形式,电视中的广告节目:

> 那是今天的学校,伙计⋯⋯。电视中的广告节目是知识单位⋯⋯。打了人就跑。你得看40秒钟,伙计。媒介需要材料吗?给他们材料。像艾比所说的,在这个国家,做任何事情的任何人都是名人⋯⋯。我们将用祈祷、念咒语、吹牛角、向五角大楼投去有魔力的看不见的东西使它升空⋯⋯。我们将用形象推翻美国!(155页)

斯特恩里克特的洞察力集中表现了小说包含的政治乐观主义,只要人们团结起来,勇敢斗争,参与意识形态的重构、美国形象的重构,眼前这个荒诞的世界就能够被改变。但以理被激进分子的活泼和才智所唤醒和说服,立刻止住了正在从内部毁灭自己的病态而致命的前进步伐。但以理"突然以斯特恩里克特的视角看见了纽约东南部的贫民区:那是一个孵卵所,一个鱼类和野生动植物的保护区"(154页),仿佛自己已经置身于劳动人民群众之中,从他们身上获得了斗争的力量。

小说以学生们关闭哥伦比亚大学巴特勒图书馆而结束,这是左翼运动第一个著名的行动和最卓越的媒介事件。多克特罗在描写这种由学生左翼发起反对权力机构形象的行动时,其语气根本不是讽刺的、幻灭的,而是实际的、充满信心的。"合上书,伙计,"一个说起话来像遵循科学数据系统式的学生告诉但以理,"你怎么了?难道你不知道又被解放了?"(318页)在美国这个形象王国里,但以理被形象解放了。左翼思想使但以理明白,其精神创伤的根源是国家的政治暴力,他从此走出创伤,勇敢参加学生左翼发起的反对并改变美国权力机构形象的革命行动。

## 二、暴露国家政治暴力的创伤叙事

弗洛伊德认为,精神病人的症状是对过去某个时间点的沉迷或对创伤性事件的执著,是一种潜意识的精神历程,病人并不理解它的原因和意义,而病人恢复健康的关键则在于让这种潜意识的精神过程回到意识中来,"使病者把含有症状意义的潜意识历程引入意识,那些症状就随之消失了"[1]。由于创伤经历受到了意识的压制而潜伏在潜意识层面,而且创伤者对其强迫性重复行为的成因一无所知,心理分析的主要工作就是通过对病人进行"谈话治疗",让病人意识到病源就能治好心理创伤。弗洛伊德对精神创伤的描述中包含一个延宕概念,认为受伤者在往后的日子里对原初经历的记忆或对事物印象的追踪在时间上产生了一种断裂。卡鲁斯也提出,创伤不只是个病症,而且永远是个"伤口的故事",这个"伤口"不断地爆发,成为文本。她认为,当创伤变成了叙事,创伤所召唤的历史就失去了准确性和力量,然而,通过文字,创伤记忆可以部分抵达真相。尽管存在着创伤得以述说的破坏性力量,尽管加害者在场要求创伤主体保持沉默,但要求沉默的命令必须被粉碎。[2]

后现代主义小说采用创伤叙事,对创伤进行叙事治疗。在叙事治疗中,作家通过一个叙事性的自我来讲述一个连续不断的故事,故事由过去经验加上当前环境结合而成,表现走出创伤的叙述者对未来的期盼。叙述者主动改变创伤的心态,用有意义的言说方式恢复原有的生活情节,重新述说故事,重建个人历史,再现创伤事件。在伤痛经验的书写中,书写主体产生超越性认知的表现是创伤故事的结构性描述。作者在创作时,已预设了读者的存在,此时,主体间的交流已经产生,正是在这种"诉说——聆听"的过程中,创伤经历的书写者能够透过言说/书写把伤痛经历非个人化,让难以言说的痛苦为人所知并赋予意义。[3]

卡鲁斯将个体复杂的精神分析用于研究人类历史上暴力事件的讲述,从而揭示对于集体性进程的影响。她总结了著名心理学家罗伯特·利夫顿与贝塞尔等人在研究创伤给幸存者所造成影响时的发现,认为受伤的个体在创伤性事件发生后一般需要经历以下过程:①回到该事件中,并设法将各种碎片整合起来以获得对该事件的理解;②将这一经历糅合到现时该个体对于世界的理解之中,尽管这一理解已经发生了很大变化;③用一种叙事语言将该经历描述出来。[4] 小说家要做的就是要用叙事语言——创伤叙事,将创伤事件或经历描述出来,从而医治人们的创伤。"创伤"不仅对有关心理分析的争论至关重要,而且更宽泛地讲,对后现代主体性的认识也是十分重要的,这意味着许多作家都或多或少自觉地写创伤叙事。摩根斯坦认为,"如果通俗文化中的创伤感染力

① 西格蒙德·弗洛伊德:《精神分析论》,高觉敷译,北京:商务印书馆,1984年,第220页。
② 杨晓霖:"叙事学与创伤研究",《作家杂志》2012年第4期,第37页。
③ 杨晓霖:"叙事学与创伤研究",《作家杂志》2012年第4期,第37页。
④ Cathy Caruth, *Trauma: Explorations in Memory*. Baltimore: John Hopkins University Press, 1995, p. 137.

产生于其‘充分揭示’的承诺，那么一种内向的、以悖论方式展示和表演的螺旋运动感染力则与历史与虚构之间的关系，以及事件对其充分表现的抵抗之间的关系相交迭”[1]。

在后现代主义小说中，"创伤"和叙事成为相互依赖的术语。后现代创伤叙事是对现实主义风格的解构，更重要的是，后现代创伤叙事的崇高美学也指明了时间性的中断。按照德里达的说法，只有通过对过去的延宕，记忆才能区分它所包含的内容而具有解构的力量。小说《但以理书》中的主人公被他未曾目击的事件，更宽泛地讲，被他自己错过的感知所纠缠，"我若是在妈妈理解此事的那一时刻注视着她的脸有多好啊"（116页）。这一错过感知的时刻在创伤叙事中反复出现，造成目击过去事件的可能性。人们如何能目击已经错过了的经验，那种先于或压倒人们表现力的经验？人们如何提供因集体或历史原因而不能被称之为自己经验的证明？多克特罗在小说中提出了一种证明方法，该方法既给这种目击者一种特权——使他成为一个具有特殊洞察力的预言者，也使这种目击者有悖常情——这一目击者是一个刺探隐秘者，他总是远离历史场景，但又对历史场景着迷。《但以理书》通过思考目击者看见得过多与过少意味着什么，参与对杰姆逊所称的后现代主义"历史性危机"[2]的思考。

## （一）不确定的创伤事件

多克特罗小说中的创伤叙事将一系列有关叛国罪以及国民与法律之间关系的问题，与一系列有关未被目击的事件和精神创伤继承的问题结合在一起，再现艾萨克逊夫妇遭受美国政府暴力迫害的创伤事件。在《但以理书》中，美国国家的创建作为一种主人公被迫反复错置的重复而发生，同时作为一种主人公不能与自己的暴力充分区分的暴力而发生。小说对主要场景——艾萨克逊夫妇被国家以叛国罪电刑处死加以思考，抵制利奥塔德所称的"现代主义"原则，主张"有可能、有必要打破传统，开始一种新的生活和思维方式"[3]。在思考主要场景的逻辑中，一切都以不确定的再现开始。

在小说《但以理书》中，年幼的但以理与父母一起听了一场保罗·罗伯逊的音乐会，其实那场音乐会的部分环节是政治活动，一些左翼人士利用这个场

---

[1]　Naomi Morgenstern, "The Primal Scene in the Public Domain: E. L. Doctorow's The Book of Daniel", *Contemporary Literary Criticism*, Vol. 214, Hunter W. Jeffrey, ed., New York: Thomson Gale, 2006, p. 158.

[2]　Fredrick Jameson, *Postmodernism; or, The Cultural Logic of Late Capitalism*. Durham: Duke University Press, 1991, p. 22.

[3]　Jean-François Lyotard, "Defining the Postmodern", *Norton Anthology of Theory and Criticism*, Vincent B. Leitch et al., eds., New York: W. W. Norton and Co., 2001, p. 1613.

合对政府提出政治抗议。音乐会后，他们乘坐一辆公共汽车回家，乘客中有包括但以理一家人在内的许多犹太人，突然遭到一群白人至上主义者向汽车投掷石块的攻击。但以理目睹父亲做出了他当时难以捉摸但又颇具英雄气概的行为：保罗·艾萨克逊强忍着胳膊被打骨折的痛苦，奋力挤出公共汽车，请求警察保护车上的群众。但今天记录这一事件的是成年的但以理，他打断关于这一场景的叙述，提出一个问题："我怎么知道这一点？"（62-63 页）如果当时但以理是与妈妈挤作一团，藏在座椅后面，他如何知道父亲在胳膊骨折前摘下眼镜，将眼镜折叠好，交给一个朋友？然后父亲又做了什么？这一用现在时叙述的显然不可能的场景回忆，看上去根本不是来自过去。然而，对但以理来说，这一场景回忆在许多方面都是至关重要的。在这一场景中，但以理目睹了父亲的英雄行为，一种男子汉的英雄行为："那是一件值得骄傲的事情，那是一件他有能力做的事情。但是，他所做的是一件神秘而复杂的事情，并非像人们所说的是一件普通而简单的事情。我对此事想了很久。"（64 页）

这里无法确定的还有他父母这两个成年人之间争论的结果，更具体地讲，但以理父母关于如何教育孩子的不同意见的结果：母亲让他待在家里，父亲却让他跟着去了皮克斯基尔，经历了音乐会前后发生的事件。实际上，但以理在这一情节之前就"欣赏过成年人隐秘做爱的秘密"（64 页），这是一个不可能的场景，一个他不可能目击的场景。在叙述中，但以理用这一场景作为铺垫，展开他对不可能目击的主要场景——艾萨克逊夫妇被电刑处死的思考。但以理成为一个不确定场景的目击者。显然，这种场景的再现需要叙述者回忆与想象的结合。

《但以理书》的叙事不时被突出的并挑战感知的场景描写所打断，也不时被主人公目击重要事件的场景描写所打断。在一个简短的场景叙述中，还很年幼的但以理在他家的前门廊玩耍时，碰巧目睹一场事故发生：一位手拎杂货袋的妇女被一辆失控而滑上人行道的小汽车撞死。但以理走过大街看到：破碎的玻璃片和牛奶与那位妇女的血混合在一起（101 页）。这一场景大概是真实的（我们没有理由质疑它的真实性），同时又像是虚幻的场景，似乎是但以理错置的或象征性的家庭创伤的某种形式。以其强度和不够具体化判断（此情景何时发生并不清楚），这一场景可能是但以理在事件发生后重构的回忆，或者是一个回过头来帮助储存或表现难以表现的经验（一个较早些的"回忆"掩蔽或代替一个较晚些的"回忆"）。

像弗洛伊德的回忆与虚构难以区分的主要场景一样，多克特罗的主要场景也不要求我们在回忆和虚构之间做出选择。弗洛伊德承认，他非常希望能知道病人叙述的主要场景是真实的还是虚幻的："我若能知道我的临床病人案例中的主要场景是他幻想的还是真实的经验,我一定非常高兴;但是,结合类似案例的实际情况,我必须承认对这一问题的回答事实上并非如此重要。"①弗洛伊德通过承认这一点来结束他对主要场景最延伸的思考。即使当我们似乎重新体验过去的历史(用现在时或用回到过去的回忆)时,多克特罗也提醒我们,我们可能会遭遇纯粹的重复或不可能的纯粹历史。小说《但以理书》表明,虚假的回忆无法为创伤提供唯一真实而充分的证明。

类似于弗洛伊德的临床病人案例,病人叙述的主要场景是幻想的还是真实的并非如此重要,对于多克特罗小说中的"主要场景思考"而言,至关重要的是但以理作为刺探隐秘者的身份,一个对不确定事件过分投入的目击者。《但以理书》中,对主要事件的思考存在一种确定的文学性,即历史的文学性。这是因为批评的主体绝对不可能接触到一个所谓全面而真实的历史,或他在生活中不可能体验到历史的连贯性。如果没有社会历史流传下来的文本作为解读媒介的话,我们根本没有进入历史奥秘的可能性。历史不是铁板一块,而是充满需要阐释的空白点。那些文本的痕迹之所以能够存在,实际上是人们有意选择保留或抹去它的结果。可以说,历史中仍然有虚构的元话语,其社会连续性的阐释过程是复杂而微妙的。②一方面,当主要场景发生时,但以理还是个孩子。他告诉我们:"他们(他的父母)做爱时并未粗心到能让我看见,但无论如何,我认为我看见了。"(41页)另一方面,更引人注意的是,这部小说延伸了这一逻辑,为我们提供了一个理解但以理与行为或情景建构之间的复杂关系的视角。作为目击者和窥探者,但以理永远是历史场景之外的人。他不能解救父母,也无法被他们所解救。但以理梦想自己有能力解救他的妹妹苏珊,但实际上却为没法行动而感到烦恼。在这里,行动首先是以政治术语来理解的。但以理的行动就是弄清楚创伤的根源,走出创伤,反对政治暴力,追求社会公正,参加改变这个世界的运动。

但以理·艾萨克逊·列文与《圣经》中但以理的认同是一种不切实际的幻想。他既想坚持自己追求社会公正的目标,又希望成为一个他根本不是的有行动力的英雄:"一天雨后,一个年轻人试图解释并分析自己头脑中的可怕幻想,一如往常地去疗养院探望他的妹妹。"(221页)《圣经》中的但以理即使被自己的梦幻弄得目瞪口呆,他也通过为统治者解释梦幻来满足他们。在一个关于但以理的伪经故事里,涉及苏珊娜与高级祭司的故事,但以理战胜了堕落的权威。善良而美丽的苏珊娜在拒绝了两个权威人物的性要求之后,被指控犯有通奸罪

---

① Sigmund Freud, "Totem and Taboo", 1913, *The Standard Edition of the Complete Psychological Works of Sigmund Freud*, Vol. 13, James Strachey, ed. and trans., London: Hogarth, 1955, p. 97.

② 王岳川:《后殖民主义与新历史主义文论》,济南:山东教育出版社,1999年,第185页。

并被判处死刑。苏珊娜始终忠于她的信仰，最后被充当上帝代言人的但以理所救。但以理斥责同样堕落的宗教法庭，并要求法庭查出真相，不要轻信高级祭司的虚假证据。从那天起，但以理受到人们的赞誉，名声一直很高。

与《圣经》中的但以理不同，小说中的但以理被当时的政治现实剥夺了力量。但以理永远都不可能是秘密的，永远都不可能具有一种"私人"身份所具有的秘密。美国政府永远都不可能说："这家伙是谁？……我什么都不能做，无论是温和的还是极端的，我都不能做，因为他们不可能为我计划这样的事情。"（84页）在苏珊住院治疗后，但以理试图接管苏珊的政治活动。在他们最后几次相遇中，苏珊严厉指责她的哥哥："回到书架那儿去吧，但以理。世界需要另一个研究生。"（94页）但是，但以理既不能在知性上解释她所采取的计划："我们，嗯，正在为发展革命的意识而资助出版物。我们将给社区行动，嗯，计划，提供经费。我们将坚持激进的可供选择的办法"（228页），也不能感觉（除了在五角大楼示威中的一个短暂时刻外）卷入其中："在我看来，实际上每一个人……都以我力不能及的方式卷入这一事件。"（270页）但以理是主要事件的主体，因此与这一定位相关的焦虑和哲学复杂性（如何使人们的身份体验与其行为一致，如何使人们在其经验之内，如何"拥有这一事件"）对于多克特罗的文本来说是十分重要的。

但以理叙述其父母的生活是为了能叙述他自己的生活。事实上，只有但以理才真正了解他的父母，但他的叙述又是不可靠的，因为（根据他自己的暗示），他的叙述是一种过于细腻和有偏见的解释，"这描述了这一个有感知能力的小罪犯仅在一个瞬间过分敏感的理解"（41页）。但是，我们不仅要注意到描述的不可靠性，还要注意到但以理的感知也是有犯罪倾向的。但以理自称为"一个有感知能力的小罪犯，"而且再一次称自己为"一个有感知能力的幼小罪犯"（41页）。但以理的父母被指控为间谍；但以理焦虑的描述证明，他们的儿子确实犯有此罪（刺探隐秘的小感知罪犯）。小说暗示，但以理作为一个遭受精神创伤的主体和作家，他一直未能摆脱这一身份。实际上，但以理是一个刺探隐秘者，一个特殊种类的预言者：他看见了过去。

那么，多克特罗不可能目击的场景与弗洛伊德对过去的叙述有什么关联呢？当代对弗洛伊德的阐释倾向于反对弗洛伊德。例如，当我们认识到弗洛伊德以奇特的长篇累牍将心理现实与历史事件联系起来（"起初是行为"）[1] 时，我们明显发现弗洛伊德把任何这种对过去的不变意识复杂化了。例如，我们可能想起弗洛伊德早期关于歇斯底里的著作以及他对延宕行为重要性的系统而确

---

① Sigmund Freud, "Totem and Taboo", 1913, *The Standard Edition of the Complete Psychological Works of Sigmund Freud*, Vol. 13, James Strachey, ed. and trans, London: Hogarth, 1955, p. 161.

切的陈述（创伤的暂时性）。在早期案例历史记录"凯萨琳娜"（1895）中，弗洛伊德描述了一个年轻女人，在经历了任何与性有关的特别意义之前，曾经历过性侵犯。对凯萨琳娜来说，并非烦扰她的后来经历使她回忆起早期的经历，她第一次感觉早期的经历是不舒服的："她有两个系列的能回忆起来但却不懂的经历，也不能从中得出推论……。她看见两个人（性交）时并不感到厌恶，但那一场景所激起的（对强奸的）回忆却使她感到厌恶。"①虽然关于性发育或性成熟以前的性经历的想法在弗洛伊德的著作中是很值得怀疑的（他将使性欲理论化），但从这一事例中汲取的要点关系到创伤的暂时状况。创伤既没有现在时，也不在过去有特定区域。在这个意义上，每一个创伤都是一种主要场景，一种不可能的根源。创造关联并制造意义的叙事，最后查出创伤根源的叙事，不一定是虚假的；但它是一种心理分析（或创造）过程的人工制品。实际上，在一部题为"分析中的建构"的后期作品中，弗洛伊德竟然承认，

> 始自分析者建构的小路应该在患者的回忆中结束；但它并不总是引向很远的地方。相当常见的情况是，我们不能成功使患者回忆被压抑的东西。另外一种情况是，如果分析不能正确进行，我们就会在患者身上产生一种对建构之真实的确信，这种建构会像再体验的回忆那样取得同样的治疗结果。②

这里，弗洛伊德似乎要给近来的暗示性心理治疗批评家们（即那些主张临床医学家给患者提供一种创伤化过去的批评家）提供他们所需要的全部弹药。但这段话也可以解读为弗洛伊德入迷的地点之一：他对根源十分着迷，并同时确信根源不能回归或恢复。

在多克特罗小说的结尾，但以理去西海岸旅行，目的是调查与父母冤案有关的历史真实。他正式为艾萨克逊基金会（苏珊梦想成立的革命基金会）会见出卖他父母的朋友塞利格·敏迪什。揭露历史真实的场景和与圣经精神相一致的和解本身所具有的反讽真是意味深长：这位年长者已是风烛残年，这一场景发生在迪斯尼乐园奇妙的幻境里。正是在这一充满奇妙幻想的语境下，但以理发展了他自己的理论——另一对夫妇的理论：艾萨克逊夫妇代替另一对是真

① Sigmund Freud, "Katharina", Studies on Hysteria, 1895, *The Standard Edition of the Complete Psychological Works of Sigmund Freud*, Vol. 2, James Strachey ed. and trans., London: Hogarth, 1955, p. 131.

② Sigmund Freud, "Constructions in Analysis", 1937, *The Standard Edition of the Complete Psychological Works of Sigmund Freud*, Vol. 23, James Strachey, ed. and trans., London: Hogarth, 1955, pp. 265-266 .

正间谍的也有两个小孩的夫妇——神秘的格兰特康考斯夫妇——被以间谍罪处死。在阅读但以理的"另一对夫妇理论"时，读者会遇到一系列密集的、具有典型特征的意义，这些意义可能需要进行心理的、元小说的和历史的解释。

首先，但以理的家庭冒险浪漫史是反过来的浪漫史：他的父母并非"皇室"成员，而是在"皇室"成员的位置上做出牺牲的普通父母（这是但以理的纯幻想理论和孩童时期写作的素材）。其次，多克特罗在这里正在进行一部有参考内容的戏剧创作，写一部关于艾萨克逊和罗森堡两对夫妇遭受迫害的剧本（罗森堡夫妇时常出现在但以理和多克特罗表现艾萨克逊夫妇遭受迫害的文本中）。最后，但以理可能知道有另外一对夫妇：莫里斯和洛娜·科恩，两个有小孩的美国共产党员，他们在罗森堡夫妇被捕时消失了。[1] 这"另一对夫妇"[2] 也许是，也许不是弗洛伊德所称的错觉中"历史真实的碎片"[3]。但这里更有启迪作用的是但以理的理论基础，就是说，还有另一个他不能目击的场景。即使但以理在法庭上，他也不可能看到这一情景："当塞利格·敏迪什被叫到证人席时，我妈妈在椅子上坐起来，双臂交叉放在胸前，抬起头。他就在那里。……一股愤怒的电流涌入她的身体。"（295-296页）这一场景靠注视的怒光而转动："在他说出要将他们送入坟墓的话之前，他转过身来，看了罗谢尔一会儿，注视她的目光片刻……她很惊讶在他的目光中读出的不是一个叛徒的信息。"（266页）在这一场景中，但以理看见的只能是所谓"看见"的，因为母亲成为他叙事中的一个人物。换句话说，主要场景始终与多克特罗作为作家的叙述连接在一起。

小说《但以理书》以牛奶与鲜血、皮克斯基尔的骚乱、法庭戏剧和电刑处死等事件来支持这种不可能的场景。《但以理书》并未要求我们判断这些回忆是否真实（引人关注的问题是小说试图合法地裁定"被压抑的回忆"案例），而是接受认为回忆永远是不可能的看法："可能这样的回忆都不是真实的"，以及小说与历史并非是完全可以区分的叙事话语这种后现代假设。小说的叙事表明，关于死刑场景的真正的目击者叙述（就像关于罗森堡死刑的报道所证明的那样）不会比但以理自己的不可能的回忆，或多克特罗虚构的叙述较少受到幻想的阻碍。也就是说，《但以理书》致力于回到死刑的场景，并非表现，用利奥塔德的话说，"一个在记忆中重现或反照、反作用的过程"，而是表现一个"分析，

---

[1] Virginia Carmichael, *Framing History: The Rosenberg Story and the Cold War*, Minneapolis: University of Minnesoda Press, 1993, p. 223.

[2] Roland Radosh and Eric Breindel, "Bombshell", *The New Public*, (10 June 1991), pp. 10-11.

[3] Sigmund Freud, "Constructions in Analysis", 1937, *The Standard Edition of the Complete Psychological Works of Sigmund Freud*, Vol. 23, James Strachey, ed. and trans., London: Hogarth, 1955, pp. 267-268.

回忆"的过程，[1]从而将过去的不确定的创伤事件叙述出来。

## （二）国家的暴力父权

《但以理书》具有表现性暴力的特点，这种特点并未以明显的方式加以说明或解释。当然，但以理的暴力是有症状的，但是这种症状的本质是什么？但以理本人把对妻子的暴力对待作为一个问题提出来：一个有关小说效果的问题，一个有关他证据的吸引力问题："如果人们对我的第一瞥就是这个（几乎对他妻子进行性虐待），我如何建立同情？如果我想要表现瞬间来到的、给我带来不信任的灾难，为什么不从书架开始？但以理来回走动于书架之间，搜索一个论题，直到很晚。"[2]

20 世纪 60 年代时，女性主义与新左翼政治之间的关系是不融洽的。在《但以理书》的结尾，在左翼学生接管了哥伦比亚大学期间，激进的女性抗议者们被与她们同等的男性"分派"承担家务管理的责任。斯托克利·卡米歇尔（Stokely Carmichael）告诉女性主义者们，"在大学生非暴力协调委员会（Student Nonviolent Coordinate Committee）中，女性的唯一地位就是俯卧"[3]。在 20 世纪 60 年代，特别是由于"男子的"反战激进主义的兴起，对卷入政治的女性的关心是处于次要地位的。性的实用性被视为一种革命的义务（女孩们对说"不"的男孩们说"是"），表明小说所关心的女性遭到嘲笑。

并非偶然的是，1971 年出版的《但以理书》就是在目睹当代妇女运动发展的同一时期创作和发表的（凯特·米勒特的《性政治》和杰曼·格里尔的《女性太监》分别发表于 1970 年和 1971 年，《但以理书》这部小说可谓是关心妇女解放的可能性及其与身份的联系）。但是，多克特罗在小说创作中的性对待遭到质疑。下面这段话是他对一位学生质疑的反应：

> 我想那很可能是一种与性有关的成见，这种成见视性为权力，可能或者用性作为对政治关系的隐喻，或者无助地将性虐待注释为在遭受家长式统治的扭曲社会里的性。在这一语境中，我不由得想起维瑟尔姆·里奇（Withelm Reich），他断定除了其他事情之外，如果不转变 20 年代的欧洲性偏见，就不会有新的社会。我同意他的判断，同意他把工业社会中的性行为

---

[1]  Jean-François Lyotard, "Defining the Postmodern", *Norton Anthology of Theory and Criticism*, Vincent B. Leitch et al., eds., New York: W. W. Norton and Co., 2001, p. 1615.

[2]  E. L. Doctorow, *The Book of Daniel*, 1971, New York: Random House, 1983, 16-17.

[3]  Rochelle, Gatlin, *American Women since 1945*, Jackson: University of Mississippi Press, 1987, pp. 86-87.

描述为性虐待狂与受虐狂，只能如此。因此，我认为在现代作家的性事件描写中，情况正是如此，这些描写经常意味着或表现人们约会中的性与爱。①

在多克特罗的小说里，性是一种"隐喻"，它"无能为力地""注释"其他事物，它仅仅意味着它最明显表示的别的东西。那么，但以理的历史与他对妻子的虐待之间有什么关系呢？苏珊的话"他们仍在强暴（fuck）我们"（19 页）听上去像那个时代的俚语，但对小说叙事是十分重要的。性暴力隐喻地表现了主要场景思考使多克特罗文本达到了很大程度的饱和。

但以理在幼年因父母被处死而失去了儿童应有的父爱和母爱，这是他曾经历的一种生活的极端形式，他无能力感觉和接受这样的生活。因此，但以理对性暴力的强烈爱好可以被解读为对其早期无能力感觉的逆转。但以理的性虐待可能是一种欲通过暴力克服他自己作为主要场景局限对象（或服从）地位的尝试。弗洛伊德利用男性受治疗者与国家之间的类比，写道："受治疗者的幻想与一个伟大而骄傲的国家用以掩盖其初期渺小和失败的传说一致。"② 在其他场合，弗洛伊德支持精神分析时间的长度，这有助于男性接受精神分析者否定他们对另一（男性）人类的无抵制力或依靠："在分析工作中，当全部的反复努力都变得徒劳时，人们感觉受到很大的压抑。但人们经常试图说服一个人相信对人们的消极态度并非总是意味着阉割，而且它在生活的许多关系中都是绝对必要的。"③ 小说中，但以理的性暴力等同于父权的作用，它象征着国家的暴力父权。国家必须击败崛起的革命或"侮辱母亲者"。但以理这样描写美国的第一个"红色恐怖"：

> 就在国际劳动节前，在纽约邮局里发现了 16 颗炸弹。这些炸弹是寄送给美国的著名人物的，包括约翰·D.洛克菲勒和司法部长米歇尔·帕默。时至今日也不清楚，谁安放了这些炸弹——是红色恐怖分子，黑人无政府主义者，还是他们的敌人——但效果是一样的。其他炸弹在整个春季被突然抛出，破坏财产、致残杀害无辜的人民，整个国家都在惊慌地对抗红色恐怖分子。人们担心像在俄罗斯那样，红色恐怖分子将要接管国家……

---

① E. L. Doctorow, "A Multiplicity of Witness: E. L. Doctorow at Heidelberg", *E. L. Doctorow: A Democracy of Perception*, Herwig Friedl and Dieter Schulz eds., Essen: Blau Eule, 1988, p. 192.

② Sigmund Freud, "From the History of an Infantile Neurosis", 1918 [1914], *The Standard Edition of the Complete Psychological Works of Sigmund Freud*, Vol. 23, James Strachey, ed. and trans., London: Hogarth, 1955, p. 20.

③ "Analysis Terminable and Analysis Interminable", *The Standard Edition of the Complete Psychological Works of Sigmund Freud*, Vol. 23, James Strachey, ed. and trans., London: Hogarth, 1955, p. 252.

想想那种情景吧。（34 页）

换句话说，但以理的性暴力隐喻绝非偶然。

## （三）创伤事件的根源

但以理在重述其童年时，看到生活中特殊的恐怖（父母被逮捕）与主要场景（父母被国家以叛国罪电刑处死）紧密相关：

> 我害怕睡着。我经常做噩梦，这些噩梦我都想不起来，除非我从噩梦中醒来并感到窒息。我害怕如果我睡着了，我家的房子会被烧毁，或者我的父母会不告而别。由于某种原因，这第二种可能性渐渐显得更大。我经常躺在黑暗中想，我睡不着是因为我一旦睡着，他们就会离开我和苏珊，去他们从未告诉我的某个地方。一个秘密的地方。当你偶然发现他们在做爱时，你的感觉也是一样的，一种被排除在外的恐怖。这些控制你的人，脚步沉重地四处走，不受控制……。世界自身为适合我的父母安排得很好……所有的肉体和物体都隐藏着一种情感，那就是他们的激情，这种激情将会把他们从我身边带走。（124 页）①

这里，主要场景被描写为对一个观察、认识生活的孩子的抛弃或背叛。但这一段也强调了孩子对最终也未能保护他们的那些人的依赖。父母的愿望是为了他们自己——不是为了孩子——他们在自己的激情面前是无助的，这种激情与关于他们牺牲的叙事激情混淆在一起。也就是说，《但以理书》将父母的性欲与国家的权力合并在一起。这里，正在运转的幻想逻辑主张，区分国家的秘密与父母身体的秘密是困难的。但以理是其父母的受害者，而其父母则是国家政治暴力的受害者：他们因被政府监禁和处死而背叛了他。当然，但以理被未能保护他的父母所遗弃的幻想并非幻想：他的父母因被国家以叛国罪处死而真正永远离开了他。实际上，就但以理的历史而言，更加悲惨的是：它使幻想（孩童幻想、来自电影的幻想、来自电视和收音机的幻想）与真实事物之间的区分崩溃了。在最私密和最公开之间没有明确的区分：

> 我醒着的时候，生命的每一刻都是紧张的，我准确地知道正在发生什么。一台巨人眼机器，就像海顿天文馆里那台神秘的、长着两颗戴潜水帽

---

① "Analysis Terminable and Analysis Interminable", *The Standard Edition of the Complete Psychological Works of Sigmund Freud*, Vol. 23, James Strachey, ed. and trans., London: Hogarth, 1955, 124.

的头、黑色的铆钉和虫子一样的腿的黑色器械，正将其行星的光束向我们这个方向照过来。那东西冷酷而不怀好意地出现在黑色的天空中。当它照到我们时，它就像纳粹集中营里的探照灯，要停下来。我们将像那位夹在学校栅栏上被钉住的妇人，她的血与牛奶和破碎的瓶子碎片混合在一起。我们的血将会疼痛，好像里面有玻璃碎片似的。那光束将会变热，我们的房子将会散发气味、冒烟、在边缘处倒塌，在巨大的、未成熟的火舌中突然发出火焰……。（122页）

在《但以理书》中，幻想起到了预言的作用。虽然创伤事件被经常描写为一种闯入，但多克特罗的文本暗示，创伤包括人的内心世界从外部世界的回归。人的恐惧和欲望属于他者：警察（美国联邦调查局）和国家（美国）。多克特罗的创伤叙事显然具有心理和政治的特点。

《但以理书》充斥着各种情景和场景，例如错过目击的情景、不可能的情景、充满幻想的场景和非常仔细观察的场景。但同时，在小说中，不仅仅但以理的眼睛，所有的眼睛（包括"巨人眼机器"的眼睛），都聚焦在艾萨克逊夫妇身上。于是，私密与公开之间的区分似乎加强了，但是彼此不相关了。但以理把家庭生活描写为既"缩小到家庭生活的边缘"又"扩展到大字标题和新闻广播"。（136页）在这方面，读者可将多克特罗小说中的两个意象配成一对。苏珊要求但以理"懂得"的画面，应该是私人家庭照片的画面（关于他们父母的海报）变成了一种公开的、政治化的意象。相反，但以理竭力使一张矫揉造作的快照真正地政治化。他将其放大，置入海报中，贴在苏珊床前的墙壁上："这张海报是一张但以理的黑白粒面照片，但以理看上去肮脏，好战，长了胡子，目光明亮。他的手举起来，手指做出和平的手势。这是一张放大的成本为4美元95美分、矫揉造作的照片。"（227页）但以理的家庭冒险故事以及他对父母和妹妹都是非常重要的人的意识，都实现了（106页）。就在他的眼前，他的私人生活变成了历史。

但是，但以理的主要场景在多种意义上是在公共领域内，或者说它是一个将最公开和最私密结合起来的场景：就像1776年6月27日，乔治·华盛顿将军命令将叛徒托马斯·希基处死，在托马斯·杰弗逊的著名文献《独立宣言》发表一星期以前就"宣告"了美国的独立一样，艾萨克逊夫妇被电刑处死是对托马斯·希基被处死的移置，是一个对国家创建的重复。就像但以理声称的那样，这个国家是以要求其公民死的方式来表明身份的："最后的存在条件是公民身份。每一个人都是他自己国家的敌人……。所有的公民都是战士。所有的政府都为了自己的利益把它们的公民交托给死亡。"（85页）人们也会以艾萨克逊夫妇的死亡，来目睹一个国家的（再次）诞生。如果说 1776 年华盛顿将军以忠于代表封建专制的英国国王的希基之死，宣告美利坚合众国——一个民主共和国——的诞生，那么 20 世纪 50 年代美利坚合众国又以艾萨克逊夫妇之死，宣告一个除封建专制国家外什么样的国家的诞生呢？

当然，但以理没有看见其父母被电刑处死（他更没有目睹美国的创建）的情景。但是，他还是设法先后描写了保罗和罗谢尔被电刑处死。但以理对读者说："我猜想，你认为我不能描写电刑处死。我知道有你这样的读者。总是有你这样的读者。你：我要做给你看，我能写出对电刑处死的描述。"（312 页）但以理就通过《但以理书》这个文本，成为其父母生活与死亡的目击者和美国历史骚乱的目击者。但以理的最先回忆包括他在布朗克斯区的家、一个来自第二次世界大战的人工制品的选择、一盘关于红军合唱队的录音带、可能是与总统罗斯福交换的一瞥、关于一颗原子弹被扔在日本的新闻以及这一歌曲片段："我记得在 76 大街看到红色的天空。炸弹在头上爆炸，老国王乔治夜不能寐，在那暴风雨的早晨——老山姆大叔诞生了。"（109 页）多克特罗小说中的主要场景其实是一场革命。《但以理书》强烈地反映了这样一个事实，国家在上演失败时诞生了，首先是这种失败使国家的诞生成为可能。对叛国罪的处死将革命转变成阴谋；它在戏剧性地表现现存国家的权威时，防止了新的创建。在这个意义上，叛国罪与创伤事件的根源和主要场景密切相关。多克特罗写道："没有失败的革命，只有不合法的阴谋。"[1]

叛国罪与美国创建之间的联系，既可以在历史上也可以在哲学上得到证明。我们已经从历史记录得知，宣告独立预先假设了叛国罪的法典编纂（或者已经由叛国罪的法典编纂完成）。如前文所述，1776 年 6 月 27 日，托马斯·希基被当作叛徒处死。希基之死可以说在托马斯·杰弗逊的著名文献《独立宣言》发表一星期以前就"宣告"了美国的独立。"华盛顿采取了决定性的一步；基于忠诚乔治三世的行为被解释为十恶不赦的大罪。通过处死托马斯·希基，华盛顿以不能撤回的方式公开宣告了他作为一个独立国家代表的身份。"[2] 对叛国罪的这一惩罚是一个实际上的独立宣言。[3]

这个例子中有一个奇妙的、重要的含糊不清之处：这一特殊的处死确定了

---

[1] E. L. Doctorow, "False Document", *E. L. Doctorow: Essays and Conversations*, ed. Richard Trenner, Princeton: Ontario Review Press, 1983, p. 24.

[2] Bradley Chapin, *The American Law of Treason: Revolutionary and Early National Origins*, Seattle: University of Washington Press, 1964, p. 35.

[3] Bradley Chapin, *The American Law of Treason: Revolutionary and Early National Origins*, Seattle: University of Washington Press, 1964, p. 35.

哪个国家的独立？这里值得强调的是，独立是一种遵循"神话般追溯既往"①的结构，它是用死亡来宣告或产生的。国家的根源不仅不好定位，它也是创伤的。在"法律的力量"中，雅克·德里达写道，"不好把握的革命刹那……（是一个）总是发生和永远也不在眼前发生的时刻"②。仅仅这一时刻才是政治的主要场景，这是一个被用但以理父母的死来重复和防御的场景。如果一个国家能够剥夺其国民的生命，那么其国民当然在根本上依靠这个国家。任何独立的国民对父母的依靠都既假设为了生存又必须否定为了生存，而国民对国家的依靠则是一种比生养育自己的父母更亲密或更根本的依靠。那么，个人与国家都由于两个原因而被他们的根源所困扰：首先，因为他们都是不可把握的，即使是在一开始，人们也不能证明自己的观念；其次，因为依靠的根源掩饰对自给自足和统一的虚构。

艾萨克逊夫妇（或罗森堡夫妇）被指控犯有间谍罪，但是正如但以理通过罗谢尔之口所言："他们将因叛国罪而被判处死刑。"（218页）《但以理书》告诉我们，叛国罪是美国宪法给下了精确定义的一种罪。新的共和国竭力坚持叛国罪只能是反对这个国家的罪，而不是反对某个人或某政党的罪，从而把自己与君主政体区分开来。此外，叛国罪必须是一个行为，而不是思想或言论。在这一点上，美国国民一直主张对叛国罪的重新概念化与第一特别修正案规定密切相关，该规定表明国会将不会通过剥夺表达自由的法律。③

此外，禁止惩罚有罪主体的家庭成员或后嗣。他们对自己的历史享有权利。在这一点上，封建法律（1350年首次在英国编成法典）与美国法律之间存在重大差别。封建法律不仅"实行血统株连"，而且在轻微的叛国罪和严重的叛国罪之间做出区分。如果妻子谋杀了她应该忠于的丈夫，这是轻微的叛国罪，而任何反对国王的罪则被认为是严重的叛国罪、"原始的"叛国罪。这里所强调的要点是与家庭、国家等级和隐喻有联系的逻辑：妻子与丈夫的关系是国民与其君主关系的微型形式。

另外，在民主政治中，每一个公民与其国家之间存在一种无中介的关系，法律不承认血统遗传的逻辑："在英国，血统株连作为一种对轻微叛国罪的惩罚，表现为罪犯孩子与父亲断绝父子关系，罪犯财产被没收并归于国王。美国的宪法禁止这种惩罚，从而防止无辜孩子遭受因其前辈违法犯罪而带来的不公

---

① Jacques Derrida, "Declaration of Independence", *New Political Science 15* (Summer 1986): 7-13, p. 10.

② Jacques Derrida, "Force of Law: The 'Mystical Foundation of Authority' ", *Cardozo Law Review 11*, 5-6 (July/Aug 1990): 920-1045, p. 1001, p. 991.

③ Ralph M. Carney, "The Enemy Within: A Social History of Treason", *Citizen Espionage: Studies in Trust and Betrayal*, Theodore R. Sarbin, Ralph M. Carney, and Carson Eoyang, eds., Westport Connecticut: Praeger, 1994, p. 33.

正。"① 在这方面,《但以理书》是最发人深思的,它探问民主政治中的遗传状况。但以理与苏珊毫无疑问受到了惩罚——英国式的血统株连;他们不能选择拒绝父母留给他们的创伤遗产,即使它仅仅在想象上有点越出法律范围。但以理不得不继承创伤性遗产,这破坏了家庭历史可以轻易与国家权力分离的幻想。

此外,甚至国家也不相信自己的公民有独立于国家的幻想。《但以理书》入木三分地讽刺了美国政体的本质:"联邦政府不会不管但以理;即使他能够'忘记'自己的父母曾犯有叛国罪,他也一直被并将永远被秘密警察监视着。"② 但以理声称,他需要的不仅是"家庭的叙事"③,实际上,这是这部小说至关重要的双关语之一。但以理对琳达·敏迪什(出卖但以理父母的牙医塞利格·敏迪什的女儿)声称,他想从她那里得到比过去的家庭解释或过去的家庭叙事更多的东西。但是,小说的重要反讽是,国家既剥夺了但以理的家庭叙事(实际上以对其父母的处死,而在隐喻上则以其叛国罪定罪不会'实行血统株连'的声明),又留给了但以理一种永久性创伤,因此也是一种特殊存在(以世代逆转,但以理用父亲的名字给儿子取名表示出来)的遗产。然而,如果家庭叙事是一种血统的叙事,那么但以理的政治历史和生活故事,毫无疑问不是由血统决定的:尽管电刑处死完全是暴力的,但它绝对是不流血的。事实上,没有血是其表面存在,血被移置了;电成为描写电刑处死文本的生命之血。

# 三、历史重构

关于为什么写《但以理书》这部小说,多克特罗这样解释:"当我在 20 世纪 60 年代后期写《但以理书》时,有许多比一群激进分子的异常行为更有趣的问题值得探讨。找对新左翼和老左翼之间的联系很感兴趣。在美国,激进分子的作用是什么? 它就是牺牲吗? 为什么左翼运动总是毁灭自己?"④ 左翼亦称左派人士、激进分子,指拥护自由、经常采取激进措施来影响现存秩序的变革者或群体,尤指在政治领域,经常是为了争取一个国家内广大国民的平等、自由及安康而努力。

老左翼出现在 20 世纪初期。在 20 世纪 20 年代和 30 年代各国无产阶级

---

① Stephen H. Gifts, ed. *Law Dictionary*, 3<sup>rd</sup> ed., New York: Barron's, 1991, p. 498.

② Naomi Morgenstern, "The Primal Scene in the Public Domain: E. L. Doctorow's *The Book of Daniel*", *Contemporary Literary Criticism*, Vol. 214, Hunter W. Jeffrey, ed., New York: Thomson Gale, 2006, p. 164.

③ E. L. Doctorow, *The Book of Damel*, 1971, New York: Random House, 1983, p. 299.

④ Arthur Bell, "Not the Rosengergs' Story", *Village Voice*, September 6, 1983, pp. 41-42.

的斗争中，特别是在共产党领导的反法西斯斗争的影响下，一种关心贫苦劳动群众生活与命运，表现他们反对统治阶级压迫和剥削的斗争、表现工人阶级反对资本主义从而改变资本主义制度的斗争，为无产阶级和劳动人民服务的进步文学，也随之蓬勃兴起，并在世界范围内发展和繁荣起来。它不仅对受剥削和压迫的穷人和工人阶级深表同情和怜悯，更重要的是，它包含着对资本主义制度及其社会现实的无情暴露和严肃批判。这就是在 20 世纪 30 年代盛极一时的激进的老左翼文学。

新左翼出现在 20 世纪 60 年代反对越战抗议浪潮蓬勃兴起期间。20 世纪 60 年代至 70 年代初，美国出现了新激进主义运动。这是一支以青年知识分子为主体的政治力量，他们先是对美国社会存在的各种矛盾，如贫富悬殊、种族歧视和政治不平等，发出了振聋发聩的呐喊。接着，他们对美国越南战争中的侵略行径进行无情的揭露。通过民权运动和反战运动，这支青年政治力量吸引了众多的学生群众加入它的队伍，形成一股声势浩大的政治运动。由于这场运动的激进色彩浓烈，它被美国新闻媒体描述成左派运动；又由于 60 年代的左派与美国 30 年代的左派有诸多区别，所以它被称作"新左派运动"。在老左翼和新左翼之间是所谓的"麦卡锡时代"，这是一个既恐怖又压抑的时代。当人们以人性的术语失去与过去的联系时，多克特罗清楚地看到左翼自我毁灭的可能性（在《但以理书》中通过苏珊这个人物比喻地表现出来）。

多克特罗用小说艺术来激发读者的政治热情，"我将思想、意象移动一定距离。我努力地使看不见的能看得见。我将痛苦分散开来，这样它就可以忍受了"①。"在使看不见的能看得见的过程中，多克特罗强烈地关心社会公正。"②在一次访谈中，多克特罗说他的人物，例如比利·巴斯盖特和但以理·艾萨克逊，都在"在这个世界里为他们自己寻找某种遗产，某种公正"③，寻求社会公正。多克特罗一直强调《但以理书》并非关于伊瑟尔和朱利叶斯·罗森堡的，而是关于"对罗森堡夫妇案件的思考"。小说一直被称为"对美国政治的思考"，"对激进运动的想象性修正，激进运动试图在代沟之间架设一座桥梁，将新的激进主义与其历史联系起来"。④多克特罗曾与西德尼·鲁米特关于电影《但以理书》做过一个联合声明，他们说：

---

① Christopher D. Morris, " 'Fiction is a System of Knowledge': An Interview with E. L. Doctorow", *Michigan Quarterly Review*, Vol. 30, Summer, 1991, p. 456.

② Joanna E. Rapf, "Sidney Lumet and the Politics of the Left: The Centrality of Daniel", *Contemporary Literary Criticism*, Vol. 214, Hunter W. Jeffrey, ed., New York: Thomson Gale, 2006, p. 151.

③ Christopher D. Morris, " 'Fiction is a System of Knowledge': An Interview with E. L. Doctorow", *Michigan Quarterly Review*, Vol. 30, Summer, 1991, p. 441.

④ Paul Levine, *E. L. Doctorow*, London: Metheun, 1985, p. 38.

> 不追求从历史观点上所说的准确性尝试……通过但以理对其记忆中自我发现的寻求，也通过他与卷入他父母案件的人的接触，我们从内部看到了美国持不同政见者生活中的三个十年——从经济大萧条和第二次世界大战到麦卡锡时期和 20 世纪 60 年代的反战运动。父母对孩子的影响、意识形态对生活的影响、历史对个人的影响是在一个家庭两代人的故事中得到思考的问题，这个家庭的主导激情不是成功、不是金钱、不是爱情，而是社会公正。①

正如批评界所关注的，小说《但以理书》表现了不同层次的社会问题，讲述了许多故事。但故事之一是关于美国左翼及其在美国历史上扮演的通常以牺牲为最终宿命的角色。20 世纪 60 年代的新左翼忽略历史，反对具有马克思主义研究团体的老左翼比较客观的社会分析，代之以个人的主观术语来解释政治问题而结束。

在多克特罗的小说中，诺曼·梅勒意味深长地以一个孤独的人物形象出现在 1967 年向五角大楼进发的游行示威队伍中。在他自己的非虚构作品《黑夜大军》中，梅勒清晰明白地阐释了两代左翼之间的意见分歧，他把自己描写得与年轻抗议者的反个人主义和忽略历史的做法格格不入。或像莱斯利·费德勒所描写的那样，他们是"历史的退出者"②。然而，多克特罗并不把历史视为过去事实的集成物，这对于理解多克特罗的全部作品是至关重要的。

> 我认为历史是虚构的，是写下来的……。但是，历史并非一门可视为我们自我意识来源的学科，因此它是非常重要的，不能只留给历史学家和政治家所独有……。既然历史可以是写下来的，那么你就会想有尽可能多的人积极从事历史写作。存在一种感知的民主……目击者的多样性……。如果你不经常地重构和重新阐释历史，那么它就开始像神话一样加紧控制你的喉咙，令你窒息，你就会发现你自己处在一种极权主义的社会里，它或是世俗的，或是宗教的。③

《但以理书》就是这样一种对历史的重构和重新阐释，它以断裂的时空结

---

① Andrew Sarris, "The Rosenbergs, the Isaacsons, and Thou", *Village Voice*, September 6, 1983, 45.

② Leslie Fiedler, "The New Mutants", *A Fiedler Reader*, New York: Stein & Day, 1977, p. 193.

③ Herwig Fruedl and Dieter Schulz, eds., "A Multiplicity of Witness: E. L. Doctorow at Heidelberg", *E. L. Doctorow: A Democracy of Perception*, Essen: Blaue Eule, 1989, p. 184.

构,通过主要叙述者但以理讲述的声音的多样性,成为一个"知识的系统"①。多克特罗从这部书开始,

> 放弃了努力表现对作为 19 世纪小说典型特征的转变的关心。其他作家可能有能力这样做,但是我再也不能接受现实主义传统了。我对现实主义不感兴趣……。很明显,像当代阅读的大多数人一样,我的感知节奏被电影和电视大大改变了……。如果没有吸收 80 年或 90 年的电影技巧,我不知道人们如何写作。②

多克特罗认为小说的结构就像电影一样,他从电影和电视剧"懂得了我们不需要解释事物……。我作品的力量来自非连续性,来自场景、时态、声音、谁在说话和神秘性的转换……。看过电视上新闻播报的人都知道非连续性"③。既然作者身上的"感知节奏"被转变了,那么《但以理书》中的虚构作者但以理本人身上的"感知节奏"也被转变了。

据说,多克特罗是用传统的第三人称声音开始这部小说写作的,但他认为这不恰当,于是他废弃了最初写的 150 页,并且用但以理的声音进行整部小说的叙述。④ 因此,这部作品成为他所称的"虚假的文献",即作为"虚假文献"历史的完美范例。在这样的历史中,文本显然是由别人制造的,而不是作者写的。在这种情况下,小说《但以理书》就是"但以理的书"(318 页),一幅作为颠覆破坏分子的艺术家的画像,这位艺术家将学术写作(博士论文)与虚构(这部小说)合并来制造历史,"作为我个人的小说",一种自我意识。但以理的声音反思了媒介时代,他成长在这个时代里,一幅抽象拼贴画,就像我们在斯特恩李奇特的"图画、电影剧照、海报和实物"(150 页)墙上看到的,这幅拼贴画里有家庭故事、信件、《圣经》引语、审判抄本,叙述突然从第一人称视角转向第三人称视角,就像电影里的跳跃剪辑,告诉但以理自我意识的电影点缀着他的叙述。

小说以但以理讨论写作本身开始,他的写作"不仅把 30 年代的激进主义与60 年代的激进主义联系起来,而且把家庭忠诚与政治参与的思想联系起来,这

---

① Christopher D. Morris, " 'Fiction is a System of Knowledge': An Interview with E. L. Doctorow", *Michigan Quarterly Review*, Vol. 30, Summer, 1991, p. 444.

② Larry McCaffery, "A Spirit of Transgression", *E. L. Doctorow: Essays and Conversations*, Richard Trenner, ed., Princeton: Ontario Review Press, 1983, pp. 40-41.

③ Larry McCaffery, "A Spirit of Transgression", *E. L. Doctorow: Essays and Conversations*, Richard Trenner, ed., Princeton: Ontario Review Press, 1983, pp. 40-41.

④ Joanna E. Rapf, "Sidney Lumet and the Politics of the Left: The Centrality of Daniel", *Contemporary Literary Criticism*, Vol. 214, Hunter W. Jeffrey, ed., New York: Thomson Gale, 2006, pp. 152-153.

是一种很具独创性的联系……。但以理想决心重建被毁灭的家庭，因而他重新发现政治行动主义，政治行动代表其父母对他要求的绝大部分"①。但以理列出七个要表现的题材。

第一个题材是一幅关于他们父母的招贴画，上面写着"释放他们"，这是在苏珊自杀未遂后在沃尔沃汽车里发现的。这幅招贴画是现在与过去之间一种看得见的关联，但它也是隐喻的，因为从现在的视角看，此刻孩子们必须得到释放。随着情节的展开，苏珊只能选择一死了之，这样才能从她日渐加剧的疯狂中释放出来，而但以理的解放将是叙事的脊柱。

第二个题材出现在但以理说完关于电的开放性独白后、他去参加五角大楼游行时。在这次游行中，他看到了诺曼·梅勒、斯波克博士、威廉·斯隆·科芬和罗伯特·洛厄尔，意识到了代际之间深深的分歧。

第三个题材是"我们的疯奶奶和地下室里的大个子黑人"②。

第四个题材是但以理和苏珊的养父母列文夫妇。他们的个性未得到充分地表现，特别是列文夫人，她除了扮演一个无效的和平守护者外，未发挥其他任何作用。但是，苏珊三句重复的抱怨——"他们还在搞我们。你懂得那个画面。做个好孩子，但以理。"——系统地贯穿整个小说文本。苏珊说的"他们"是谁？"那个画面"也指但以理在苏珊汽车里发现的、在听着苏珊重复那三句话时攥在手里的关于艾萨克逊夫妇的招贴画吗？做个"好孩子"是什么意思？

七个题材中最长的是第五个，这个题材与但以理作为一个研究生的生活有关，他藏身在哥伦比亚大学图书馆里查阅"第二手资料"，回避承诺。小说以但以理驱车去伍斯特州立医院看望妹妹开始，这是一个对20世纪60年代晚期美国的可能的隐喻，以三个结局结束——①但以理回到他在布朗克斯区的老房子；②苏珊的葬礼；③但以理在哥伦比亚大学图书馆里写作。

第六个题材是游击队战士阿蒂·斯特恩里克特，他受警察们威胁，被迫接受血液实验，是美国政府政治暴力的又一种受害者。阿蒂对于认识20世纪60年代的美国是十分重要的。

第七个题材是艾萨克逊基金会。建立基金会的想法引发了他的思考，他自问："把全部心思都用在这件事上是不是错了？我的内心出了什么毛病？"③

当但以理开始写这部书时，他并没有想太多。只有在他写到三个结局时，他才发现他的内心、他的人性。在接受莫里斯采访时，多克特罗坦白地说："我喜欢为《但以理书》安排的结尾……我认为在赋予但以理性格特征的那一刻，

---

① Stephen Farber, *Film Quarterly* 37, Spring, 1987, p. 35.

② E. L. Doctorow, *The Book of Daniel*, 1971, New York: Random House, 1983, p. 26.

③ E. L. Doctorow, *The Book of Daniel*, 1971, New York: Random House, 1983, p. 27.

三个结局对他来说是非常合适的——他会那样做的。这三个结局会一起形成一个很好的结尾。"① 在他回布朗克斯区看老房子时，他能够释放过去；在苏珊的葬礼上，他透过眼泪看清现在；在图书馆里，他通过写作致力于创造未来。

多克特罗的小说文本将历史叙事与小说叙事混合。② 叙述学家杰勒德·热奈特认为，历史学家将他们对历史的相对、间接、不全面的认识与某些人定义他们叙述虚构事件时所享有的灵活全知之间的对立紧紧绑扎在一起，他研究了这种历史写作的典型特征。③ 热奈特断言，不存在纯粹的叙述形式，叙述者有必要将形式重叠："如果我们考虑实际的做法，我们就必须承认没有努力避免使用'情节编织'和小说技巧的纯小说和纯历史。"④ 多克特罗依靠关于罗森堡夫妇的各种历史文献来建构小说文本。小说中许多段落都表现了这一点，例如，对但以理父母所谓"叛国罪"审判的复杂与古怪，在狱中父母之间信件交流的情感语气等。但以理发现"最荒谬的"（262 页）时间顺序叙事维度使他叙述的事实特征小说化。他频繁提到的电、折磨、电刑暗示他头脑里可怕的幻想，包括他父母的最后时刻，那是一个但以理只能想象的时刻。

他通过想象来表现这些时刻，仿佛他是全知的，抛弃了历史学家基于小说所允许的洞察力而创造的有限认识的主张，正如关于母亲的勇敢与淡泊混合的比喻所表明的："妈妈的脸上仍然带着奇特的微笑，在电椅上坐下，像在飞机上做好旅行准备的乘客那样，观看自己被皮带缚住。"（314 页）但以理把他的父母描绘为正直、勇敢的英雄，特别是他的母亲，直到最后他们身体发生痉挛被电击而死。但以理通过叙述他们对自愿接受电刑的挑战来取代他对无法拯救父母，无法避免他们在美国历史上被毁灭的无能。但以理对读者说，"我猜想，你认为我不能描写电刑处死"（312 页），事实上，他通过想象做到了。

在但以理历史上的现在时刻，他对遭受精神创伤的妹妹苏珊的怜悯增加了。当苏珊躺在医院病床上时，但以理害怕那些足以杀死他父母的强大电流被恶意用在妹妹身上。他试图以愤怒的干涉阻止这种治疗。但以理大概是把休克疗法当成了一种带有转化结果的电的折磨形式，与导致他父母死亡的方式相

① Christopher D. Morris, "'Fiction is a System of Knowledge': An Interview with E. L. Doctorow", *Michigan Quarterly Review*, Vol. 30, Summer, 1991, p. 444.

② Brian Dillon, "The Rosenbergs Meet Nebuchadnezzar: The Narrator's Use of the Bible in Doctorow's The Book of Daniel", *Contemporary Literary Criticism*, Vol. 214, Hunter W. Jeffrey, ed., New York: Thomson Gale, 2006, p. 135.

③ Gerard Genette, *Fiction and Diction*, Catherine Porter, Trans., Ithaca: Cornell University Press, 1993, p. 82.

④ Gerard Genette, *Fiction and Diction*, Catherine Porter, Trans., Ithaca: Cornell University Press, 1993, p. 82.

似。但是在对苏珊的治疗中，他并未感动决策者，未能使得决策者接受他的干涉，没有对治疗给出是否正确或正当的证明。由于但以理所说的"分析失败"（317页），苏珊的早逝未对他认为有正当理由的干涉提供支持。现在，但以理唯一能做的拯救行为，就是建构一个关于他的家庭及其在冷战中作用的有意义的叙事。

尽管但以理对其父母的描述从对抗转向感伤，但他坚定认为他们是莫名其妙和歇斯底里的反犹迫害的受害者。在寓所的私人空间被面无表情的美国联邦调查局密探武力侵犯和父亲保罗·艾萨克逊被逮捕之后，但以理暂时把注意力转向众议院非美活动调查委员会的听证公共空间："如果麦卡锡没有做出对国际无神论共产主义与基督教之间重大斗争的描述，可能就不会有人依照乔·麦卡锡的观点来怀疑犹太人的归属。"（135页）多克特罗用来自《圣经》的《但以理书》的开篇引语，暗示小说将要表现的主题与麦卡锡在全国公众中激起的对抗，与一般性的左翼，特别与犹太人的对抗类似。引语应该对读者的期待起作用。一部小说中的引语应该通过暗示与读者知道的另一作品的类似，预告或预报随后故事展开的某种维度。在这段来自《圣经》中《但以理书》的引语里，一位巴比伦先驱大声宣布：

> 无论何时你们听到短号、长笛、竖琴、低音喇叭、古代弦乐器、洋琴的声音和各种音乐，你们就跪拜尼布甲尼撒二世（古巴比伦国王）树立的金色偶像：无论是谁不跪拜，他就将在此刻被抛进燃烧的、炽热的火炉里。因此，在那一时刻，所有民族、说不同语言的人们一听到短号、长笛、竖琴、低音喇叭、古代弦乐器、洋琴的声音和各种音乐，就都跪拜尼布甲尼撒二世（古巴比伦国王）树立的金色偶像。（多克特罗，引自《圣经·但以理书》3：4，7）

在历史上的罗森堡夫妇被逮捕和监禁时期，麦卡锡赢得了美国媒体的热情支持。他指挥的公开审判给他的政治生涯带来了广泛的大众关注。应邀为众议院非美活动调查委员会作证的亚瑟·米勒概括了那一时期的情绪：

> 在1950到1954年间，在威斯康辛的约瑟夫·麦卡锡参议员影响的顶峰时期，一种势不可挡的幻想包围着他。他使整个国务院瘫痪，吓坏了艾森豪威尔总统，使几乎全美报界感到迷惑，他们以绝对的严肃将他最幻觉的小孩弄的唾液湿纸团当成头版新闻报道。甚至他的名字不仅使在前面30年代或40年代断然拒绝左翼支部的人胆战心惊，而且使那些先前对苏

联、对马克思没有表达出强烈仇恨的人或合作团体心惊肉跳。[①]

麦卡锡信仰者所崇拜的"金色偶像"就是由对任何与共产主义有某种联系的人的绝对怀疑所组成。

在其父母被电刑处死 14 年后，但以理开始了他的创伤叙事。从一开始，他就对那些阴谋陷害他父母的人和含蓄地对那些接受政府对他们做有罪判决的人，持一种强烈的厌恶。他创造性地复原了美国联邦调查局对其父母的胁迫、逮捕、审判和电刑处死——他叙述了那段典型的历史，好像他就是一个目击者，甚至在那些历史事件中，他自己的童年都被排除在外，使保罗和罗谢尔·艾萨克逊一生最后几年固定在美国历史上的政治迫害时期。不难证明他是在深陷另一个政治迫害时期的同时建构他的历史叙事。他在 1968 年哥伦比亚大学图书馆里写这部小说：对越南战争的不同看法将父母与其孩子们分开；将政府以及许多大学行政部门与学生分开；将但以理与其妹妹苏珊分开。

苏珊是拉德克利夫大学学生和激进的"波士顿反抗"组织成员，她力劝哥哥捐献他在家庭委托金中的一份，更重要的是，允许使用他们的家庭姓名建立基金会——"保罗与罗谢尔·罗森堡革命基金会"（91 页）。苏珊在征兵局门前示威时，遭到警员的棍打。她在 20 岁时就打算超越政治策略，在财力上和象征意义上为新左翼做出更重要的贡献，因为她相信她父母的名字为需要英勇鼓舞的年轻革命运动提供了护身符般的力量。"艾萨克逊这个姓具有重要意义。发生在艾萨克逊夫妇身上的悲剧是给这一代人的教训，"她告诉但以理，她认为但以理不愿分享她的政治热情是自私和固执僵化的（93 页）。

在关于建立基金会的讨论结束后，过了几个月，但以理在 1967 年 10 月参加了去五角大楼的示威游行，警员们肆意地对他棍打、脚踢，然后把他关押了一夜。苏珊嘲弄但以理，目的是使他采取反战立场，在大家以为他正在完成学位论文的时候，鼓动他写关于父母遭受迫害的叙事。苏珊在马萨诸塞州立医院割腕后被救回，她对前来看望她的哥哥说："他们还在强暴我们。"（19 页）她的辩才，更深刻地讲，她的自杀企图，迫使但以理调查她的看法是否正确。一种难以归类的"他们"（还在）继续对孩子们的迫害。但以理在其叙事的初期，就惧怕描写苏珊的个性特征，他相信她的个性特征是从他们父母那里继承的。

> 苏珊身上有着致命性的有明确情感的家庭天赋。甚至还是个孩子时，她就总是采取立场。她是一个伦理学者，一个法官。这是对的，那是错的；

---

① Arthur Miller, "The Night Ed Murrow Struck Back", *Esquire*, December, 1983, p. 460.

这是善的，那是恶的。她的个人生活粗心地暴露给大家，她的需要是不害羞的，不像多数人的需要那样谨慎地做出安排。她的身上具有敢作敢为的道德开放性，具有高声的、有才智的、对抗性的、诚实的女孩特点。全部都是错的，永远都是错的。（19页）

在写其家庭故事的整个过程中，但以理最后指出苏珊看法的"错误"不再那么明显；她对父母和对政治气候的情感反应值得他做出长篇分析。

多克特罗对狂热、易激动的苏珊这一形象的塑造大胆地偏离了对罗森堡夫妇的历史记录。罗森堡夫妇有两个儿子，而非一儿一女，哪一个也不狂热。多克特罗的艺术创新创造了一个从未公然详细阐述的典故：《圣经》里关于但以理和苏珊娜的伪经故事在小说中起到了神圣先驱的作用，这是一个突出但以理纠正法庭对苏珊娜做出不公正判决的故事。在伪经故事中，在巴比伦囚禁期间，一个有钱的犹太人的年轻貌美的妻子苏珊娜，成了两个渴望得到她的犹太长老阴谋的受害者。这两个长老决心要诱奸苏珊娜，当她在花园里准备洗澡时遇到她；他们要求她屈服；她拒绝了他们的要求；作为对她的报复，他们公开控告苏珊娜与一个逃跑的不知名的年轻人犯有通奸罪；苏珊娜被送上法庭接受审判；两个长老的证明被判定为事实，法庭裁决将苏珊娜用石头打死，作为对她的惩罚。作为神圣指导的结果，但以理突然出来干预审判。他将两个长老分开，询问苏珊娜在花园里进行通奸行为的准确地点，发现他们的说法相互矛盾。那些参加简短询问的人因为那两个长老作伪证而用石头将他们打死。无辜的苏珊娜被释放了。

这个令人紧张的故事是在敌对犹太人的政治气候下，描写了恶毒的犹太人法官。但由于这个故事是对司法系统的严肃批评，所以被排除在经典外。此外，但以理的十损突出反映了一点，即目睹审判的会众审查长老的证据时非常粗心大意。虽然但以理出席在简短审判的现场，但他在获得神圣的启示之前，似乎非常愿意接受迅速达成的判决。没有人问苏珊娜是否有什么要说——她的丈夫、父母，甚至但以理都没有问她。即使叙述者的第一句话宣称苏珊娜保持了清白的声誉，但她被禁止讲话。此外，叙述者未能注意到她在判决修改后的反应。整个焦点转向了但以理的胜利。为了结束对苏珊娜的忽视和虐待，她的故事从旧约全书作品的主题中退了出来。

苏珊这个名字普通得足以让读者忽略任何她与《圣经》的联系。但是，名字的重复可能是深思熟虑的，尽管这并不归功于叙述者（我们相信他既没有叫错自己妹妹的名字，也没有重新给她命名），而是归功于小说的作者。除了对经典《圣经》文本的明显涉及外，多克特罗还隐蔽地涉及了伪经文本。对那种叙事策略的应用可能使读者意识到作者与叙述者之间有一个裂口，这个裂口暗示叙述者松散地掌握其古代神圣的先驱文本。但以理·列文并未完全使妹妹苏珊沉默。但是，我们在但以理的长篇叙事过程中仅三次听到成年苏珊的声音：在她住院治疗时含义模糊的讲话（"他们还在强暴我们"）中，在关于她提议创办基金会的争论中，在那次争论后她写给但以理的一封短信中，在这封信中她基本上是让但以理离开她的生活。

多克特罗的小说抵制与伪经作品有着精确的相似之处，不管作者或叙述者是否打算有一些相似。《圣经》中，在法庭对苏珊娜做不公正的惩罚之前，但以理进行了戏剧性的干预。但以理·列文却从未有机会干预国家对他父母所做的不公正的惩罚，而且他再与妹妹齐心投身政治行动也已经来得太迟。当苏珊在医院里变得衰弱无力时，但以理努力成为她"唯一合法的监护人"，但是与《圣经》的同名人物不同，他要"拯救"苏珊的努力，例如禁止对她的电休克疗法，太小而且太迟（207页）。但以理的叙事不仅是在其父母死后，而且是在其妹妹死后的历史追述。在最后几页，我们得知苏珊自杀成功了。但是，在苏珊的启发下，但以理在对父母为什么和如何遭到迫害的认识方面实现了突破。他乘飞机去加利福尼亚，寻找对他父母做了不利证明的塞利格·敏迪什。他像伪经故事中的长老，曾经渴望得到罗谢尔，他是一个提供证据证明犹太人有罪的犹太人。

但以理想要证明他的"另一对夫妇理论"，他认为另有一对夫妇，而非他的父母，可能窃取了原子弹机密，而敏迪什有意地或受困惑地将此事归咎于但以理的父母。但以理还怀疑，有一个与"另一对夫妇理论"相矛盾的理论，即敏迪什本人对美国联邦调查局的所有指控都是绝对无罪责的，但作为他无知和人格不完善的结果，他成了诬害艾萨克逊夫妇的告密者。世俗的但以理否定了《圣经》的但以理所肯定的东西："要点是，人们并不经历启示。"（285页）1967年，在但以理的父母被电刑处死14年后，敏迪什成功地逃避了过去：但以理查到了从前的告密者敏迪什生活的地点，现在他已不知不觉地陷入老迈年高，正待在迪斯尼乐园里他最喜欢的娱乐区"明天乐园"里。但以理想要做出决定性的结论，即其父母是被得到告密者帮助的同谋所陷害的。但除了不可靠的当局以外，他的努力也被敏迪什的失忆所妨碍。

像伪经里的但以理和苏珊娜一样，多克特罗的小说也指控法律的失败、压倒法律的偏见，以及错误权威不能挽回的影响。① 在注意到研究法律的学生揭

---

① Brian Dillon, "The Rosenbergs Meet Nebuchadnezzar: The Narrator's Use of the Bible in Doctorow's The Book of Daniel", *Contemporary Literary Criticism*, Vol. 214, Hunter W. Jeffrey, ed., New York: Thomson Gale, 2006, pp. 138-139.

露国家政府在对但以理父母所谓叛国罪审判中"正当过程的滥用"后，但以理提出了一个带修辞色彩的问题，这一问题既刺穿对其父母审判的核心，又可应用于但以理和苏珊娜的总结："如果在社会歇斯底里的最坏可能情况下，公正得不到运作，那么在其他情况下公正如何运作又有什么关系呢？"（243页）罗谢尔向基本上不允许她和丈夫声明自己无辜的法律提出挑战，并且批评她的律师（杰克·阿舍尔）对法律和美国司法程序天真的信仰。

> 你（阿舍尔）与我正直的丈夫有区别。可是看看你，我的犹太绅士，以你的全部教育和智慧：你在对个人从业者的信仰中很杰出。[……] 我们不是受到从事间谍的指控，而是受到共谋从事间谍的指控。既然间谍本身无需证明，也就不需要证明我们做了任何事情。所需要的就是我们打算做某事的证据。这个证据是什么？[……] 这允许他们将敏迪什先生放在证人席上，根据杰克自己的珍贵法律，敏迪什所说的不利于我们的任何事情都具有证据价值。就像枪证明杀人犯有罪那样确定无误。（206页）

当阿舍尔为保罗和罗谢尔·艾萨克逊辩护时，他正在写一本书，"证明《圣经·旧约》对美国法律做出的贡献"（133页）。即使但以理和苏珊娜的故事是他研究的一部分，他也未能指出敏迪什的虚假证明可能会妨碍联邦起诉案的公正。

作为艾萨克逊家庭唯一的幸存者，但以理建构了他的家庭历史：他们的生平都完成了，但关于他们生平的叙事却抵制完整性。在关于父母被电刑处死的叙述之后，但以理用三个结局结束了这个故事，并非是为了给读者提供最好或最合适的选择，而是因为它们都满足但以理叙事的交叠特征。在第一个结局里，但以理回到他们家先前的住房，从外部观看他父母被逮捕的背景；这 情景并未能激发感情的净化。第二个结局以其父母的葬礼开始，然后无缝合线地继续到苏珊的葬礼。在墓地，但以理自发地雇佣警察"说出年轻犹太人不懂的祈祷……当说完一个祈祷时，我告诉他再来一遍，这次是给我的母亲和父亲……我想我能够哭出来了"（318页）。第三个即最后一个结局戏剧化地表现写作情景的结束。反战运动的大学生们占领了哥伦比亚大学的行政大楼，关闭了但以理正在写作我们阅读的这个文本的图书馆。一个反战抗议者命令他离开："伙计，合上书，你是怎么回事，难道你不知道你被解放了吗？"（318页）但以理听从了那个显然反对整个校园和政府当局权威的命令。"我不得不发出微笑。这并非出乎意料。我将走出去，到日晷仪那里看看下面正在发生什么。"（318页）但以理·列文克制自己，停止了对越战的预测。但以理复原其父母遭受政治迫害,使自己和妹妹受到精神创伤的叙事随意地达到了终点。

关于家庭历史叙事的写作经历未能使但以理感到乐观。其严肃的现实主义阻止他断言:他的父母将在政治上或精神上得到释放,保罗和罗谢尔"将会像明亮的天空那样发光"(319页)。但以理声称他需要的不仅是"家庭的叙事"(299页),实际上,这是这部小说至关重要的双关语之一。小说的重要反讽是,国家既剥夺了但以理的家庭叙事,又留给了但以理一种将永远是创伤的存在。"生命通过艺术而自救"[1],文学作品中的创伤叙事通过人在遭遇现实困厄和精神磨难后真诚的心灵告白,来医治人的心灵创伤。小说《但以理书》中,但以理重构创伤事件,生动地再现父母被国家违反民主制度以叛国罪电刑处死的主要场景,清楚而反讽地揭示,他所继承的精神创伤的根源是国家的政治暴力:在实施民主制度的美国,国民无疑是服从国家的,国民必须为国家的政治需要做出牺牲。作为后现代左翼小说家,《但以理书》的作者多克特罗借主人公但以理之口,质问这个世界上最讲人权、民主和公正的美国:"我的国家! 你为什么不是你声称的那个样子? "(51页)在小说最后,但以理从此走出创伤,勇敢参加学生左翼发起的反对并改变美国权力机构形象的革命行动。

---

[1]　尼采:《悲剧的诞生》,周国平译,北京:生活·读书·新知三联书店,1986年,第28页。

# 第 六 章

# 汤亭亭小说中诗性的语言结构
# 与 19 世纪华裔美国人的悲惨历史

　　当代重要的美国作家之一，亚裔美国作家汤亭亭（Maxine Hong Kingston）是一位受到高度赞誉的回忆录作者，她将自传因素与亚洲传说和小说化了的历史结合在一起，描写华裔美国人后代所面临的文化冲突。她的作品通过对自旧中国到当代美国加利福尼亚的社会和家庭关系的考察，在这两种文明之间架设了一道桥梁。作为一位非传统作家，汤亭亭在她的回忆录写作中避开按时间发生顺序排列的情节和标准的非小说散文文学的技巧，而综合了古代神话和想象的传记。"她充满异国情调和神话的叙事是由多种来源构成的：她的中国移民祖先在美国建造铁路和在美国甘蔗园做苦力时忍受残酷剥削的痛苦经验；'传说'或过去勇士们的警戒性事件和母亲讲述的家庭秘密；以及她自己作为出生在美国、对文化忠诚深感困惑的一代人的经历。"[1] 汤亭亭的小说《中国佬》（*China Men*, 1980）讲述了她自己家庭的历史，并且用她较早的男性前辈想象的勇士传记来补充这一历史叙事。

　　《中国佬》的文学体裁是评论家们争论的焦点问题。它究竟是一部历史还是一部小说？如果说它是一部历史，那么作者的历史根据在多大程度上是现实主义的和能够让买的？如果说它是一部小说，那么它为什么用个别的、一般不连在一起的个人或家庭经历来替代一种内在的虚构或情节的设计？新历史主义认为，对历史而言，文学是一个巨大的符号系统，一个特定历史时刻的事件通过这一系统能获得概念水平上的意义。"必须先将对历史的理解看作一种语言结构，通过这种语言结构才能把握历史的真实价值。历史是一堆'素材'，而对素材的理解和连缀就使历史文本具有了一种叙述话语结构。这一话语结构的深层内容是语言学的，借助这种语言文字，人们可以把握经过独特解释的历史。"[2]

　　像小说一样，历史的深层结构是诗性的，是充满虚构想象加工的。《中国

---

[1]　Roger Matuz, "Maxine Hong Kingston", *Contemporary Literary Criticism*, Vol. 58, ed. Roger Matuz, Detroit: Gale Research Inc., 1990, p. 307.

[2]　王岳川：《后殖民主义与新历史主义文论》，济南：山东教育出版社，1999 年，第 202 页。

佬》这部特殊的作品以其非传统的文本表现了文学的历史性和历史的文学性、文学的政治化和政治的历史化，用诗性的语言构筑了一段神话的历史。它一方面非常接近作者的家庭历史事实，可以充当 19 世纪华裔美国人家庭生活演变的个案记录；另一方面，它又是作者自由虚构的诗性的历史故事，生动地描写了 19 世纪旅美华工的痛苦经历。

# 一、文学的历史性和历史的文学性

新历史主义认为，对历史而言，文学不是次要的被动存在物，而是一种活生生的意义存在体。文学并不被动地反映当时历史的外在现实，而是建构历史的现实动因，从而彰显历史的真实面目。它也不是仅仅模仿现实的存在，而是一个更大的符号象征系统。通过这一象征系统，某一特定历史时刻的事件才能具有概念层面上的意义，文化才能显现出它与自身存在条件之间的关系。文学对历史的阐释和在历史中阐释文学，说明文学与历史具有某种互动关系，文学并不被动地反映历史事实，而是通过对这个复杂的文本化世界的阐释，参与历史意义创造的过程，甚至参与对政治话语、权力运作和等级秩序的重新审理。新历史主义强调两个重要的方面：文学的历史性和历史的文学性。它们相互交织，相互依存。汤亭亭的历史题材小说《中国佬》既表现出文学的历史性，又揭示了历史的文学性。

## （一）文学的历史性——书写模式中的历史、社会和物质情景

文学的历史性是指个人经验的文学表达总是具有特殊的历史性，总是能表现出社会与物质之间的某种矛盾现象。这些现象见诸所有的书写模式中，不仅包括批评家研究的作品，而且也包括被研究作品的文本环境。书写模式中的历史的、社会的和物质的情景，构成了所谓的文学的历史性氛围。[①] 汤亭亭作品《中国佬》中文学的历史性在于，这部史诗形式的小说表现了一个家庭的历史，叙述了一个家庭的男性旅居者别离他在中国的妻儿，在美国各地长期的漂泊。这种家庭成员的离别对于传统的中国父系大家庭系统而言是不可思议的，它发生在移民最大高潮的那些年。"与发现的相关材料比较表明，汤亭亭永远忠实于旅居者家庭历史的主要轮廓。"[②]

---

① 王岳川：《后殖民主义与新历史主义文论》，济南：山东教育出版社，1999 年，第 185 页。

② Linda Ching Sledge, "Maxine Kingston's 'China Men': The Family Historian as Epic Poet", *Contemporary Literary Criticism*, Vol. 58, 1990, p. 308.

在《中国佬》中，汤亭亭用六个按年代顺序排列的章，概略地讲述这个故事。故事的时间跨度是从 19 世纪中期（华裔美国移民的第一次浪潮和他们在横贯美洲大陆的铁路建设中的作用）到 20 世纪中期（越南战争征兵）。"除了强调历史外，每一章都通过不止一次出现的主题或各章的相互关联将其他部分连接起来。那么这些章就不时地被一系列重述的中国神话所打断。"①

第一个故事"来自中国的父亲"是从小汤亭亭的视角讲述的，描述她努力发现父亲的历史，特别是他移居美国的途径。小女孩听到的关于父亲的历史有多种说法，这使她很困惑，所以她描述了父亲来到美国的五种途径。这些故事中相互矛盾的说法不仅仅反映了年轻的汤亭亭的不确定性，也是一种技巧，是汤亭亭小说种类混杂风格的一部分。

第二章"檀香山的曾祖父"将叙述的焦点从美国大陆转移到早期华裔美国人的另一条重要的移民路线：去夏威夷。在这一章里，19 世纪 50 年代两位曾祖父在一家甘蔗种植园里工作，这是早期中国移民的共同职业。汤亭亭根据大量纪实材料，既写下了这些人的艰难困苦，又记录下了他们所忍受的种族主义压迫，包括白人种植园工头对他们干活时谈话强行征税，以及中国人移居美国大陆过程中经历的困难。

后面的"内华达山脉的祖父"这一章与夏威夷那一章一起，记录了 19 世纪五六十年代美国大陆中国移民的艰难生活（横贯美洲大陆的铁路在 1869 年竣工）。在这一章里，我们看到"铁路祖父"的任务是为穿越西东的中太平洋横贯美洲大陆铁路切开一个空间，他们在内华达山上冒着生命危险劈花岗岩。前一章的几个主题提供了这两章的连续性。"檀香山的曾祖父"一章所介绍的燃烧甘蔗的火的意象，在"内华达山脉的祖父"这一章作为炸药爆炸重新出现。种植园主对华人的侵犯行为重复体现为了铁路老板对反抗的华裔美国工人们实施镇压，华工们是为提高工资和改善工作条件而举行了罢工。两章之间的最大联系在于两种对自然的冥想。在每一种对自然的冥想中，华裔美国人与自然环境建构一种想象的约定，以此作为逃避日常艰辛的手段。

汤亭亭经常用与自然环境的情感约定作为一种表达归属和拥有意识的手段。在夏威夷和内华达这两章中，我们都发现了人们对自然和宇宙奇迹的广泛丰富的冥想。夏威夷一章表现了一种华人与环境的突出联系："如果他不像一名勇士那样沉重地坐立和行走，他就会漂浮起来，偎依在风的怀抱里，任由风将他吹进大洋，让风用他制作一个风筝，一只军舰鸟，一只蝴蝶。"②（以下出自《中国佬》的引文只标注该书页码）同样在内华达这一章里，我们看到阿公与环境

---

① Helena Grice, *Maxine Hong Kingston*, Manchester: Manchester University Press, 2006, p. 44.

② Maxine Hong Kingston, *China Men*, New York: Random House, 1989, p. 97.

的联系："白天,他看着这些喜鹊,这些黑白大鸟,它们的圆肚子像有翅膀的球。它们是一种受欢迎的景象,预示着聚会。他在荒野中找到了两种好朋友:喜鹊和星星。"(130 页)

第四章"创造更多的美国人"叙述的焦点是移民们的运气,表现出作者对历史本质和历史纪录的专注。最重要的是,这一章叙述了个别人物的历史。汤亭亭讲述了三公和四公(三祖父和四祖父)、疯少(大哥)、高公(前内河海盗)等人的故事。

在下一章,汤亭亭讲述了自己的童年和她对父亲的回忆。关于父亲的故事也有多种说法,但有一个事实是确定的:父亲是当代美国的公民。这一章是这样开始的:"1903 年,我父亲出生在旧金山。我的祖母是女扮男装来到旧金山的。"(237 页)这一章详细地描写了爸爸的家庭生活和他对一个鸽子彩票赌场的管理。尽管如此,这段历史很大一部分是以怀疑的态度讲述的,这一章着力表现了父亲奇怪的沉默,平时他与家庭成员相处时一贯寡言少语。

最后一章记录了汤亭亭的弟弟被征兵去越南打仗的经历,于是小说文本完成了从 19 世纪 60 年代到 20 世纪 60 年代的历史旅程。在这一章里,叙述者再次消失,弟弟的观点起了支配作用。这一叙事策略既强调了他被迫面对的战争忠诚,又强调了他作为一名被迫参战的伯克利和平主义者的内心混乱:他必须做出决定,要么应征当兵去越南,谋求一种有良心的反战者身份,要么去加拿大躲避越战。去亚洲打仗是亚裔美国人最糟糕的噩梦。虽然他东躲西藏,但还是被送去了越南。他既不杀人也不被杀的原则得到了完整的体现,最后毫发无损地回国了。最重要的是,他从越南战争所得到的唯一好处就是身份得到了确认:他们一家人都成为真正的美国人。这部作为文学作品的小说就以这样一个恰当的注释结束了它的历史叙事。

## (二)历史的文学性——神话和历史混合所提供的虚构相似物

历史的文学性指批评的主体绝对不可能接触到一个所谓全面而真实的历史,或他在生活中不可能体验到历史的连贯性。如果没有社会历史流传下来的文本作为解读媒介的话,我们根本没有进入历史奥秘的可能性。历史不是铁板一块,而是充满需要阐释的空白点。那些文本的痕迹之所以能够存在,实际上是人们有意选择保留与抹去它的结果。可以说,历史中仍然有虚构的元话语,其社会连续性的阐释过程是复杂而微妙的。[1]《中国佬》中的历史的文学性表现在这部书的神话与历史混合的结构上。神话和历史给历史叙述及其语言结构提

---

① 王岳川:《后殖民主义与新历史主义文论》,济南:山东教育出版社,1999 年,第 185 页。

供了虚构的相似物。

在"内华达山脉的祖父"这一章里,阿公远离在中国的家人,在美国建造不能把他引向中国家人的铁路。在美国的夜空下,他望着相距很远的牵牛星和织女星,感觉他的心因为星与星之间巨大的深蓝色空间所造成的孤独而破碎。他假装有少数人在听,给自己讲述被迫分开而忍受痛苦的牛郎织女的爱情悲剧。这个故事象征他与家人天各一方的情景。但是牛郎和织女还被允许在每年第七月的第七天相会。在那天,喜鹊为他们搭桥,帮助他们跨越巨大的空间,互相朝对方走去。这两个相爱的人可在一年里的一个夜晚呆在一起。这是一个著名的中国神话,它象征被权力破坏的爱情。

在美国建造铁路而忍受孤独之苦的阿公发现,这两颗星给他提供了除三餐和喝茶之外的某种期待。每个夜里他都查找牵牛星和织女星的位置,测量自前一个夜晚以来它们又靠近了多少。他还看见了织女星旁边的两颗小星星——它们是这对夫妇的孩子。在这些星星的下面,阿公渴望与家人团聚。在下面这段文字里,神话和历史更紧密地混合在一起:"第二天,扇状尾橙色嘴的喜鹊返回自己的窝巢。牵牛星和织女星又开始了它们分开的旅程,又一年的纺织和放牧。阿公不得不找到别的东西去期待。在铁路完工前牛郎和织女相会和分开了六次。"(130 页)《中国佬》中这一想象的神话的重要性在于它具有适合史诗惯例的功能。神话包含了同时共存的超自然平面,扩展了叙事的戏剧性范围,因而深化了历史叙事的主题。

根据新历史主义的观点,我们必须首先将对历史的认识看作一种语言结构,只有用这种语言结构才能把握历史的真实本质。历史是一大堆素材,对这些素材的理解和结合给历史文本提供了一种叙事话语结构。这一结构的深层内容是语言学的,人们在语言学词语的帮助下能够真正地认识被独特解释的历史真头。[①] 在《中国佬》的历史小说文本中,汤亭亭"将其祖先的语言变形为英雄的语言"[②],构成了一种特殊的语言结构。这一语言结构的要素包括:像记忆术公式这样的史诗诗人技巧、与历史叙述相似并扩大历史叙述的文本、明显根据作者回忆编造的神话、对头衔的关注、对名字的背诵、骂人的脏话、给人美感的图画般的描写和叙述目录、经常出现的作者闯入、长段的概述,以及对早先情节的评论等。另外,汤亭亭用本土华裔美国人的语言再现了她祖先原始的、充满神话的口头文化精神和美丽,通过把移民的讲话、俚语、诅咒、陈词滥调改写成英语的散文,使真正的亚裔美国人的语言具体化。但同时,汤亭亭又自觉地

---

① 王岳川:《后殖民主义与新历史主义文论》,济南:山东教育出版社,1999 年,第 185 页。

② Linda Ching Sledge, "Maxine Kingston's 'China Men': The Family Historian as Epic Poet", *Contemporary Literary Criticism*, Vol. 58, 1990, p. 311.

避免在字面上的转写中出现无生命力的和过于精致的方言。她的人物都不用方言，他们的措辞朴素、正式、语法上正确，而且涉及范围很广，既有口语，又有词藻华丽的戏剧表演。显然，汤亭亭的历史叙事依靠某些文学规则来再现其祖先语言发源概念上的真实过程。汤亭亭的《中国佬》被称赞为"最高秩序、想象、语言和道德感知的胜利"①。

在《中国佬》这部历史小说的文本中，"我们体验到，伟大小说是对我们与作者一起居住的这个世界的阐释，同样也体验到历史被'小说化'为一种对世界的解释。在这两者中我们认识到，意识被用来既建构又拓殖它所追求舒适居住的这个世界的形式"②。小说中历史的文学性揭示，语境和阐释、历史和文本具有互动关系。在权力的合力作用下，文学成为一种自律的美学、道德或知识秩序，超越了互相冲突的压力，超越了物质需求与兴趣的种种差异性，而成为一种新的书写与阅读的意义阐释。因为，文化产品必然"既被历史决定，也决定历史"③。

## 二、文学的政治化和政治的历史化

新历史主义主张并进行了历史—文化"转轨"，强调从政治权力、意识形态、文化霸权等角度，对文本实施一种综合性解读，将被形式主义和旧历史主义所颠倒的传统重新颠倒过来，把文学与人生、文本与历史、文学与权力话语的关系作为自己分析的中心问题，打破那种文字游戏的解构策略，而使历史意识的恢复成为文学批评和文学史研究的重要方法论原则。文学与人生、文本与历史、文学与权力话语的关系不仅是文学批评所分析的中心问题，也是汤亭亭小说创作中有意识表现的问题。汤亭亭运用阶级分析方法，将历史事实与虚构故事结合起来，使文学政治化，使政治历史化。小说中的历史人物和虚构人物都被他们无法控制的经济和政治力量所异化。因此，汤亭亭的小说表现出浓郁的"文学的政治化和政治的历史化"色彩。④

---

① Mary Gordon, "Mythic History", *Contemporary Literary Criticism*, Vol. 19, ed. Sharon R. Gunton, Detroit: Gale Research Company, Book Tower, 1981, p. 249.

② Hayden White, *Tropics of Discourse: Essays in Cultural Criticism*, Baltimore: The Johns Hopkins University Press, 1978, p. 83.

③ Louse A. Montrose, "Professing the Renaissance: The Poetics and Politics of Culture", *The New Historicism*, ed. H. Aram Veeser, London: Routledge, 1989, p. 15.

④ 王岳川：《后殖民主义与新历史主义文论》，济南：山东教育出版社，1999 年，第 158 页。

## （一）文学的政治化——被放入有目的的政治行为中的本文

新历史主义认为，本文不是存在于真空中，而是存在于给定的语言、给定的实践、给定的想象中。语言、实践和想象又都产生于被视为一种结构和一种主从关系的历史中。小说作为资产阶级话语的特权形式，其随后的历史也继续表现出各种新的政治立场之间的斗争。本文自身是人类存在中无以避免的政治本质的产物，是对这种本质的干预。关键不在于本文维护了某些特定的政治立场，而在于它们是从它们无法彻底抽身的政治关系中产生出来的。"坚持本文作为结构的社会关系和性别关系历史的产品和参与者，就等于把它们收归于整个社会，将它们重新置于它们所排斥或赞许的政治考察之下，收归于它们言说所借用的名义。把它们放入有目的的政治行为中，也就是把我们放入政治责任中去。"①汤亭亭的历史小说《中国佬》将文学政治化，既表现了美国历史上华工在建筑横贯美洲大陆铁路过程中用血和肉做出的巨大贡献，又揭示了华工在美国历史上所遭受的不公正待遇。

《中国佬》描写一个典型家庭的历史，它作为一个活动场所，出生、死亡、工作、爱情、失败和恐惧等人类历史经验都在那里得到检验、评断，并最后得到理解。作为一位女性社会抗议者，汤亭亭想要根据她自己种族的观点修改《中国佬》中的历史，声称对于她的男性前辈们来说，美国是一个被忘却的、被歪曲的美国先驱者和金山勇士的大家庭。他们的故事被保留下来，作为不断积累的家庭口头传说，并传给孩子们。这些家庭勇士受命运的驱使，在野蛮的国土上寻找未知的命运。家庭连续性的理想赋予男人们力量，使他们在对男子气概严峻的史诗般检验中获得胜利。传统的归于男性家庭成员的权威给他们提供了一个自我中心，这个中心使他们能够经受住危险和失败。

汤亭亭在她的《中国佬》一书中，从头到尾着力描写在美国的中国旅居者家庭生活的英勇精神。书中的详细资料不仅表现了传统家庭文化价值的退化，而且揭示了人们对原始儒家理想的某些基本方面的维持，这种理想主张家庭统一、经济独立和家庭成员之间相互帮助。在"内华达山脉的祖父"这一章里，汤亭亭讲述了她爷爷三次旅美参加铁路建造的故事。她描写爷爷如何用炸药炸掉树木开辟道路、如何建筑桥梁、如何填充沟壑，以及如何挖掘穿山隧道等。阿公忍受着寒冷冬天的痛苦，经常冒着掉进山谷、处理炸药或爆炸造成雪崩的死亡危险："他们没有对死亡人数的统计；在建造铁路的过程中究竟死了多少人，没有记载。也许是洋鬼子在做统计，华工不值得一记。"（130页）汤亭亭描写了

① 伊丽莎白·福克斯-杰诺韦塞："文学批评和新历史主义的政治"，《新历史主义与文学批评》，张京媛主编，北京：北京大学出版社，1997年，第52页。

华工们的罢工,他们要求改善工作条件、提高工资和与白人工人平等。华工们意识到:"鬼子们不把我们当人看。在他们眼里,我们不过是中国佬而已。"(140页)他们的罢工口号是:"白人一天工作八小时,中国人也要一样。"(140页)

华工们传递的树叶包装的豆荚不仅仅是仪式盛宴的代替物,它们隐藏了某种政治密码:那是为反对残酷剥削他们劳动的铁路公司而举行罢工的信息。劳工们将节日传统变成另一种中国传统的仪式——普通民众对压迫的反抗,因为他们憎恨压迫。阿公将罢工计划捆在食物包里,愉快地为他们的行动想起一个先例:"当年反对忽必烈汗革命的时间和地点就是隐藏在中秋月饼里传开的。"(140页)人人都知道,若是没有中国人,就没有美国这条铁路,中国佬是不可缺少的劳动力。这些中国人不是在一种敌对环境中随波逐流的无助的奴隶:他们是将自己的传统带到新边疆的勇士。持续九天的罢工结束了,他们获得了每个月三十五美元的工资和八小时一班的工作制。虽然罢工至少赢得了一种妥协,但是中国铁路工人们知道,他们仍然没有实现与白人的平等。

有两天,阿公真的为罢工的胜利欢呼过,他把帽子抛到空中,像个牛仔似的,发出一阵阵"呵呵"的吆喝声。横贯美洲大陆的铁路终于建成了。华工们发疯似地欢呼雀跃。但白鬼子官员却说:"这是十九世纪最伟大的成就,是人类历史上最伟大的成就,只有美国人才能做得到"(140页),只字未提华工为这条铁路所做的巨大贡献。小说中下面这一细节描写更能激起读者的政治义愤:"洋鬼子们摆好姿势照相,华工们刚刚散开。留在那里是危险的。那时候,已经开始驱逐华人了。"(144页)从此,建造铁路有功的阿公开始了寻求逃避种族迫害的岁月。他像许多其他旅美中国人一样,过着漂泊者的生活。他从一个地方走到另一个地方,但他小心警惕地不走进华人可能被逐出、被杀害或被处以私刑的城镇和殖民地。最后,在他再次回到美国之后,他在中国的家人却召唤他回国。这是作者通过文学创作提出的对美国在历史上对华人不公正待遇的政治抗议。

## (二)政治的历史化——历史和文本构成的现实生活的一个政治隐喻

在新历史主义者看来,文本并不比作者更有能力逃离历史的辖制,尽管历史自身赋予某些文本一种并不仅仅限于某个历史时刻的言说权。历史甚至形成了最为抽象的文本,它最终在对公众经验的特殊处理这一特权行为上也是政治性的。技巧、才能和读者的反应也是从历史和政治中产生的。[1] 新历史主义强

---

[1] 伊丽莎白·福克斯-杰诺韦塞:"文学批评和新历史主义的政治",《新历史主义与文学批评》,张京媛主编,北京:北京大学出版社,1997年,第52,63-64页。

调历史是一个延伸的文本,文本是一段压缩的历史,历史和文本构成了现实生活的一个政治隐喻,是历时态和共时态统一的存在体。历史的视野使文本成为一个不断被解释的意义增殖体。历史语境使文本构成一种既连续又断裂的反思空间,使历史先于文本,过程大于结果,断片重于延伸。"在这样的文化解读和文本策略中,文本就将不确定性和转瞬即逝的飘逝存在加以形式凝定,将存在的意义转化为可领悟的话语符号,从而历史性地延伸了文本的意义维度,使文本的写作和解读成为一种当今的政治性解读。"[①] 汤亭亭的历史小说《中国佬》将政治历史化,用历史文本揭示美国在政治上对华人的歧视和排斥。

阿公的故事之后,汤亭亭按年月顺序叙述了美国的反华法律,这些法律使强暴的种族主义制度化、合法化。在"法律"一节中,汤亭亭陈述了从1868年到1978年美国宣布的控制和限制中国人进入美国和申请美国公民身份的立法。这些法律试图阻止那些旅美寻找工作的中国人永久定居。例如,

> 一八八八年:国会通过的司各脱法案再次禁止中国劳工入境,并宣布返回证一概无效。这样,有二万名当时不在美国的中国人陷入了困境,他们持有的返回证成了一张废纸。六百名返回美国的旅客在美国港口因不准入境而被送回中国。一位中国使者因遭到移民局官员的侮辱而自杀。这个法律还规定,在要求出示居住证时,必须照办;不持有居住证的中国人一旦被查获,立即驱逐出境。
>
> ……
>
> 一九五〇年:一九四九年中国共产党政府接管中国以后,美国通过了一系列的《难民救济法》和《逃亡难民法》,扩大了准许入境的"非定额移民"的数字。但是国内安全法规定这些难民必须宣誓保证他们不是共产党员,这是入境的一个条件。……(152-159页)

在这段关于美国反华法律的事实上的历史文献叙述之后,紧跟着一段"阿拉斯加华人"的历史故事。这个故事讲述那些去阿拉斯加在金矿工作的中国人如何被强制地"逐出境外"(160页)。1885年,白人矿工举行投票,要求把华人逐出境外,原因是华人好跟黑人打架,这当然是借口。白鬼子从数英里以外赶来,监督驱逐华人的情况。白人拿着枪和刀站在岸上,印第安人把五十条军用独木舟划到河里来,把"全部"一百名华人运走。华人在普吉湾登岸后,很快便找到了返回原地的路,并且又找到了他们的矿山、工作、房子和女朋友。于是,

---

① 王岳川:《后殖民主义与新历史主义文论》,济南:山东教育出版社,1999年,第158页。

第二年华人又被驱逐一次。"一八八六年七月的一天,白鬼子又用枪把中国人押到了港口……。华人被迫登上一条破旧的船,并任其在海上漂泊。……船上没吃没喝。百十号华人像沙丁鱼一般紧紧地挤在船上,连躺下的地方都没有。"(160页)汤亭亭用历史小说真实地、生动地表现了历史上美国在政治上对旅美华人的残忍对待。

# 三、作为神话的历史

"'神话'是一种叙述、故事,与辩证的对话及揭示性文学相对照。"[1]加拿大的原型—神话批评家诺思洛普·弗莱把神话定义为"一种叙述,其中的某些形象是超验的存在,他们的所作所为'只能发生在故事中',因而是一种与真实性或'现实主义'不完全相符的传统化或程式化的叙述";尽管如此,他又说,神话是"文学的结构因素,因为文学总的来说是'移位的'神话";神话是"文化模式,它是对人类所建文明的形成及再形成的表达"[2]。在《中国佬》中,汤亭亭将神话、历史、小说、自传、传记、传说等诗性的话语结合,建构了一种作为神话的历史。

小说《中国佬》用理论的、文类的自我意识和对历史、地理和理论话语的认识论地位的思考和反思,构成了一个历史编撰元小说式文本。"为了突出我们欲界定文化编年史和故事的企图如何产生关于我们现实的认识论上的欺骗性说法,被描述为历史、小说、回忆录和传记等不同文类的《中国佬》,压缩了关于不同种类叙事的争论。"[3]关于这部特殊的书,汤亭亭认为:"主流文化并不了解华裔美国人的历史……因此突然就在故事的中间,砰——出现了八页长的纯历史部分……其中没有人物。它真正影响了这部书的形式……"[4]小说将"纯历史"嵌入故事中间的形式构成了两种不同话语之间的对抗。文本中关于中国人主观的、个人的和小说化的历史,怀疑"法律"一节中的"官方"历史说法,并与之相抵触。官方的和非官方的历史说法通过这种冲突而实现共存。这样,"纯历史"部分被暴露为远非历史的"纯的"或未被污染的说法,相反,它们只不过被表现为讲述同一故事的不同方式,同等地受到个人偏见和个人观点的污染。历史和小说这两种非常明显的不同文类的并置,既暴露了历史"真实"的不稳定地位,

---

① 王先霈、王又平:《文学批评术语词典》,上海:上海文艺出版社,1999年,第189页。

② 王先霈、王又平:《文学批评术语词典》,上海:上海文艺出版社,1999年,第190页。

③ Helena Grice, *Maxine Hong Kingston*, Manchester: Manchester University Press, 2006, p. 44.

④ Diane Simmons, *Maxine Hong Kingston*, New York: Twayne, 1998, p. 98.

也暴露了元历史话语的内在虚构性。

此外，自传的权威也被怀疑。小说中，中国人故事的小说式说法又对自传"真实"的断言提出疑问。汤亭亭不断强调她对祖父故事的了解是多么的不完整，而且经常是不确定的。她甚至因为文本中的信息而怀疑传记主体："你剪了辫子是为了支持共和国吗？或者你一直是美国人吗？"（14 页）既然自转和传记都是关于起源的叙事，那么汤亭亭运用自传话语讲述中国人要求去美国、加入美国国籍并获得公民身份的故事的方式，是颇具讽刺性的。小说使用文类媒介混合的策略，这使得读者不能把小说的文本仅作为一种体裁阅读——作为历史或自传或小说，也不能做出与那种话语所指对应的假设。

小说《中国佬》文本中除了小说、历史和自传话语外，神话的话语也出现在小说的文本中，并使文本结构变得更加复杂。小说以清朝作家李汝珍的长篇小说《镜花缘》中讲述的神话故事开始：唐敖为了寻找金山，漂洋过海，不知不觉来到了女儿国，在这里他经历了被迫的女性化过程，他被穿了耳眼、脱毛和裹脚。汤亭亭通过提供两个日期（公元 694—705 年或公元 441 年）来突出作为历史的神话的不稳定性。像"法律"一节构成文本的结构中心一样，神话"发现"构成了文本的开始，它暗示读者："神话作为对过去的合法说法，应该像历史、自传或传记这种以'事实'为根据而受到足够支持的话语一样，被赋予同等的有效性。"[1]

或者我们可以用另一种方式来理解汤亭亭的目的：她试图证明，所有这些话语作为事实的回顾都是不稳定的。她一贯认为，故事每一次被讲述时都会发生变化。因此，在《中国佬》的文本中，历史、自传、传记、神话和小说都被放在一种文类的连续统一体上。《中国佬》中神话与历史事件并置的目的是怀疑传承下来的虚构的神话的有效性，并且怀疑它们所代表的价值。所以，在故事"在越南的弟弟"之前出现了一个关于和平主义者的神话故事。汤亭亭通过这一暗示的对照和比较来提出道德问题："带着紧紧尾随在你身后的那个神话去越南有什么好处？它有助于这个人在越南生存吗？它能使他在越南不杀人吗？"[2]这些问题是通过将神话置于历史叙述结构之中来暗示的。

汤亭亭在《中国佬》中叙述的这种含有神话的历史提供了一种反现实主义的小说模式，它的内容是历史的，但它作为小说作品，却"是对历史可以通过客观调查事实而得以恢复的概念的蓄意挑战"[3]。对历史而言，事实是什么？"事

---

[1]　Diane Simmons, *Maxine Hong Kingston*, New York: Twayne, 1998, p. 98.

[2]　Kay Bonetti, *Conversation with Maxine Hong Kingston*, Audiocassette, Columbia, MO: The American Audio Prose Library, 1986, p. 40.

[3]　Robert E. Scholes, *Fabulation and Metafiction*, Urbana: University of Illinois Press, 1979, p. 206.

实是历史的意象，就像意象是虚构的材料一样"，"作为小说家"，他"可以宣称
历史是一种虚幻，……而虚构是一种推测的历史"。[1] 实际上，"没有真实的小说
或非小说，……只有虚构"，[2] 因为"全部历史都是撰写出来的"，所以"当你写
人们生活中不加掩饰的想象的事件时，你是在建议：历史结束了，而神话开始
了"[3]。汤亭亭在小说文本中将神话与历史并置，意在表明神话与历史在本质上
无区别，它们都是虚构的。因此，历史是一种作为神话的历史。

　　亚裔美国小说家汤亭亭在她的小说文本中使文学的历史性和历史的文学
性相互交织、相互依存，既用文学文本讲述了美国华人的血泪史，又表明历史中
仍然有虚构的元话语，是一种诗性的语言结构，其社会连续性的阐释过程是复
杂而微妙的。在对家庭历史的叙述中，汤亭亭表现了好几代人为使文化传统成
为一个整体而进行的不懈奋斗。她将历史事实与虚构故事相结合，使文学政治
化，通过文学创作，提出对美国历史上对华人不公正待遇的政治抗议；她又使政
治历史化，用历史文本真实地、生动地表现了历史上美国在政治上对旅美华人
的残酷对待。汤亭亭将小说、自传、传记、传说、神话等各种文本与历史文本并
置，建构了一种作为神话的历史，暴露了元历史话语内在的虚构性。汤亭亭通
过对历史、小说、自传、传记、传说、神话等各种文本的综合考察，并且用这些不
同的话语构成一种诗性的语言结构，深刻反映了 19 世纪华裔美国人惨遭压迫、
剥削和艰难生存的历史事实。

[1] Carol C. Harter, and James R. Thompson, *E. L. Doctorow*, Boston: Twayne Publishers, A Division of G. K. Hall & Co., 1990, p. 59.

[2] Carol C. Harter, and James R. Thompson, *E. L. Doctorow*, Boston: Twayne Publishers, A Division of G. K. Hall & Co., 1990, p. 59.

[3] Carol C. Harter, and James R. Thompson, *E. L. Doctorow*, Boston: Twayne Publishers, A Division of G. K. Hall & Co., 1990, p. 59.

# 第七章

# 海勒小说中的历史叙事与狂欢化写作

约瑟夫·海勒（Joseph Heller, 1923—1999）是战后美国最杰出的小说家之一。人们普遍认为约瑟夫·海勒的黑色幽默小说《第二十二条军规》（*Catch-22*, 1961）的问世标志着美国小说进入了后现代主义的新阶段。美国评论家纳尔逊·阿格雷认为《第二十二条军规》是来自"二战"的对我们的文明抗议最强烈的小说。莫里斯·迪克斯坦把《第二十二条军规》称为 20 世纪 60 年代最优秀的小说。而罗伯特·梅里尔也证明《第二十二条军规》被普遍认为是二次大战以来美国人写的最重要的作品之一。它已获得了高度的评价，可以说是众所周知。这本书已被争论数百次，并在绝大多数当代美国文学的大学课程中讲授。同库尔特·冯内古特、托马斯·品钦、约翰·巴思、唐纳德·巴塞尔姆、弗拉迪米尔·纳博科夫、威廉·加迪斯归于一起，约瑟夫·海勒赢得了"美国黑色幽默小说家中的佼佼者"的美誉。①

如果美国黑色幽默小说可以视为现代主义文学向后现代主义文学转变的开始，那么海勒就是第一代美国后现代主义作家，而且是"第一个划时代的美国后现代派小说家"②。事实上，《第二十二条军规》是 20 世纪 60 年代出现的"代表美国文学新方向的大量小说的第一本。这些小说把自然主义的细节描写与讽刺小说及超现实主义小说的夸张融为一体，并使滑稽和悲哀、幻想和历史、真实论点和两维的漫画手法……共现于一部作品……直到 20 世纪 70 年代，美国才意识到这些小说并不是可以宽泛地置于黑色幽默小说框架内的变型类小说，而是一种颇为前卫的、崭新的小说创作方法，是现在一般被称为'后现代主义'的文学运动"③。海勒作为 20 世纪重要作家的声誉主要建立在他的小说上。他的小说将黑色幽默、存在主义、现实主义、现代主义、后现代主义因素混合在一起。

---

① 杨仁敬：《美国后现代主义小说论》，青岛：青岛出版社，2003 年，第 561 页。

② 杨仁敬："序"，《后现代的怪诞——海勒小说研究》，厦门：厦门大学出版社，2009 年，第 1 页。

③ Stephen W. Potts. *Catch-22: Antiheroic Antinovel*. Boston: Twayne Publishers, 1989, pp. 6-7.

从小就展示出语言天赋和创造才华的海勒，在发表几篇模仿性的短篇小说后，就一直孜孜以求地探寻更为引人入胜的文学创作手法，逐渐形成一种能创造性地将各种文学类型、各种艺术手法水乳交融地纳入其小说创作的方式，达到鬼斧神工、浑然天成的境界。

一般人误认为海勒是所谓的"一本书作者"。其实，除了公认的代表作《第二十二条军规》外，海勒还有六部长篇小说、三部戏剧、两部回忆录和若干短篇小说，其中只有四部长篇小说和一部短篇小说集被译成中文，其余三部长篇小说至今未译，即《像戈尔德一样好》（*Good as Gold*，1979）、《画里画外》（*Picture This*，1988）和《老年艺术家画像》（*Portrait of an Artist, as an Old Man*，2000）与两部回忆录《不是玩笑》（*No Laughing Matter*，1986；与斯彼得·沃格尔合著）、《今昔：从柯尼岛到这里》（*Now and Then: From Coney Island to Here*，1998；又译为《此时彼时》）等作品在海勒创作生涯中也极其重要，它们反映了海勒创作倾向的阶段性变化，对研究其生平、思想、艺术观都具有不可忽视的作用，尤其是海勒的遗作《老年艺术家画像》[由海勒女儿艾瑞卡·海勒（Erica Heller）和儿子西奥多·M·海勒（Theodore M. Heller）在其去世一年后整理出版]更具研究价值。然而，相对于《第二十二条军规》的研究论文较多的情况，海勒的其他作品在我国学界却少人问津，[①] 例如《画里画外》和《终了时刻》（*Closing Time*，1994）。《画里画外》的历史叙事和《终了时刻》的狂欢写作是理解海勒文学创作理念和手法的重要途径，值得我们深入细致地探讨。

海勒的小说中存在一种特殊的处理历史事件和历史小说叙事的策略，显示了历史作为"历史"的叙事和历史作为"小说"的叙事的关系。纷乱的历史事件表明：历史不是辩证发展的统一体，而是对历史事件的阐释。海勒克服真假二元对立的思维惯性和难以摆脱的历史"真实"的哲学观念。《画里画外》所体现的后现代历史观和叙事策略与海登·怀特历史书写理论不谋而合，作为后现代叙述策略成功探索的典范，《画里画外》颠覆了传统历史编纂观，有力地挑战了旧历史主义的决定论、目的论史观。

海勒善于以喜剧式样呈现生活悲剧，其作品弥漫着一种狂欢的气息。狂欢化是巴赫金的一个重要概念。狂欢化即"复调"，是语言的离心力量，是事物的相互依存性，是角度与表演，是对狂乱无序生活的加入，是无处不在的笑声。狂欢化在《终了时刻》中涉及的范围很广：从错综复杂、晦涩难懂的阿卡卡玛会议到米洛悄然无声的轰炸机，从混乱的都市生活到港务局公共汽车终点站的名流婚礼。《终了时刻》把狂欢化阐述为一种反制度，一种代表后现代主义本身的另

① 王祖友："我国学者对海勒的解读和接受——纪念约瑟夫·海勒逝世 10 周年"，《外语研究》2009 年，第 3 期，第 110 页。

· 203 ·

类生活。从世界经验的狂欢化、艺术思想的狂欢化和文学体裁的狂欢化三个方面对《终了时刻》加以阐释，这是深入剖析社会文本和文学文本在海勒文学世界结构方式的一大法门。

# 一、《画里画外》的历史叙事

《画里画外》是海勒唯一一部长篇历史小说，这部小说以伦勃朗的名画《注视着荷马塑像的亚里士多德》为媒介，通过亚里士多德和伦布兰的内心世界，以旋风似的巡回，再一次对社会和历史的方方面面做出评论。亚里士多德和伦布兰各自身处的不同的世情其实也并没有多大区别——就此而言，其实也和我们当今的世界没有区别。由海勒所阐述的历史，是如此滑稽且令人悲痛，以致大家会为人们为什么会那样生存感到诧异。亚里士多德从古代到当前所看到、所听到和所铭记的，为这轻松、诙谐、随心所欲的 2500 年西方文明一览提供了基础。通过历时性和共时性交错使用的方法，以点带面地给予西方社会以深刻而独特的审视和探讨。它基于以往的历史资料，但又不囿于一般史实，借助于小说文体不受时空和真人真事限制、能够虚构和想象的特性，有效地调动读者随着作家的笔触参与对于整个西方文明史的反思和评价。

作为后现代叙述策略成功探索的典范，《画里画外》颠覆了传统历史编纂观，由于海勒对文学和历史的真实性及其两者之间的关系具有深刻而独特的思考，《画里画外》实际成为了文学与历史叙事相结合的产物。随着新历史主义文学批评理论的兴起，20 世纪 70 年代后，越来越多的作家开始像海勒一样将笔触伸向历史，展示了文学对历史的置换、补充和干涉作用；表现了叙述者以虚构的义本对社会历史进行重构的自觉意识；创作了荒谬绝伦的经典小说《第二十二条军规》的作家认为历史和文学都是"文本"的产物，历史中有文学的虚构，文学中也可能有历史的真实；有力地挑战了旧历史主义的决定论、目的论史观。《画里画外》所表现的海勒的后现代历史观和后现代关于历史的叙事策略可能将引起同行对海勒更广泛、深入的研究。

## （一）海勒的后现代历史观

海登·怀特的后现代主义叙事学对评析新历史主义小说的真实性问题有多方面的启示，包括历史话语自身的虚构性、历史真实性包含的主观因素和不稳定性，以及历史真实性与文学再现模式和意义揭示相关等。在以怀特为代表的新历史主义学者眼里，历史这个长期以来被认为是唯一的、客观的、本质性的、存在于文学之外的"宏大叙事"被解构成了与文学文本没有差别的、可以被任意改写的故事。"历史"与"文学"之间那种传统的对立关系被理解成"共建的互文性"关系。[①]怀特认为，人们一般将"历史"视为"关于过去的事情"是偏颇的，历史学家真正关心的则是"被写下来的""供人阅读的"历史话语，而"被写下来"和"供人阅读"这两大特点，则决定了"历史"与其他的文字不再具有根本性区别的文本特性。

历史与文学文本一样，也是一种叙事。怀特强调，在历史文本的表层之下，还存在着一个"潜在的深层结构"，而且这个历史文本的深层结构"本质上是诗性的"，"具有语言的特性"，它是一个先于批评的、用以说明"历史"阐释究竟是怎么回事的认知范式。所谓历史的深层结构是诗性的，即是说历史从根本上不能脱离想象这个动因；说历史具有语言的特性，即是说历史在本质上是一种语言的阐释，它不能不带有一切语言构成物所共有的虚构性。

传统历史小说大多以主流意识形态的历史观为指导，根据因果律去编写历史，难免陷入庸俗的历史决定论。对历史决定论的质疑源于尼采关于艺术创造/历史记忆二元对立的观点。他认为任何连续性和因果性的历史都是"文本"而已，是虚构之物。在后现代主义那里，"事实是我们为之赋予意义的事件"[②]。在怀特看来，历史学家真正关心的是某种"能够有意义地加以讨论"的"过去"；"过去性"并不一定是历史的属性，或不是历史的全部属性，因为任何人文学科其实都要考察和研究过去，甚至许多的自然科学也可以把过去视为自己的研究对象。怀特将文学与历史相融合，从而极大地拓展了文学研究的视野，并将文学性与历史性两个维度在文学研究中的重要地位凸显出来，其文本性与文本间性研究为我们审视文学、理解历史、把握文学与历史、历史与文化、文学与文化等范畴之间的复杂关系提供了新观念与新视角。

历史小说，从字面上看，由"历史"和"小说"构成，历史属于"史学"范畴，而小说属于"文学"范畴。从世界评论界对以历史为题材的文学作品的评论来看，无不是从文学要素来评价作品的价值。如世界文学大师莎士比亚的历史剧本《亨利四世》《亨利五世》《理查三世》，弥尔顿的史诗《力士参孙》等，批评家都是从文学的思想意义和艺术特点来界定这些作品内在的价值。至于这些以历史为题材的作品是否真实反映了真实的"历史事实"和"历史状况"，那是次要问题了，因为诚如海勒在小说中所言："有记录表明确有过莎士比亚其人，但

① Howard Felperin, "'Cultural Poetics' versus 'Cultural Materialisms': The Two New Historicisms in Renaissance Studies", *Uses of History*, Francis Barker et al eds., Manchester: Manchester University Press, 1991, p. 77.

② Linda Hutcheon, *The Politics of Postmodernism*, New York: Routledge, 1989, p. 57.

他写过他的那些剧目的证据就不够充分了。我们如今有《伊利亚特》和《奥德赛》，但也没有证据能够证明这两篇史诗的作者确实存在过。"①

海勒的历史题材小说《画里画外》不是一部历史教科书。作者关心的不是历史作为"历史"的叙事，其最终目的也不是讨论战争，而是把战争历史作为"小说"的叙事题材。在怀特看来，必须先将对历史的理解看作一种语言结构，通过这种语言结构才能把握历史的真实价值。历史是一堆"素材"，而对素材的理解和连缀就使历史文本具有了一种叙述话语结构。这一结构的深层内容是语言学的，借助这种语言文字，人们可以把握经过独特解释的历史。他的创作与怀特的思想不谋而合：使文学文本与历史文本在元历史的理论框架中恢复叙述，使文史哲和社会科学的界限淡化并打通边界。

海勒把历史作为前文本，自由地将某些历史事实包括在他的虚构世界里。《画里画外》是一个历史叙事，它不同于编年史。编年史中的事件是"在时间中"的事件，不是发明出来的，是在现实世界中被发现的，因此不具有叙事性。"小说家或许一直仅仅处理虚构的事件，与此相反，历史学家一直在处理真正的事件，但是不管是把虚构的还是真实的事件糅合成一个易于理解的总体来表现目的，都是一个诗化过程。"②海勒创作《画里画外》描绘了许多错综复杂的历史画面，通过"发现""识别""揭示""解释"，为编年史中隐藏的故事编排情节，使其变成故事或构建成历史叙事。展现的是充满争斗、没有进步、民主和独裁不分优劣的历史，海勒通过重构各方面的——政治、军事、经济、哲学、道德、艺术、法律、科学、外交等等——大量的历史事件，有目的地将过去和今天发生的事件并置，指出突发事件的背后是权力的争夺，从而阐明历史是在权力之争这层意义上不断重复的。历史是无规律的，而不是旧历史主义的决定论、目的论史观所假想的向着既定的目标前进，甚至是谈不上辩证发展或改进的。海勒在接受海囡斯访谈时，坦言想借这部小说表达自己的历史观：

> 没有人能改变历史，历史是不断重复的……。当我开始思考作研究时，我看到的是既具有启发又令人悲哀的东西。除了技术进步之外，其它没有多少变化：人性也好，社会和政府的质量，以及文明的本质和我们拥有的价值也好，都没有改进。③

---

① Joseph Heller, *Picture This*, New York: G. P. Putnam's Sons, 1988, p. 14.

② Hayden White, *Tropics of Discourse*, Baltimore: The John Hopkins University Press, 1987, p. 125.

③ Adam J. Sorkin, ed., *Conversations with Joseph Heller*. Jackson: University Press of Mississippi, 1993, p. 291.

《画里画外》审视业已存在了多少世纪的资本主义民主，"为了得到其他自由城邦的绝对服从，自由的雅典城邦就征服，就屠杀，就驱逐，就把他人沦为奴隶"①。《画里画外》是对标榜"自由"的雅典的揭露，也是对资本主义民主的隐射，其灵魂是政治性的，其意识形态的寓意是普适性的。书中还嘲讽了雅典的"民主"：以伯里克利为首的民主党派因在高层树敌，为拉选民，给穷人一两个铜子，让穷人按他的意志来投票。生活其间的苏格拉底"无法在雅典民主制中找到比其他形式的政体更多的好处"②。苏格拉底曾对他的起诉人问到："在我们民主、自由的社会里难道不允许一个人持有非正统的观点吗？"得到的回答是："非正统的观点是可以表述的，如果是正统的非正统的观点的话。"③雅典和斯巴达之战中，双方皆自诩为"自由斗士"，自认为代表正义，"民主派为反对少数人的独裁而战，寡头统治者为反对多数人的暴政而战"④。而海勒一针见血地戳穿双方的虚伪："没有哪一方不重复对方的罪恶。"⑤"在海上和海外，没有人能比热爱和平的荷兰人更好战。"⑥

"再建构其历史小说的过程中，海勒展现了两个截然相反的命题：历史是具有启发作用的；历史没有任何启示。"⑦《画里画外》中的矛盾修辞法并不仅仅只有修辞意义，它还是传达作家对于历史的观察和评价的难以替代的表达方法，这是一种特殊的处理历史事实和历史小说叙事的策略，显示了历史作为"历史"的叙事和历史作为"小说"的叙事的关系。这在下面引文中更为突出，"根据柏拉图的 13 封书信，我们确切地知道他去西西里；而这些书信中的 5 封，或许是全部，都是伪造的"⑧。这意味着传统意义上历史再现的客观性、中立性、非个人性和透明性已经被打了折扣；传统编史、历史小说中的目的论、因果律和连续性也受到了质疑。按照传统的文史观，文学是对某种想象性现实的主观、虚构性的创造，历史（和新闻）则是对真实事件的客观、事实性的记录，所谓"历史的问题是查证（verification）；文学的问题则是逼真（veracity）"⑨。后现代小说刻意混淆的，正是这种文史两分的做法。历史不再是绝对的真实，小说也不见得纯

---

① Joseph Heller, *Picture This*, New York: G. P. Putnam's Sons, 1988, pp. 100-101.

② Joseph Heller, *Picture This*, New York: G. P. Putnam's Sons, 1988, p. 91.

③ Joseph Heller, *Picture This*, New York: G. P. Putnam's Sons, 1988, p. 324.

④ Joseph Heller, *Picture This*, New York: G. P. Putnam's Sons, 1988, p. 174.

⑤ Joseph Heller, *Picture This*, New York: G. P. Putnam's Sons, 1988, p. 181.

⑥ Joseph Heller, *Picture This*, New York: G. P. Putnam's Sons, 1988, p. 10.

⑦ David M. Craig, *Tilting at Mortality: Narrative Strategies in Joseph Heller's Fiction*, Detroit, MI: Wayne State University Press, 1997, p. 190.

⑧ Joseph Heller, *Picture This*, New York: G. P. Putnam's Sons, 1988, p. 257.

⑨ David M. Craig, *Tilting at Mortality: Narrative Strategies in Joseph Heller's Fiction*, Detroit, MI: Wayne State University Press, 1997, p. 194.

属虚构,因为历史和小说都是话语、人为建构和表意系统。

海勒在否认唯物辩证史观的基础之上,通过引用福特这位商业天才的"历史是胡言乱语"这句话,进一步说明历史的无规律性。历史可以被看作另一个故事。显然,历史作为"历史"的叙事和历史作为"小说"的叙事是相关又迥然不同的,强调了海勒认为历史既可信又不可信的后现代主义历史观。用怀特的理论解释,人不可能去找到"历史",因为那是业已逝去的、不可重现和复原的,而只能找到关于历史的叙述,或仅仅找到被阐释和编织过的"历史"。因此,历史意识就显得尤为重要了。

据查,饮毒芹后会导致下肢麻木、冰凉,然后痉挛抽搐而亡,然而在柏拉图的记载下,苏格拉底是平静地死去的。针对柏拉图的历史作为"历史"的叙事,海勒则给出了把历史作为"小说"的叙事,提出完全相反的看法:"因毒芹汁致死并非如他所描写的那样平静,毫无痛苦:会出现干呕、发音急促而含混、痉挛及控制不住地呕吐。"[1] 通过质疑和评述历史记载,海勒再次点明了历史是一种特殊形式的杜撰,"如同伦勃朗所使用的荷马的塑像,现有的历史更确切地说,只是后人对可能存在的史实的诠释"[2]。这就印证了怀特的历史观,即:历史是一个科学与艺术的结合体。在怀特看来,不可能有什么真的历史,历史的思辨哲学编纂使历史呈现出历史哲学形态,并带有诗人看世界的虚构性。这样,历史就不是一种,而是有多少理论的阐释就有多少种。人们只选择自己认同的被阐释过的"历史"。这种选择往往不是认识论的,而是审美的或道德的。[3]

## (二)《画里画外》的历史叙事策略

根据怀特的观点,史学家与文学家所感兴趣的事件可能不同,然而他们的话语形式以及他们的写作目的则往往一样,他们用以构成各自话语的技巧和手段也往往大体相同。在怀特看来,必须先将对历史的理解看作一种语言结构,通过这种语言结构才能把握历史的真实价值。怀特强调,历史的预想形式可用弗莱关于诗的四种语言转义(即隐喻、转喻、提喻和讽喻)来表示,这意味着"历史与神话、史诗、罗曼司、悲剧、喜剧等虚构形式采取了完全相同的形式结构"[4]。怀特所从事的是历史研究的研究,目的是要在不同的历史叙事中找到共

---

[1] Joseph Heller, *Picture This*, New York: G. P. Putnam's Sons, 1988, p. 350.

[2] Linda Hutcheon, *A Poetics of Postmodernism: History, Theory, Fiction*, New York: Routledge, 1988, p. 112.

[3] Hayden White, *Tropics of Discourse*, Baltimore: The John Hopkins University Press, 1987, pp. xi-xii.

[4] 海登·怀特:《后现代历史叙事学》,陈永国、张万娟译,北京:中国社会科学出版社,2003年,第10页。

同的结构因素，以勾勒出所论时代的历史想象的深层结构。这种重叙事结构、重意义想象、重语言阐释的"元历史"，是获得意义之"真"的唯一途径。怀特就这样将历史事实、历史意识和历史阐释的差异填平了。这种将历史事实、历史意识和历史阐释画等号的做法正是海勒《画里画外》中所采用的历史作为"小说"的叙事手段。海勒在创作历史小说《画里画外》时，对历史进行充分探索，对历史事件、历史人物行为进行"考证"，但这无非是想使作品更具"真实性"，对作品的文学性没有多大影响，不增加其作品的文学价值。使历史小说具有文学价值的因素是小说的文学品质。

在海勒的笔下，《第二十二条军规》所描写的战争对于人类文明来说是有其逻辑上的先前项的，在《画里画外》中作家就对"战争"作了类似寻找祖谱式的追溯。"伯里克利时代以一场连绵 15 年的战争而开始，又以一场延续 27 年的战争的开端而结束。以伯里克利为首领的自由民主党于公元前 461 年开始执政。在公元前 459 年的一个伤亡名单上，有当年在塞浦路斯、埃及、哈利艾斯、埃吉那、梅加里德这些地方作战时阵亡的雅典人的姓名。而在官方记载中，这一年却是一个和平年，他们所战死其中的战争也不算是战争。"① 此处"官方记载"的意识形态话语指称"和平年"历史事件，说明统治阶级的权力操纵着历史的书写，显示了历史作为"历史"的叙事是"官方"或统治阶级意识形态的产物。历史事实不是"真实"，事实漂流在历史中并可以与官方观念结合，而历史"真实"只能出现在追求真实的话语阐释和观念构造之中。

怀特发现："意识形态话语指称历史事件，讲述这些事件的故事，旨在讲述关于这些事件的真实故事，试图解释它们何以这样发生，最后宣称揭示这些事件的真正的历史意义。"② 在表达形式的层面上，意识形态故事和把历史作为"小说"的历史故事之间无本质的区别。后现代主义历史小说《画里画外》不为现存的秩序提供直接的未来图景，而是通过假设过去可能发生的多重现实，为未来提供某种参照。"乘坐人工划桨的帆船从雅典到叙拉古，基本上相当于当今使用军队运输船从加利福尼亚到越南，或者是从美国首都华盛顿到贝鲁特机场或者波斯湾。除非你们打算生活在那里，切忌在遥远而充满敌意的土地上进行战争。那里的人会在数量上远远超过你们，你们的存在会引起惊慌。你们所扶植起来去维持秩序的政府并不能维持秩序，如果那里的人民作坚定不移的军事抵抗。"③《画里画外》这种历史的预想形式，对以结局为准则来编织一个循序前

① Joseph Heller, *Picture This*, New York: G. P. Putnam's Sons, 1988, p. 143.

② 海登·怀特：《后现代历史叙事学》，陈永国、张万娟译，北京：中国社会科学出版社，2003 年，第 365 页。

③ Joseph Heller, *Picture This*, New York: G. P. Putnam's Sons, 1988, p. 208.

进的传统历史编纂是一次大胆的质疑，暗合怀特特别强调的历史意识、阐释框架和语言，以及诗意想象和合理虚构的元历史理论核心思想，明白无误地表明了作家把历史作为"小说"的叙事的观念指向。

怀特说，当把历史话语描述为阐释，把历史阐释描述为叙述化（narrativization）的时候，这已意味着在关于"历史"性质的争论中选定了一种立场。怀特认为，历史话语作为一种叙述话语，其实早在叙述前就已经先行选定了所需要的某一种或几种"先类型的情节结构"，即是说，历史话语也离不开"情节设置"，与文学话语一样，历史话语所采用的也不外乎是"浪漫传奇、喜剧、悲剧和反讽"这样一些叙述程式。《画里画外》的"历史"叙事正是这样的一些传奇、喜剧、悲剧和反讽的拼盘。故事把编年史中按顺序排列的无意义的事件改造成假设的发生结构，人们可以就此提出一些有意义的问题：

> "公元前446年与斯巴达人达成的停战协议，结束了敌对城邦之间的战斗，同时却使雅典解脱出来向盟友发起攻击。"①

此后，在公元前433年，伯里克利……由于确信很可能会与斯巴达发生战事，所以就故意制造事端，以使这一战事不可避免。

接着，海勒做了一点点"解释性"工作。这就是，发现一个关于"历史"的"故事类型"，然后把它作为一个"概念模式"，最后讲"编码"：

> 对峙的两个阵营都说对方是侵略者。
> 双方都不无道理。
> 外交斡旋失败了。
> 外交斡旋总是会失败的。②

怀特看到了情节编排的意识形态维度，对世界的描述，无论是分析、叙述、解释还是阐释，都必定带有伦理的、哲学的和意识形态的含义。历史话语中的"真实"，存在于历史人物的意识形态之中。战争的起因有时是极其偶然的，在那一段被称作冷战和平时期，阿尔西比亚迪斯花费了大量时间挑动新的战争。当被问道："请告诉我，你想要西西里那样危险的战争发生时，你最强烈的动机是什么？"阿尔西比亚迪斯回答是："当然是因为骏马了。"③ 这个战争贩子还无

---

① Joseph Heller, *Picture This*, New York: G. P. Putnam's Sons, 1988, p. 145.

② Joseph Heller, *Picture This*, New York: G. P. Putnam's Sons, 1988, p. 151.

③ Joseph Heller, *Picture This*, New York: G. P. Putnam's Sons, 1988, p. 212.

耻地补充道：

> "既然我把钱如此浪费在骏马上面，我需要这一入侵来补偿我所浪费
> 的钱财。"面对进一步提问："如果你得以成功地到叙古拉发动战争，你岂
> 不是撕毁了与斯巴达签署的《尼查斯和平公约》，把我们重新拉回到战争中
> 去？"他丧心病狂地说："那正是我所期待的。"
> 　　"你究竟为什么想要这样做？"
> 　　"因为，"阿尔西比亚迪斯回答说，"这个条约叫做《尼查斯和平公
> 约》。"①

这里小说的主导叙述是在真实的历史框架中进行的，作品将大量真实的历史材料作为叙述对象，同时加入虚构叙述，如根本不可能还原的大段历史人物对话，对历史人物心态的细致入微的描写等等。阿尔西比亚迪斯撕毁了与斯巴达签署的《尼查斯和平公约》，原因就是"这个条约叫做《尼查斯和平公约》"。如果条约被称为《阿尔西比亚迪斯和平公约》，他就会宣布它神圣不可侵犯。可见战争变成了个人好恶的游戏，战争披着各种外衣、打着各种旗号，但其本质无非是发动战争者的借口而已。

在围绕战争进行寻根探源时，作家还发挥其文学语言的特长，一次又一次地向读者展示了战争的残酷。其中最有代表性的一是雅典人在克雷顿海岛屿城邦的屠城，二是斯巴达人对普拉泰战俘的背信弃义，三是希腊将军尼查斯之死。

就其一来说，尽管这一时期的雅典人在攻陷密特里尼时曾表现过一次怜悯，先是决定杀掉该城所有适合从军年龄的男人，将所有的妇女、儿童充当奴隶，后又紧急派船追赶，更改了这一命令，但是梅洛斯人却没能逃脱所有军龄男人被屠杀，所有的妇女、儿童被卖作奴隶的厄运。若论这两个城邦与雅典的关系，倒是密特里尼先行反叛，引得雅典人前去镇压，而梅洛斯被围攻，则仅仅是因为雅典不能容忍梅洛斯的中立。密特里尼与梅洛斯不同的是，密特里尼因为内部矛盾，在同时遭受海陆双重围攻时主动投降，而梅洛斯人则是在雅典人劝降的情况下选择了抵抗。梅洛斯因中立而遭受攻击，因不投降而被屠城，既是历史的讽刺，也是历史的悲剧。

就其二来说，当时普拉泰因为得不到在克利奥恩统领下的雅典的增援，实在无力抵抗斯巴达人的攻击，于是有条件投降，具体条件是俘虏要单独审讯，只有真正证实有罪的人才可以被处死。斯巴达人接受了这一条件，也的确做到了

---

① Joseph Heller, *Picture This*, New York: G. P. Putnam's Sons, 1988, pp. 213-215.

单独审讯。然而，斯巴达法官却对每一个人都问了同样的问题："在当前的战争中，你们为我们和我们的盟友做了哪些事情？"结果所有普拉泰战俘虽然被一个个地单独带出去，却无一例外地全部被杀害。

就其三来说，雅典著名将军尼查斯之死更是一件令人叹息的事情。本来，他被推选为将军就违背他本人的意愿，在将军任期，他又一贯奉行和平政策。但是当他履行将军职责时，他的军队在西西里遭遇了败仗。不仅最初出征时派出的舰队和后来增援的舰队几乎全部丧失，而且残余部分又在陆地上被追击围剿。当雅典人最终被敌方的骑兵、弓箭手以及其他部队逼迫至阿西纳鲁斯河时，更是溃不成军。一方面饥渴令他们不顾一切，争先恐后，乱作一团地扑向河水，结果或被自己人踏踩伤亡，或被马具、行李缠绕，被河水冲走；另一方面，地方已经形成包围圈，或用乱箭射死一些正在河中狂饮的雅典武士，或直接下河砍杀。一时间，河水被鲜血染红，尸体堆积如山。有些兵士勉强过了河又立即倒在敌方骑兵的刀下。在这种情况下，尼查斯不得不选择投降，声称只要不要屠杀他的士兵，无论怎样处置他本人都可以。结果作为敌方的叙拉古人带走了俘虏和战利品，然后用利剑刺死了尼查斯。尼查斯以生命为代价换取了部分士兵的存活，但他们作为俘虏，最终也没能逃脱凄惨的命运。这样被俘虏的雅典人及其同盟军士兵，被关押到敌方认为在当时的条件下最适合关押俘虏的地方：采石场的露天深坑。俘虏们不仅要忍受中午的骄阳、午夜的寒气、极少的食物和饮用水，还要忍受因为空间狭小，不得不在原地吃、喝、拉、撒、睡而形成的极其恶劣的环境。俘虏中原本有不少伤员，被俘后一直没有得到医治。随着天气逐渐变冷，夜间难以抵御的寒冷使更多的人患病，伤病员很快就有就地死亡的。但无人清除尸体，只能就地堆放，从而使已经十分恶劣的环境进一步恶化，因此也就导致更多的人在石坑里死去。

如果说战争是政治的最高形式，那政治也只是政治家的游戏罢了，而且是以自我私欲为根本导向的游戏。战争赋予政治家的私欲以合法性，因为"战争总归是合乎时尚的……一个政治家可以理直气壮地为战争大声呼吁，而为了和平，他只能低声下气地乞求"①。冒充道义的代言人、政治家把战争视为捞取政治资本的手段，"一般说来，战争贩子……明显认为他所乐意做的就是正确的，凡是适合他的精神需求和个人愿望的，也必然是国家最符合道义的选择，最佳的选择"②。战争还是强者压迫弱者的权力，是自由城邦让他人沦为奴隶的过程，所以作者对文明的认识就是"文明的规律就是强者统治弱者"。无论是在雅典还是在斯巴达，都没有人能够令人满意地解释为什么这两个强大的城邦之间连

① Joseph Heller, *Picture This*, New York: G. P. Putnam's Sons, 1988, p. 214.

② Joseph Heller, *Picture This*, New York: G. P. Putnam's Sons, 1988, p. 220.

年混战。双方并无商业和领土之争，征服也不是双方刻意追求的目标。然而，战争一旦发生，就显得极其自然，而且要持续下去。"战争自然得就像大自然一样。"① 战争更替如季节一般周而复始：从 17 世纪中后期到 19 世纪中后期，200 多年中战事之多，令人触目惊心，作者无可奈何地承认：地球上的和平一般意味我们所熟知的文明的终结。②

一方面，我们赞成历史小说以史实为依据，历史小说创作者要在尊重历史事实的前提下自由地创造，但尊重历史事实并不是完全受历史事实所局限，而是就基本上的历史事实而言的；另一方面，允许创作者有自己主观能动性的发挥，在必要时候可以杜撰某些人物或情节，以增加历史小说的可读性、趣味性。任何文学文本就其本质而言，其实都隐含着对历史的个人感受，都折射出对历史的理解，因而从根本上讲是在直接或间接地完成一次对历史的文本建构，因为无论是作家对人的某种微妙的心理做何种精致细腻的体察，这种体察其实都蕴含着作家内在的、当下的历史感。从这个意义上讲，考察文学对历史的文本建构过程中的诸种规律性问题，更应当从狭义上而不是广义上去理解文学对历史的解读，即探讨历史是如何进入作家的审美视野的，作品的艺术世界是怎样呈现历史的。这其间的不同决定着作家对历史的文本建构之深度。③

事实的真实就是很重要，小说是创造一种假设的生活，这种假设的生活是在真实的条件下发生，派生出故事和细节，真实是虚构的源泉。后现代主义作家并不是随意改变历史，他们往往站在历史上受欺压、被剥夺了言论自由的弱势群体一方，企图表现弱势群体一方的历史。海勒对伯里克利在科西拉岛去维和和保护雅典在那里的利益之举的点评，不禁使人马上联想到历代西方强国的类似举动，特别是美国发动的入侵伊拉克的战争。"他（萨达姆）是一个专制残暴的君主，伊拉克正在秘密研制大规模杀伤性武器，他们的目标是美利坚。我们必须发动'先发制人'战略，绝不能坐以待毙。"美国政府用这种毫无依据的理由向伊拉克发动战争，仅用一个月时间就推翻了萨达姆政权，占领了伊拉克。④

不仅如此，海勒还大大地向前跨了一步，在《画里画外》中，他断然将历史与文学等量齐观。诚如怀特所断言，"历史作为一种虚构形式，与小说作为历史真实的再现，可以说是半斤八两，不分轩轾"；因为在他看来问题很简单："真实"

---

① Joseph Heller, *Picture This*, New York: G. P. Putnam's Sons, 1988, p. 167.

② Joseph Heller, *Picture This*, New York: G. P. Putnam's Sons, 1988, p. 177.

③ Hayden White, *Metahistory: The Historical Imagination in Nineteenth-Century Europe*, Baltimore: The John Hopkins University Press, 1990, pp. ix-x.

④ 曹诺皮："所谓战争就是和平"，http://blog.sina.com.cn/s/blog_48672405010007ai.html, 31 May, 2010.

不等于"事实","真实"是"事实与一个观念构造的结合",历史话语中的"真实",存在于那个观念构造之中。[1] 20 世纪后半叶涌现出大量历史题材的小说,被人们视为历史小说的复兴。托马斯·品钦的《V》(1963)和《万有引力之虹》(1973),克特·冯尼格特的《五号屠宰场》(1969),加西亚·马尔克斯的《百年孤独》(1967),罗伯特·库弗的《激愤的民众》(1977),以及拉什迪的《午夜出生的孩子们》(1981)被认为是这类作品中的精品。这些后现代主义作家穿越历史时空,借古讽今,用心不可谓不深。《画里画外》的作者亦如此,"在《画里画外》,海勒不断地或把时间推向过去,或拉回当代,在对人类行为的表现上,也引人注目地使用随处可见的现代观点"[2]。小说从历史取材,没有引人入胜的故事情节,却凝结着海勒对于开启于希腊的整个西方文明史及其相关人类行为的诸多思索,是一次对一般传统历史小说的偏离,也是对读者和评论家猎奇心态的偏离,属于典型的后现代主义历史小说。

在处理"历史的真实"与"文学的虚构"之间的关系方面,后现代主义历史小说在突出虚构性的时候不时随意虚构、歪曲历史,把历史置于附庸地位,揭示历史知识的片面性,探询历史发展的多重可能性。海登·怀特不对历史进行编撰,而是对各种历史的编撰进行理论的考察。对他来说,历史就不仅仅是对于史实面貌的再现,它还是一种语言结构的叙事构型,一种埋藏在历史学家内心深处的想像性建构,而这种建构总是有意无意地遵循着一个时代特有的深层结构[3]。《画里画外》以伦勃朗的画为媒,有目的地再现历史画面,指出历史事件的惊人相似之处。纷乱的历史事件表明:历史不是辩证发展的统一体,所谓历史可能只是对历史事件的编纂和阐释。海勒的历史作为"小说"的叙事中对历史文献及历史考证都存疑立照的叙事策略,昭示着历史的不确定性、虚构性和开放性。用后现代历史观有力地挑战了旧历史主义的决定论、目的论史观,这正是海勒的历史小说写作与海登·怀特历史书写理论共通的一面。

## 二、《终了时刻》的狂欢写作

苏联最重要的思想家之一米哈伊尔·巴赫金(Mikhail Bakhtin, 1895—

---

[1] Hayden White, *Tropics of Discourse*, Baltimore: The John Hopkins University Press, 1987, pp. 123-125.

[2] David Seed, *The Fiction of Joseph Heller: Against the Grain*, New York: St. Martin's Press, 1989, p. 205.

[3] 海登·怀特:《后现代历史叙事学》,陈永国、张万娟译,北京:中国社会科学出版社,2003年,封底。

1975）把包括一切狂欢节的庆贺、仪式、形式统称为"狂欢"，它所指的狂欢是不分演员与观众的演出，所有人既是观众又是演员，人人都积极参与到狂欢中。严格地说，狂欢不是表演，而是生活在狂欢中，狂欢式的生活，是脱离了常规的生活，某种程度上是翻了个的生活。巴赫金对狂欢节的全民性特征作了如下总结：在狂欢节上，人们不是袖手旁观，而是生活在其中，而且是所有人都生活在其中，因为从其观念上说，它是全民的。在狂欢节进行当中，除了狂欢节的生活以外，谁也没有另一种生活。人们无法躲避它，因为狂欢节没有空间界限。在狂欢节期间，人们只能按照它的规律，即按照狂欢节自由的规律生活。狂欢节具有宇宙的性质，这是整个世界的一种特殊状态，这是人人参加的世界的再生和更新。"在狂欢节上是生活本身在表演，而表演又暂时变成了生活本身。"[1] 狂欢节中人们能体验到作为狂欢意义的"狂欢的世界感受"，巴赫金将此作为规定要素，举出了四种"狂欢的范畴"。

### 1. 脱离体制

在日常生活中，人们被不可逾越的等级制度隔开，种种法令、禁令和限制规定了体制和秩序，这些东西努力设置距离、屏障，强制人们在畏惧、恭敬、仰慕、礼貌中生存，故意制造出不平等的状态。然而在狂欢节中，法令、禁令和限制暂时失效，与畏惧、恭敬、仰慕、礼貌等相联系的等级制度被驱逐，不平等的状态也被取消，人与人之间的距离基本消失，自由随便而又毫无顾忌的亲昵接触把人们带到了官方体制之外的"第二种生活"。

### 2. 脱离常规，插科打诨

这个范畴与第一个有相似之处，但第一个脱离的主要是共性的、宏大的体制，而第二个主要是使人性的潜在方面得以通过具体感性的形式，揭示并表现出来。在狂欢节中，人们希望从非狂欢生活的伦理道德以及左右他们的"阶层、地位、年龄、财产甚至性别"中脱离出来，建立一种人际关系的新型存在方式。脱离常规，意味着人们可以有不分场合的动作举止，有嬉笑怒骂的言语自由，还可以从困扰他们日常生活的一些因素中解脱出来，抛弃一切烦恼，暂时忘却一切不快。

### 3. 对立的婚姻与俯就

这一范畴的原意是指"与身份低微者的婚姻"，后也指"随便而亲昵的态度应用于价值、思想、现象和事物的一切方面"。实际上，狂欢是在神圣与粗俗、崇高与卑下、伟大与渺小、明智与愚蠢等传统社会的价值体系中，把处于正负两极位置的分类及价值的对立项"接近起来，团结起来，定下婚约，结成一体"。也

---

① 巴赫金：《巴赫金全集》，李兆林、夏忠宪等译，石家庄：河北教育出版社，1998年，第8页。

就是说,对立的两项互相碰面,互相注视,互相映入眼中,互相认识理解。

### 4. 粗鄙化

它是指狂欢式的冒渎不敬,是一种贬低化和世俗化,主要特点是降格,即把一切高级的、精神性的、理想的和抽象的东西转移到整个不可分割的物质——肉体层面、大地和身体的层面。就是说,把高的、天上的东西,强拉到低处,与大地的生产力、人体的生殖能力相关的物质上来;或者把高尚的精神性情趣,降低到物质的肉欲层面,把关注人的思维内容转移到人体的"性"趣方面,由此出现了人们常说的荤话、荤故事、荤内容等等。"狂欢节不妨说是一种功用,而不是一种实体。它不把任何东西看成绝对,却主张一切都具有令人发笑的相对性。"①

狂欢节上形成的一整套表示象征意义的具体感性形式的语言,表现了统一的狂欢节世界观,这种语言无法充分而准确地译成文字语言,但在一定程度上能转化为同它相近的艺术形象语言,也就是说转化为文学的语言。狂欢式转为文学的语言,这就是文学批评话语通常所谓的狂欢化,也就是说用文学的语言描述狂欢式的内容,即文学狂欢化。

狂欢化(Carnivalization)这个术语是美国批评家伊哈布·哈桑从巴赫金那里借用来的。所谓狂欢化,就是把狂欢节的一整套形式以及它所体现的世界感受转化为文学的语言。巴赫金说:"狂欢转为文学语言,这就是我们所谓的狂欢化,"②而受狂欢节民间文学影响的文学就是狂欢化文学。哈桑把"狂欢化"看作后现代主义的重构性特征之一:"狂欢化,这个词自然是巴赫金的创造,它丰富地涵盖了不确定性,支离破碎性,非原则化,无我性,反讽,种类混杂等等,……但这个词还传达了后现代主义戏剧式的甚至荒诞的精神气质,……狂欢化在更深一层地意味着'一符多音'——语言的离心力。事物欢悦的相互依存性、透视和行为、参与生活的狂乱、笑的内在性。的确,巴赫金所称作的小说的狂欢——即反系统,可能就是指后现代主义本身,至少指其游戏的、颠覆的、包孕着苏生的要素。"③狂欢消弭了所有形式上的不同,也消除了参与者(演员和观众)的分界线。巴氏的狂欢理论是以他人类学思想为基础形成的,那就是一种"我和你"的关系。"狂欢化表达了对于未来时间里恐惧和权威将消失的一

---

① 巴赫金:《陀思妥耶夫斯基诗学问题》,白春仁、顾亚铃译,北京:生活·读书·新知三联书店,1988年,第178页。

② 巴赫金:《陀思妥耶夫斯基诗学问题》,白春仁、顾亚铃译,北京:生活·读书·新知三联书店,1988年,第175页。

③ Ihab Hassan, *The Postmodern Turn: Essays in Postmodern Theory and Culture*, Columbus, OH: Ohio State University Press, 1987, p. 171.

种乌托邦式的信念。"① 不论是在狂欢节上能直接观察到的具体现象，还是作为狂欢意义体验到的"狂欢的世界感受"，这些都深深渗透到几乎所有的文学体裁中，影响了拉伯雷、莎士比亚、塞万提斯、陀思妥耶夫斯基和果戈里等伟大作家的创作。所有狂欢节的世界感受以及狂欢节表现出来的主要特征，在海勒的小说创作中都同样有所体现，尤以《终了时刻》表现得最为突出。

《终了时刻》是一部集中体现狂欢化的小说，我们可以从如下三个方面赏析：第一、世界经验的狂欢化，包括身体接触、降格、粗鄙、插科打诨和狂欢化的笑。第二、艺术思想的狂欢化，其中包括死意味着重生，表扬意味着辱骂，东西反用，以及反面人物，如小丑、笨蛋、骗子等。第三、文学体裁的狂欢化，包括文学类型的自发狂欢化和人为狂欢化。前者起源于广场语言，也就是混合语言——不同的语言和风格融入一体。后者意味着对现成的、固定的，以及呆板的风格的拙劣模仿。

## （一）世界经验的狂欢化

巴赫金狂欢式的世界感受并非只是空泛的所指，它其实同样包含了感受现实的多个层次和向度。"亲昵是狂欢世界感受的核心……亲昵化能导致人际交往的不隔绝状态，拉进人与人之间的距离……将人与人的关系还原到物质的甚至肉体的层面。"② 身体接触是狂欢节广场生活的主要表现形式，它能通过身体的运动与交接及冲撞与猥亵来营造一种全民同乐的亲密状态。在《终了时刻》，狂欢化的世界经历表现在以下方面："令人吃惊，使人困惑，让人丢人现眼的事情总是让台尔由先生乐不可支。他让男孩女孩的手臂尴尬地抱在一起，有时走运的话，能偷看到欢愉的观众们的小腿，衬裙，甚至是女人的内裤。当围观者目睹了游客们无助而又无奈的滑稽相时，也会像他们一样开怀大笑，不能自已。"③ 这是典型的狂欢节的笑，它是大众的笑，具有全民性；它包罗万象地针对一切事和人，每个人在笑别人，自己也成了别人笑的对象，整个世界都是可笑的，它具有相对性；这种笑还具有双重性：它既是欢乐的、兴奋的，同时也是讥笑的、冷嘲热讽的，它既否定又肯定，既埋葬又再生。这种诙谐的笑，使人们处于一种自由、平等、快乐的另类生活中，有一种说不出来的特殊的心荡神怡的享受，一种难以言状的陶醉迷人的力量。

在小说中，台尔由先生是柯里岛风格的娱乐公园的管理者。他喜欢能使人

---

① Pam Morris, *The Bakhtin Reader Selected Writings of Bakhtin*, Medvedev and Voloshinov eds., London: Oxford University Press, 1997, p. 198.

② 王建刚：《沉默的大多数》，北京：中国青年出版社，1997 年，第 160-161 页。

③ Joseph Heller, *Closing Time*, New York: Simon & Schuster, 1994, p. 110.

迷惑的惊奇和事情的欢悦的相互依存性。柯里岛娱乐公园像有"人"和"观众"的狂欢广场的一角,像狂欢广场上快乐的人群,他们并不仅是一个人群,"这些人是一个整体,有自己的组织方式,人的方式,这种方式与一切压迫性的社会经济和政治组织存在形式相反,那些形式在节日中都被中止了"①。当男孩女孩手臂尴尬地抱在一起,他们开心、兴奋,身体的自然接触取得特定的意义。个人觉得自己是整体不可分割的一部分,个人一定程度上不再是自己;人们开始意识到他们肉体的、物质的身体。有了这种意识,就有了人们平凡的欢乐,人与人的距离也缩短了,这样自由的亲密接触可以强烈地感觉到,狂欢精神的基本因素也随之而来。

在巴赫金看来,降格也意味着亲密,这种亲密使不相关的事接近了。"在医院的病房里,当约塞连感到无聊时,他摸着自己的生殖器,像个做白日梦的年青人想着高尚的事。"②"想着高尚的事"和"自慰"相提并论,使神圣高尚的事降格为与生殖器官紧密相连的身体私处。"他又发现在对面墙的下边有一个长长的红色箭头在反光,这使他忽然想起一根勃起的雄器,继而又想起一枚向左飞去的喷火火箭。"③把"一枝红色的箭"与"勃起的阴茎"相提并论,联系到体下部分勃起的生殖器官的活动。"钩子一使劲插进纸捆里,激起一股尘埃,他的胳膊一拉,膝一弯,这捆报纸翻个个儿便扔到了另一个捆上。这时,上下两个捆都颤抖起来,很容易使我们联系到做爱的样子。"④我们知道,像"阴茎""做爱""性交"这些单词让我们联想起肉体部位。降格在这里的意思是到土中去,与大地的接触。将其降格就是同时将其埋葬,将其降格也含有关注身体下部,胃和生殖器的活动的意思。因此也与排便、性交、怀孕、妊娠和出生这些行为相联系。降格是为了新生,它不仅有破坏性、消极的一面,也有发展的一面。把一个事物降格并不只意味着将其虚无化,将其彻底破坏,而是将其放在再生的下位,一个怀孕和新生出现的地方。

在海勒描写美国社会的怪异画面中,生命沦为肉体的身体下位。通过肉体接触、身体的摩擦和淫荡来达到性的狂欢,"给我一个铜板,我就跟你干。一个大约14岁的瘦瘦的男孩害羞地提高嗓门对他说。……娼妓公开地在街上做那些事。恶心的是紧急时使用的楼梯井就是人们晚上爬起来苟且偷欢之地"⑤。性的狂欢化是一种呈现了狂欢的特殊世界经历。在巴赫金看来,通过怪异的现实

---

① Pam Morris, *The Bakhtin Reader Selected Writings of Bakhtin*, Medvedev and Voloshinov eds., London: Oxford University Press, 1997, p. 225.

② Joseph Heller, *Closing Time*, New York: Simon & Schuster, 1994, p. 20.

③ Joseph Heller, *Closing Time*, New York: Simon & Schuster, 1994, p. 99.

④ Joseph Heller, *Closing Time*, New York: Simon & Schuster, 1994, p. 402.

⑤ Joseph Heller, *Closing Time*, New York: Simon & Schuster, 1994, pp. 87-95.

主义的使用(总是将高尚的话题与肉体的身体下部相联系),使神圣高尚的事沦为身体的下部(生殖器,性交),可以展示世界肉身化的一面。肉身化的生活才是生命最有活力的表现,是生命最直接的源头。海勒在他的小说里暗示了世界肉身化的狂欢精神。

狂欢式的广场语言是一种独特的、具有非常丰富的象征意义的语言。在狂欢式的节庆生活中,人们暂时取消了一切等级差别和隔阂,交往的距离缩小,言语交往形式也亲昵化、自由化,言语礼节和言语禁忌淡化,甚至带脏字,说些不体面的话。这些口语,特别是日常使用的指身体部位和肉体功能的语言的运用,制造了日常化的氛围,激发特定的态度和非正统的世界观。当人与人之间所有的阶级界线消除,一种真实的日常接触关系确立时,这些自由在欢快的广场上充分体现出来。对不拘形迹的广场语言来说,典型的是惯用骂人话。狂欢式的广场语言在《终了时刻》中比比皆是,例如,第19章有一组14句的对话,就包含了14个"他妈的":

　　　　"去他妈的新闻界,"温特格林说,"就让他们看看这些。"
　　　　"这些是真的吗?"
　　　　"他妈的,真和假有他妈的什么不同?!"温特格林问,"如果他们真他妈的发现我们撒谎,正好给他们他妈的报导材料了。"
　　　　"你看,长官,你他妈的在讲着我的脏话。"海军陆战队高级指挥官的副官说。
　　　　"那我可该表扬你他妈的诚实,"上校表示同意。
　　　　"我相信你的话。那个他妈的驾驶舱在哪儿?"
　　　　"在他妈的机翼里,长官,还有其他东西都在里面。"
　　　　"只一两个机组成员,"有人问,"能跟他妈的一队四个驾驶员一样管用?"
　　　　"更管用,"米洛说。
　　　　"管他妈的有没有效,有他妈的什么不同?"温特格林问。
　　　　"我明白你的意思,长官。"鲍维思少校说。
　　　　"我不明白。"
　　　　"我明白了他他妈的看法。"
　　　　"我可没把握是不是明白了他他妈的意思。"[1]

---

① Joseph Heller, *Closing Time*, New York: Simon & Schuster, 1994, pp. 262-263.

粗鄙是巴赫金狂欢化的世界经历的一个范畴。像海勒的小说里描述的那样，粗鄙是后现代美国社会的一个普通场景。在这样一个高度文明的人类社会，看到以下下流的一幕也不足为奇："许多妇女和女孩们在她们黑色、粉红色、白色的透明雨衣下什么也没穿。一些大胆妖冶的女人趁警察不注意，迅速亮出她们的下体和阴毛，以及大腿跟部的鳞状皮疹"。① 在《终了时刻》第 34 章，港务局公共汽车终点站是娼妓、乞丐、年轻逃亡者、卖淫者、吸毒鬼和异性模仿癖者的大本营。一个上流社会的婚礼在这儿举行，参加婚礼的都是些身份显赫的人，包括总统。他们屈尊来参加这个在巴士站举行的婚礼，放下等级观念，随意地交谈。他们从社会上层来到了下层，这就是降格。换句话说，这个巴士站就像个狂欢广场，使平时因阶级、财富和职业而被分类的人们有了特别自由的日常交流。这一幕非常符合巴赫金对于狂欢的观点：狂欢不理会传统的礼仪，生命能量爆发的时刻，一切标准规则都中止了，界线都逾越了。狂欢化是脱离了常规的、"翻了个的生活"、"反面的生活"、"第二种生活"。②

## （二）艺术思想的狂欢化

狂欢化思维的根本来源是狂欢化的生活。在狂欢化的生活中，所有事物都是不稳定的、改变着的、模棱两可的。事物的欢悦的相互依存性在这里，也在一种后现代主义者的视角主义和行为中得到体现。这种视角主义和行为在《终了时刻》中可以从与迈克结婚的女人们对他的褒贬中看出。"女人，尤其是结过婚的女人，喜欢迈克，因为他是那样和蔼，善解人意，并且从不发号施令。他绝对不与人争吵，发生摩擦时干脆保持沉默，并且为发生争执暗自伤心。"③ "和气、有同情心、不挑剔"是对迈克的赞扬，但这也是女人不喜欢迈克的原因。这种赞扬有两种理解：讽刺的和矛盾的。不久，女人们都厌倦与迈克同住，因为她们觉得与他一起的口了如白开水般无味。"厌倦与他同住"虽是山之 种平和的方式，但还是对迈克的羞辱。赞扬保持着它的模棱两可，它处在侮辱的边缘；一边可以过渡到另一边，很难分清界线。正如巴赫金阐述拉伯雷风格的特点时所言："人物与物品之间的界限在褒扬和责骂的个性化潮流中开始模糊：它们都成了既是反映旧世界的死亡，同时又是反映新世界诞生的狂欢剧的参加者。"④ "因此可以这么说，赞扬和侮辱是一枚硬币的两面。如果正面是赞扬，反面就是侮

① Joseph Heller, *Closing Time*, New York: Simon & Schuster, 1994, p. 236.
② Joseph Heller, *Closing Time*, New York: Simon & Schuster, 1994, p. 53.
③ Joseph Heller, *Closing Time*, New York: Simon & Schuster, 1994, p. 55.
④ 巴赫金：《巴赫金全集》，李兆林、夏忠宪等译，石家庄：河北教育出版社，1998年，第538页。

辱。反之亦然。"①

此外，艺术思维的狂欢化也体现在东西反用上，例如，衣服被反穿，裤子被用来作头饰，烹饪的工具被用作武器。"当我和奥尔一起迫降在法国海面时，我们才发现原来米洛做冰淇淋的碳酸用的是二氧化碳充气筒里的气。这些充气筒本该是为我们的救生衣充气用的。"②用作冰淇淋的碳酸盐通常从空气中净化而来。只有这样，冰淇淋的碳酸盐才符合健康标准。用使救生衣膨胀的碳酸盐制作冰淇淋，把事情原有秩序全颠倒了。另外，"他们通过在他脖子上插着的管子里输入营养液，使他不至于饿死。他们通过静脉给他注射水，使他不至于脱水，还从他肺部向外导液，使他不至于窒息而死"③。脖子上插软管，给人静脉注射水，从肺吸入流体这些做法都会让人致死。而这些用来杀人的方法反而用来救人，也就是说，他们将传统规则颠倒了。除了狂欢舞会，恐怕哪儿都找不到这样的荒诞事了。

艺术思维的狂欢化可以说是狂欢式中加冕脱冕结构向作家创作心理的内投，它使作家对边缘化情境，对具有无穷生发性的瞬间有一种超出常人的敏感。除了加冕脱冕这一狂欢化结构外，狂欢化思维形成的另一个来源，是狂欢式人物形象。④《终了时刻》的第十章，提到柯里岛经纪人乔治·西·台尔由已去世近80年。他死后，大部分财产、契约、现金、器具和通货都被密封起来，按指示放在防潮防腐的盒子里，与他一同埋葬在布鲁克林的绿林公墓，他的墓碑上刻着"许多希望埋葬于此"。当台尔由先生回想起他墓碑上的铭文时，总是微笑着。⑤当他看到他第一个娱乐公园被烈火摧毁时，便贴出告示出售自己新的招牌旅游产品——柯里岛之火，并让他的收票员赶快从顾客那收取一角钱一张的入场券。那些游客急不可待地想进入烧毁的地方，亲眼看看那还在冒烟的废墟。"为什么他没有想到，恶魔沉思。甚至撒旦也尊称他为台尔由先生。"⑥撒旦惊讶地发现，即使台尔由先生死了，他仍抓住每一个机会赚钱。我们也惊讶地发现，像撒旦这样的反叛权威者都对台尔由先生表示崇敬。

在台尔由先生的世界里，死亡没有终止任何东西，一切都在另一个世界重生。对台尔由先生而言，由生到死的转变是狂欢化时刻。对于他，死亡不是生命的终止，而是延续。用巴赫金的话来说，这是"成长、变化、更新"，"充满戏

① Pam Morris, *The Bakhtin Reader Selected Writings of Bakhtin*, Medvedev and Voloshinov eds., London: Oxford University Press, 1997, p. 216.

② Joseph Heller, *Closing Time*, New York: Simon & Schuster, 1994, p. 227.

③ Joseph Heller, *Closing Time*, New York: Simon & Schuster, 1994, p. 34.

④ 王建刚：《沉默的大多数》，北京：中国青年出版社，1997年，第136页。

⑤ Joseph Heller, *Closing Time*, New York: Simon & Schuster, 1994, p. 110.

⑥ Joseph Heller, *Closing Time*, New York: Simon & Schuster, 1994, p. 113

仿、滑稽模仿、羞辱、亵渎、滑稽的加冕和脱冕。第二种生活"。①怪诞空间的事件总在一个躯体与另一个躯体的分界处发展，这个分界处也可以说是交叉点。台尔由先生往返于生与死的世界，正印证了一个躯体提供死，另一个躯体提供生，但他们是生与死二重体的形象。此处奇异的逻辑消除了生命与死亡的分界线，结束包含了新的开始的可能性，就像死亡引起新生。

在《终了时刻》中，狂欢仪式上的人物形象还有小丑、傻瓜和骗子，他们是中世纪社会底层的文学中推出的对后来欧洲小说发展有重要意义的三个人物。小丑经常出现在拉伯雷的小说里，是中古文化幽默所常有的。"他们是不变的，是狂欢精神在狂欢时期外的日常生活中的公认代表。他们站在生活和艺术的边界线上，在一个特别的中间地带；他们不是怪人，不是傻瓜，也不是喜剧演员。"②在《终了时刻》第28章里，约塞连在葬礼的一棵树上赤裸裸地站着。他赤裸裸地站在那，接受因他在战场上的出色表现而赢得的奖章。别人看到他这样，都取笑他。他就像一个小丑，不仅取悦他人，也取悦自己。这是典型的狂欢仪式上的小丑形象。

笨蛋是另一个狂欢角色。"笨蛋"是个双重辱骂。另外，它与流行于集市幽默中的节日笨蛋形象紧密联系。《终了时刻》里的塔曼是个牧师，他被逮捕，并被监禁在实验室里，因为他撒尿尿出了重水。重水比金子更贵，因为从重水中得到的三重氢可用来制造武器。后来，牧师的痛苦因核战争而结束，这场战争是因总统先生在玩电脑游戏时按错按钮导致。牧师自由了，就像个扮演笨蛋的演员在狂欢的平台上演完戏，摘下自己的面具。

像小丑和笨蛋，骗子是狂欢仪式的另一个角色。米洛是海勒的小说里最狡诈的骗子。他将剩余的陈旧商品，像过期的巧克力和上乘的埃及羊毛装进军事设备，计划向当局出售他的军用飞机。这驾军用飞机比光更快。它隐形、无声。事实上，这种飞机并不存在，至少在人世间不存在。作为一个典型的骗子，他靠吹捧和哄骗赚钱。斯特拉基拉夫也是一个骗子。他开了个哈罗德·斯特拉基拉夫协会，提供公关和咨询服务，间接买卖权力。小说中的威克乐也是个骗子。他向米洛出售奇特的鞋，这种鞋可以变换颜色，只要你将神奇塑料插件塞进脚后跟的裂缝，然后把鞋带到做鞋者那儿，就可叫他染上任何你想要的颜色。威克乐还鼓吹另一种产品：涂有巧克力的棉花。巧克力可以从棉花中去掉，棉花可以织成布作衬衫和床单。这些人靠诈骗赚钱，还对顾客们信誓旦旦。

---

① Ihab Hassan, *The Postmodern Turn: Essays in Postmodern Theory and Culture*, Columbus, OH: Ohio State University Press, 1987, p. 171.

② Pam Morris, *The Bakhtin Reader Selected Writings of Bakhtin*, Medvedev and Voloshinov eds., London: Oxford University Press, 1997, p. 198.

以上提到的角色都是边缘人物，在真实和虚假的社会边缘生存。如果他们被看穿，他们就改变身份和自身。像他们在狂欢节上的同类一样，这些人以荒谬的方式，表现了边缘人的幻想——自己是世界真正的主人和统治者。这些狂欢化的人物形象"让现实出现在非现实中"①，体现了艺术需求的基本原则：让广大受众能够"在艺术家的'虚构'中感觉到活生生的艺术真实"②。

## （三）文学体裁的狂欢化

狂欢化的世界感受和狂欢化的思维都可以对文学艺术产生潜移默化的影响。巴赫金对体裁诗学的研究体现了其狂欢的哲学精神，而这种精神又和文学场域以及体式的变迁融合在一起。这也是巴赫金体裁诗学概念和巴赫金哲学理论概念时有重叠的原因。"巴赫金的历史诗学……总是把形式当作内容，把内容当作形式。它不太关注界限，不太关注理论，不奢望提出多少新的概念，没有形式主义的枯燥，而保留了作品的充实和生命力。"③狂欢文学成为文学发展中一个确定的强大支脉，这一过程主要是在体裁上展开的。巴赫金说："转化为文学语言的狂欢节诸形式，成了艺术地把握生活的强大手段，成了一种特殊的语言，这个语言中的词语和形式具有异常巨大的象征性概括力量，换言之，就是向纵深概括的力量。"④这种"特殊的语言"，是对语言学所说的狭义的语言的一种泛化理解，巴赫金在这里是指文学中狂欢化的言语体裁传统。正如有不同形式的艺术思想狂欢化，文学的狂欢化也有各种类型。一种是自发的——文学类型的狂欢化由狂欢的生活发展而来。在狂欢生活里，一些粗俗的语言形式出现了，并构成文学形式的一部分。另一种是人为的——一些现成的、固定的，甚至是呆板的风格被拙劣地模仿。

艺术思想的自主狂欢化来自狂欢的广场语言。广场语言就是典型的混合语言，在开放自由的场合，不同的语言主体和语言类型出现在平等的对话中。有时，不同的语言主体和语言类型出现在同一个句子里。"那是在任何对象周围都发生的巴比伦式的语言混乱；对象的辩证法同对象周围的社会性对话交织到了一起。对小说家来说是多种声音的会合地，也包括了他自己的声音。"⑤

① 埃里希·奥尔巴赫：《模仿论》，天津：百花文艺出版社，2002 年，第 48 页。
② 中国社会科学院外国文学研究所：《外国理论家作家论形象思维》，北京：中国社会科学出版社，1979 年，第 121 页。
③ 朱崇科：《张力的狂欢：论鲁迅及其来者之故事新编小说的主体介入》，上海：上海三联书店，2005 年，第 131 页。
④ 巴赫金：《巴赫金全集》，李兆林、夏忠宪等译，石家庄：河北教育出版社，1998 年，第 20 页。
⑤ 巴赫金：《巴赫金全集》，李兆林、夏忠宪等译，石家庄：河北教育出版社，1998 年，第 57 页。

例如，"人疯了，被授予奖章"①。"疯癫"和"奖章"是两个不同的语言指涉范围，但它们出现在同一个句子里，让人们看到了一种荒乱无序的生活。另一个例子"几乎没人能如此文雅地向她讲脏话"②，这个句子与习惯的思维相矛盾。讲脏话是粗俗的、讨厌的、不雅的，但在这个句子里，讲脏话似乎变成文雅的行为。这两个例子都违反了传统规则，由褒到贬，又由贬到褒，都象征偏离生活常情的生活，一种颠倒的生活，与我们习惯的生活相反的生活，这种生活代表了颠覆的狂欢精神。

艺术思想狂欢化另一种是人为的。讽刺的发展史不是某种体裁的发展史，讽刺牵涉到所有的体裁，而且是在体裁发展的最关键时刻。讽刺之所以能改造与更新传统体裁，是因为讽刺总是基于当下情境，它具有鲜明的现实针对性，以及政治上和思想上的迫切性。它能借助模仿取笑和滑稽谐戏，使体裁摆脱趣味索然的格式与那些过时而毫无意义的传统成分。③ 在《终了时刻》的第七章，ACACAMMA 是 the select Adjunct Committee for the Advancement of Cultural Activities at the Metropolitan Museum of Art（都市艺术博物馆的高级文化活动促进会特别附属委员会）的缩写。对 ACACAMMA 的描述传递了后现代主义喜剧式的甚至荒诞的社会思潮。例如，拉伯雷在他的作品中通过讽刺体现了狂欢精神，海勒对学术辛酸讽刺也体现了狂欢的颠覆精神。这些组织成员讨论的并不是什么正事，像如何丰富博物馆的艺术文化，而是些无关重要的，与这个组织的职责毫无关系的事。例如，如何利用社会活动（如婚礼、新婚展示、桥牌级别、时装表演、生日派对）来提高收入。其在将来的会议上讨论的更全面的话题有：筹款的艺术、发纸牌的艺术、广告的技艺、爬上高位的伎俩、时装设计的艺术、戏服的艺术、承办酒席的艺术和无纷争管理的艺术。这不仅是对特定的学术机构的讽刺，也是对整个社会机构的讽刺，更大范围讲，是对任何人类组织系统的讽刺。

在《终了时刻》的第十八章，约塞连说："每当想起公共汽车终点站时，我就想起但丁的《地狱篇》所表现的主题。"④ 在《终了时刻》的第三十二章，我们看到那个将明德宾德和马克松两家结合到一起的惊世骇俗的结婚典礼。他们是这样操办婚礼的：向 3 500 位各界名流和朋友发出用白金制作的请柬，包括总统（他始终没有出席）和第一夫人，8 个亿万富翁，340 个百万富翁，红衣主教，46 位国外出版机构的和约塞连等；发出记者证 7 203 张，雇侍者 1 200 名人，预

---

① Joseph Heller, *Closing Time*, New York: Simon & Schuster, 1994, p. 49.
② Joseph Heller, *Closing Time*, New York: Simon & Schuster, 1994, p. 24.
③ 王建刚：《沉默的大多数》，北京：中国青年出版社，1997 年，第 152 页。
④ Joseph Heller, *Closing Time*, New York: Simon & Schuster, 1994, p. 243.

备车位 1 080 个;食物嘛,仅鱼子酱就买了 4 000 磅;结婚蛋糕高 44 英尺,重
1 500 磅,耗资 1 107 000 美元。装饰方面,购郁金香 1 122 000 朵,镀金木兰叶
5 000 片。

然而,这样盛大完美的婚礼却在极度肮脏污秽的港务局公共汽车终点站举
行。最可笑的是安装了 3 500 多个移动厕所,这样每个客人各用一个还多。《终
了时刻》的第三十二章可算是海勒对巴赫金所总结的文学体裁狂欢化(特别是
梅尼普讽刺)的集中展示。梅尼普讽刺中,即使是最大胆的、最不着边际的幻
想、惊险故事,也可以得到内在的说明、解释和论证,它既能写天堂的神圣又能
写贫民窟的粗俗,可以把最庄严的和最下流的场面并列,可以把最寻常的事件
和最不寻常的梦境搅和起来。它引发的笑就是梅尼普讽刺的笑,也就是大众的
笑,广场的笑。这种笑既可是直接针对日常生活中的具体的人和事,某些生活
方式、习惯、制度,从而有很强的现实政论性;也可以针对某些虚构的东西,此
时它有一定的假定性。

《终了时刻》中的结婚典礼看似荒诞,却真实地折射了社会现实。这本是人
间天堂的场景,却使人联想到但丁的《地狱篇》。在这里,讽刺代替了批判,嘲
笑代替了义愤,相对性代替了科学与理性的绝对性,游戏代替了责任,放荡代
替了道义。美国总统的就职典礼盛大、奢侈、华而不实,从某种意义上来说,这
都是对美国的定义。这是狂欢化囊括一切,重组一切和融合一切的场景。在这
个游戏里,在这种混乱里,在这种疯颠中,另一种生活似乎被发现。在狂欢节日
里,"一切都反转,颠倒,头朝下,脚朝上,不仅在空间的字面意义上,而且在形
而上的抽象意义上"①。这个奇异的婚礼仪式体现了狂欢化这个词的广泛含义:
狂欢化的仪式、狂欢化的用具、狂欢化的组织和狂欢化的生活方式。这个狂欢
化庆典是民间笑谑文化的后现代版本,是颠覆的狂欢精神的完美体现。

长期以来,人们对后现代主义有一定的误解:后现代主义小说脱离社会现
实和历史,只玩弄语言游戏。《终了时刻》表明:在一位伟大的小说家手上,完
美的虚构可能创造出真正的历史。《终了时刻》的时间背景与作家的写作时间
相应,即 20 世纪 90 年代初期。尽管这时距《第二十二条军规》中的人物所经
历的第二次世界大战已经将近 50 年,然而,那些已至垂暮之年的第二次世界大
战退伍军人对那次战争仍然记忆犹新,以致这个人群中的人只要提到战争这个
字眼,必是他们亲临其境的二战,而不是后来的朝鲜战争和越南战争。正是通
过《第二十二条军规》中的人物有或多或少联系的那些退伍军人的记忆,通过
对于《第二十二条军规》中令人刻骨铭心的事件的再次描述,作家以批判的眼

① Pam Morris, *The Bakhtin Reader Selected Writings of Bakhtin*, Medvedev and Voloshinov eds.,
London: Oxford University Press, 1997, p. 238.

光给予人类战争以进一步审视。

在《第二十二条军规》中，最能体现战争反人类的残酷性的事例莫过于反复再现的斯诺登之死。这一惨不忍睹的情境又一次次出现在《第二十二条军规》续集《终了时刻》之中。作家除了开篇就提到斯诺登之外，在第九章又通过约塞连的回忆，用黑色幽默的笔法描绘了这一惨剧：斯诺登在剧痛和奇冷的双重煎熬中渐渐僵硬，尽管当时灿烂的地中海阳光正照在他所倒下的地方；面对大腿有巨大伤口，同时防弹背心下五脏六腑不断从由胸至腹的开膛似的伤口涌出来的斯诺登，约塞连一边呕吐，一边手忙脚乱、徒劳无益地进行包扎；每当昏倒在一旁的萨米苏醒过来，看到约塞连这种又呕吐又忙乱的样子，都会再次失去知觉。很快约塞连就不得不脱去所有的衣服，因为沾满血迹和呕吐物的衣服使他越吐越厉害。结果，在飞机降落停稳之后，等候着的医护人员竟一时不知道应该把这三人中的哪一个先抬进救护车：是身受重伤、生命垂危的斯诺登，处于昏迷状态的萨米，还是一丝不挂、失魂落魄的约塞连。通过在《终了时刻》中添加《第二十二条军规》所没有的医护人员在飞机旋梯下的犹豫不决，战争所带给人们的惨绝人寰的相互残杀和终生抹不去的心理创伤，就异常鲜明地突现出来。

文学虚构在展示虚构的同时又揭示了真实。"富有想象力地使用虚构并不是一种自我欺骗，它与最充分和最严肃地确认的事态是完全相容的。"① 正是为了在更大范围揭示战争的残酷，海勒在《终了时刻》中又通过约塞连少年时代的邻居卢之口，谈到兔岛街坊中那些同龄人在那次战争中的命运："那天我们四人参了军，我们四个都回来了。但是，相邻公寓楼的欧文·凯泽在意大利被炮火炸死了，我再也没有见过他，索尼·鲍尔也是在那儿那样死去的。弗雷迪·罗森鲍姆失去了一条腿，曼尼·施瓦茨的假手上还带着吊钩……索莉·莫斯是头部中了弹，此后视力和听力都受到了损害。"② 他还谈起萨米曾经感叹说，仅仅两个街区就有如此多的伤亡，那么别处的伤亡人数也少不了。

此外，由于卢是步兵，曾被德国人俘虏过。被俘期间，他不仅饱尝各种非人待遇，如在被押送的火车上，有三天三夜因为极度拥挤而不得不站着、蹲着或坐着睡觉。而且，他曾经历过自己人，也就是美国空军的一次轰炸。当时，与他在一起的一些战俘被安排到他们所居住的屠宰场的地下储藏室里去躲避轰炸。待他们从这个防空掩体中出来时，看到的是满目凄凉："早晨，当他们把我们带上去，走进户外的雨中，只见所有其他人都死了。他们有的死在大街上，残缺不全的身躯已经烧成黑炭，但由于仍在滚滚上扬的浓烟中落下的灰尘又变成褐色。

---

① 戴维·洛奇：《二十世纪文学评论》上册，上海：上海译文出版社，1987年，第204页。
② Joseph Heller, *Closing Time*, New York: Simon & Schuster, 1994, p. 128.

有的死在烧黑了的房子里，那些房子里的木制品全部被烧掉。还有的被烧死在地窖里。教堂全都没有了，歌剧院也倾倒了，塌向广场。电车翻倒在一侧，也被烧坏了……在公园的远处，可以看见所有的树木，就像逐一点燃的火把那样燃烧……"[1] 这段话中提到的"其他人"显然是指没能进入任何防空掩体的人。通过此例，不难看出海勒对于战争残酷性的广泛批评，那就是世界大战的双方，正义与非正义，战胜国与战败国，都会给人们的生命、财产带来巨大的损失。战争恰似魔鬼的食人筵席，是人丧失理性亲吻死亡的狂欢。

《终了时刻》从世界经验的狂欢化、艺术思想的狂欢化和文学体裁的狂欢化三个方面，把狂欢化演绎为一种反制度，一种代表后现代主义本身的另类生活——反传统、反主流、反系统、反官方文化的狂欢化生活。《终了时刻》通过狂欢式的笑、脱冕与加冕、广场语言的双重性、狂欢式的世界感受以及战争的反面狂欢，展现了作者建立在中世纪民间狂欢式文化基础之上的审美观念。一方面这些审美观念赋予了海勒观察世界的双重视角，尤其是一种底层的民间视角；另一方面它赋予了海勒社会文化批判权力，上自美国总统，下至社会盲流，大到社会制度，小到家庭问题，涉及战争的残酷、官僚的昏聩、决策的荒诞、贫富的悬殊、环境的恶化、家庭的危机、道德的沦丧，等等。同时，巴赫金狂欢化概念的核心是交替和更新、死亡与新生、颠覆与重构。巴赫金的狂欢化仿佛一座桥梁，架通了生活与艺术，架通了官方文化与民间文化，架通了人与人、肉体与思想。这种艺术思想的狂欢化给予了作家观察世界、感受世界的大无畏精神，他用新的视角来重新打量它，消解它，旨在破坏官方的、等级制的事物与事物间的空间联系，建立起意想不到的毗邻关系，提供察看社会的另类视角，创造一个新的世界图景。

文学艺术创作发展都和社会历史、文化思潮、哲学观念密切相关。所以，随着世界哲学观念、文化思潮从古典主义、浪漫主义、现实主义到现代主义、后现代主义的发展，小说艺术创作自然会呈现与之相对应的精神特质。现在，越来越多的研究者关注创作手法背后作者关注的东西。在后工业社会，现实发生了巨大的变化，世界的本质是碎片的、无秩序的、荒诞的、符号化的，现代主义无论怎样努力恢复世界的秩序，都以失败告终。现实主义和现代主义都不能模仿或再现这样一种现实，而是后现代主义作家们通过试验，进行艺术形式或手法的创新，才把这样一种历史和现实的真实揭示给读者：历史是叙事中的现实，现实是建构中的历史。人文价值是文学最核心的东西。

后现代作家也写社会黑暗面，看起来比自然主义作家反映的还要黑暗和没

---

[1]　Joseph Heller, *Closing Time*, New York: Simon & Schuster, 1994, p. 286.

有希望。在后现代作家支离破碎、惘茫幻觉的世界背后，有他们对理想的伦理、理想的人际关系、理想的生存状态的向往和崇敬，弄清事物的真相是人类的一种执著追求，对虚伪的恐怖和对真实的爱好在人心灵中根深蒂固。因此，后现代主义作家也可以叫作现实主义作家、自然主义作家或现代主义作家。从本质上看，他们是理想主义者、人文主义者。他们有愿景，关注社会和人生。在海勒这样的后现代主义作家笔下，无论是历史叙事中的"真实"世界，还是狂欢写作里的"虚构"现实，都是创作灵感的丰富源泉和艺术世界的广阔舞台。《画里画外》的历史叙事和《终了时刻》的狂欢写作不仅是理解海勒文学创作理念和手法的重要途径，而且有助于我们理解后现代主义作家是用怎样的艺术创新，表现了怎样一种历史和现实的。

# 第 八 章

# 奥斯特小说后现代叙事
# 迷宫里的现实与历史

　　美国当代小说家保罗·奥斯特（Paul Auster, 1947— ）集诗人、剧作家、文评者、译者和小说家等多重身份于一身，被视为美国当代最富有创新精神的小说家之一。他曾获多项国内外文学大奖：1990 年获得美国文学与艺术学院所颁发的"莫顿·道文·萨伯奖"；1991 年以《偶然的音乐》获国际笔会福克纳文学奖提名；1993 年以《巨兽》获法国麦迪西文学大奖。他的诗作与散文均曾获得"美国艺术基金"的奖助。2006 年 5 月，奥斯特在最后一轮的投票中击败了蜚声世界文坛的美国作家菲利普·罗斯（Philip Roth, 1933— ），获得阿斯图里亚斯文学奖，成为继多丽丝·莱辛（Doris Lessing, 1919— ）、阿瑟·米勒（Arthur Miller, 1915—2005）和苏珊·桑塔格（Susan Sontag, 1933—2004）后，第四位获此殊荣的英语作家。

　　奥斯特是位勤奋而多产的作家，除代表作《纽约三部曲》（The New York Trilogy, 1986）外，他还发表了《末世之城》（In the Country of Last Things, 1987）、《偶然的音乐》（The Music of Chance, 1990）、《巨兽》（Leviathan, 1992）、《月宫》（Moon Palace, 1989）、《神谕之夜》（Oracle Night, 2003）、《布鲁克林的荒唐事》（The Brooklyn Follies, 2005）、《密室中的旅行》（Travel in the Scriptorium, 2006）等十四部小说。奥斯特的作品已被翻译为法语、德语、日语、西班牙语等三十多种语言，国际影响较大。奥斯特之所以享有如此盛誉，与其作品独特的艺术创作手法和深刻的社会主题有关。

　　在艺术创作手法方面，奥斯特着迷于在小说中进行各种后现代叙事的实验，创作了一系列迷宫式的小说。但是奥斯特并非为实验而实验，他通过种种叙事实验来表达对现实和历史的看法，深入揭露人类社会的种种现实顽疾与历史沉疴。由此，他被美国批评家约瑟夫·柯兹（Joseph Coates）认为是"美国当代最能给人以智性启迪的小说家"[①]。他在小说《幽灵》（Ghosts, 1986）、《末

---

① 　姜小卫："阿斯图里亚斯文学奖得主保罗·奥斯特"，《外国文学动态》，2006 年第 5 期，第 8 页。

世之城》（*In the Country of Last Things*，1987）、《偶然的音乐》（*The Music of Chance*，1990）、《神谕之夜》（*Oracle Night*，2004）和《黑暗中的人》（*Man in the Dark*，2008）中，将叙事的实验进行到了极致，通过各种后现代叙事手法营造了一个若干叙述呼应、真实与虚构并置、不同时空交叉的迷宫世界。在这些叙事的迷宫中，奥斯特巧妙地融入了自己对现实和历史的思考，间接地表明了自己对现实与历史问题的看法。

# 一、后现代叙事技巧与社会现实之间的关系

在文学与现实的关系上，历来有两种针锋相对的观点。英国唯美派作家王尔德宣称："艺术除了自己以外从不表达任何东西。它过着一种独立的生活。"[①]纳博科夫也认为，那种希望从小说中获得对一个国家、一个阶级或作者的认识的看法是非常幼稚的，文学写作的目的在于审美愉悦本身。[②]与这种观点相反，法国作家加缪则声称："没有现实，文学艺术就是子虚乌有的东西，文学应当表述我们大家都密切相关的现实。作家一旦与自己的社会相隔绝，他就只能创作出形式主义或抽象的作品。"[③]

巴尔特在《作家和作者》（Authors and Writers）一文中，对上述两种观点都进行了详细的分析说明。巴尔特认为，作家（Authors）对文学所持有的观点是文学的目的在于审美，对作家来说，文学写作没有外在的社会目的，文学写作只指向写作本身，文学本身就是目的。作家的写作是项"不及物"的活动，他们只在语言的花园内辛勤耕作。与此相反，作者（Writers）关注的则是作品之外的社会现实。对作者来说，文学的目的是证明解释，或指导教育，作者的写作是个"及物"的活动，他们都是为了一定的社会目的而写作的。在区分了作家和作者的不同写作目的后，巴尔特又特地指出，如今许多文学创作者包含了这两种角色，作家有时也反映社会现实问题，作者有时也玩弄文字游戏，也即，文学写作既是及物的，又是不及物的，"我们的时代出现了一种混合的类型——作家—作者"。他的作用是双重性的，既注重文学的语言游戏，又注重文学的外在现实指向。[④]

① 王尔德：《谎言的失落：王尔德艺术批评文选》，萧易译，南京：江苏教育出版社，2004年，第50页。
② Malcolm Bradbury, *Writing Fiction in the 90s*, Netherlands: Rodopi, 1992, p. 13.
③ 董小玉："多元文化景观中的两道主潮"，《文艺评论》，1999年第6期，第37页。
④ Roland Barthes, "Authors and Writers", *A Barthes Reader*, London: Vintage, 1993, pp. 185-191.

巴尔特这种"作家—作者"的混合类型既强调了文学的语言形式审美，又强调了文学的现实所指，这与美国 20 世纪 70 年代末 80 年代初的后现代主义文学的诉求是相符合的。这个时期的后现代主义小说在内容和形式上有着自己的特点。

从内容和取材上看，这时期的后现代主义小说不仅注重叙事实验，而且关注社会现实，关注当今社会中出现的各种问题。首先，这时期的后现代主义小说注重内容的时代性，关注新出现的社会现象和社会问题。例如，美国作家德里罗在其长篇小说《白噪音》中反映了当今商品社会中无所不在的广告，以及广告给人带来的影响。这些无孔不入的广告，有效地刺激了人们的消费热情，而且主宰了人们的价值观念，主人公的女儿甚至在梦中重复各种广告的声音。这使得读者在阅读《白噪音》的过程中，获得了对现实的深刻体验，而且更加深入地理解了当今社会的消费主义实质。

其次，这时期的后现代主义小说取材非常广泛。后现代主义不再像传统现实主义那样去构建宏大的历史背景，不再去营造具有概括代表意义的环境，不再注重塑造典型环境中的典型人物，不再去刻意地提炼现实生活中整体的、本质的东西，而是特别注重反映社会中普通人物的具体生活和遭遇，尤其注意描写社会底层民众的生活和"小人物"的坎坷经历。与传统现实主义相比，后现代主义的题材更加宽泛，涉及各个社会阶层和各个领域，人物包括：总统、科学家、大学教授、出版社编辑、少数族裔等各色人物，事件涉及战争、恐怖袭击、科技、文化、政治、经济、环保等领域。如库弗在《公众的怒火》中，记述了美国 20世纪 50 年代无辜的罗森堡夫妇作为冷战牺牲品而被电刑处死的事件。小说中除了罗森堡夫妇外，还包括副总统尼克松、总统艾森豪威尔、联邦调查局局长、法官、司法部长等人。

再次，后现代主义小说的情节比较单一。传统现实主义小说充满了各种跌宕起伏的情节和戏剧性的转折，人物的命运也一波三折、变幻不定，可以说 19世纪的小说是以精巧的结构和复杂多变的故事情节取胜的。相对而言，后现代主义的小说往往注重表达氤氲于某个时代的情绪，强调人物的内心感受和情感体验，缺乏复杂多变的故事情节，人物的性格也不鲜明生动。为了凸现要表达的主题，后现代主义小说特别注重对个别细节的描写，和对人物内心意识变化的描述。

最后，后现代主义不只反映现实，而且注重事实与虚构的有机融合。传统现实主义的价值主要在于如实地、真实地摹写现实，反映具体的历史语境和事件。后现代主义则不仅限于摹写反映现实，为了更好地揭示人们的现实处境和心理体验，它还常常将事实与虚构、现实与想象结合起来。在事实与虚构的关系方面，现代的报纸、杂志、电视等传媒对消除事实与虚构之间的界限起到了推波助澜的作用，"如果电视和报纸能对历史事实进行歪曲和辩护，那么真实与想象之间那种明确的关系便不复存在。将事实与虚构区别开来的界限也变得模糊不清起来"①。后现代主义的作家们将历史事件、现实事实与自己凭借虚构、想象编造出来的东西混合在一起，这不仅增加了作品的活力，而且有利于作家更好地表达自己的观点。例如，冯内古特的小说《五号屠场》取材于二战期间美军对德国不设防城市德累斯顿实施轰炸这一历史事实，小说通过虚构的主人公比利的经历，有力地谴责了军国主义的野蛮行径。

除虚构和想象外，后现代主义的作家们有时还将神话、传说、传奇等超现实的东西纳入作品中，如作为一种后现代主义的魔幻现实主义，小说经常将民族传说、神话移入其中，这不仅使小说具有了独特的审美，而且更深入地表达了作家对现实的思索。例如，美国作家莫里森在《所罗门之歌》中将黑人的民间传说移入小说，使得小说在反映当代美国黑人的生存困境时更加有力。后现代主义作家们凭借这种事实与虚构、真实与想象相结合的方法，更加有力地揭示了各种社会问题。美国文学教授萨德瓦（Jose David Saldivar）在《哥伦比亚美国小说史》中指出，"后现代主义的目的在于通过各种艺术手法来展示现实问题，它"不试图去复制现实（像现实主义那样），或打碎现实（像超现实主义那样），而是试图去揭示事物所蕴含的秘密"②。

从形式上看，20世纪末的后现代主义具有独特的美学特征。后现代主义小说打破了传统现实主义的线性叙事，而采用了各种现代主义、后现代主义的叙事方法，使得小说中的叙事呈现出碎片化的效果。具体而言，后现代主义小说在形式上具有以下三个特征：

第一，零度情感的叙述。19世纪的现实主义小说充满了激情，它们无情地鞭挞、嘲讽地戏弄、深刻地反思、愤怒地呼喊、殷切地期望、急切地呼吁，而现在的后现代主义小说则显得冷峻与理智。后现代主义的作家们，更多采用的是巴尔特的零度写作式的冷静客观叙述，而去除了过多的主观情感。虽然这种冷静的叙述不会使读者产生强烈的情感共鸣，但是它有助于读者去深入思考小说的思想内涵。

第二，灵活多变的叙事方式。19世纪传统现实主义的小说大都采用全知全能的、外聚集式的叙事方式，这种方式的突出优点在于作者可以统揽全局，可以

---

① Raymond Federman, "The Self-Reflexive Fiction", *Columbia Literary History of the United States*, Beijing: Foreign Language Teaching and Research Press, 2005, p. 1149.

② Jose David Saldivar, "Postmodern Realism", *Columbia Literary History of the American Novel*, Beijing: Foreign Language Teaching and Research Press, 2005, p. 524.

控制作品中每个人物的所想所为，由此营造出一种真实的效果，增加作品的真实性与现实感，给人以强烈的感染力。后现代主义小说不再经常采用这种叙事方式，而代之以复杂多变的内聚焦的叙事方式，包括意识流、时空交错、时序颠倒、零散化的碎片、蒙太奇、拼贴等一系列现代主义、后现代主义的叙事方式。在谈到叙事方式时，美国后现代主义作家欧茨曾说道："我的每一本书都是一种实验，都是在某种意识与其形式上、美学上的表达之间关系的一种研究。我的方法常常是把'自然主义的'世界与'象征主义的'表达方法结合起来，这样，我总是——我通常是——写真实社会中的真实人物，但表达的方式可以是自然主义的、现实主义的、超现实主义的或滑稽性模仿的。"① 复杂多变的叙事方式为后现代主义小说增添了活力，使得小说的言说更加有力。

第三，对语言形式或电视、电影等传播手段的重视与探讨。后现代主义的作家们在讲故事的过程中，插入自己对语言的思考，插入各种语言游戏。在探讨语言本质的同时，有些后现代主义作家还对电影、电视等通过图像来呈现的叙事方式进行思索，并试图将文字与图像两种叙事方式结合起来。

后现代主义小说并非只进行叙事的实验，并非只玩弄文字游戏，而是通过各种大胆的叙事技巧来更加真实地摹写社会现实，反映人类的生存状态与现实处境。奥斯特在小说创作中，通过多种叙事实验来书写他所理解的现实，来揭示当代美国社会的种种问题所在。他在小说《幽灵》《末世之城》和《偶然的音乐》等作品中，运用多种后现代叙事技巧来揭示现实问题，从而实现了文学审美与现实关注之间的完美融合。

## 二、《幽灵》：不确定的现实

奥斯特在小说《幽灵》中讲述了一个充满不确定性的故事。故事的主人公只有两个：侦探布鲁（Blue）和客户怀特（White）。一天怀特来到布鲁的办公室，请求布鲁去跟踪一个名叫布莱克（Black）的人。富有经验的布鲁发现，来到他办公室的怀特是经过精心装扮的，他茂密的胡子与眉毛似乎是粘上去的，面部也敷了过多的白粉。怀特要求布鲁一周内将一份监视报告送到邮局的一个邮箱里，同时布鲁也会收到怀特邮寄来的支票。当被问及这个跟踪将持续多长时间时，怀特声称跟踪的时间还没有具体确定，让布鲁一直跟踪下去，直至案件结束。布鲁搬到了布莱克对面的房子里，开始了对他的监视。一晃几年过去

---

① 程锡麟："虚构与事实：战后美国小说的当代性与后现代主义"，《外国文学研究》，1992年第3期，第36页。

了，布鲁发现这个监视毫无意义，被监视的布莱克整天坐在窗前阅读写作。布鲁开始怀疑当初乔装来他办公室的怀特就是布莱克本人，他趁布莱克外出之际，潜入布莱克的房间，在那里他发现了自己所写的监视报告。一怒之下，布鲁杀死了布莱克，他也失踪了。

至于布莱克为什么乔装改扮成怀特并请布鲁来监视自己，杀死布莱克后的布鲁又去了哪里，小说没有交代，小说中的一切都处于不确定之中。在提及布鲁执行监视任务所住的公寓的地址时，奥斯特写道："地址并不重要。但是为了讨论方便，让我们假定是布鲁克林高地吧。"[1]（以下出自 *Ghosts* 的引文只标注该书页码）《幽灵》如同一个精心设计的实验，在这个用语言进行的实验中，奥斯特探讨了自我与他者的主体性的关系，揭示了当代社会中人与人之间的疏离关系以及个人永远的孤独无助感。布鲁对布莱克的监视大致经历了三个阶段，一开始他对自己独立的理性主体地位确信不疑，认为自己能发现布莱克案件的真相，能认识布莱克这个他者；其后，他逐渐发现自己的监视毫无进展，他与布莱克其实是在相互监视，他开始怀疑自己的理性主体地位；最后，他发现自己的监视毫无意义，案件本身就是一个虚无的存在，他永远无法认识布莱克这个他者。

## （一）自我的绝对主体地位与他者的缺席

18 世纪的启蒙运动确立了人类无上的理性主体地位，笛卡尔集中代表了这一时期的人文主义思想。笛卡尔哲学的一个非常明显的特征是以普遍理性主体否定他人，以自我的同一性来否定他者的差异性。"我思故我在"中，"我思"的主体不需要任何他人的存在与证明，"我"的理性主体地位无限膨胀，它遮盖了他人的存在与主体性。在笛卡尔看来，根本没有必要区分出"我"与"他"，处于支配性地位的"我"已经把"他"囊括在内了，"我"与"他"之间是主体与客体的关系。他人只不过是"我"的认知对象，在其实质上，他人与蜡块并无本质不同。关于他人，笛卡尔曾十分形象地说道："我从窗口看见了什么呢？无非是一些帽子和大衣，而帽子和大衣遮盖下的可能是一些人造的机器，只有用弹簧才能移动。"[2] 以笛卡尔为代表的启蒙理性完全否认了他人的主体性，将其仅仅视作主体自我的认知对象。

在小说《幽灵》的开始，主人公布鲁便体现了自我的这种绝对主体性。布鲁接下了监视布莱克的案件，深信自己能找到案件的真相，能认识布莱克这一他者的真实身份。监视开始后，布鲁尽职尽责地整天守在窗前，通过望远镜监

---

[1]  Paul Auster, *The New York Trilogy*, New York: Penguin Books Ltd., 1986, p. 163.

[2]  孙小玲：《从绝对自我到绝对他者——胡塞尔与列维纳斯哲学中的主体际性问题》，上海：上海人民出版社，2009 年，第 16 页。

视对面公寓里布莱克的一举一动。然而，他失望地发现，除去吃饭、睡觉、购物外，布莱克整天就坐在屋内写作。布鲁按照自己原有的办案经验，对案件进行了各种猜测。他首先假设这是一个关于婚姻的案件，来到他办公室的怀特是一个嫉妒的丈夫；继而，他又假设布莱克是一个企图炸掉整个世界的疯子，布莱克整天所书写的正是爆炸计划。在推翻了这两个猜测后，布鲁又制造出了更多的假设，"怀特和布莱克是对手，他们两人都在追求同一个目标——例如，解决一个科学难题——怀特请人监视布莱克是为了防止布莱克超过他"（172）。另一个假设是，怀特是一个间谍组织的叛变者，他不想让上司知道自己在监视布莱克，所以他雇佣了布鲁来为自己监视布莱克。在日复一日的监视中，布鲁编造出了各种各样的假设，来解释布莱克一案，却始终无法获知这个案件的真相，"布莱克只是一个空白，是物体纹理上的一个洞，一个故事可以填补这个洞，另外的故事也可以"（173 页）。

　　尽管暂时无法找到布莱克一案的真相，布鲁还是对自己的理性侦探能力深信不疑，相信随着时间的推移，他一定能让事情水落石出。在监视布莱克的无聊日子里，布鲁反复回忆起自己以前办过的案子，这些案子都成功告破。布鲁也是一个侦探杂志的热情读者，他相信每一个案件都有真相，侦探都可以从已有线索入手，按图索骥地找到真相。正是出于这个原因，布鲁把侦探杂志上的一个还未侦破的儿童谋杀案剪下，贴到墙上，希望自己有时间可以侦破此案。

　　布鲁不仅对自己的侦探能力深信不疑，而且认为他可以用语言来清晰地书写案件报告。布鲁以往对书写案情报告驾轻就熟，"他的方法是坚持外部事实，描述事件就像每个单词与所描述的事物正好吻合一样，不去对事件做更多的追问。对他来说，词语是透明的，是站在他与世界之间的一面巨大的镜子，这面镜子至今还没有阻碍过他的视线，它似乎不存在"（174 页）。尽管这面镜子有时会出现一些斑点，但是布鲁会擦掉它。一旦布鲁找到恰当的词语，一切就都非常顺利了。

　　此处，布鲁所持有的正是 18 世纪所流行的传统的理性语言观，这种语言观认为，语言是透明的工具，人们借助语言可以清楚地描述外部事物，可以完整地摹写外部现实。笛卡尔的理性主体观所持有的正是这种语言观，他对语言的看法是："语言揭示思想"，"用在真正交谈中的词语并不只是机械重复的音响，而是思想的直接表达"。[①] 语言只是人这个无上的理性主体手中的一个可靠的工具，只是自我认识世界与他者的可靠途径。

　　如前所述，监视初期，布鲁对自己的侦探能力与主体地位深信不疑，每周一

① 　杨大春：《语言 身体 他者：当代法国哲学的三大主题》，北京：生活·读书·新知三联书店，2007 年，第 41 页。

结束，他都会认真地根据自己的监视笔记来书写监视报告，十分仔细地记录布莱克的一举一动。他相信自己可以借助语言来找到案件真相，来找到布莱克这个他者的真实身份，来认知布莱克这个监视对象。但是，他失望地发现，布莱克案是一个"无事可做的案件"，案件的全部就是"布莱克阅读，布鲁观察他阅读"（166 页）。随着时间的推进，布鲁变得越来越沮丧，越来越失望，他发现自己每天的监视工作毫无进展，布莱克一案无任何突破，他也无法获知布莱克的真实身份。此时，布鲁的绝对主体地位开始摇晃，而布莱克也渐渐从被动的认知对象的地位慢慢浮现，开始作为一个独立的主体而存在。

## （二）自我的相对主体地位与他者的浮现

在笛卡尔那里，他者的他性被抹杀，因为他者已经被定格为主体自我的认识对象，我与他者的关系也相应地被定格为主体与客体的关系。法国哲学家梅洛 - 庞蒂曾表示："他者这一主题没有以明确的方式出现在 19 世纪之前的哲学中，这是一个令人惊讶的事实。"[1] 法国现象学、存在主义开始重视他人问题，萨特把他人看作一种既独立存在，又能证明自我的存在的力量。萨特认为，自我与他人的关系是相互的，在我的眼里，他人是认识的对象，在他人眼里，我变成了对象，他人是跟我一样的生存主体而不是认知对象，我和他人之间存在着一种互相限制对方的自由，却又恰恰意味着彼此都是自由的这种微妙的关系。[2]他人或他者的浮现是对普遍理性主体的突破，是对自我的无上理性主体地位的否定，他者的主体性挑战了自我的先在主体地位，并将自我降至与他者一样的存在。

《幽灵》中，布鲁先前对自己的理性主体地位深信不疑，认为自己可以通过监视来认识布莱克这一他者。但随着时间的推进，他发现布莱克只是整日坐在屋内写作。布鲁无事可做，于是便开始审视自己，"平生第一次，他发现自己返回了自身，没有什么东西可以抓住，这一刻与下一刻没什么区别"（171 页）。与布鲁以往所办的案件不同，布莱克一案没有给他提供任何案底，却给他提供了认识自己的机会，"观察街对面的布莱克，似乎是布鲁在照镜子，他不仅观察到了他人，而且他发现他也在观察自己"（172 页）。此时，布鲁开始认真思考一些他先前从未思考过的事情，例如他深不可测的内心世界、自然世界中是其所是的各种事物等等。这时候，他发现自己仿佛坠入一个深不见底的黑洞，而且这

---

① 杨大春：《语言 身体 他者：当代法国哲学的三大主题》，北京：生活·读书·新知三联书店，2007 年，第 254 页。

② 杨大春：《语言 身体 他者：当代法国哲学的三大主题》，北京：生活·读书·新知三联书店，2007 年，第 260 页。

个洞没有出口，他自己在这个洞内毫无希望地原地打转。他苦恼地发现自己变了，不再是原来那个自己，"我正在变化，他对自己说。一点一点地，我已不再与原先一样了"（172-173 页）。

事实上，此时的布鲁已经不再是当初那个信心十足的侦探了，他开始怀疑自己的侦探和认知能力，开始怀疑自己的理性主体地位。这时候，他发现语言不再是透明的工具，他无法像以前那样轻松自如地撰写监视报告了，"发生过的事情并不是真正发生过的。在他书写报告的经验中，他第一次发现词语并不必然发挥作用，词语有可能将它们试图表达的意思模糊化"。但是，布鲁发现自己仍旧可以很容易地识别、命名外在的事物，"布鲁环顾房间四周，将注意力集中在不同的东西上，一个接一个。他看见了台灯，然后对自己说，台灯。他看见了床，然后对自己说，床……把台灯叫做床是不行的，把床叫做台灯也不行。这些词语簇拥在它们所代表东西的周围，当布鲁说出它们时，他感到深深的满足，似乎他刚证实了世界的存在。"其实，布鲁此处证实了相对于物而言，自己具有绝对的主体性，可以通过语言来意指外在事物，认识事物的本质。但是对于布莱克这一他者来说，布鲁完全无法通过语言来对其命名，也无法认识布莱克的真实身份，"他在那里，可是却不可能看见他"（176 页）。

布鲁无法按照以往的办案经验来认知布莱克这一他者，这意味着布莱克这个他者并非布鲁的认识对象，而是与布鲁一样的独立存在的主体。布鲁与布莱克之间不是一种主体与客体的关系，而是两个主体之间的关系。在监视的过程中，布鲁逐渐发现自己与布莱克相处得很和谐，"有些时候，他感觉与布莱克相处得非常和谐，一个人与另一个人相处得极其自然，他知道布莱克将要做什么，知道布莱克什么时候呆在屋内，什么时候出去，他只需看自己就行了"（186 页）。尽管如此，布鲁还是认为自己是自由的，自己是占主动地位的一方，自我似乎比他者享有更多的自由，"在他感觉到离布莱克很近的时候，他甚至似乎开始过上了一种独立的生活"（188 页）。然而，事情远非布鲁想的这么简单，布鲁并不比布莱克享有更多的自由。在布鲁监视布莱克的同时，布莱克其实也在监视布鲁。此时，形势发生逆转，布鲁与布莱克之间形成了一种互相监视、互为对象的奇特关系，"对布鲁来说，极有可能的是，他也正在被监视，正被另一个人以他监视布莱克的方式监视着。如果这是事实，那么他从来就不是自由的"（200 页）。

此时，布鲁无上的主体地位已被否定，他开始怀疑布莱克就是怀特本人，开始怀疑布莱克乔装改扮成怀特，然后将自己困在这个公寓内。他潜入布莱克的房间，在那里发现了自己递交的监视报告。布鲁终于明白，布莱克就是怀特，可是布莱克为什么要这样做呢？他为什么要雇用一个人来监视自己呢？布鲁试图找到其中的缘由，试图认识布莱克这个他者，却失败了。布鲁认知主体的地位完全丧失，布莱克这个他者是一个永远无法认知的独立主体。

## （三）自我主体地位的丧失与他者的扩张

笛卡尔直接否定了他者的他性，并将他者纳入了自我的同一性之中。与笛卡尔不同，萨特赋予他者与自我一样的主体地位，并认为自我与他者是互相依存、互为对象的。其实，萨特并没有脱离笛卡尔主义的传统，他的着眼点依然是自我，他者不过是与自我对立的另一面，他者只具有相对的他性，依然是自我视野之内的存在物。真正赋予他者以绝对他性的是法国哲学家列维纳斯（Emmanuel Levinas）。列维纳斯认为，他人或他者始终处于自我的中心之外，他者处于绝对外在或超越之中，始终是一个外在于自我的绝对存在，始终都保留着自己的他性、差异性，而不会与自我认同，不会被包容在自我之内。列维纳斯尤其强调，他者不是自我的认识对象，因为"认识是通过扣押，通过捕捉，通过在扣押之前抓牢的观看而压制他人"①。认知指向的是同一而不是差异，认知总是同化，总是否定他者的绝对他性，并将他者纳入自我的视线之内。认知就像一束光，凡是被它照亮了的事物，都在其光晕之下失去了自身的价值和意义。

起初，侦探布鲁将布莱克完全视为一个被动的认知对象，后来发现对方是一个与自己一样的主体存在，两人之间不是认识与被认识的关系，而是一种相互监视、互为对象的奇特关系。困惑不已的布鲁想弄清楚自己目前所处的局面，他开始怀疑自己原先的想法是彻底错误的，他并非一个完全自由的主体。这时，他想起自己在《瓦尔登湖》中所读到的一句话，"我们并非处于我们所在的地方，而是处在一个虚假的位置上。由于天性中的某个缺点，我们假设了一个境况，然后将自己置于该境况中，因此我们同时处于两个境况中，而且很难从中脱身"（200页）。布鲁并非处于监视者的有利地位，这个主动的监视者只是一个虚假的位置。布鲁其实处于一个被动的位置，他的一举一动都受制于布莱克。

发现了这点后的布鲁更加困惑，他做出了种种猜测，却始终不得其解。他开始回忆这个案子的来龙去脉，"怀特是开始这个案子的人——可以说，将布鲁塞入一个空房间内，然后关灯锁门。自那之后，布鲁便一直在黑暗中摸索，漫无目的地寻找灯的开关，布鲁是这个案件的囚徒"（201页）。可是怀特为什么这样做呢？布鲁无法找到合理的解释。这时布鲁又猜测，是怀特与布莱克两人合作，将自己囚禁在房间内，可他们这样做的原因又在哪里呢？布鲁同样无法找

---

① 杨大春：《语言·身体·他者：当代法国哲学的三大主题》，北京：生活·读书·新知三联书店，2007年，第284页。

到合理的解释。

此时布鲁开始行动，他化装为一个老人，前去与外出散步的布莱克搭讪，布莱克却给他讲了很多关于诗人惠特曼、小说家霍桑、作家梭罗的趣闻轶事，这让布鲁不知所措。在撰写监视报告时，布鲁有意隐去了与布莱克的这次会面，之后他收到怀特寄来的支票与一张便条，质问布鲁为什么撒谎。这让布鲁彻底明白了布莱克与怀特是有联系的，他决定设法找到案件的缘由。之后，布鲁将自己打扮成一个销售员，敲开布莱克的房门，借推销东西之由，迅速地观察了布莱克的房间，试图能发现一些线索，除了看到房间内的一沓手稿外，别无他获。

布鲁到邮局去守候前来取监视报告的人，试图发现真相，却发现来者是带着面具前来的。布鲁随后的跟踪没有成功，他不知道来者的确切身份。为了解除心中的谜团，布鲁趁布莱克外出之际，潜入他的房间，在那里他发现了自己几年来递交的监视报告。这一发现使得布鲁彻底崩溃了，他终于明白布莱克就是怀特，"现在一切都变样了，突然地、不可更改地变样了。没有更多的恐惧，也无更多的颤抖。只有一个平静的决定，一种对他将要做的事情的确信不疑"（228页）。布鲁打算逼布莱克讲出事情的原委。布鲁携枪再次进入布莱克的公寓，却发现对方正脸戴面具、手拿枪支在等待自己。布鲁径直问布莱克为什么这么做，后者答道："我从一开始就需要你。如果不是因为你，我不会这样做的……每次我抬头，你都在那里，观察我、跟随我，总在我的视线内，你的眼睛让我厌烦。对我来说，你是整个世界。"（230页）布莱克模棱两可的回答并未消除布鲁心头的疑问，绝望之际，布鲁将布莱克杀死，然后自己也永远消失了。布鲁的理性主体地位被彻底瓦解，布莱克是一个永远无法认识的他者。

小说《幽灵》中，侦探布鲁穷尽了一切可能的办法，但却无法认识布莱克的真相。对布鲁而言，布莱克是个永远的他者。布鲁的处境其实代表了后现代社会人类的真实处境，人与人之间永远无法沟通，人与人之间永远都横着一堵不可穿越的墙。在这样的社会中，孤独、绝望、无助、恐惧、担忧几乎构成了人类全部的情绪体验。

# 三、《末世之城》：真实与虚构并置中的现实与历史

在传统小说理论中，真实与虚构的界限是泾渭分明的。现实主义小说家们通过塑造典型环境中的典型人物，通过真实可信的环境与人物，来反映社会生活，揭示现实中的诸种矛盾，并呼吁某种可能的变革。传统小说的价值也正在于其"真实性"和"现实性"。后现代主义小说则抛弃了现实主义的叙事成规，

打破了真实与虚构之间的界限。在后现代小说家们看来，所谓的现实也并非客观存在，而是一种语言的建构，现实其实是一种语言的制成品，从这个意义上讲，现实与小说并无本质不同。美国的先锋派作家罗纳德·苏肯尼克（Ronald Sukenick, 1932— ）宣称："一切有关我们经验的描述，一切关于'现实'的说法，都具有虚构的本质。"他明确写道："生活即虚构，虚构即生活，这就是我们在这个世界上所知道的一切和所需要知道的一切。"① 为了更好地揭示人们的现实处境和心理体验，为了取得更好的艺术效果，20世纪七八十年代的后现代主义小说它还常常将事实与虚构、现实与想象结合起来。奥斯特在小说《末世之城》中，通过真实与虚构的并置，较好地反映了20世纪人们的生活状态与现实处境。

《末世之城》是一部书信体小说，小说的叙事者是安娜·布鲁姆（Anna Blume）。小说中，安娜的哥哥威廉姆·布鲁姆（William Blume）是一名记者，他被派往一个不知名的城市去执行报道任务。这个城市混乱不堪，政权在不停地更迭，政府走马灯似地换了一茬又一茬，各种敌对势力在大街上随意开火，暴徒们任意哄抢商店和市场，城市里四处弥漫着贫困、饥饿和绝望。人们没有工作，唯一的营生是收集垃圾和拾破烂。政府的工作也仅限于收集并焚烧死尸和垃圾的回收、再利用。威廉姆一去便再无任何消息，生死不明，报社也没有收到他发回的报道。无奈之中，报社又派出另外一名记者塞缪尔·法尔（Samuel Farr）前去执行任务，并试图找到威廉姆的行踪。但是，法尔也一去杳无音讯。为了寻找哥哥的下落，安娜也来到了这个城市。始料未及的是，到达这里之后，安娜才发现她哥哥原先工作的大楼已被炮火夷为平地，而且她的当务之急不是寻找哥哥，而是如何在这个恶劣的环境中生存下来。她亲眼目睹了这里所发生的匪夷所思的一切，她通过给家里一个朋友写信的方式，讲述了她在这里的所见所闻以及各种遭遇。

在《末世之城》中，奥斯特通过后现代主义的虚构与真实并置的手法，通过现实与想象相结合的方式，间接地揭示了20世纪人类的生存状态，取得了比现实主义的直接言说更为有力的艺术效果。在时间上，《末世之城》是奥斯特紧接《纽约三部曲》之后发表的第二部小说。在这部小说中，奥斯特抛弃了《纽约三部曲》中关于语言、主体性、他者、自我、身份等后现代的形而上的主题以及各种炫目的叙事技法，通过第一人称内聚焦的叙述，讲述了安娜噩梦般的经历。对奥斯特而言，这种迥异于《纽约三部曲》的创作是一次前所未有的挑战。在一次访谈中，奥斯特坦言道，《末世之城》的创作过程异常艰难，中间数次中断，作品断断续续写了十五年，"我最初听到那个声音是在1970年，但是直到1985

① 陈世丹：《美国后现代主义小说详解》，天津：南开大学出版社，2010年，第97页。

年才写完这本书,这是本非常难写的书。我都想着要放弃了"①。

有评论者指出,安娜所到的城市展示了人类在 20 世纪的一些遭遇,尽管这个城市不是现实存在的、地图上可以找到的地方,但是它展现了危机中城市的一些特点,表现了一些真实的历史事件。从近期历史上可以辨认出的是集中营大屠杀、列宁格勒大围困、20 世纪 70 年代的纽约财政危机和开罗的垃圾处理系统。②克里斯特夫·唐万( Christopher Donovan )在其专著《后现代的反叙事》( Postmodern Counternarratives )中,也明确指出了《末世之城》的社会批判性:"将这部小说主要阐释为一种经济与社会的批评,这并非是对小说的曲解。这部小说中,通常的后现代的语言、身份和理论已经处于次要地位……小说的社会指向是十分明显的。"③

在谈及《末世之城》时,奥斯特指出这部小说的现实指向十分明确,他认为,这部小说并非科幻小说,而是基于一定的历史事实,"它是关于现在和刚过去的历史的,而不是关于未来的。'安娜·布鲁姆在 20 世纪中穿行'。这是我在写作该书时头脑中所想到的短语"④。在被具体问及小说是否指向的是两次世界大战中的大屠杀时,奥斯特给出了肯定的回答,并且补充道:"还有一些对华沙隔离区、列宁格勒大围困,以及第三世界现在正在发生的事情的指涉,更别提纽约了,它正在我们眼前迅速地转变为一个第三世界的城市。我在小说中详细描绘的垃圾处理系统,也大体上是基于开罗的垃圾系统。总而言之,书中很少有编造的材料。人物是虚构的,但环境却是真实的。"⑤奥斯特尤其指出,安娜所遭遇的杀人工厂也取材于真实的历史事件,这发生在二战期间被围困了两年半的列宁格勒。

尽管奥斯特一再强调小说中除人物外,一切都是真实的,但是小说中的部分情节显然是作者借助想象虚构出来的。在小说的扉页上,奥斯特引用了霍桑关于"毁灭之城"的一句话,来表明该小说的目的在于勾勒一幅末世之城的图景,"不久前,穿过梦之门,我来到了地球上的那个地方,著名的毁灭之城"⑥。"穿过梦之门"的说法暗示了小说中一些情节的虚构性。

---

① Paul Auster, "Interview with Larry McCaffery and Sinda Gregory", *The Art of Hunger*, New York: Henry Holt and Company, 1997, p. 319.

② Mark Brown, *Paul Auster*, Manchester: Manchester University Press, 2007, p. 142.

③ Christopher Donovan, *Postmodern Counternarratives*, New York & London: Routledge, 2005, p. 82.

④ Paul Auster, "Interview with Larry McCaffery and Sinda Gregory", *The Art of Hunger*, New York: Henry Holt and Company, 1997, p. 320.

⑤ Paul Auster, "Interview with Larry McCaffery and Sinda Gregory", *The Art of Hunger*, New York: Henry Holt and Company, 1997, p. 321.

⑥ Paul Auster, *In the Country of Last Things*, Boston: Faber and Faber, 1987, the title page.

小说的开头便描绘了一个令人难以置信的处于变动不居中的城市：

> 我不期望你能理解。你从未遭遇过这些情况，即使你试图去理解，你也无法想象这些情景。这些都是末世的情景。第一天那里有一座房子，第二天房子就消失不见了。昨天你走过的街道今天已经无处可寻了。甚至天气也在不停地变化……今天，冬季中的一天，下午阳光灿烂，暖和得可以穿汗衫了。居住在这个城市里，你不能把任何东西都认为是理所当然的。把眼睛闭上一小会儿，转过身去看另外的东西，你眼前的东西会突然消失。你发现没有东西可以持续存在，甚至连你的想法也这样。你一定不能浪费自己的时间来寻找它们。一旦一个东西消失了，那就是它结束了。[①]（以下出自《末世之城》的引文只标注该书页码）

这种处于不停变动中的城市在现实中是不存在的，即使处于战乱中，天气也是正常的，而且事物不可能在眨眼之间就消失不见，人的想法也不会倏忽而逝。这里，奥斯特虚构了一个风景不停变幻的城市，其突出特点是极度的混乱与不确定性。安娜在信中还提到，在这个城市中，原有的东西都四分五裂，消失不见了，而且没有新的东西被制造出来，这个城市迟早是要消亡的。安娜信中讲述的更令人难以置信的是，在这个城市中，人们在不停地死去，却没有婴儿出生。安娜宣称，在这个城市生活的几年中，她从未见过任何新诞生的婴儿。

除此之外，奥斯特还虚构了这个城市中存在的花样繁多的自杀方式，这些怪异的方式令人瞠目结舌。第一种是跑步自杀法，这是一种集体的自杀方式，六七个人，或一二十个人组成一组，以最快的速度在大街上奔跑，同时大声地喊叫，直至筋疲力尽、倒地身亡。这些人之所以要采用集体跑步的方式，是因为这样可以相互鼓励、相互支持，因为单独的个人是没有勇气来进行跑步自杀的。奥斯特还详细地描绘了跑步自杀的前期准备工作。为了能参与这种集体的自杀活动，个人必须向居住区的办公室提出申请，然后办公室通过各种怪异的方式来考核申请人，例如，让他们"在水下屏住呼吸，把申请人的手捆起来放在蜡烛的火焰上烤，七天不跟其他人讲话"（12 页）。获准申请后，申请人接下来要接受六至十二个月的训练，训练期间，申请人一方面要节食，另一方面还要进行运动。当申请人达到极度虚弱的状态后，他就可以进行最后的长跑自杀了。更为荒谬的是，负责这项业务的办公室在广告中宣称，这种自杀方法的成功率超过百分之九十，许多参与者都"成功地"自杀了。

---

① Paul Auster, *In the Country of Last Things*, Boston: Faber and Faber, 1987, pp. 1-2.

第二种自杀方式是由单个人所进行的跳楼。在这个城市，跳楼被认为是一种优雅的艺术，它不仅是个人的一种艺术表达，而且可以给公众带来无穷的乐趣。安娜在信中写道，当看到一个人从高空坠落到地面时，人群不仅不前去抢救跳楼者，而且会发出阵阵的欢呼声，"你将会震惊于人们的热情：听到他们狂乱的喝彩声，看到他们极度兴奋的表情。似乎这种自杀所蕴含的暴力和美可以让他们暂时忘记自己，让他们忘记自己生活中的虚无"（13页）。

在这个城市中，最挣钱的行业是实施安乐死的诊所，诊所根据顾客所付钱的多少，让顾客在一两天内或半个月内快乐地死去。仅次于安乐死诊所的是暗杀俱乐部，这个俱乐部的目的在于帮助那些没有勇气自杀的顾客实现死亡的梦想。参与者首先需要交纳一定费用，然后俱乐部会不定时地安排刺客前去实施暗杀，方式可以是"脑部中弹，背部被刺，或半夜在睡梦中被刺客掐死"（15页）。具有讽刺意味的是，暗杀俱乐部的参与者在交纳费用后，整日提心吊胆，充满警惕，他们中的一部分人会因此而变得珍惜生命，想退出俱乐部，然而暗杀俱乐部决不允许参与者中途退出。

这些形形色色的自杀方式犹如种种神秘的宗教，它们给生活在这座城市的居民带来了希望，但这是死的希望，而非生的希望。奥斯特在小说中，还虚构出一种人们由于遗忘而无法进行交流的令人绝望的荒诞境况。由于事物消失得太快，生活在这座城市中的人都患了健忘症。在外界实物消失后，这种实物的名称还能存在一段时间。但随着时间的推移，这些名称也渐渐变为无任何意义和所指的声音，成为一些元音与辅音的组合，而且一个声音与另一个声音再无任何区别，它们彻底被人遗忘。"一些事物消失了——例如花瓶、过滤嘴香烟、橡皮圈——一段时间内你还认识这些词语，即使你已不能记起它们的意思。但渐渐地，这些词语变成了纯粹的音响，一种摩擦音和破擦音的随机组合，一种音素的汇合，最后这些东西都变成了一些无意义的声音。对你而言，单词 'flower-pot' 与 'splandigo' 再无任何区别。"（89页）这还不是问题的关键所在，问题的关键在于，人们所遗忘的并不是同样的东西，也即，一个人记住的东西，另一个人却忘记了，这给人们之间的交流带来了极大的困难，使得交流不再可能。最终的状况只能是，每个人都在说着自己的私人语言，每个人都无法理解他人的话语。一个典型的例子是，当安娜试图逃离这个城市，而又无法找到船只时，她向别人询问是否可以乘坐飞机离开。被问的那个人困惑不已，因为他早已忘记飞机是何物了。

这些虚构的情节突出地展现了这个城市的悖谬之处。在《末世之城》中，奥斯特详细地描绘了一些他取材于现实和历史的真实场景。奥斯特在一次访谈中谈到，他在小说中描绘的许多东西都基于历史上真实发生过的事情，虽然这些事情很可怕，"在很多情况下，现实要比我们能想象出来的东西更残酷。即使是我在小说中详细加以描绘的垃圾处理系统，也来自我曾读过的一篇关于开罗的垃圾系统的报道。不可否认的是，这部小说间接地展示了这些东西，安娜所到的城市并不能立即被辨认出来，但是我感觉这正是我们所居住的地方"①。除开罗外，奥斯特还明确提到了二战中的华沙隔离区和被围困中的列宁格勒所发生的事情，比较典型的是城市中随处可见的诈骗、四处弥漫的极度饥饿和杀人工厂等情节。

尽管这个城市的生存环境极其恶劣，但时常会有一些不知情的人从周边的乡村涌入，迎接他们的是防不胜防的、花样繁多的诈骗。这些新来者往往在一天内就被骗完所有钱财，有些人为根本就不存在的公寓付了租金，有些人为子虚乌有的工作付了中介费，还有一些人花很多钱买来食物，却发现食物竟然是卡片上所绘的彩色图画。更为滑稽的是，许多租房公司纷纷在报纸上刊登广告，为一些根本不存在的房子招租。许多人知道这是骗局，但是他们依然愿意将最后所剩的钱交给租房公司，目的是能在公司办公室内坐上十分钟，亲眼看看那些精美的照片，因为照片上显示着昔日的幸福：温暖舒适的房间、房间内铺设的精美地毯、柔软皮革面的椅子、考究的餐具、从厨房里飘出的咖啡香味以及孩子们欢快的笑声。安娜吃惊地发现，沉浸在这些照片中的人丝毫不关心这些照片都拍摄于十年前。

初到这个城市的安娜也震惊于这里食物的缺乏程度，安娜发现大街上行走的人极其瘦弱，一阵大风就可以将他们吹倒。为了防止被风吹倒，三三两两或一个家庭的人用绳子捆在一起，慢慢地在大街上行走。街上随处可以见到一些被饥饿折磨得发狂的人，为了能够活下去，他们整日徘徊在垃圾堆处，一旦找到可以下咽的食物，"他们会以动物般的迅猛撕碎食物，用骨瘦如柴的手指将食物捡起，颤抖的上下颚永不闭合。但是绝大部分食物都从腮边滑落了，而且他们咽下去的东西，通常会在几分钟后吐出来"（4页）。由于忍受饥饿太久，他们已经失去了消化能力，吃下去的东西只能加速他们的死亡。安娜也发现，在这个城市的公共市场上食物出奇缺乏，第一天市场上只供应小萝卜头，第二天则全是发了霉的巧克力蛋糕。尽管这个市场的食物价格很高，但是前来购买的人却很多，因为这里有看守的警察，买来的食物不至于被抢走。而人们在黑市上购买的食物，大都被抢走了。而且黑市上的食物造假很厉害，鸡蛋和桔子里面填充的竟然是锯末，啤酒瓶里装的很可能是人尿。在这个城市里，食物已成为一种诅咒，为了得到食物，人们会不惜一切代价。在得不到食物时，人们就聚集在

---

① Paul Auster, "Interview with Joseph Mallia", *The Art of Hunger*, New York: Henry Holt and Company, p. 285.

一起，绘声绘色地描绘以前吃过的各种美味佳肴，人们甚至认为关于食物的词语也能给人提供营养。

食物如此缺乏，出现杀人工厂也就是情理之中了。安娜在这个城市中遭遇了最寒冷的冬天，城中四分之一的人口都被冻死。更糟糕的是，安娜的鞋子坏了，她只能用破布条缠住脚，艰难地在冰上行走。这时，安娜碰到一个人，他声称可以从开商店的亲戚处帮安娜买鞋。他带着安娜来到了其亲戚的商店里，毫无防备的安娜却意外地从门缝里瞥见屋内的可怖情景："三、四具赤裸的尸体被悬挂在钩子上，一个斜靠在桌子边上的人正用斧头砍一具尸体的手臂。"（125页）安娜之前听别人说起过杀人工厂的存在，但她并未信以为真。这时，室内的恐怖景象证实了这种传言的真实性，安娜突然意识到他们是在以鞋子为诱饵，试图谋杀自己。惊恐之中，她突然发现左边有一扇玻璃窗，她冲过去，从窗户跳了出去。虽然她之后被人救起，但这次可怕的经历给她留下了终生难忘的阴影。

有评论者指出，小说《末世之城》描绘了一幅后现代的城市图景，它将虚构与历史混合在一起，将虚构与历史之间泾渭分明的界线抹去，这种做法更深刻地揭示了现实世界的本质。[①]《末世之城》在一个虚构的城市中展现了当前的现实世界，奥斯特以斯威夫特式的机智和力量描绘了一座毁灭之城，然而读者却痛苦地发现这正是我们所生活的现实世界。奥斯特在这部小说中，通过后现代虚构与事实并置的手法，以间接的方式，描绘了人类在20世纪的现实状况，促使读者去思索人类的现实与历史。现实与想象的结合使得作品在具有深刻思想内涵的同时，取得了比直接言说更为有力的艺术效果。

# 四、《偶然的音乐》：偶然与命运叙事中的社会现实

传统小说中，因果律在情节安排上发挥着重要的作用，作家大都按照事件的前因后果来安排情节，即使作家打乱因果的前后顺序，读者亦可在阅读过程中通过逻辑推理来推断事件之间的因果关系。西方文论中，亚里士多德的《诗学》最早阐述规定了情节安排中的因果律。亚氏认为，完整的情节包括头、身、尾三部分，三者通过因果律连接，每一个情节必须承上启下，符合事物发展的内在逻辑。[②] 英国文论家 E. M. 福斯特（Edward Morgan Foster）也特别强调小说情节安排中的因果关系，认为按时间安排的事件仅是故事，而只有按因果关系

---

① 　Clara Sarmento, "The Angel in a Country of Last Things", *Arcadia*, Vol. 41, 2006, p. 151.

② 　亚里士多德：《诗学》，罗念生译，北京：人民文学出版社，2008 年，第 25 页。

安排的事件才构成为情节，情节要回答的问题是"为什么"。① 英国文学教授斯杜尔特·西姆（Stuart Sim）认为，这种对因果律的高度重视其实是一种结构主义的做法，这些结构主义者拘囿于因果律的藩篱内，而看不到后现代文学中情节安排上的偶然性。在《后现代主义和哲学》一书中，西姆写道："结构主义似乎给偶然性、创造性或者意料之外的事情留的空间太小。对一个后结构主义者来说，这些却是十分重要的东西。"② 美国文论家哈桑曾列举了一个二项对立的表格，用以区分现代主义与后现代主义，在这个表格中，后现代主义的一个特征是偶然性，而与之对应的是现代主义的"设计"（Design）。③

在奥斯特的小说中，偶然性的叙事比比皆是。一位批评家曾指出："奥斯特把偶然性当作其写作的一部分，他实际上是在使用偶然性这种后现代的文学手法。"④ 尽管多次被指责为靠偶然事件来推动情节发展，但奥斯特不仅不以此为然，反而宣称自己是一个严格的"现实主义者"，认为"偶然是现实的一部分，我们都不断地被偶然的力量所左右，意料之外的事情随时都在发生"。⑤ 在确认偶然现实性的同时，奥斯特又试图探索偶然事件背后的决定因素，力图发现偶然与命运的关系。正如德里达所指出的那样，偶然是一个相当模糊的概念，人们一方面承认偶然事件的存在，另一方面却又在千方百计地寻找偶然事件的隐秘含义。⑥ 这使得偶然成为了一个介于不确定与确定、巧合与命运之间的不定存在。

偶然的这种含混性在奥斯特的小说《偶然的音乐》中得到了充分体现。该小说先后采用流浪汉小说与希腊悲剧两种叙事文类，前者较好地展示了偶然事件对人们生活的影响，后者则展现了命运对人们生活的绝对主宰。小说中两者的分界点是扑克赌博。扑克赌博之前，主人公奈施（Nashe）经年累月地驾车四处漫游，偶然搭载了波兹（Pozzi）这个职业赌徒，随后两人决定一起去百万富翁福勒尔（Flower）与斯特恩（Stone）的豪宅进行扑克赌博。结果两人赌输，不仅输掉了汽车和所有的钱，还欠下一万美元的赌债。无奈之下，两人决定留下来以体力劳动偿还赌债，由此奈施公路上流浪的自由转变为草地上被强制劳动的命运。

---

① E. M. Foster, *Aspects of the Novel*, New York: Penguin, 2000, p. 87.

② Brendan Martin, *Paul Auster's Postmodernity*, New York & London: Routledge, 2008, p. 43.

③ Ihab Hassan, *The Postmodern Turn*, Columbus, OH: The Ohio State University Press, 1987, p. 91.

④ Brendan Martin, *Paul Auster's Postmodernity*, New York & London: Routledge, 2008, p. 36.

⑤ Paul Auster, "Interview with Larry McCaffery and Sinda Gregory", *The Art of Hunger*, New York: Penguiin Books, 1997, pp. 287-326.

⑥ Ilana Shiloh, *Paul Auster and Postmodern Quest*, New York: Peter Lang, 2002, p. 159.

## （一）以偶然性为主导的流浪汉叙事

巴赫金认为公路是众多陌生人的时空聚散地，最适合用来描写各种偶然与巧合的事件。[1] 公路也因此成为流浪汉小说的主要发生地。作为小说的一种主要叙事类型，流浪汉小说起源于文艺复兴末期的西班牙，它围绕一个居无定所的流浪汉展开，记录他一路上的所见所闻，并通过他的种种际遇来展示当时的社会风貌。英国学者库顿（J. A. Cuddon）把流浪汉小说定义为"以流浪汉为主角的叙事作品，小说通过描述流浪汉的遭遇来讽刺当时的社会"[2]。在结构方面，加拿大文论家弗莱（Northrop Frye）指出，出身低微的流浪汉不停地从一个地方移动到另一地方，"因为他的生活更多地由偶然而非命运来主宰，所以其冒险是不连贯的、插曲式的，呈现出一种与其生活同步的线性时间结构"[3]。流浪汉小说在之后几百年的发展演化中，渐渐形成三个必不可少的构成要素：身份模糊不定的流浪汉、事件的发生地公路与各种偶发性事件。这些要素都在小说《偶然的音乐》的前半部分得到了充分展示。

故事伊始，主人公奈施几乎处于一个零的状态。自小父亲与母亲离异，他三十年未曾与父亲谋面，母亲也于四年前中风去世，母亲的这场病使他身负重债，妻子不堪重负离他而去。身为消防员的他无暇也无力照顾年仅两岁的女儿，于是他把女儿送往明尼苏达州的姐姐家。他本打算暂时把女儿寄养在那里，可几个月后当他意料之外地收到父亲的一笔遗产并打算领回孩子时，却发现女儿已完全融入了姑妈家，已经忘记他是谁了。意识到"强行把女儿从姐姐家带走只会给她带来更多的伤害而非好处"[4]（以下出自《偶然的音乐》的引文只标注页码），奈施只能接受失去女儿这一现实。失去了生命中最重要的人，其它的一切都变得无足轻重，他处理掉家中的一切物品，卖掉房子，试图摆脱与过去的联系。"第一个晚上，他花了几个小时把妻子的所有东西装进垃圾袋里，彻底把她清除出去……第二天下午，他开始考虑自己的物品，奈施以同样冷酷的方式处理掉一切，似乎他的过去是急需扔掉的垃圾。"（9-10页）

奈施由此切断与过往的一切联系，斩断家庭的羁绊，把自己变为一个流浪汉。他用父亲的遗产购买了一辆新车，开始在各州无目的地漫游，把自己完全

---

[1]　Mikhail Bakhtin, *The Dialogic Imagination*, Holquist. Austin: University of Texas Press, 1987, pp. 92-98.

[2]　李志斌：《漂泊与追寻：欧美流浪汉小说研究》，北京：中国社会科学出版社，2008年，第4页。

[3]　Northrop Frye, *The Harper Handbook to Literature*, New York: Harper & Row Publishers, 1985, p. 347.

[4]　Paul Auster, *The Music of Chance*, New York: Penguin Books, 1990, p. 4.

交由各种偶然事件支配。在一次拜访姐姐的归途中，奈施发现自己走错了路，但他不耐烦去绕回正确的路上，对他来说，"两条道路最终都是一样的……他做任何选择都无所谓"（6 页）。如同加缪的"局外人"一样，他不再认可现实的既定秩序，完全把偶然看作生活的基本原则，并以此来体验自己彻底的自由。在加利福尼亚的一家书店里，他碰到了旧相识女记者菲欧娜（Fiona），当时他正站在书架前准备挑选一本路途上读的书，她径直走上前帮他挑了一本，"像那年的所有事情一样，这件事的发生纯属偶然"（14 页）。几年前，菲欧娜曾经对他进行跟踪采访，并写了一篇名为"一个波士顿消防员生活中的一周"的报道。当采访结束时，双方都已喜欢上了对方，当时他已结婚，两人自此失去联系。因此，这次相遇对孑然一身的奈施来说是一个重新开始的机会，但正如报道的名字所暗示的那样，这次相遇也只持续了几天。流浪汉生活的彻底自由使他无法安顿下来，在短暂停留了几日后，奈施又驾车上路了，"他爱上了这种自由和无责任的新生活，一旦喜欢上了这种生活，就不再会有任何原因可以让他停下来"（11 页）。

奈施沉醉于旅途中的自由，虽然公路上充满了各种不确定的危险因素，任何事情随时都有可能发生，但他对此安之若素，"公路的突然转向和路面上的坑、突然的爆胎、醉酒的司机，任何疏忽都会导致瞬间丧命。奈施曾多次看到致命的车祸，他有一两次与死神擦肩而过。然而，他欢迎这些危险时刻。它们给他的旅途添加了冒险成分，那正是他一直在追寻的东西：自己掌握自己生活的感觉"（12-13 页）。奈施以这种近乎荒诞的方式来享受自己的自由，这恰恰说明了他之前生活的不自由。自小遭父亲遗弃，他与母亲、姐姐相依为命，日子极为困窘。年少的他酷爱音乐，母亲做了数年零工之后才勉强为他购置了一架便宜钢琴。大学中途他因经济原因辍学，之后偶然觅得一份消防员的工作。婚后他与妻子、女儿住在租来的房子里，过着拮据的日子。母亲的一场重病彻底打乱了他的生活，他先后失去了妻子和女儿，陷入绝望之中。父亲迟来的遗产使他深刻地体会了生活的荒诞与无奈，于是公路上的自由便成为他唯一可以抓住的东西，他以此仅存的"自由"来证明生命的意义，来体验掌控自己命运的美好感觉。奈施的遭遇其实代表了社会中所有小人物的辛酸，其行为已构成一出悲喜剧，"流浪汉是多少带有一些喜剧色彩的悲剧人物形象。他的喜剧性表现在行为方面，而他的悲剧性则表现在命运方面"①。

巴赫金曾指出流浪汉的生活呈现出一种狂欢化的情形，狂欢化意味着自由与笑声，代表着对既定规则和真理的暂时颠覆。② 奈施在公路上的确体会着

---

① 李志斌：《漂泊与追寻：欧美流浪汉小说研究》，北京：中国社会科学出版社，2008 年，第 77 页。

② 巴赫金：《拉伯雷研究》，李兆林、夏忠宪译，石家庄：河北教育出版社，1998 年，第 11-14 页。

快乐，在与菲欧娜的不期而遇中，他感觉到"一种无秩序与庆典般的快乐"（15页）；在高速行驶中，他享受着速度的快感；在公路上的种种冒险中，他享受着掌握自己命运的快乐等等。可这种对现实既定秩序的颠覆只是暂时的，奈施所谓的自由其实是父亲的遗产所带来的。在流浪了一年多之后，他只剩下一万多美元，这意味着其自由也所剩无几，他又要回到先前生活的羁绊之中。偶然性这时再次发挥作用，从不搭载路人的他在一条偏僻的乡间道路上碰到波兹，并主动邀请他上车，"这是一种随机的、意外的相遇，似乎从稀薄空气中凝聚而成，如同风中吹落的、突然落在你脚上的一根树枝"（1页）。

奈施体现了流浪汉的一些重要特征：无家庭的羁绊、热爱公路上的自由和任由偶然因素左右其生活，波兹则体现了流浪汉的所有特征。英国学者维特伯恩（Christine Whitbourn）曾列举了流浪汉主人公的特点：出身低微且父母单方或双方声名狼藉；靠偷盗或欺骗谋生；被不公正的社会所腐蚀；对社会价值体系的持续质疑。[①]

波兹出身寒微，他的父亲是个诈骗犯，曾在监狱服刑多年，而他的母亲是个贫困女工。波兹还在襁褓之时，父亲便与母亲离异，自此他与母亲艰难度日，不知父亲是何人。中学毕业时波兹意外地收到了父亲寄来的五千美元，他便以这笔钱为起点，靠赌博为生，一方面凭借他的聪明与运气，一方面靠坑蒙拐骗，勉强度日。同时，他对这个社会深恶痛绝，宣称"这个社会被一群混蛋所掌控"（135页）。奈施在路上发现他的前夜，他正与一帮纽约来的律师、经纪人赌博，眼看大获全胜，这时却来了几个持枪的蒙面人，把所有的钱抢劫一空。提及两天后与富翁福勒尔和斯特恩的赌博，波兹懊恼不已，因为他此前与他们较量过，知道对方牌技很是一般，他胜券在握却没有赌资。在奈施眼里，这是一个难得的机会，他主动提供赌资，希望借波兹这个工具赚取点钱，以延长其公路上的漫游。奈施暂停其公路上的历险，与波兹一起前往富翁的城堡。令他始料未及的是，随着从公路到城堡的地点转移，其自由变为囚禁，决定其生活的已不再是各种偶然，而变为不可逃脱的命运。

## （二）以命运为主导的希腊悲剧叙事

悲剧是一种形式和内容都迥异于流浪汉小说的文类，亚里士多德在《诗学》中提出了完整的悲剧理论。在亚里士多德看来，"悲剧是对于一个严肃、完整、有一定长度的行动的摹仿；它的媒介是语言，具有各种悦耳之音，分别在剧的各部分使用；摹仿方式是借人物的动作来表达，而不是采用叙述法"[②]。悲剧对一个

---

① Ilana Shiloh, *Paul Auster and Postmodern Quest*, New York: Peter Lang, 2002, p. 165.
② 亚里士多德：《诗学》，罗念生译，北京：人民文学出版社，2008年，第19页。

完整行动的摹仿要靠情节的安排来实现，情节的安排应遵循一定的原则，"情节既然是行动的摹仿，它所摹仿的就只限于一个完整的行动，里面的事件要有紧密的组织，任何部分一经挪动或删削，就会使整体松动脱节"①。也即情节安排必须遵循因果律、必然律或可然律，剧中的每一个情节必须承上启下，符合事物发展的内在逻辑。因此悲剧便从根本上杜绝了偶然性，呈现出与流浪汉小说截然不同的内容与结构，反映了命运对人类生活的绝对主宰。

亚里士多德认为悲剧有着固定的发展程式，它应该由顺境转入逆境，包括五个发展阶段：致命的错误、导致悲剧的行动、情节的突转、真相的发现和承受苦难。所谓致命的错误不是指悲剧人物道德上的缺点，而是指他不了解某些事实，从而判断失误，犯下认知上的错误，"主人公之所以陷于厄运，不是由于他为非作恶，而是由于他犯了错误"②。该认知错误势必导致第二阶段的行动，通常情况是主人公将背叛那些最亲密的家庭成员，这将使他产生羞愧的心理。悲剧行动进一步展开，便会带来情节的突转，"突转指行动按照我们所说的原则转向相反的方面"③，突转既要出人意料，又要符合事物发展的必然逻辑。情节的突转将导致第四个阶段的发现真相，发现指"从不知到知的转变……发现与对方有亲属或仇敌关系"④。该发现将会给主人公带来精神上的巨大痛苦，他将通过身体的自戕或精神的自虐来惩罚自己，以寻求内心的平衡与精神的救赎。

如前所述，奈施自小过着入不敷出的生活，金钱剥夺了他身为丈夫的尊严和身为父亲的权利，将他压榨抽空为一个空洞的、无意义的存在，美国精神所提倡的自由渐成幻影。因此，从天而降的二十万元遗产在他眼里不仅是一笔巨大的财富，而且意味着他自此可以随心所欲地享受前所未有的自由，"这笔钱对他来说数额如此巨大，意义如此深远，以至于它遮蔽了其它所有东西"（3 页）。当然也遮蔽了其对女儿所应负的抚养责任。尽管知道女儿已经与他很生疏，尽管现在有充足的金钱和时间，但奈施并未去设法解决这个问题，并未去创造亲近女儿的机会，以便在适当的时候把她领回家，而是放弃了做父亲的责任。他驾着新买的车，漫无目标地驰骋在任意一条公路上，享受其"自由的、不担负责任的新生活"（11 页）。

由此，奈施便犯了亚氏悲剧意义上的一个致命错误：把金钱等同于自由。自由是个伦理层面的抽象概念，与人的价值观、世界观和具体的社会现实相关；而金钱仅仅是个无确定所指的能指，其意义的实现要靠在市场上的流通。把物

① 亚里士多德：《诗学》，罗念生译，北京：人民文学出版社，2008 年，第 27 页。
② 亚里士多德：《诗学》，罗念生译，北京：人民文学出版社，2008 年，第 39 页。
③ 亚里斯多德：《诗学》，罗念生译，北京：人民文学出版社，2008 年，第 33 页。
④ 亚里士多德：《诗学》，罗念生译，北京：人民文学出版社，2008 年，第 33-34 页。

质层面的金钱等同于精神层面的自由，奈施无形中画地为牢，把自己囿于金钱的怪圈内，难以脱身，因为金钱意味着自由的同时又意味着囚禁："公路上的历险生活渐渐变为一个悖论。钱带来了自由，但每次用钱买来一份自由的同时，意味着同样份量自由的丧失。钱让他继续前行，但它也是失败的引擎，将不可避免地把他拉回原来的起点。"（17页）

　　该认知错误将直接导致悲剧第二阶段的行动，奈施灾难性的行动有两个，其一是他完全放弃了女儿，这将给他带来永远的愧疚，成为他的"原罪"，并驱使他无时无刻不在找寻赎罪的机会；其二是他完全忽略了波兹作为人的尊严，把他仅仅当作挣钱的工具，"钱是唯一重要的东西……波兹是达成这个目标的工具……他是幻化成人形的一个机会，一个玩扑克牌的幽灵，其在世上的唯一目的是帮助奈施赢回自由"（36-37页）。这将直接导致奈施其后的悲惨处境。在纽约休整了一天后，成竹在胸的奈施与波兹如约前往富翁的城堡参赌。他们吃惊地发现城堡的门铃竟然是贝多芬的《命运交响曲》，这似乎预示着他们的惨败。接着，他们进入一个铺着黑白相间地板的门廊，里面摆放着几件损毁的雕塑，其中一件是失去四腿、靠钢钎立在基石上的一匹马。这里似乎是福勒尔与斯特恩布置的一个棋局，奈施与波兹将是任由他们摆布的棋子，残缺不全的马似乎是他俩的未来。

　　果不其然，赌博以奈施与波兹的惨败结束，他们失去了包括车在内的一切，还欠下一万元的赌债。波兹的轻敌来自他的无知，他所不知道的是两位富翁在定下赌博的日子后，立即重金请来一位扑克高手给他们培训，所以赌博远非波兹想象的那么简单。虽然两位富翁事先宣称他们玩扑克不是为了钱，而是为了快乐，但他们绝不轻易放过手下败将。因为自己已经有了好几辆车，他们把奈施的车送给仆人莫克斯（Murks），并坚持奈施和波兹付清赌债后才能离开。发现对方无处筹钱后，斯特恩提议他们以筑墙的体力劳动来偿还债务。酷爱历史收藏的福勒尔曾从一位爱尔兰贵族手中买来一座15世纪的城堡，并花巨资将城堡的所有石块运回家中，准备在草地上修建一面石头墙。虽然波兹一再反抗，但奈施还是接受了斯特恩的提议。在商定了工资、食宿等一切细节后，双方签下了合同。因为在奈施看来，如果金钱意味着自由，那么没钱便意味着不自由，这既是赌博的规则，又是资本主义的精神实质。

　　有学者曾对扑克与资本主义的关系进行过研究，发现在20世纪晚期的资本主义社会中，资本表现为虚拟资本，它与生产劳动无关，在各种经济投机中发挥名义上的作用，但投机的结果却将带来实际的生产劳动，而扑克便是这种虚拟资本的隐喻。① 奈施在扑克中的失利象征着其在经济投机中的失败,后果必然是付出实际的劳动。奈施对此规则深信不疑,而且相信福勒尔与斯特恩也会严格遵守他们签定的劳动合同,所以当波兹质问"你怎么知道它将只是五十天"时,奈施回答"因为那是合同的规定"(111页)。但奈施忽略了一个被合同契约精神所掩盖的事实,即他们将在莫克斯的监督下劳动,将在四周布满铁丝网的草地上筑墙,因此这绝不是契约下有尊严的劳动,而是一种彻底的奴役。

除此之外,奈施接受斯特恩的提议还有另外一个原因,他将这种艰苦的劳动看作是自己赎罪的机会。亚里士多德认为,悲剧主人公因认知错误而采取的背弃家庭成员的行动将使他产生愧疚与负罪感,他将时时刻刻寻找或创造赎罪的机会。奈施在彻底放弃女儿后心中充满负罪感,所以他心甘情愿地接受了筑墙的艰苦劳动,认为"筑墙不再是一种惩罚,而是一种治疗"(110页)。这样一来,奈施也把波兹拖入这旷日持久的艰苦劳作之中,并最终导致了后者的死亡,这使他不仅失去了亲生女儿,也失去了波兹这个象征意义上的"儿子"。

虽然奈施起初搭载的是一个陌生人波兹,但在发现对方与自己有着同样的遭父亲遗弃的童年后,便对他产生了某种亲近感,尤其是在他换上自己肥大的T恤而显得像个十几岁的少年时,奈施深受感动,"他感觉到一种新的、想要保护他的冲动,想要担负起波兹的向导和保护人的职责"(49页)。在纽约停留期间,奈施完全充当了父亲的角色,他给波兹从里到外买了新衣,给他订餐、买药疗伤,并一再嘱咐他按时服药。波兹也认可了奈施的父亲角色,在临睡前向他表示感谢,"谢谢妈妈,希望你不介意我今晚不祷告,就告诉上帝说我太瞌睡了"(52页)。这里波兹俨然是个在父母面前撒娇的孩子,他此时已不再是替奈施挣钱的工具,而成为了他的儿子,填补了其失去女儿后的空缺。但正如其亲生父亲一样,奈施之后也背叛了波兹,并直接导致了他的死亡。

当两人按合同劳动了五十天即将获得自由时,福勒尔与斯特恩却擅自更改食物免费的约定,要求他们再劳动三周以偿还食物的费用。奈施此时开始认识到自己的错误,建议波兹逃跑。当天夜里,他帮波兹从铁丝网下挖了一个洞,并目送波兹远去,然后他放心地回去睡觉了。然而第二天一大早,他却在门前发现了波兹被打得难以辨认的尸体,这构成了亚氏悲剧的第三个发展阶段——突转。亚氏认为,"突转指行动的发展从一个方向转至相反的方向……此种转变必须符合可然或必然的原则"②。突转既出人意料,又不可避免。其实,草地四周的铁丝网以及莫克斯所佩戴的枪都说明,福勒尔与斯特恩的金钱及其所隐含的

①  Ilana Shiloh, *Paul Auster and Postmodern Quest*, New York: Peter Lang, 2002, p. 171.
②  亚里斯多德:《诗学》,陈中梅译,北京:商务印书馆,2008年,第89页。

权力构成了一个无可逃脱的严密体制，"该体制杜绝一切形式的反叛与逃跑"①，波兹的遭遇是其反抗的必然结果。

波兹的死亡不仅构成了情节的突转，而且带来了奈施认识上的变化，促成了悲剧第四阶段的"发现"。"发现"指主人公从不了解到了解真相的转变，使他发现自己与对方有亲属或仇敌关系。波兹的死亡不仅使奈施认识到了自己与波兹之间难以割舍的亲情关系，而且也意识到了自己对两位富翁的无比仇恨，这些都是他先前所不了解的。之前他把金钱等同于自由，即使是在赌输之后，他也认为凭借自己的劳动可以赢回自由，但波兹的死亡使他意识到金钱不是自由而是权力，这种权力可以让两位富翁无视他与波兹做人的尊严而随意支配他们的命运。他也终于明白福勒尔与斯特恩绝非是与己对等的签订合同的另一方，而是可以支配其生死的"上帝"，之后他把他们视为仇敌，并伺机报仇。

发现事情真相的奈施不可避免地要承受苦难，这便是亚氏悲剧的第五个阶段。失去波兹之后，奈施陷入巨大的痛苦之中，"他的苦痛与怀念如此剧烈，他几乎没有力气为自己准备晚餐……他从未从波兹的死亡中完全恢复过来，他不停地哀悼波兹，似乎永远地失去了自己身体的一部分"（179页）。承受苦难的同时，奈施再次有了沉重的负罪感，与失去女儿后的情形一样，他无时不在找寻惩罚自己的机会。他拼命地干活，速度是与波兹一起时的两倍。在劳动期满的前一天晚上，他接受了莫克斯与其女婿弗洛德（Floyd）的邀请出去喝啤酒，在回去的路上，奈施不顾莫克斯的反对不停地加速，面对迎面驶来的大卡车，他不但没有踩刹车，而是加大油门冲了上去。奈施以这种自杀式的车祸来惩罚自己，同时也报复了波兹之死的直接责任人，从而实现了自己精神上的救赎。

## （三）偶然与命运的启示

在一次访谈中，奥斯特谈到他在小说中总"试图使用一些传统的体裁来达到另外的目的，达到与传统全然不同的结果"②。在《偶然的音乐》中，他虽然采用了以偶然性为主导的流浪汉叙事和以命运为主导的希腊悲剧叙事，但其目的并不在于展示流浪汉生活中的种种偶然与悲剧主人公无可逃脱的命运，而是突破这两种叙事的窠臼，达到"另外的目的"，揭示一种严酷的现实——美国社会中金钱的决定性力量使得自由成为一种偶然的幻象。

从小说的叙述层面看，把流浪汉叙事与悲剧叙事连接在一起的是扑克赌博，而实际上两者的连结点是金钱。正是从天而降的遗产才让奈施有了公路上游荡的机会，同时也让他背弃了女儿，抛弃了心爱的女人菲欧娜。但金钱带来

---

① Mark Brown, *Paul Auster*, Manchester: Manchester University Press, 2007, p. 136.

② Paul Auster, *The Art of Hunger*, New York: Penguin Books, 1997, p. 279.

的自由是短暂的,随着遗产的日益减少,其公路上的日子也变得屈指可数,这促使他企图利用偶然出现的波兹来赢取金钱,换回自由。正是为了赢钱,他与波兹才来到了福勒尔与斯特恩的城堡。因此,主宰人们生活的并不是各种表面的偶然因素,而是无可逃脱的命运。命运以金钱的形式发挥作用,控制所有人的生活,它既可以把奈施、波兹变为奴隶,也可以把福勒尔与斯特恩变为无所不能的"神",还可以把莫克斯变为主人的替罪羊。

福勒尔与斯特恩从不同方面展示了其"神性"所在。福勒尔从落魄的爱尔兰贵族莫顿(Muldoon)手中买来城堡,并将城堡的十万块石头运回美国家中,这展示了钱的巨大力量,它不仅使世袭贵族莫顿俯首臣服于福勒尔,而且使后者可以像"神"一样搬运城堡。与福勒尔不同,斯特恩乐于像上帝一样创造世界,他制造了一个木质的微型城市——"世界之城"。该模型惟妙惟肖地展示了现实生活的各个方面,包括法院、图书馆、银行和监狱等一切场所,特别展现了监狱中的情形:一些犯人在愉快地劳动,因为这些繁重的劳动将使其罪行得到惩罚,美德得到恢复;一个被蒙面的犯人正在等待被处死。

福勒尔特地向奈施指出,"它是虚构的空间,但又是现实的。恶仍然存在,但统治该城市的权力明白如何将它转变成美德……斗争无时不在"(80页)。这是一个奇特的极权世界,空气中弥漫的是"暴力、残忍与复仇",每个东西都有"一种扭曲的、巫术似的逻辑"。(87页)斯特恩认为这个模型是他"所希望的世界的样子",福勒尔则声称该模型不是玩具,而是"人类社会真实图景的艺术表达"(79页)。斯特恩的"世界之城"其实是一个严密的权力惩罚体制,奈施与波兹劳动的草地则是它的具体表现。

两位富翁的"神性"源自其拥有的巨额财产,福勒尔宣称钱是"进入天堂的钥匙","钱可以改变一切,你有的钱越多,你造成的改变就越大"。(74页)钱让福勒尔有了"迈达斯的金手指",使他具有了点石成金的能力,"好运似乎总伴随我们。无论我们做什么,结果都证明我们是对的"。巨大的财富使两位富翁觉得自己成为了上帝的"选民","似乎上帝把我们从普通人中挑选出来。他给了我们巨额的财富,还把我们置于幸福的巅峰……我们已经成为不朽的神"。(75页)钱不仅代表着物质财富,而且还意味着权力,正是金钱赋予了他们主宰奈施与波兹命运的权力,这种主宰是通过仆人莫克斯来具体实施的。

美国批评家多诺万(Christopher Donovan)认为莫克斯是小说中一个有趣的角色,他是福勒尔与斯特恩营造的权力体系的一部分。[①] 在奈施与波兹筑墙的几个月中,莫克斯始终顶着烈日或冒着寒风站在一旁,替从不到场的主人监

---

① Christopher Donovan, *Postmodern Countenarratives: Irony and Audience in the Novels of Paul Auster, Don Delillo, Charles Johnson, and Tim O'Brien*, London: Routledge, 2005, p. 96.

督工程的进程与质量，以至于患了肺病。而且刚开始时，他还得忍受波兹不时的冷嘲热讽与武力攻击。虽然，莫克斯不时地对奈施表示友好和同情，但正是他伙同女婿执行了主人的命令，将逃的波兹暴打一顿，丝毫不问事情的是非曲直。因此，在奈施眼中，莫克斯不再是一个上有母亲、下有儿女的正常人，而是一个权力机器上冷冰冰的螺丝钉。但对莫克斯来讲，这份监督工作又何尝不是一种监禁呢？在奈施获释的前一天，莫克斯自己也如获重释，他邀请奈施出去喝一杯，"你不是唯一一个获得自由的人……我与你一样一周七天呆在工地上，忍受寒冷的侵袭"（207页）。在喝酒回来的途中，由于无机会直接报复斯特恩与福勒尔，奈施只能将满腹怒气发泄到莫克斯身上，他不顾一切地驾车冲向了对面驶来的卡车，坐在后座上的莫克斯与其女婿也惨遭此祸，成为了主人的替罪羊。

在《偶然的音乐》中，奥斯特通过奈施在公路上和城堡中的故事来探讨现实生活中的偶然与命运、自由与金钱间的关系。虽然展示了奈施生活中的种种偶然因素，但奥斯特并不认为世界是混乱的、无意义的、完全由偶然因素来控制的存在，而是力图揭示偶然背后的必然命运，发现决定人们生活的根本因素。与希腊悲剧中高深叵测、难以捉摸的命运不同，奥斯特认为现代社会中人们的命运已经具体化为金钱，金钱的控制无处不在，金钱更意味着权力，在权力与金钱的共谋中，以奈施为代表的现代美国人所追求的自由只不过是一种幻象。奥斯特以讲故事的方式，展现了富人炙手可热的"神性"与穷人困顿落魄的现状，展示了权力的运行机制，揭示了美国社会的另一种本质，粉碎了其传统的"自由"的神话，从而实现了文学介入生活、批判现实的功能。

# 五、《神谕之夜》：元小说叙事策略中的现实与历史

与《末世之城》一样，奥斯特在小说《神谕之夜》中也通过后现代的叙事手法来对现实与历史展开思考。在《神谕之夜》中，奥斯特抛弃了现实主义小说的叙事成规，不再采用传统的因果线性叙事，不再注重小说结构的完整与人物形象的鲜明，而是通过故事套故事的结构、真实与虚构的并置以及零散化的叙事等元小说艺术手法，来深入思考现实与历史的本质。元小说手法的运用使得小说在具有深刻社会主题的同时，具有了高度的艺术审美。

## （一）元小说的叙事手法

作为后现代小说的一种主要叙述手法，元小说是"有关小说的小说：是关

注小说的虚构身份及其创作过程的小说"①。元小说与传统小说有着截然不同的艺术手法。传统小说通过线性的因果叙事、全知全能的叙述角度、性格鲜明的人物形象和完整的故事情节来营造"真实性"的效果，诱使读者相信并接受作者在小说中所言的一切。元小说则抛弃了这些传统的操作手法，它不再讲述完整的故事，不再塑造生动的人物形象，也不再遵循因果逻辑来安排情节，而是把各种零散的情节堆积在一起，把注意力放在展示作家的创作技巧和过程之上。由是元小说不仅否定、解构、颠覆了小说这一传统样式，而且确立了一套自己的操作规则。元小说通过有意识地暴露作品人工操作的痕迹，不断提醒读者注意"自己虚构艺术品的身份，目的是提出虚构和现实之间关系的问题……这样的创作不仅关注小说叙述的基本结构，而且探讨了文学作品之外现实世界可能的虚构性"②。具体说来，这些元小说策略主要包括：故事套故事的结构、真实与虚构的模糊界限以及零散化的叙事。这些策略都在《神谕之夜》中得到了不同程度的体现。

### 1. 故事套故事的结构

美国文论家帕特夏·沃（Patricia Waugh）认为，元小说经常采用的故事套故事结构其实是一种框架构建手法。在她看来，框架（frame）指的是一种人为构造的结构体系或秩序系统，是一切事物和观念得以存在的深层支撑。我们都凭借一定的框架来叙述历史、创作艺术品，而且对历史和艺术品的认识解读也需借一定的框架进行。小说中的一切都处于作者所建构的框架之中，正如人们对现实生活的认识也总处于一定的认识论框架之内一样。③ 作为框架构造手法的故事套故事结构，又被称为"中国盒式结构"或"俄罗斯套娃"，指的是一个故事之中包含另一故事，而该故事又包含一个新的故事等等。凭借这种结构，元小说家意在表明，所谓的文学创作实际上指的是构建现实生活之外的其他框架，小说中的一切都是作者有意识建造的，一 如现实生活中人们关于认识、价值、意义、真理等诸种体系也是人为建构的。而且，一部小说之中，作者可以构建若干既层层环绕又相对独立的框架，让故事中的人物各自在不同时空之维中活动，而不必像传统小说那样，拘泥固定在一个封闭的框架内。因此，小说就只是作者虚构的人物在虚设的框架内的活动，"根本不是对现实世界的模仿和'再

---

① 戴维·洛奇：《小说的艺术》，王峻岩等译，北京：作家出版社，1998 年，第 230 页。

② Patricia Waugh, *Metafiction: The Theory and Practice of Self-Conscious Fiction*, London: Methuen, 1984, p. 2.

③ Patricia Waugh, *Metafiction: The Theory and Practice of Self-Conscious Fiction*, London: Methuen, 1984, pp. 28-31.

现'，而是模仿和'再现'了构成现实世界的话语结构"①。由此，小说家和读者可以借此结构来对现实生活的话语结构本质展开思考。

　　该结构在《神谕之夜》中得到了充分的体现。小说中，作者奥斯特讲述了一个小说家希德尼的故事：希德尼刚从一场大病中恢复，他偶然在中国人张生开的文具店里买到一个漂亮的蓝色笔记本，开始了生病以来的第一次写作。在进行创作的同时，希德尼交代了与妻子格蕾丝的相识相恋过程，格蕾丝父亲同作家约翰·特劳斯的经年深厚友情，以及约翰的家庭生活。包含在这一叙述框架内的是希德尼创作的关于编辑尼克·葆恩的故事：年轻而事业有成的尼克，渐渐厌倦了自己的婚姻生活，却找不到摆脱困境的办法，甚为苦恼。在一次外出途中，一个偶然被风吹落的石质滴水檐从高空坠下，差点砸在正走在路上的他身上，由此他认为他原来的那条命已经结束，并即刻决定飞往遥远的堪萨斯城，彻底告别过去，并开始全新的生活。

　　在那里，尼克结识了二战老兵爱德，并在其收藏世界各地电话本的地下仓库受雇进行搬运工作。他随身带着事发前刚收到的已故作家西尔维娅·马克斯威尔的手稿《神谕之夜》。这是内含在尼克故事层面的又一故事框架，该手稿讲述了英军中尉弗拉格在一战中丧失了视力，却获得了准确对未来进行预言的能力。这既是一种福祉又是一种诅咒，在其声誉达到顶峰时，他爱上一位女子，而她也接受了求婚。不幸的是，他在婚礼前一夜预见到妻子将在婚后一年内背叛他，这桩婚姻在劫难逃，可在当时未婚妻没有一点过错，她还未遇见那个使她背叛丈夫的人。他无法面对这命中注定的痛苦，绝望自杀。

　　这里希德尼的故事包含了尼克的故事，而后者又内含了弗拉格的故事，这三个层面是作者奥斯特构建的三个时空框架，以此来打破传统小说单一封闭的时空之维，破除所谓的"摹仿说"造成的"真实"幻象。在不断建造叙述框架的同时，作者奥斯特又暴露了这些框架的人为虚构性，例如，在尼克故事的开头，希德尼写道，"我笔下的弗利特克拉夫是个叫尼克·葆恩的人，他三十五六岁……他必须事业成功、受同事爱戴、经济稳定、婚姻幸福等等"②。（以下出自《神谕之夜》的引文只标注页码）在尼克故事的叙述过程中，希德尼一再强调，"当然，还需要确定一些其他东西，许多重要的细节有待想象并引入情节，作为叙述的铺垫，使人物丰满可信。比如，罗莎在纽约住了多久？她在这里做什么？……我的第一冲动是把她写成摄影师……不过此时我还不想仔细考虑这些问题，以及有关尼克妻子的类似问题，职业、家庭背景、对音乐和书籍的品位，

---

① Patricia Waugh, *Metafiction: The Theory and Practice of Self-Conscious Fiction*, London: Methuen, 1984, p. 100.

② 保罗·奥斯特：《神谕之夜》，潘帕译，南京：译林出版社，2007年，第12页。

等等"（17页）。在该故事结尾，希德尼倍感苦恼，因为"我已经把葆恩放进房间，锁上门，关掉灯，现在我却一点都不知道如何把他放出来。许多想法进入脑海，可看上去都那么老套、机械和无趣"（89页）。由于无法为囚于地下室的尼克找到合理又新奇的出路，希德尼只得终止该故事，形成一个有头无尾的、反传统的、"陌生化"了的故事。同样，奥斯特也展示了希德尼构建并打破西尔维娅手稿《神谕之夜》框架的过程。希德尼写道，"我对《神谕之夜》仅有一点非常朦胧的想法……情节结构都有待制定，但我确定那应该是本短小的哲思小说，一则关于预知未来的时间寓言，故事的主角是弗拉格……"（50页）。

这一切表明，元小说"建立框架的唯一目的就是为了打破，故意创设情景的目的是为了随后的颠覆"①，这"构成了元小说最基本的解构策略"②。这种构建又打破框架的做法表明了后现代小说家们创作理念上的根本变化。与传统小说家们不同，他们不再致力于营造小说的真实可信性，不再煞费心思去隐藏小说中作者的创作痕迹和框架构建过程，而是采取元小说的手段，暴露作者的人为操作痕迹，并"把框架置于'前台'显眼位置，重新审视被传统小说忽略的小说中的框架构建过程"③。由是他们颠覆了小说反映现实这一传统观点，暴露了小说的虚构本质。

### 2. 真实与虚构之间的模糊界限

在帕特夏·沃（Patricia Waugh）看来，元小说不仅揭示了小说的虚构本质，而且对虚构和现实之间的关系进行质疑，并进一步探讨现实世界的虚构性。她援引当代社会学家欧文·格夫曼（Erving Goffman）的观点，来证明现实和虚构之间并不存在泾渭分明的界线。格夫曼认为，"当我们确信某物是不真实时，真实的该物自身并不需要非常真实，它既可能是事件本身，又可能是根据事件改编而成的剧本——或者是该剧本的排演，或者是关于剧本排演的画作，或者是该画作的复制品。这个链条中的后者都是前者的摹本，这使人们得出结论：起关键作用的是关系而非实物"④。格夫曼链条中的任何前者相对于后者来说，都具有真实性，也即决定事物真实与否的是参照关系而非客观事物本身。按照这个观点，处于该小说故事套故事结构中层的尼克故事，对于内层的弗拉格故事

---

① Patricia Waugh, *Metafiction: The Theory and Practice of Self-Conscious Fiction*, London: Methuen, 1984, p. 101.

② Patricia Waugh, *Metafiction: The Theory and Practice of Self-Conscious Fiction*, London: Methuen, 1984, p. 131.

③ Patricia Waugh, *Metafiction: The Theory and Practice of Self-Conscious Fiction*, London: Methuen, 1984, p. 28.

④ Patricia Waugh, *Metafiction: The Theory and Practice of Self-Conscious Fiction*, London: Methuen, 1984, p. 30.

来讲，它具有真实性，但相对于外层的希德尼层面，又具有虚幻性，也即，尼克故事同时既具有真实性又具有虚构性。同样，位于外层的希德尼层面相对于尼克层面来说具有真实性，但相对于作者奥斯特所在的层面来说，它又具有虚构性，真实与虚构在此失去区别。

究其实质，故事套故事结构中的希德尼、尼克和弗拉格三个层面都是作者奥斯特借助语言所构建的框架，都是语言叙述的产物，无所谓真实与否。同样，读者与奥斯特所在的"现实世界"也是语言叙述的产物，这个世界所有的认识、价值与真理体系都是人们通过语言所建构起来的。所谓的"现实世界"也仅只是语言叙述出来的一个文本而已，它与小说有着同样的话语构成本质，区别仅仅在于两者的构成规则不同。从这个意义上讲，真实与虚构在元小说中便不再有区别，而且常常呈现出并置的奇特景象。

这种并置经常出现在由不同框架所构成的元小说中。在这些小说中，读者"最终不可能确切知道那些一个框架结束而另一个框架开始的地方"①，而且在框架与框架的交汇处，"真实"与虚构彻底失去界线。其实，"虚幻与真实是相对而言的……虚实之分，全在'界'（world）的确定，倘若界不明，虚实就难分了。而界的确定，需要两个基本因素，一是时间，一是空间。叙述的事件，若在时空上有联系，界便能确立；反之，不易"②。这里的"界"其实就是框架。《神谕之夜》中，处于中层的尼克故事框架与外层的希德尼框架，虽相对独立，却又有一些时空交叉点，在这些点上，现实与想象变得混淆不清。在尼克层面中，西尔维娅临死前把手稿留给了斯科特，斯科特"把手稿珍藏了一辈子，在他八十七岁去世后，也就是我的故事开始前几个月，依照他的遗嘱，手稿遗赠给马克斯威尔的孙女，一位名叫罗莎·莱曼的年轻美国女子"（13页）。这里的"我"指的是希德尼，因此尼克层面与希德尼层面在"也就是我故事开始前几个月"处交叉，此时间交叉使得希德尼虚构的尼克叙述框架获得了"真实性"，但却使"真实"的希德尼层面呈现出某种"虚构性"。

约翰·特劳斯的公寓是另一地点交汇处，希德尼在创作尼克故事时，借用了约翰的公寓作为尼克家的原型。可当尼克故事日渐成型，情节人物日益丰满时，尼克故事便具有了某种"真实性"，而这时的约翰公寓在希德尼眼里反而成了"一个想象的空间"，"一所并不存在的屋子"，"它现在看来似乎同时属于一个虚构的世界和一个光天化日人来人往的现世"（23页）。

此外，在该小说中，奥斯特还别出心裁地运用了多种叙述元素，包括脚注、

①　Patricia Waugh, *Metafiction: The Theory and Practice of Self-Conscious Fiction*, London: Methuen, 1984, p. 29.
②　胡全生：《英美后现代主义小说叙述结构研究》，上海：复旦大学出版社，2002年，第182页。

电话号码簿和报纸。这些元素不断地打破框架（界）的时空，使得想象和现实的界限模糊不清。希德尼在第七个脚注中交代，他之所以让尼克选择堪萨斯城作目的地，纯属偶然，但其后他却想起了 1981 年 6 月发生在该市凯悦大酒店的惨剧，而且"二十一年过去了，这一事件仍被认为是美国历史上最惨痛的酒店悲剧之一"（52 页）。这里，作者奥斯特和其虚构的作家希德尼以及希德尼虚构的尼克三者的时空重叠在一起，真实与虚构混为一体。

类似情况也在第十一个脚注中出现。希德尼相信张生讲述的那个发生在中国"文革"期间的故事是真实的，其中学生以武力逼迫老师焚书。因为他自己不久前读过一本书，该书中有相同记述。这里，奥斯特与希德尼的世界重合在一起。而赫然印刷在小说中间的 1937—1938 年度华沙电话簿的封面和第220 页，则进一步打破了真实与虚构之间的界线。希德尼认为印刷在该页底部的、住在 Wejnerta 19 号的简妮娜和斯蒂芬夫妇可能与自己有亲缘关系，因为他们的姓 Orlowscy 是自己姓氏 Orr 的波兰拼法。虚构的人物希德尼在此不仅有了自己的祖先，而且还在执着地追寻他们，利用的却是作者奥斯特所在外部世界的文字资料。与号码簿页一起出现的还有《新闻日报》37 页下端的一篇报道"生于马桶，婴儿弃尸垃圾箱"（94 页），该报道原文不动地被插入到小说中，虚构人物希德尼在此阅读着作者奥斯特外在现实世界的报纸，作者与他笔下的虚构人物失去界限。

真实与虚构在该小说中的结合抹去了小说世界与现实世界泾渭分明的界线，这不仅否定了传统意义上现实与小说之间真实与虚构的二分法，而且对"客观现实"这一说法本身进行质疑。由于人们对现实的种种认识和体验必须借助语言来进行，因此现实世界并非是不依赖于人意志的客观存在，而是一种凭借语言才得以形成的主观现实。换言之，人们所认识的现实世界不是由语言所反映再现的，而是由语言构造出来的。正如法国文论家巴尔特（Roland Barthes）所言，"没有语言就没有现实"[1]，语言的边界其实就是世界的边界。元小说之所以把真实与虚构的界线抹去，其目的在于引导人们去思考现实世界的语言构成本质。

### 3. 零散化的叙事

法国哲学家利奥塔（Jean-Francois Lyotard）认为，在后现代社会，那种以单一标准去裁定并统一所有话语的"元叙事"已被瓦解，取而代之的是只具局部合法性的"小叙事"，后现代的特色不是同一性的中心，而是语言游戏的异质多

---

[1] 韦遨宇："对小说自身本质的有益探索"，载《从现代主义到后现代主义》，柳鸣九主编，北京：中国社会出版社，1994 年，第 89 页。

重本质。[①] 美国批评家哈桑（Ihab Hassan）持相似观点。他认为后现代主义放弃了对必然、中心、主从关系和确定性的追问，代之以有着精神分裂症候的偶然、分裂、并列关系和模糊含混。后现代的精神品格是不确定性，它对一切秩序和构成进行消解，使得一切都处于多元、开放、间断、差异、零散之中。[②]

美国文论家杰姆逊（Frederic Jameson）则进一步把零散化作为后现代的主要美学特征之一，认为世界是由片段组成，但片段之和不能构成一个整体，而且各个片段也没有向某个中心靠拢。随着处于支配地位的中心消失，后现代小说也就失去了情节的统一性，变成了无情节小说或无一致情节小说。[③] 这些特征在元小说中表现为，小说没有统一的故事情节，零散的情节片段没有中心所指；主人公失去主体地位，所有人物都在各自讲着自己的故事；主题所指呈现出开放性，不存在一个确定的主题或阐释，对作品意义的理解是"怎么都行"。

表面上看，《神谕之夜》有着一条清晰可辨的故事脉络，围绕作家希德尼十几天内的生活展开，可如果沿着这个脉络走下去，读者很快就会发现迷失在了奥斯特营造的"郁郁葱葱、茂密异常的叙述灌木丛里"[④]。如前所述，大病初愈的希德尼在偶然买到一个蓝色笔记本后，开始了几个月来的第一次写作。他以美国侦探小说家达西尔·哈默特《马尔他之鹰》中的一个片段为蓝本，创作自己关于尼克·葆恩的故事。在该故事层面里，他插入两个彼此不相关的情节：假想作家西尔维娅的关于对未来预言的弗拉格故事；虚构人物二战老兵爱德讲述的发生在犹太集中营的种种惨剧，包括一个精神失常的母亲为怀中已经死去的婴儿乞求牛奶的事件。这两个情节虽然出现在尼克故事中，但却并没有以尼克为中心，也并未与之存在必然联系，形成了作者随心插入的一个个孤立的"小叙事"。

在创作尼克故事的同时，作家希德尼同时展开自己生活的叙述，在这个层面，插入了更多彼此不相干的情节，例如：希德尼根据美国作家 H. G. 威尔斯（Herlert George Wells）同名小说创作的电影剧本《时间机器》，约翰未发表小说《白骨帝国》的内容梗概，约翰内弟理查德讲述的三维照片故事，约翰吸毒儿子雅各布的故事，一个法国诗人因发表一部关于小孩溺水身亡的长篇叙事诗、自己的女儿随后被淹死而彻底放弃写作等等。这些情节并未围绕一个中心展开，也不存在内在的有机联系，而是持续处于模糊、断裂、异质、多元、随机的不确

---

① Jean-Francois Lyotard, *The Postmodern Condition: A Report on Knowledge*, Manchester: Manchester University Press, 1984, pp. 14-17.

② Ihab Hassan, *The Postmodern Turn: Essays in Postmodern Theory and Culture*, Columbus, OH: Ohio University Press, 1987, pp. 90-92.

③ 王岳川：《后现代主义文化研究》，北京：北京大学出版社，1996 年，第 238-241 页。

④ D'erasmo Stacey, "Noir Like Me", *The New York Times Book Review* 108, November 30, 2003, p. 6.

定性中。它们不仅使小说丧失了统一性的"元叙事",而且使读者迷失方向、处于混乱之中,分不清主要情节和次要情节,情节已不见时间序和因果逻辑,情节的事件独立出现,孤零零地成了一个个碎片。

同样让读者感到困惑的是,小说中的主人公希德尼并没有处于主体地位,其叙述并未统领全局。相反,小说中的每个人物都在各自讲着自己的故事,这些故事彼此独立并各有所指,既构不成对话,又形不成合唱,一如遍地晶晶发亮的碎玻璃片,各自朝不同的方向反射光线。例如:尼克的故事似乎揭示了偶然性在人生活中的决定作用,爱德集中营的经历则间接控诉了纳粹的残忍;张生叙述的中国"文革"事件展示了"文革"期间人们表现出来的非理性,而电影剧本《时间机器》则展示了不可能的时空穿梭旅行;约翰手稿《白骨帝国》讲述了一个政治阴谋的故事,而约翰内弟讲述的三维照片则暗示了过去和现在之间的关系;雅各布的故事指向了父子关系的疏离,而法国诗人放弃写作的情节则探讨了文字创作与现实的可能对应关系等等。所有这些拼凑在一起的情节碎片使得小说呈现出一种众声杂糅、群声喧哗的精神分裂症状,强化了小说的拼贴效果。拼贴被帕特夏·沃看作是一种"极端元小说"手法,认为它较好地呈现了文本的断裂性,使小说成为一种有意不连贯、呈碎片式的艺术。[①] 小说由此失去了情节的统一性,变成了情节碎片的堆积与狂欢。

这些拼贴在一起的、呈零散状态的情节势必造成主题的不确定性,从而带来阐释的多种可能。例如,理查德·帕特森(Richard Patteson)认为奥斯特在该小说中探讨了存在与写作之间的关系,[②] 纽约书评撰稿人丹尼斯·伯鲁尼(Dennis Barone)则指出小说的主题是想象与现实的关系以及时间的本质,[③] 丹纳·斯曼(Donna Seaman)确信小说的主题是爱。[④] 而所有的这些主题诠释都能从小说中找到足够的情节依据。当然,每个阐释都只是若干可能性中的一个。呈播撒状态的零散情节既肯定又否定了每一种主题诠释,使得小说的所指意义永远处于不确定之中。

元小说的特点在于其"并不以追求有序性、完备性、整体性、全面性、完满性为目标,而是持存于各种片段性、零乱性、边缘性、分裂性、孤立性之中"[⑤],从而形成了与传统小说截然不同的审美效果。小说破碎分裂的情节与情节之间,

---

① Patricia Waugh, *Metafiction: The Theory and Practice of Self-Conscious Fiction*, London: Methuen, 1984, p. 143.

② Richard F. Patteson, "The Teller' Tale: Text and Paratext in Paul Auster's Oracle Night", *CRITIQUE: Studies in Contemporary Fiction*, Winter 2008, p. 115.

③ Dennis Barone, "Oracle Night", *American Book Review*, Vol. 25, No. 6, 2004, p. 24.

④ Donna Seaman, "Paul Auster. Oracle Night", *Booklist*, October 1, 2003, p. 275.

⑤ 陈世丹:《美国后现代主义小说论》,大连:辽宁师范大学出版社,2002 年,第 25 页。

势必留下大片的空白，等待读者的积极参与。在"作者死了"之后，文本这一符号体系的所指要靠读者来完成。奥斯特坦言："在所有的作品中，我一直试图在字里行间给读者留下足够的空间，因为我相信，最终是读者在创作而非作者。"①当然，不同的读者在步入《神谕之夜》这一零散孤立的情节之林后，经过一番努力，他们构建的也只能是迥然相异的所指。

作为一种后现代创作技巧，元小说背离解构了现实主义小说这一传统文学样式，它实际上代表了一种不同于现实主义的、全新的后现代主义文化逻辑。杰姆逊认为，现实主义与后现代主义分别代表不同社会阶段的文化逻辑，它们表征着人们对世界的不同体验和对语言的不同认识。②现实主义是初期资本主义的文化逻辑，它与启蒙运动以来人们对科学与理性的笃信相对应，认为语言是表达思想的透明工具，世界是外在于人的、受客观规律制约的有机整体，作家创作的目的在于借助语言来再现这一现实世界。而与当代资本主义相对应的后现代主义则反映了一种全新的文化体验，认为语言并非被动的工具，而是一个能自己产生意义的独立体系；世界并非一个有机整体，而是由各种偶然的、随机的、无统一性的碎片构成，呈现出一种多元化状态。

元小说策略在《神谕之夜》中的运用便反映了后现代主义这一文化体验。其中，故事套故事结构揭示了小说只不过是作者虚构的叙述框架，绝非对外部现实世界的再现或反映；真实与虚构的模糊界限则进一步对现实世界的"客观性"进行质疑，揭示了它语言构造物的实质；零散化的叙事则使小说丧失了情节的统一性和主题的确定性，使得小说的最终所指要靠读者的创造来完成。在揭示后现代小说观与世界观的同时，这些策略也体现了作者匠心独运的叙事技巧，正如"亚马逊"网站所指出的那样，《神谕之夜》是一次"叙事的凯旋"③，奥斯特通过这些元小说策略，建造了一个结构精巧、虚实难分、眼花缭乱的叙事迷宫。它不仅颠覆了读者的传统阅读期待，给他们带来了全新的艺术审美感受，而且促使他们来重新思考现实与历史的本质。

## （二）对现实与历史的思考

奥斯特早年曾经翻译过关于新中国历史的书籍，对"文化大革命"那段历史比较熟悉，也了解一些当事人所经受的精神上的苦痛。在小说《神谕之夜》

---

① Patrick A. Smith, *American Writers: A Collection of Literary Biographies*, New York: Charles Scribner's Sons, 2003, p. 37.

② 弗·杰姆逊：《后现代主义与文化理论》，唐小兵译，北京：北京大学出版社，1997年，第157页。

③ http://www.amazon.com/Oracle-Night-Novel-Auster-Paul/dp/0805073205#reader, December 15, 2008.

中，他在故事套故事结构的最外层——希德尼故事层面，插入了中国人张生的故事，来对中国"文革"那段历史进行思考。

希德尼一次外出购买文具，偶然进入了中国人张生经营的文具店中，之后两人成为朋友。在被问及为何偷渡来美国时，张生坦白了自己美国梦的起因。奥斯特借希德尼之口指出，张生所讲的故事绝非杜撰，因为他在一本书里读到过这个故事，书中的记载与张生的讲述一致。奥斯特在希德尼故事层面插入的这个中国"文革"事件，揭示了那段历史，反思了人类历史上的非理性之处。

除此之外，身为犹太裔美国人的奥斯特也特别关注美国少数族裔的生活现状。在其记述早年生活的传记《艰难谋生》中，他讲述了自己作为人口普查员，深入黑人社区进行工作的经历。1970 年奥斯特离开哥伦比亚大学后，在美国人口统计局找到一份临时工作，负责黑人聚集区哈莱姆（Harlem）的人口统计。在接下来的一段时间里，他每天在哈莱姆的黑人社区挨家挨户统计人口，这使他有机会了解美国黑人的生活现实以及不合理的种族政策。当时，他震惊于黑人社区的破落与衰败，震惊于黑人艰难的物质生存现状。在小说《神谕之夜》中，他通过故事套故事的结构，在纽约编辑尼克故事的框架内，借尼克的眼光重新审视了美国黑人的生活现状，揭示了美国现实的另一种本质。

小说《神谕之夜》中，为彻底告别原先的单调生活，尼克飞往了遥远的堪萨斯城。在宾馆住了两天后，他才发现自己所有的信用卡都被冻结了。身无分文的他陷入了困境之中，他只好前往黑人出租车司机爱德的住处求助，因为爱德是他在堪萨斯城唯一认识的人。尼克前往爱德所居住的黑人社区去寻找爱德，他为眼前的景象惊呆了，这里的破败出乎他的意料：

> 他找到了住在一栋寄宿公寓顶层一间小房间里的爱德·胜利，那儿位于城里最差的地区之一，周围是一圈破落的废气仓库和烧毁的残垣断壁。街面上晃荡着几个黑人，满目荒凉恐怖的景象，不像尼克在美国其他城市见过的黑人贫民区。他从来没走进过这样一个黑人区，好像走进了一条狭长的地狱之道，死气沉沉，四处是锈迹斑斑的废车，满地都是空酒瓶和用过的针头。寄宿公寓是四周唯一一栋完整的建筑，无疑是百年前这个街区留下的最后一点残迹。在任何其他地方，这一定是栋禁止使用的危房，可是在此地四下望去，它竟显得颇具吸引力：三层楼，表面是脱落的黄漆，楼梯和屋顶坑坑洼洼的，沿街的九个窗户每个都被夹板交叉钉死。（56-57 页）

尼克的所见集中代表了美国黑人社区的现状，在这种地狱般的生存环境中，美国黑人的生活现状可见一斑。遍地用过的针头和空酒瓶说明很多黑人在吸毒和酗酒。由于在社会中处处受歧视，黑人难以找到称心如意的工作，难以实现自己的美国梦。至于他们的人格和尊严，则更无从谈起。因为在现实中处处碰壁，许多年轻的黑人备受打击，并失去了信仰，靠毒品和酒精来麻痹自己的神经，找寻些许乐趣。

尼克的来访使得爱德的女邻居非常震惊，她不明白一个衣着讲究的白人为何会前来寻找爱德，"好半天，那个女人一言不发。她像见到了天外来客一样上下打量着尼克，一双死鱼般的眼睛扫到他手里的皮包又回到他脸上，搞不明白一个白人想在她屋子里做什么……他没有麻烦吧？她问。没有，尼克答道，至少我不知道。那你不是警察？那女人说"（57 页）。在仔细盘查并确信尼克没有恶意后，这个女人才将爱德的房间号告诉了他。

爱德的这个女邻居对尼克的警惕性极高，这只能说明一个事实，即在此之前很少有白人光顾此地，偶尔前来的白人也都是来抓人的警察。奥斯特通过这个细节说明黑人与白人之间的隔阂，以及黑人对白人的敌视与提防。更具戏剧性的是，当尼克历尽周折而最后敲响爱德的门时，迎接他的却是一支手枪。只有在爱德看清来者是尼克时，他才放下手枪，并解释道："这是个麻烦的时代……这也是个麻烦的地方。谨慎永远不嫌过头，尤其对于一个六十七岁，身手已经不太敏捷的老人来说。"（58 页）这个情节更加有力地说明了黑人恶劣的、缺少安全感的生活环境。

奥斯特不仅通过尼克在爱德居住地的所见所闻展示了美国黑人的生存现状，而且还通过爱德的过往经历来反思二战这段历史，尤其是犹太集中营的惨痛往事。爱德参加过二战，曾在犹太集中营中做厨子，他在那里的所见所闻影响了他的一生，成为他挥之不去的梦魇。爱德给尼克讲述了他在集中营亲眼所见的一件事：

> 我的工作是喂养那些幸存者……他们中有些人一旦开始进食就停不下来了。那些挨饿的人。他们想念食物太久，无法停止进食，一直吃到肚子爆裂而死。几百上千人。第二天，有个女人到我跟前来，手里抱着个婴儿。她已经疯了，我看得出来，从她眼珠在眼眶里骨碌转动的样子我能看出来。这个女人，非常瘦、极度营养不良，可她没要任何食物，只想让我给婴儿一点点牛奶。我很愿意帮助她，她把婴儿递给我，我看到婴儿是死的，已经死了好些天。脸皮都起皱了，变得很黑，比我能想象到的还要黑，一团轻得几乎感觉不到重量的小东西，只剩下打皱的皮、脓痂和一副轻飘飘的骨头。女人不断地祈求牛奶，我就往婴儿嘴上倒了一点。我不知道还能做什么。我把牛奶倒在婴儿的嘴唇上，女人就把它抱了回去——那么高兴，

高兴得哼了起来，几乎像在唱，真的，快活地哼唱着。我不知道我是否见过有什么人像她那么快活过，手里抱着死婴走开，唱着歌，因为她终于能给它喂点奶了。我站在那里看着她走开，她摇摇晃晃走出大约五码远，就膝盖一弯，倒在地上。我还没来得及跑过去扶着她，她就跌倒在泥地里，死了。（75-76 页）

爱德亲眼目睹这个女人悲惨地死去，他在集中营的这段经历一直缠绕着他。战争结束回家后，他决定做点什么来纪念集中营中死去的犹太人，以此来排解自己心中的痛苦与恐惧。爱德对尼克坦白道："从那时起，那些东西就开始缠绕我。从我看到那个女人死去时起，我知道我得做点什么。我没法在战争结束时就那么回家，忘了它。我得在脑子里给它个位置，在余生的每一天都不停地想起它。"（76 页）爱德收集了许多美国、东欧和西欧一些城市的电话号码本，并在一个地下防空洞中成立了历史遗产办，来专门存放这些电话本。这些电话号码本是爱德的一种表达方式，它们记录着活着的和死去的人的名字。在爱德眼中，被存放在一起的这些号码本表明人类并没有结束，人类还有未来。

尼克能理解爱德所经历之事的可怕程度，并且对爱德深表同情，可是他无法理解爱德何以能够以收集电话号码本来排解内心深处的恐惧与绝望。面对尼克的困惑，爱德坦言道："我看到过一切事物的末日。我去过地狱深处。我看到了结束。有过这样一次经历后，不管你接下来还会活多久，你的一部分总是死的。"（75 页）对爱德来说，收集电话本成为他生活的目的，而装满电话号码本的历史遗产办也成为了一所记忆之宅，它不仅给了爱德继续活下去的勇气，而且向他表明，人类还没结束，人类还有明天。

爱德虽然是个虚构的人物，但是奥斯特借作家希德尼之口指出，爱德所讲述的集中营的死婴事件是真实的，是他从曾经读到的一本关于二战的书里借来的，"那本书是帕特里克·戈尔和唐沃克尔所著的《盖子掀开》（伦敦，1945）"（91 页）。这种真实与虚构失去界限的叙述方法诱使读者更加深入地思考事情的实质，使读者对历史获得一种新的认识。

作为美国当代最具影响力的后现代小说家之一，奥斯特用写作的方式来思考，以讲故事的方法来言说他对现实与历史的看法。奥斯特勇于在创作中进行各种后现代叙事技巧的实验，但是他并非为技巧而技巧，为实验而实验，而是通过故事套故事的结构、真实与虚构的并置、零散化的叙事来表达他对当前现实社会与历史的看法。《末世之城》中虚构与真实之间的界限不复存在，虚虚实实的情节片段如实地反映了 20 世纪人类社会的真实境况。《神谕之夜》中，故事套故事的结构里，随处可见奥斯特对美国种族主义盛行的现实以及人类惨痛历史的关注。从这个方面看，奥斯特的后现代叙事技巧比传统现实主义的因果线性叙事更为直接地言说了社会现实，更真实地书写了人类社会的历史。

# 六、《黑暗中的人》：叙事游戏中的反战呐喊

奥斯特热衷于各种后现代的叙事游戏，他在小说创作中进行多种叙事技巧的实验，形成了自己独特的风格。他在 2008 年发表的小说《黑暗中的人》中，通过元小说、拼贴、蒙太奇和时空交错的叙事技巧，讲述了一个关于战争的故事，反思战争给人的心理造成的戕害，使得这部小说成为一部叙事游戏和现实思考相结合的作品。

这部小说中虽然包含了元小说、拼贴、蒙太奇等各种叙事游戏，但是小说的目的并非仅仅展示这些叙事技巧，而是通过这些叙事技巧来对美国的现实，尤其是伊拉克战争进行思考。小说围绕一位评论家展开，七十二岁的纽约书评家欧格斯特·布瑞尔（August Brill）退休在家，但他的生活并非轻松愉悦，而是充满各种不幸的变故。妻子两年前被癌症夺去生命，他们唯一的女儿米利亚姆（Miriam）被丈夫抛弃，心爱的外孙女卡特娅（Katya）本来就读于一所电影学校，但是她男友特塔斯（Titus）在伊拉克战争中被残忍地杀害，她承受不了这个打击而休学在家，整日靠看电影来麻痹自己、打发时间。欧格斯特不久前遭遇了一场车祸，失去了一条腿，只能整天坐在轮椅里。这个家庭的三个成员都沉浸在无尽的伤痛中，每天晚上都各自忍受着失眠的痛苦。

为了逃避心中萦绕不去的伤痛，为了驱赶特塔斯被杀害时血淋淋的残酷场景，难以入眠的欧格斯特决定通过编故事的方式来打发时间，"我常常想起特塔斯的死亡，关于他死亡的令人恐怖的报道，他死亡时的情景，以及他的死亡给我痛苦不已的外孙女所造成的毁灭性打击，但是我现在不想再回忆这些事情了，我现在不能再想这件事了，我必须尽可能地将它远远推开……我躺在床上给自己讲故事。这些故事帮不上什么，但是只要我沉浸于其中，我就可以不去想那些我宁可忘记的事情"[1]。（以下出自《黑暗中的人》的引文只标注该书页码）编故事成为欧格斯特在漫漫长夜中逃避可怕回忆的有效方式。

欧格斯特编造的是一个关于战争的故事，故事的主人公是欧文·布里克（Owen Brick）。欧文是一个将近三十岁的魔术师，他和年轻漂亮的妻子生活在纽约，两人计划生一个宝宝，生活安逸而幸福。一天傍晚，欧文一觉醒来后，惊

---

[1]　Paul Auster, *Man in the Dark*, NewYork: Henry Holt and Company, 2008, p. 2.

奇地发现自己不是躺在家里的床上，而是躺在荒郊野外的一个深坑里。更让他吃惊的是，他不再穿着自己的衣服，而是穿着军装，军装上还有军衔。他以为自己是在做梦，这个梦太逼真了，以至于梦境与现实失去了区别。但当他努力地睁大眼睛试图从梦中醒来时，却发现这不是梦境，而是现实。他以为自己脑部受伤失去了记忆，摸遍了头，却未发现任何伤口与肿胀之处。他努力想从这个坑中爬上来，却发现坑太深而且四壁过于光滑，他无能为力。夜幕降临，四周阒无一人，欧文开始感到害怕，他大声求救，然而回答他的却是一片寂静。不久之后，远处传来密集的枪炮声和喊杀声，这时他终于意识到这是一场战争，自己是一名士兵。枪声持续了一个多小时后逐渐消失，困倦不已的欧文重新睡着了。

第二天一大早，欧文被一个名为瑟格·图巴克（Serge Tobak）的士兵叫醒。图巴克声称自己是欧文的上级，在帮助欧文从坑中出来后，他给欧文介绍了目前的战况，并给欧文布置了任务。图巴克声称这个美国不是欧文原先所在的美国，这是另外一个美国，这里既没有发动伊拉克战争，也没有发生 9·11 恐怖事件，但是正在进行一场内战。2000 年总统大选后，布什成为总统，一些州对选举结果不满，所以发动战争试图摆脱联邦政府。内战已经进行到了第四年，一千三百多万人已经阵亡。欧文的任务是前去刺杀这场战争的发动者——欧格斯特，因为这所有的一切都发生在欧格斯特的大脑中，是他谋划了这场战争。

这里，作者奥斯特将元小说的叙事技巧发挥到了极致，展示了欧格斯特编造欧文故事的全过程。传统小说中，为了营造小说的真实效果，作者将小说的创造过程隐藏起来，避而不谈小说的虚构实质。而元小说则将小说的创作过程全部展示给读者，目的是让读者明白作品的虚构本质。在故事的开头，欧格斯特言道："我将他（欧文）放入一个坑中。这像是一个好的开始，一种让故事向前发展的大有可为的方式。将一个睡着的人放入一个坑中，然后看看他醒来试图爬出来时会发生什么"（2-3 页）。欧格斯特在黑暗中躺在楼下自己的床上，编造关于欧文的故事。但他的思路无法完全集中在这个故事上，而是不由自主地想起外孙女的近况和其他家庭琐事。每次想过这些事情后，欧格斯特都会强迫自己回到欧文的故事上，"我把卡特娅的事情考虑了几个小时。坚持讲故事。这是唯一的解决方法。坚持讲故事，然后看看故事最后会发生什么"（22 页）。在创作故事的过程中，欧格斯特不断思考着故事的各种可能结局，"我摇摆不定，因为我发现故事可以朝着若干个方向发展，我还没有决定要选择哪个方向。充满希望还是没有希望？两种选择都可以，然而我对它们都不完全满意。在这样一个开始之后，在把欧文·布里克扔到狼群中并且强行改变他的主意后，会不会有一条中间道路呢？"（88 页）

不仅如此，在情节安排上，欧文的故事更是别具一格。图巴克和欧文本来是欧格斯特编造的战争故事中的两个人物，然而，他们却在商量着去谋杀作者欧格斯特。在被问及为何要暗杀欧格斯特时，图巴克回答道："因为他拥有这场战争。他发明了这场战争，已发生的或将要发生的一切都在他的脑袋中。除掉这个脑袋，战争就停止了。事情就这么简单……他整天坐在屋内写作，无论他写下什么，都会变成事实。"传统的小说中，小说作者处在一个时空中，小说构成了另外一个时空，作品中的人物在这个时空中活动。作者的时空和作品人物的时空完全独立，两者不发生任何的交叉。然而，在这里，图巴克和欧文却在商量着去谋杀作者欧格斯特，企图打破时空的界限。欧文在接受刺杀欧格斯特的任务后，有些困惑，他向图巴克发问道："你是说这是一个故事，一个人在写故事，我们是故事的一部分。"在得到肯定回答后，欧文继续问道："他被杀后会发生什么事情？战争是结束了，但我们会怎样呢？"（10 页）图巴克回答说，欧格斯特被杀死后，战争结束了，当然他和欧文也就消失了。

欧格斯特运用后现代的元小说叙事技巧，通过编造欧文的故事来逃避特塔斯被害这一事实，同时他也在思考战争的实质。小说中，欧文的故事其实反映了普通人在战争中的被动处境——莫名地被卷入战争，莫名地做无谓的牺牲。欧文本来过着幸福的生活，然而他却被卷入一场战争，并被指派前去刺杀一个他根本不认识的人欧格斯特。欧文不愿去杀害任何人，他多次试图逃脱，却都未能如愿，最终被炸死在战争中。小说中，欧格斯特借欧文之口指出："无论是什么原因导致了战争……无论是什么事情或观念处于风险中，一切都是无意义的。"（23 页）

虽然欧格斯特力图让自己沉浸在欧文的故事中，不去触碰特塔斯血淋淋的死亡给自己留下的心理创伤，但是他的思路仍不时脱离欧文的故事，身不由己地回想起他先前听到的关于战争的故事。对于插入的故事部分，奥斯特采用了蒙太奇的叙事手法，让欧格斯特的思路在欧文的故事和其他战争故事之间来回跳跃。蒙太奇的手法将一些与战争相关的回忆片段衔接起来，像电影镜头那样，让欧格斯特的思绪交替闪回。

欧格斯特回忆起的第一个故事是从妻子的堂弟让-鲁克处听到的发生在二战时期的真实故事。让-鲁克中学时的文学老师是一位既年轻漂亮又才华横溢的犹太女子。德军在 1940 年占领了比利时后，这位女教师积极投身于抵抗运动，通过各种地下活动来反抗德军的统治。两年后，她在一次活动中被捕，并被送往一个犹太集中营服刑。集中营中，纳粹实施着骇人听闻的残酷统治。一次，这位勇敢的女教师顶撞了集中营的卫兵。为了恐吓其他人，纳粹士兵决定严厉惩罚她。他们对她处以了极刑，将她的四肢分别用铁链捆在四辆车上，然后这四辆车分别朝四个不同的方向驶去，她的四肢先后被血淋淋地从躯干上撕下。令人吃惊的是,她有着无比坚强的意志,至死都没有哭喊一声。

除集中营分尸的事件外,欧格斯特还回忆起了他听到的其他关于战争的真实故事,这些故事与特塔斯的被害一样残忍。欧格斯特沉浸在这些关于战争的回忆中,不能自拔。"今夜我的主题是战争,既然战争已经进入这所房子,我感觉如果弱化了战争的后果,这将是对特塔斯和卡特娅的侮辱。地球上有和平,人类才会有美好的愿望……稍微放松一下警惕,战争故事便会朝你涌来,一个接着一个。"(118-119页)

欧格斯特回忆起了一个从朋友处听到的发生在二战时期的故事。这个故事没有血腥、没有暴力,但是它却感人至深。1933年,纳粹势力统治了德国,开始了对犹太人的迫害。这位朋友是个犹太人,但是他的家庭并未像其他犹太人家庭那样移居外国。到1938年时,德国国内的形势日益恶化,朋友的奶奶已经十七八岁,但是奶奶的父亲依然决定举家待在国内,因为他相信纳粹的统治是暂时的。一天早晨,奶奶的父亲意外地收到了一封来自一名纳粹军官的亲笔信。信中写道,虽然这个家庭不认识他,但是他却认识家庭中的每一个成员,他冒着被审判的风险,来通知这个家庭马上逃往国外,否则就会被送进集中营。他已经为每个家庭成员准备好了出逃的签证。他这样做的原因在于,他深深地爱上了朋友的奶奶,"她是我一生梦寐以求的人,如果这是个不同的世界,如果我们不是处在纳粹的法律下,我明天就会前来求婚"(124页)。在信中,他请求朋友的奶奶在周三上午去附近的一个公园,在那里的长凳上坐两个小时,他想在永远失去她之前好好看看她。朋友的奶奶按照信中的指示,在规定的时间内到指定的长凳上,忐忑不安地坐了两个小时。写信的军官始终没有露面,他藏在暗处,默默地看了心爱的女孩两个小时。第二天,他便把签证送到家中,朋友的奶奶一家马上逃往了英国。

战争断送了这位军官的爱情,他以一种特殊的方式来向自己暗恋多时的女孩告别。战争埋葬了许多人的幸福,而战争结束后,东西方之间发生的冷战也导致了很多家庭悲剧。黑暗中,躺在床上的欧格斯特想起了他从妻子的侄子处听到的一个发生在冷战时期的真实事件。妻子的侄子在一个乐团工作,这个乐团的大提琴手是一个已婚女人,她在20世纪60年代中期结婚,并生下一个女儿,生活安逸而幸福。然而,在女儿出生后的第二年,她丈夫神秘地失踪了。她百思不得其解,丈夫有着体面的工作和优厚的收入,无赌博等不良嗜好,并且他很爱自己的妻子和女儿。在丈夫失踪后的岁月里,她没有再婚,独自一人抚养着女儿,靠着她乐团的微薄收入,勉强度日。十五年后的一天,她突然接到一个电话,通知她到医院的太平间辨认尸体。这具尸体被人从六楼上抛下,尽管尸体已严重变形,但她还是一眼就认出了丈夫。之后,一位知情人告诉了她事情的全部经过。她丈夫原先是法国对外安全局的一名间谍，他随后奉命成为一名双面间谍，表面上他为苏联服务，实际上却在暗处给法国搜集情报。两年后，苏联发现了真相，并决定除掉他。他成功地逃脱了，但是却再也无法回家，因为苏联的间谍人员已严密监视了他的妻子和女儿，任何的联系都会在顷刻之间葬送一家三口的性命。在逃亡的十五年里，他只能偶尔地从远处看妻子和女儿一眼。他最终还是被苏联的间谍机构发现了，被杀死之后，尸体被从六楼抛下。具有讽刺意味的是，他是在 1989 年春天被杀害的，几个月后苏联就解体了，因此他是冷战的最后一个牺牲品。

在无尽的黑暗中，欧格斯特的思绪像电影镜头那样，闪回在他所记起的关于战争的故事之间，与此同时，他也在创作一个战争故事。这些故事无一例外地反映了战争对人正常生活和情感的破坏，这其实表明了他的反战立场。天快亮时，难以入眠的卡特娅来到外祖父的身边，在他温暖的怀抱中睡着了。欧格斯特这时终于鼓起勇气去回忆特塔斯被杀害时的可怖情景，因为他知道逃避是无用的，他和卡特娅都需要勇敢地面对并接受这个事实，只有这样才能开始新的生活。

网上的视频详细记录了特塔斯被杀害的全过程。特塔斯头戴面罩，双手被反绑在身后，四位蒙面的伊拉克人站在他周围，其中一个人手拿小斧头。突然，这人走向前，举起斧头向特塔斯的脖子砍去，特塔斯的头马上歪向右边，血从他的面罩中渗了出来。那人从后边又砍了一斧头，顿时血流如注，特塔斯浑身是血，头垂向了身前。那人接着又从前后左右砍了好几斧头，特塔斯已经死了，但是头还没有掉下来。这时，另一个人放下手中的枪，双手牢牢夹紧特塔斯的头，拿斧头的人又砍了几下，终于将特塔斯的头砍下。这时第三个人抓住特塔斯的头发，将面罩扯下，把特塔斯的头在镜头前晃了几下。接着，第四个人拿起刀子将特塔斯的两个眼球挖了出来。特塔斯就这样残忍地被杀害了。伊拉克人以这种方式发泄他们对美国人的愤恨。在小说的结尾，奥斯特借欧格斯特之口言明了自己对伊拉克战争的态度，认为这场战争纯粹是"一个骗人的把戏，一个捏造的战争，是美国历史上最严重的政治错误……布什应该被扔进监狱里，连同切尼和拉姆斯菲尔德，以及这群统治国家的法西斯骗子"（171-172 页）。

奥斯特在一次访谈中曾指出，特塔斯的故事取材于真实的事件，原型是他的一位作家好友的儿子，这位好友的儿子在以色列对黎巴嫩的战争中被杀害，而仅仅两天后，以色列和黎巴嫩就达成了停火协议。[①] 因此，战争是荒诞的、毫无理由的，它带给人们的只是无尽的伤痛。在《黑暗中的人》中，奥斯特运用元

---

① http://www.avclub.com/articles/paul-auster,14299/, March 22, 2010.

小说、蒙太奇和时空交错的后现代叙事方法，通过一种迂回曲折的方式，来言说战争给人们的心灵造成的难以愈合的创伤，来反映战争给人的心理造成的戕害，这其实是一种间接的反战呐喊。小说在给读者带来文学审美愉悦的同时，启发他们更深入地思考战争的荒诞本质。

# 七、奥斯特小说中后现代主义写作的艺术特征

奥斯特在小说《幽灵》《末世之城》《偶然的音乐》《神谕之夜》《黑暗中的人》中，通过过多种叙事方式来言说现实与历史的种种荒诞悖谬之处，尤其揭示了战争给人们造成的伤害以及美国社会中的种族偏见。在艺术审美上，除复杂多变的叙事方式外，这五部小说在整体上都呈现出一种零散化的结构样式。

## （一）复杂多变的叙事方式

《哥伦比亚美国文学史》在《当前的小说》一章中指出，当前的美国小说最突出的特点是作家运用各种极端的形式因素来强化小说的政治主题。[①] 20世纪七八十年代的后现代主义小说不再拘囿于语言的牢笼，不再玩弄各种高深莫测的语言游戏，不再单纯依靠各种炫目的叙事技巧来吸引读者，而是贴近生活，近距离地关注社会现实与政治，关心普通人的生活现状。在关注现实方面，后现代主义小说与传统现实主义小说有着共同的价值取向，但是后现代主义小说又与19世纪的传统小说有着形式上的巨大差异。传统小说大都根据摹仿论的要求，采用全知全能的、外聚集式的线性叙事方式，作者通过塑造典型环境中的典型人物来营造出一种真实的效果，增加作品的真实性与现实感。但是，后现代主义小说不再采用这种单一的叙事方式，而代之以各种复杂多变的叙事方式，包括：元小说、时空交错、蒙太奇、拼贴、意识流等多种现代主义与后现代主义的叙事方式。奥斯特在《幽灵》《末世之城》《偶然的音乐》《神谕之夜》《黑暗中的人》这五部小说中，采用了多种现代主义和后现代主义的叙事方式，他通过这些多变的叙事方式来深入反映人们的社会生活现状。

小说《幽灵》以一个偶然的事件开篇，乔装改扮的怀特来到侦探布鲁的办公室，请布鲁前去跟踪一个名为布莱克的人。怀特为什么要请人去跟踪布莱克？布莱克又是何许人也？随后展开的故事并未对此进行交代，使得这个开篇成为故事中随机发生的一个偶然事件。《幽灵》中尚有许多其他偶然的情节，例

---

① Larry McCaffery, "The Fictions of the Present", *Columbia Literary History of the United States*, p. 1176.

如，布鲁跟随布莱克来到餐馆，发现布莱克正与一个女人共同进餐，两人似乎有过不愉快，那个女人在不停地抹眼泪。又如，布鲁在散步到布鲁克林大桥上时，想起自己听说过的发生在大桥修建者父子身上的故事等等。这些插入的情节并未推动故事的发展，也不具有什么潜在的逻辑意义，而表现为一个个孤零零的偶然片段。

与《幽灵》一样，小说《偶然的音乐》也以一个偶然的事件开篇。继承了遗产的奈施无目的地行驶在美国各州的公路上，就在遗产将尽的时候，他偶然碰到职业赌徒波兹。两人随即一同前往富翁的城堡赌博，试图挣一大笔钱。赌博惨败后，两人被强制留下来劳动。波兹中间试图逃跑，抓回来后被殴打致死。奈施坚持到最后，偿还完赌债后，重获自由。在小说的结尾，一次偶然的车祸夺去了奈施的生命。

在小说《末世之城》中，奥斯特同时使用了第一人称和第三人称的内聚焦的叙事方式，通过主人公安娜的观察，为读者描绘了一幅"末世"的景象。为了寻找失踪的哥哥，安娜不顾家人和朋友的劝阻，来到了这座充满死亡、暴力和饥饿的城市。安娜顽强地在这里生存了下来，她将自己的所见所闻以书信的形式记录下来，并将它们寄给了家里的一位朋友。这位不知名的朋友如实地转述了安娜信中的内容，小说便由这个朋友的转述构成。小说中，第三人称和第一人称的交替使用，既保证了故事一定程度上的可信性，又增加了叙事的灵活性。小说的开头写道："这些都是最后的东西，她写道。他们一个接着一个消失了，并且再也不会出现。我要把看到过的和那些已经不存在的事物告诉你，但是我怀疑是否有足够的时间。一切都发生得那么快，我无法跟上这些变化。"（1页）安娜对所到城市的描写基本上采用的是第一人称的内聚焦的叙事方式，这给人一种亲眼所见、亲耳所闻的真实感，增加了故事的可信度。但安娜朋友的转述采用的则是第三人称的叙事，这无形中提醒读者要对安娜的讲述持一种怀疑的态度。小说中第一人称和第三人称的交替使用给读者提供了无限的思考空间。

与《末世之城》相比，《神谕之夜》则采用了更为复杂的叙事方式。除前面论述过的故事套故事的结构、真实与虚构的模糊界限以及零散化的叙事外，《神谕之夜》还采用了意识流和拼贴的艺术手法，构建了一个复杂的叙事空间。小说围绕作家希德尼几个月的生活展开，希德尼刚从一场大病中复原，他挣扎着准备开始新的生活。他从街边的一个文具店里买到一个心仪的蓝色笔记本，开始了生病以来的第一次创作。他创作的是关于编辑尼克·葆恩的故事。三十多岁的纽约编辑葆恩渐渐厌倦了按部就班的工作和一成不变的婚姻生活，他期望摆脱这种沉闷乏味的状态。在一次外出途中，他差点被一个从高空坠下的石质滴水檐砸中，由此他认为他原来的那条命已经结束，并即刻决定飞往遥远的堪萨斯城,开始一种全新的生活。

从整体上看,小说采用的是第一人称的内聚集的叙事方式,小说的叙事者是作家希德尼。但是,希德尼的叙事并非完全按照时间的先后顺序展开,而是不时地采用意识流的方式,通过在小说中插入脚注的方式,来记录希德尼的心理活动。小说前后共插入了十三个脚注,清楚地呈现了希德尼发散性的心理活动。在第一个脚注中,希德尼回忆了与文具店主人张生的对话,以及自己姓的由来。为了听起来更美国化,希德尼的祖父将原来的姓氏"奥尔洛夫斯基"缩短为"奥尔",这揭示了希德尼的移民身份。在第二个脚注中,希德尼交代了自己与妻子的朋友作家约翰的友谊,以及约翰的创作过程。希德尼在第三个脚注中,详细回忆了与妻子格蕾丝初次见面的情景,希德尼发现年轻的格蕾丝身上有种饱经风雨的成熟,这为后面格蕾丝与约翰的私情埋下伏笔。在接下来的几个脚注中,希德尼介绍回顾了约翰的两次婚姻、自己与格蕾丝的爱情波折、偶尔得来的一本二战前华沙的电话号码本、自己捉襟见肘的经济状况、葆恩故事的结局、张生讲述的中国"文革"故事、与约翰儿子雅各布一起看球赛等情节。这些插入的脚注反映了希德尼的意识活动,构成了希德尼叙述之外的另一个叙事层次,它们与希德尼的叙述遥相呼应。

在《神谕之夜》中,奥斯特还采用了拼贴的叙事方法,将电话号码本和报纸上的一篇新闻报道原封不动地插入了小说中。拼贴是后现代小说家所热衷的一种叙事方法,他们将文学作品的片段、日常生活的俗语、报刊新闻、电影的某个场景组合在一起,使这些彼此间毫无关系的片段构成一个组合体,从而打破传统小说封闭的、固定不变的结构形式,给读者带来一种新的审美体验。奥斯特在小说《神谕之夜》的中间部分,以图片的形式插入了华沙电话簿的封面和第220页。希德尼认为印刷在该页底部的简妮娜和斯蒂芬夫妇可能与自己有亲缘关系,因为他们的姓 Orlowscy 是自己姓氏 Orr 的波兰拼法。以照片形式出现在小说中间的电话号码本其实打破了真实与虚构的界限,虚构的人物希德尼在此不仅有了自己的祖先,而且还在执着地追寻他们,利用的却是作者奥斯特所在外部世界的文字资料。与号码簿页出现在一起的还有《新闻日报》37页下端的一篇报道"生于马桶,婴儿被弃尸垃圾箱"。这则新闻报道了一个妓女吸食毒品后在洗手间生下一个婴儿,她用毛巾包裹了婴儿,并将它扔到了垃圾箱内。该报道原文不动地被插入到小说中,虚构人物希德尼在此阅读着作者奥斯特外在现实世界的报纸,作者与他笔下的虚构人物失去界限。

与《末世之城》和《神谕之夜》相比,《黑暗中的人》则采用了更为典型的现代主义与后现代主义的叙事方法。从作品的宏观层面看,《黑暗中的人》通篇采用的是意识流的叙事方法。七十二岁的文学评论家欧格斯特·布瑞尔的生活屡遭不幸，两年前妻子因癌症而离世，女儿被女婿抛弃，外孙女卡特娅的男友特塔斯在伊拉克战争中被残忍地杀害，她承受不住这个打击而休学在家。欧格斯特不久前在车祸中失去了一条腿，只能整天坐在轮椅里。欧格斯特经常彻夜难眠，在无边的黑夜里，他孤独地躺在自己的床上浮想联翩，让自己的思绪与意识四处流动。小说《黑暗中的人》几乎全部由欧格斯特的内心意识活动构成。

如前所述，为了避免回忆特塔斯被杀害时的可怖场景，欧格斯特集中精力编造了一个关于战争的故事。在故事的讲述过程中，欧格斯特充分利用了元小说的叙事技巧，交代了欧文故事的前因后果和发展过程。尽管如此，欧格斯特的思绪还是常常离开欧文的故事，他常常想起其他一些事情。他随机想起的其他事情被杂乱地堆积在一起，呈现出一种拼贴的斑驳效果。

除了插入的三个关于战争的故事外，奥斯特还插入了各种情节，来反映欧格斯特纷乱的思绪。欧格斯特回忆起了他在纽沃克市亲身经历的种族骚乱。在这次骚乱中，二十多人被杀害，七百多人受伤，一千五百多人被逮捕，一千多万美元的财产遭破坏。"那夜开车进入纽沃克市，就如同进入了地狱的底层。房子都着火了，成群的人们在大街上狂奔，商店的橱窗一个接着一个被打破，随处可闻玻璃的碎裂声和枪击声，警笛长鸣。"（81 页）纽沃克市的监狱关押的全是黑人，很多黑人的衣服都被撕烂，头部淌着血，脸部肿胀。当被问及伤从何来时，回答全部是白人警察殴打所致。欧格斯特遇到了一个警官，他声称要将城里的每一个黑人都揪出来杀掉，"我们要将这个城市里的每个黑鬼都找出来"（82 页）。欧格斯特发现，这位白人警官的声音中充满了对黑人的歧视。

除此之外，欧格斯特还回想起了白天与卡特娅所进行的关于电影的对话。卡特娅整日待在沙发上看电影，以此来逃避特塔斯被害的事实。学电影出身的卡特娅深谙电影的拍摄之道，她认为好的导演擅于通过一些无生命的物体来反映人物的内心情感和时代背景。她给外公详细分析了三部电影：《大幻影》（ *Grand Illusion* ）、《自行车盗贼》（ *The Bicycle Thief* ）和《大树之歌》（ *The World of Apu* ）。卡特娅的分析丝丝入扣，表现了她精湛的专业功底和良好的专业素养，但是如此优秀的电影系学生却间接地被伊拉克战争所害，休学在家，不敢面对残酷的现实。

## （二）零散化的结构模式

就文学作品的结构样式而言，西方文论一贯持有的是有机整体的观点。亚里士多德在《诗学》中指出，戏剧的情节必须构成一个有机的整体，"任何一部分一经挪动或删减，就会使整体松动脱节。要是某一部分可有可无，并不引起显著的差异,那就不是整体中的有机部分"①。古罗马时期的文论家贺拉斯在《诗艺》中提出了著名的合式原则,认为作家应该强调作品形式的统一性,应该注意作品整体的和谐美,他尤其反对脱离作品主题内容而随意插入各种无关紧要的情节,他给那种"摆得不得其所"的段落起了一个"大红补丁"的著名绰号。现实主义小说大师亨利·詹姆斯则更为详尽地提出了小说的结构理论,他认为,小说的各个部分之间必须形成一个有机整体,"一部小说就是一个有机体,它与其他任何一种有机物一样,每一部分之中都包括了与其他部分密切相关的东西"②。

传统的现实主义小说在情节安排方面遵循的正是这种有机整体的观点。根据这个原则,传统小说大都具有完整的故事情节,在形式上可以分为开头、发展、高潮和结局四个部分。在结构样式上,后现代主义小说不同于传统小说的有机整体形式。从宏观上看,后现代主义小说具有相对完整的结构,具备开头、发展和结局这三个结构要素;从微观上看,后现代主义小说的情节与情节之间具有一定的逻辑关系,虽然这些逻辑关系没有传统小说那样严密,而且有些情节与作品的主题联系不太密切,读者可以将它们去掉。这在传统小说中是很少见到的,在后现代主义小说中却比比皆是。后现代主义小说不强调故事发展的高潮,不注重复杂多变的故事情节,也不塑造典型的时代环境和鲜明的人物形象,而是注重暴露各种社会问题,表达社会底层民众的内心情感体验。为了突出要表达的社会主题,后现代主义小说特别注重对个别细节的描写,往往将可以揭示主题的细节放在放大镜下仔细观察。

小说《幽灵》有开头和发展,却没有高潮和结局。奥斯特在《幽灵》中随机插入许多片段,例如:梭罗的《瓦尔登湖》、布鲁读的侦探杂志、他以往所破获的案件、他看过的电影的情节、惠特曼捐献脑骨供科学研究的趣事、布莱克给布鲁讲述的霍桑的《威克·菲尔德》故事以及布鲁克林大桥修建者的轶事等等。在这些文本片断中,占主要地位的是《瓦尔登湖》。在布鲁日复一日但又毫无进展的监视中,他发现布莱克在读《瓦尔登湖》,于是他也找来一本读,却发现自己根本无耐心读下去。其实,独处一室的布鲁的处境与幽居瓦尔登湖的梭罗是一样的,只不过《幽灵》中,瓦尔登湖被挪移到了纽约市中心。奥斯特将《瓦尔登湖》移入《幽灵》中,使得两个平行的文本在相互对照中取得了完全不同的结果。梭罗在瓦尔登湖的幽居使他体验到了人生的真谛与大自然的奥秘,而布鲁在公寓内的幽闭却一无所获,他不仅没有侦破布莱克一案,而且也没弄清楚自

---

① 亚里士多德:《诗学》,罗念生译,北京:人民文学出版社,2008年,第28页。
② 申丹、韩加明、王丽亚,《英美小说叙事理论研究》,北京:北京大学出版社,1998年,第108页。

已也被布莱克监视这一处境。"梭罗对日常生活中的真理坚信不疑，认为只要我们努力去寻找，总会发现世界的意义……布鲁却生活在一个堕落的世界中，词与物不再对应，我们无法透过生活的表层来发现意义。"①

小说《末世之城》具有明显的开头、发展和结局三个部分。在小说的开头，安娜的朋友转述了安娜初到这个不知名的城市时所遭遇的一切。安娜所到的城市呈现的完全是一幅破落的景象，而且城中的一切都处于不停的变动之中，没有什么是固定不变的。安娜在这里生活了几年，她经历了一些匪夷所思的事情。从空间上看，安娜的经历前后大致上可以分为四个部分：在大街上、在伊莎贝尔家、在国家图书馆和在慈善机构沃伯恩之家。奥斯特并未在这四个部分上均匀用力，而是着重描写了安娜在大街上和在沃伯恩之家的生活细节，特别突出了安娜在大街上的艰难生活，以及这个城市独特的垃圾处理系统。在这个城市里，人们唯一的营生是拾垃圾。奥斯特事无巨细地介绍了拾垃圾和垃圾处理的每个细节，强调了以垃圾为生的人的艰难生活。其次，奥斯特详细描写了慈善救助机构沃伯恩之家所面临的困境，这个慈善机构的财力和空间都很有限，而大门外却有无数个人在排队申请救助。这两个细节较有力地反映了这个城市恶劣的生存环境。

相对而言，小说《神谕之夜》具有明确的开始、发展和结尾。在故事的开始，作家希德尼刚从一场大病中复原，他准备重新开始自己的写作。在故事的中间部分，从医院回到家的希德尼发现妻子格蕾丝的行为比较怪异，他猜测格蕾丝有一些难言的隐私。在故事的结尾，真相大白，格蕾丝原来在认识希德尼之前就与作家约翰有一段恋情，希德尼住院期间，两人又走到了一起。最终，希德尼原谅了格蕾丝，两人重归于好。

表面上看，《神谕之夜》大体有着完整的故事结构和清晰的故事脉络，可是奥斯特在这里绝非简单地讲述希德尼、格蕾丝和约翰三人之间的爱情纠葛，而是插入了许多不相关的情节。这些情节取消了小说的线性叙事，使得小说的叙述成为一种四处发散的呈树状的叙事样式。这些插入的情节片段包括：纽约编辑尼克·葆恩的故事，假想作家马克斯威尔的关于对未来预言的弗拉格故事，犹太集中营的死婴事件，虚构人物二战老兵爱德建立的"历史遗产办"，张生讲述的中国"文革"期间发生的焚书事件，格蕾丝关于幽闭的梦，希德尼在唐人街"女人吧"的堕落，他根据美国作家 H. G. 威尔斯（H. G. Wells, 1866—1946）同名小说创作的电影剧本《时间机器》，他从报纸上读到的死婴报道，约翰的两次婚姻，约翰未发表小说《白骨帝国》的内容梗概，约翰内弟理查德讲述的三维照

---

① Aliki Varvogli, *The World That Is the Book: Paul Auster's Fiction*, Liverpool: Liverpool University Press, 2001, pp. 44-45.

片故事，约翰讲述的法国诗人故事，以及关于约翰吸毒的儿子雅各布的故事等等。这些插入的情节打断了希德尼故事的线性发展，使小说的所指呈现出四处发散的不确定状态。所有这些拼凑在一起的情节碎片使得小说呈现出一种众声杂糅、群声喧哗的精神分裂症状，使得小说呈现出一种零散化的结构样式。

与《神谕之夜》相似，小说《黑暗中的人》也具有相对完整的故事结构，小说的中间也插入了各种与主题关系不太密切的情节片段。小说的开始，患失眠症的欧格斯特彻夜难眠，但是他不敢去回忆特塔斯被杀害时的血淋淋的情景，他通过编故事的方式来打发时间。小说的中间部分是欧格斯特纷乱的思绪，他想起了若干个与战争有关的故事，他回想起了女儿米利亚姆的书稿中的片段，他详细地回忆了婚姻中的波折和妻子两年前的去世，他追忆了姐姐坎坷的婚姻以及她第二任丈夫的不幸生活。在小说的结尾，他终于鼓起勇气，将特塔斯被杀害的情景回忆了一遍。

《黑暗中的人》的主题是战争给普通人造成的毁灭性打击，休学在家的卡特娅便是一个例子。欧格斯特在黑暗中编造和回忆着各种与战争有关的故事，"今夜我的主题是战争，既然战争已经进入这所房子，我感觉如果弱化了战争的后果，这将是对特塔斯和卡特娅的侮辱"（《黑暗中的人》，118页）。但是，除战争故事外，奥斯特还花极大的篇幅介绍了欧格斯特女儿的书稿中有关霍桑女儿罗斯·霍桑的人生经历，电影《东京故事》（Tokyo Story）的故事情节，电影《大幻影》、《自行车盗贼》和《大树之歌》的情节片段。插入的这些情节，虽然打断了故事的线性发展，但是却以另一种方式揭示了欧格斯特心中的无限伤痛，以及他无处可逃的悲惨境地。

综上所述，奥斯特在小说中，通过运用多种后现代主义叙事策略，有效地反映了当代社会人类的真实处境，深刻地反思了人类20世纪惨痛的历史。对奥斯特而言，写作是一种思考的方式，讲故事是一种认识世界的方法。结构完整、情节生动、人物栩栩如生的传统现实主义的故事摹写的是十八九世纪的社会现实。当人类社会进入后工业时代时，现实发生了巨大变化，世界的本质是碎片的、无秩序的、荒诞的、符号化的。传统现实主义的手法已无法摹写这样的现实。奥斯特通过多种叙事实验，真实地书写了当今的社会现状，深刻地反映了后现代人类的生存状态，取得了比传统叙事更好的艺术效果。

# 后 记
## POSTSCRIPT

　　本专著《英美后现代主义小说中的历史与现实》是陈世丹主持的2014年度中国人民大学"双一流建设"经费资助外国语学院科学研究品牌计划项目"英美后现代主义小说中的历史与现实"的最终成果。课题组成员如下：陈世丹，文学博士，中国人民大学外国语学院英语系教授，英美文学方向博士生导师、博士后合作导师，全国英国文学学会副会长、全国美国文学研究会常务理事、国际文学伦理学批评研究会常务理事、中国高等教育学会外国文学专业委员会常务理事；王祖友，文学博士，泰州学院外国语学院教授，硕士生导师；王桃花，文学博士，中山大学外国语学院英语系教授，博士生导师；张丽秀，文学博士，民政部管理干部学院外语系副教授；李金云，文学博士，武汉科技大学外国语学院英语系教授，硕士生导师。

　　本书是在中国人民大学、中国人民大学外国语学院的大力支持下完成的，同时，也得到了我母校的出版社厦门大学出版社的领导的大力支持。在本书即将出版之际，特向上述有关单位领导表示衷心的感谢！

陈世丹

2023 年 5 月 26 日